IENE MIENE MUTTE

M.J. Arlidge bij Boekerij:

Iene miene mutte
Piep zei de muis
Pluk een roos
Klikspaan
Naar bed, naar bed

www.boekerij.nl

M.J. ARLIDGE

IENE MIENE MUTTE

De een leeft, de ander sterft
kies maar

BOEKERIJ

Eerste druk 2015
Achttiende druk 2017

ISBN 978-90-225-7622-9
ISBN 978-94-023-0230-1 (e-book)
NUR 330

Oorspronkelijke titel: *Eeny Meeny*
Vertaling: Herman van der Ploeg
Omslagontwerp: Wil Immink Design
Omslagbeeld: Kniel Synnatschze en Wild Wonders
Zetwerk: Mat-Zet bv, Soest

1

Sam slaapt. Nu zou ik hem kunnen doden. Hij ligt met zijn gezicht van me af: het zou niet moeilijk zijn. Zou hij wakker worden als ik me bewoog? Proberen me tegen te houden? Of zou hij alleen maar blij zijn dat zijn nachtmerrie voorbij was?

Zo moet ik niet denken. Ik moet proberen voor ogen te houden wat echt is, wat goed is. Maar als je gevangen bent, lijken de dagen eindeloos en is hoop het eerste wat je kwijtraakt.

Ik probeer me vast te klampen aan fijne herinneringen om de sombere gedachten op afstand te houden, maar dat lukt steeds minder.

We zijn hier pas tien dagen (of elf?), maar het gewone leven lijkt al heel ver weg. We waren aan het terugliften van een festival in Londen toen het gebeurde. Het regende pijpenstelen en een heel stel auto's was ons zonder pardon voorbijgereden. We waren doorweekt en wilden het net opgeven toen er eindelijk dan toch een busje stopte. Binnen was het warm en droog. We kregen koffie uit een thermoskan. Alleen al van de geur kregen we weer goede zin. De smaak was nog beter. We beseften niet dat het de laatste keer was dat we van de vrijheid proefden.

Toen ik bijkwam, bonsde mijn hoofd. Mijn mond was met bloed besmeurd. Ik zat niet meer in het warme busje. Ik was ergens waar het koud en donker was. Was het een droom? Ik schrok op van een geluid achter me, maar het was gewoon Sam die wankelend overeind kwam.

We waren beroofd. Beroofd en gedumpt. Mijn ogen wenden aan de duisternis. Ik kroop vooruit, krabde aan de muren die ons omsloten. Koude, harde tegels. Ik botste tegen Sam op en hield hem even vast. Ik rook de geur waar ik zo dol op ben. Toen was het moment voorbij en beseften we hoe gruwelijk onze situatie was.

We zaten in een zwembad dat niet meer werd gebruikt. Het bad was verlaten en vergeten en helemaal ontmanteld, zonder duikplanken, borden en trapjes. Alles wat los en vast zat was verwijderd. En wij zaten in een diepe, gladde tank waar je onmogelijk uit kon klimmen.

Luisterde die gestoorde gek naar ons geschreeuw? Vermoedelijk. Want toen we eindelijk ophielden met schreeuwen, gebeurde het. We hoorden een mobiele telefoon rinkelen en heel even dachten we, dolblij, dat het iemand was die ons kwam redden. Maar toen zagen we het schermpje van de telefoon naast ons oplichten op de vloer van het zwembad. Sam verroerde zich niet, dus ik rende ernaartoe. Waarom ik? Waarom ben ik altijd de pineut?

'Hallo, Amy.'

De stem aan de andere kant van de lijn klonk vreemd, onmenselijk. Ik wilde om genade smeken, uitleggen dat zij een vreselijke vergissing had begaan, maar het feit dat zij mijn naam wist deed me alle hoop verliezen. Ik zei niets. De stem sprak door, meedogenloos en onaangedaan: 'Wil je in leven blijven?'

'Wie bent u? Wat hebt u met ons gedaan?'

'Wil je in leven blijven?'

Even kon ik geen antwoord geven. Mijn tong wilde niet bewegen. Maar dan…

'Ja.'

‘Op de vloer bij de telefoon ligt een pistool. Er zit één kogel in. Dat is de prijs die je betaalt voor je vrijheid. Je moet doden om in leven te blijven. Wil je blijven leven, Amy?’

Ik kon niet praten, ik moest overgeven.

‘Nou, ja of nee?’

En toen werd de verbinding verbroken. Op dat moment vroeg Sam: ‘Wie was dat?’

Sam ligt naast me te slapen. Nu zou ik het kunnen doen.

2

De vrouw schreeuwde van de pijn. En daarna was ze stil. Op haar rug verschenen rode striemen. Jake hief de rijzweep weer en liet hem omlaag zwiepen. De vrouw kromde haar rug, schreeuwde en zei toen: 'Nog een keer.'

Ze zei zelden iets anders. Ze was geen spraakzaam type. Niet zoals sommige anderen van zijn klanten. De administratief medewerkers, accountants en kantoorbedienden die vastzaten in seksloze relaties deden niets liever dan praten, die probeerden wanhopig aardig gevonden te worden door de man die hen sloeg voor geld. Zij was anders, een gesloten boek. Ze had nooit verteld hoe ze hem had gevonden. Of waarom ze kwam. Ze gaf haar instructies, liet duidelijk en resoluut weten wat ze nodig had en zei dat hij voort moest maken.

Ze begonnen altijd met het vastbinden van haar polsen. Twee leren riemen met studs strakgetrokken zodat haar armen tegen de wand waren bevestigd. Haar voeten zaten met ijzeren enkelboeien aan de vloer vast. Haar kleding lag netjes opgestapeld op de stoel en daar stond ze dan, geketend, in haar ondergoed, wachtend op de bestraffing.

Geen rollenspel. Geen 'Doe me alsjeblieft geen pijn, papa' of 'Ik ben een heel stout meisje'. Ze wilde alleen maar dat hij haar pijnigde. In sommige opzichten was het een opluchting. Elke baan wordt na verloop van tijd sleur en het was leuk om eens niet te hoeven toegeven aan de fantasieën van trieste, zelfverkozen slachtoffers. Tegelijkertijd was haar weigering om een normale relatie met hem aan te gaan frustrerend. Het belangrijkste element van elke SM-ontmoeting is vertrouwen. De onderdanige moet weten dat hij of zij in veilige handen is, dat de dominante partij zijn of haar persoonlijkheid en behoeften kent en voor een bevredigende ervaring kan zorgen op voorwaarden die voor iedereen comfortabel zijn. Als je dat niet hebt, wordt het al snel agressie of zelfs misbruik – en daar moest Jake niets van hebben.

Af en toe probeerde hij eens wat, een vraag hier, een opmerking daar. En na een tijdje was hij op de hoogte van een paar basisfeiten: dat ze niet in Southampton was geboren, dat ze geen gezin had, dat ze binnenkort veertig werd en dat dat haar niets kon schelen. Door hun sessies wist hij dat ze van pijn hield. Seks kwam er niet bij kijken. Ze hield niet van flirten of kietelen. Ze wilde gestraft worden. De afranselingen gingen nooit te ver, maar ze waren desalniettemin hard en meedogenloos. Haar lijf kon het wel hebben: ze was lang, gespierd en soepel. De sporen van oude littekens deden vermoeden dat ze niet nieuw was in de SM-scene.

Maar ondanks al zijn pogingen en zijn omzichtig geformuleerde vragen was er maar één ding dat Jake van haar wist. Op een keer, toen ze zich aankleedde, was haar penning uit haar jaszak op de vloer gegleden. Ze had hem vliegensvlug opgeraapt en gedacht dat hij niets had gezien, maar dat was niet zo. Hij had gedacht dat hij mensen onderhand wel aardig kon inschatten, maar dit had hem verrast. Als hij niet toevallig haar politiepenning had gezien, zou hij nooit hebben geraden dat ze bij de politie werkte.

3

Amy zit een meter verderop naast me op haar hurken. Ongemakkelijke gevoelens spelen geen rol meer en ze plast zonder schaamte op de vloer. Ik zie het dunne straaltje plas de tegels raken. Kleine druppeltjes spatten op haar vuile onderbroek. Een paar weken geleden zou ik me van die aanblik hebben afgewend, maar nu niet meer.

Haar urine kronkelt langzaam omlaag naar de poel van uitwerpselen die zich op het diepste punt heeft opgehoopt. Ik kijk onafgebroken naar de wegstromende urine, maar uiteindelijk verdwijnen de laatste druppels en is de voorstelling voorbij. Ze trekt zich terug in haar hoek. Geen enkel excuus, geen contact. We zijn verworden tot dieren, we worden steeds onverschilliger voor onszelf en voor elkaar.

Dat is wel anders geweest. In het begin waren we woedend, opstandig. We waren vastbesloten dat we hier niet zouden sterven, dat we het samen zouden overleven. Amy ging op mijn schouders staan, scheurde haar nagels terwijl ze over de tegels klauwde in een poging de rand van het zwembad te grijpen. Toen dat niet lukte probeerde ze zich op mijn schouders af te zetten en te springen. Maar het zwembad is vijf meter diep, misschien wel meer, en we zullen het nooit redden.

We probeerden de telefoon, maar die was met een code geblokkeerd voor uitgaande gesprekken en na een paar combinaties te hebben uitgeprobeerd, was de batterij leeg. We gilden en schreeuwden onze kelen schor. Het enige antwoord was onze eigen echo, die ons leek te bespotten. Soms voelt het alsof we op een andere planeet zitten. Er is in de wijde omtrek geen mens te bespeuren. De kerst nadert, er moeten mensen naar ons op zoek zijn, maar dat is hier moeilijk te geloven, in deze vreselijke, aanhoudende stilte.

Ontsnappen is niet mogelijk, dus proberen we alleen maar te overleven. We hebben hard op onze nagels gebeten en het bloed gretig opgezogen. 's Ochtends vroeg likten we de condens van de tegels, maar onze maag blijft pijnlijk leeg. We hebben overwogen onze kleren op te eten... maar dat idee hebben we toch maar laten varen. 's Nachts is het ijskoud en het enige wat voorkomt dat we sterven aan onderkoeling is onze schaarse kleding en de warmte die we elkaar geven.

Verbeeld ik het me of zijn onze omhelzingen minder innig geworden? Minder veilig? Vanaf het moment dat het is gebeurd hebben we ons dag en nacht aan elkaar vastgeklampt. We spoorden elkaar aan om vol te houden, wanhopig bij de gedachte alleen achter te blijven op deze verschrikkelijke plek. We deden spelletjes om de tijd te verdrijven en stelden ons voor wat we zouden doen als ze ons kwamen redden: wat we zouden eten, wat we tegen onze familie zouden zeggen, wat we met Kerstmis zouden krijgen. Maar met die spelletjes zijn we geleidelijk opgehouden, omdat we beseffen dat we hierheen zijn gebracht om een reden en dat een goede afloop niet voor ons is weggelegd.

'Amy?'

Stilte.

'Amy, zeg iets alsjeblieft.'

Amy kijkt me niet aan. Ze praat niet met me. Ben ik haar voorgoed kwijt? Ik probeer me voor te stellen wat ze denkt, maar dat lukt me niet.

Misschien valt er niets meer te zeggen. We hebben alles geprobeerd, elke centimeter van onze gevangenis verkend op zoek naar een manier om te ontsnappen. Het enige wat we niet hebben aangeraakt is het pistool. Het ligt daar roerloos naar ons te roepen.

Ik hef mijn hoofd en zie Amy ernaar kijken. Dan vangt ze mijn blik en slaat haar ogen neer. Zou ze het kunnen oppakken? Onmogelijk, zou ik veertien dagen geleden nog hebben gezegd. Maar nu? Vertrouwen is iets kwetsbaars, moeilijk te winnen, gemakkelijk kwijt te raken. Ik ben nergens meer zeker van.

Het enige wat ik weet is dat een van ons zal sterven.

4

Helen Grace liep naar buiten, de frisse avondlucht in. Ze voelde zich ontspannen en blij. De crisis was voorbij en ze was weer zichzelf. Ze vertraagde haar pas, genietend van dit moment van rust en wierp een geamuseerde blik op het winkelend publiek om haar heen.

Ze was op weg naar de kerstmarkt van Southampton. Die strekte zich uit langs de zuidelijke flank van winkelcentrum WestQuay en was een jaarlijks terugkerend evenement: een gelegenheid om originele, persoonlijke cadeautjes te kopen die niet voorkwamen op de verlanglijstjes van Amazon. Helen had een hartgrondige hekel aan Kerstmis, maar ze kocht elk jaar zonder mankeren iets voor Anna en Marie. Het was de enige feestelijke uitspatting die ze zichzelf toestond en ze haalde er alles uit wat erin zat. Ze kocht sieraden, geurkaarsen en andere snuisterijen en vergat niet om lekkernijen te kopen: dadels, bonbons, een overdreven dure kerststol en een snoezig doosje chocolademints – vooral Marie was daar dol op.

Ze haalde haar Kawasaki op bij het parkeerterrein van het winkelcentrum en stoof door het drukke verkeer in het centrum in zuidoostelijke richting naar Weston. Weg van de opwinding en overvloed, naar de ontberingen en wanhoop. Het was alsof ze onverbiddelijk naar de vijf kolossale betonnen torenflats werd getrokken die daar prominent aan de horizon stonden. Jarenlang hadden ze reizigers die Southampton vanaf zee naderden begroet, en in het verleden waren het ook waardige herkenningstekens geweest, imposant, futuristisch en optimistisch. Maar inmiddels was het een heel ander verhaal.

Melbourne Tower was verreweg het meest vervallen. Vier jaar geleden was er een drugslab ontploft op de zesde etage. De schade was aanzienlijk, het hart van het gebouw was eruit gerukt. Eerst had de gemeenteraad beloofd het gebouw te herstellen, maar bij nader inzien was besloten het af te schrijven. Het stond te wachten op de sloop en was nagenoeg geheel verlaten door de gezinnen die er vroeger woonden. Nu was het het terrein van junks, krakers en mensen die nergens anders heen konden. Het was een nare, afgedankte plek.

Helen parkeerde haar motor op veilige afstand van het gebouw en ging het laatste stuk te voet. Vrouwen liepen hier 's avonds doorgaans niet alleen, maar Helen was nooit bang. Ze was hier bekend en de mensen negeerden haar gewoonlijk, wat ze prima vond. Alles was rustig vanavond, afgezien van een paar honden die rond een uitgebrande auto liepen te snuffelen. Helen manoeuvreerde tussen de naalden en condooms door en stapte Melbourne Tower in.

Op de vierde verdieping hield ze halt bij nummer 408. Het was ooit een leuke, comfortabele gemeenteflat geweest, maar nu had het meer weg van Fort Knox. De voordeur zat vol sloten, maar nog opvallender was het metalen traliewerk – van binnenuit met hangsloten vastgezet – dat de toegang moest beveiligen. De smerige graffiti – *kutwijf, debiel, mongool* – die op de buitenkant was geklad maakte duidelijk waarom de flat zo zwaar beveiligd was.

Dit was het huis van Marie en Anna Storey. Anna was zwaar gehandicapt, kon niet praten, kon niet zonder hulp eten of naar de wc. Anna, veertien nu, had haar moeder van middelbare leeftijd bij alles nodig, en die deed haar uiterste best. Ze leefde van de steun, kocht tweedehands kleding, deed boodschappen bij de Lidl en was zuinig met stoken. Dat was allemaal nog wel te doen – zo waren de kaarten nou eenmaal geschud en Marie was niet het type om verbitterd te raken – als ze geen last hadden gehad van het plaatselijke straattuig. Het feit dat die jongeren niets te doen hadden en uit gebroken gezinnen kwamen was geen excuus. Het waren gewoon nare vandalen die er plezier in hadden om anderen te kleineren, en een kwetsbare vrouw en kind te intimideren en te bedreigen.

Helen wist dat allemaal omdat ze een speciale interesse voor hen had opgevat. Een van de vandalen – een drop-out met zware acne die Steven Green heette – had geprobeerd hun flat in brand te steken. De brandweer was er op tijd bij geweest en de schade was beperkt gebleven tot de hal en voorkamer, maar de gevolgen waren verwoestend geweest voor Marie en Anna. Toen Helen hen ondervroeg, waren ze doodsbang geweest. Dit was poging tot moord en iemand moest ter verantwoording worden geroepen. Ze deed haar best, maar Marie was koppig. De flat, hun onderkomen, was speciaal aangepast voor de beperkte mobiliteit van Anna. Waarom zouden ze verhuizen? Marie verkocht haar laatste kostbaarheden en van het geld beveiligde ze haar flat. Vier jaar later explodeerde het drugslab. Voor die tijd had de lift prima gewerkt en was flat 408 in wezen een fijn thuis geweest. Nu was het een gevangenis.

Het was de bedoeling dat maatschappelijk werkers een oogje in het zeil zouden houden, maar zij meden het flatgebouw als de pest en kwamen zo weinig mogelijk langs. En dus ging Helen, die thuis weinig omhanden had, af en toe op bezoek. Zodoende was ze erbij geweest toen Steven Green en zijn maten terugkwamen om het karwei af te maken. Hij was zoals gebruikelijk high en had een benzineblik bij zich dat hij probeerde aan te steken met een eigengemaakt lont. Hij kreeg er de kans niet voor. Helens wapenstok trof hem op de elleboog en daarna in zijn nek, zodat hij languit voorover op de vloer viel. De anderen werden verrast door de plotselinge verschijning van een smeris, lieten hun benzinebommen vallen en sloegen op de vlucht. Sommigen wisten te ontkomen, anderen niet. Helen was goed getraind in het tegen de grond werken van vluchtende verdachten. Ze verijdelde de aanslag en niet lang daarna smaakte ze het grote genoegen om Steven Green en drie van zijn gabbers veroordeeld te zien worden tot aanzienlijke gevangenisstraffen. Op zulke dagen gaf het werk haar enorm veel voldoening.

Helen onderdrukte een huivering. De groezelige gangen, de geknakte levens, de graffiti en de smerigheid deden haar sterk denken aan haar eigen jeugd. Ze haalden herinneringen boven waar ze hard tegen vocht. Ze was hier voor Marie en Anna en ze wilde haar stemming vandaag nergens door laten bederven.

Ze klopte drie keer, hun speciale code. Er werd aan een flink stel sloten gemorreld en toen zwaaide de deur open.

'Tafeltje-dek-je?' zei Helen schertsend.

'Rot op,' was het voorspelbare antwoord.

Helen glimlachte terwijl Marie het traliehek voor de deur opendeed. Haar sombere gedachten zakten al weg: Maries 'warme' welkom had altijd dat effect op haar. Eenmaal binnen deelde ze de cadeautjes uit, nam die voor haarzelf in ontvangst en voelde zich helemaal op haar gemak. Voor even was flat 408 haar veilige toevluchtsoord in een duistere, gewelddadige wereld.

5

De stromende regen spoelde haar tranen weg. Het zou een schoon gevoel moeten geven, maar dat was niet zo. Daarvoor was ze al te ver heen. Ze baande zich als een waanzinnige een weg door de dichte bebossing en lette niet op in welke richting ze liep. Ze wilde alleen maar in beweging blijven. Weg. Weg. Weg.

Doornige takken haalden haar gezicht open, stenen maakten sneden in haar voeten. Maar ze bleef doorlopen. Wanhopig keek ze rond of ze iemand of iets kon ontwaren, maar ze zag alleen bomen. Even werd ze bevangen door een verschrikkelijke gedachte: was ze nog wel in Engeland? Ze schreeuwde om hulp, maar haar keel was te schor en haar kreten waren zwak.

Bij Sampson's Winter Wonderland stonden gezinnen geduldig in de rij voor de Kerstman. De kerstmarkt was niet meer dan een handvol haastig ingerichte kraampjes op modderig akkerland, maar de kinderen genoten ervan. De drieënveertigjarige Freddie Williams had net een hap van zijn eerste kerststol van het seizoen genomen toen hij haar zag. Ze dook als een spook op uit de stortregen. Freddies hap bleef voor zijn mond hangen toen hij haar langzaam maar vastberaden over het terrein zag hinken, haar ogen op hem gefixeerd. Bij nadere inspectie zag ze er niet spookachtig uit, maar eerder meelijwekkend: doorweekt, bebloed en lijkbleek. Freddie wilde niets met haar te maken hebben – ze zag eruit als een krankzinnige – maar zijn benen weigerden dienst onder de intensiteit van haar starende blik. Ze legde de laatste meters sneller af dan hij had verwacht, en toen het leek of ze zich op hem wilde storten, deinsde hij geschrokken achteruit. Zijn kerststol buitelde door de lucht en landde met een petsend geluid in een modderpoel.

Ze brachten het meisje naar een apart kamertje en sloegen een deken om haar heen, maar ze bleef vreemd doen. Ze wilde hun niet vertellen waar ze vandaan kwam of waar ze woonde. Ze leek niet eens te weten welke dag het was. Het enige wat ze uit haar konden krijgen was dat ze Amy heette en dat ze die ochtend haar vriend had vermoord.

Helen Grace kneep in de remmen en kwam tot stilstand bij het hoofdbureau van politie in Southampton. Het futuristische pand van glas en kalksteen torende boven haar uit; bovenin had je een fantastisch uitzicht over de stad en de havens. Het bureau was pas een jaar of twee oud en in alle opzichten indrukwekkend. Met ultramoderne cellen, een afdeling van het OM en forensische onderzoeksfaciliteiten beschikte het over alles wat een moderne politieman nodig had. Helen parkeerde haar motor en liep naar binnen.

'Zit je te suffen, Jerry?'

De brigadier van dienst schrok op uit zijn dagdroom en probeerde zo druk mogelijk te lijken. Iedereen ging altijd iets meer rechtop zitten als Helen binnenkwam. Niet alleen omdat ze inspecteur was, maar ook vanwege haar houding. Als ze met haar één meter tachtig in haar leren motorkleding het pand betrad, was ze een toonbeeld van ambitie en energie. Ze kwam nooit te laat, had nooit een kater, was nooit ziek. Haar ondergeschikten grapten onderling dat ze een robot was of een verbond met de duivel had gesloten, maar die grappen verhulden hun feitelijke bewondering voor haar vastberadenheid, toewijding en inzicht. Ze leefde voor haar baan, met een intensiteit waar zij slechts van konden dromen.

Helen liep rechtstreeks naar de afdeling Ernstige Delicten. Het nieuwe vlaggenschip van Southampton mocht dan revolutionair zijn, de stad waarover het moest waken was onveranderd. Terwijl Helen de takenlijst voor die dag bekeek en werd geconfronteerd met al die voorspelbare zaken, zonk de moed haar enigszins in de schoenen. Een huiselijke ruzie die was geëindigd in moord: twee levens verwoest en een jong kind dat in een instelling moest worden geplaatst. Een poging tot moord op een Saints-fan door meegekomen supporters van Leeds United en ten slotte de brute moord op een tweeëntachtigjarige man tijdens een mislukte roofoverval. De overvaller had de gestolen portemonnee laten vallen bij zijn vlucht, zodat de politie beschikte over duidelijke vingerafdrukken en snel zijn identiteit kon vaststellen. De dader was een oude bekende van de politie in Southampton. Een ordinair stuk tuig dat in de aanloop naar Kerstmis een nietsvermoedende bejaarde van het leven had beroofd. Helen moest deze ochtend de officier van justitie inlichten over de details. Ze opende het dossier, vastbesloten dat de zaak tegen deze crimineel absoluut waterdicht moest zijn.

'Maak het je niet al te gemakkelijk. Werk aan de winkel.'

Mark Fuller, haar coördinator, kwam haar kamer binnen. Mark, een knappe, getalenteerde politieman, had de afgelopen vijf jaar nauw samengewerkt met Helen. Moord, kinderontvoering, verkrachting, vrouwenhandel; hij had haar talloze onplezierige zaken helpen oplossen en ze vertrouwde op zijn toewijding, intuïtie en moed. Een lastige echtscheiding had echter zijn tol geëist en de laatste tijd vertoonde hij labiel en onbetrouwbaar gedrag. Helen stelde teleurgesteld vast dat hij weer naar drank rook.

'Jong meisje dat beweert dat ze haar vriend heeft vermoord.'

Mark haalde een foto uit zijn map en gaf die aan Helen. In de rechterbovenhoek zat de opvallende stempel van Vermiste Personen.

'Naam van het slachtoffer is Sam Fisher.'

Helen keek naar de foto van een jongeman met een fris gezicht. Scherp omlijnde trekken, optimistisch, zelfs een tikje naïef. Mark wachtte even tot Helen de foto had bestudeerd voordat hij haar een nieuwe overhandigde.

'En onze verdachte. Amy Anderson.'

Helen kon haar verbazing niet onderdrukken toen ze de foto zag. Een mooi en onconventioneel meisje, hoogstens eenentwintig. Met haar lange, golvende haar, opvallende kobaltblauwe ogen en gevoelige mond was ze een toonbeeld van jeugdigheid en onschuld. Helen pakte haar jasje.

'Kom mee.'

'Wil jij rijden of zal…'

'Ik rij.'

Ze haalden Charlie Brooks – Helens assistente – op, die contact had onderhouden met Vermiste Personen, en liepen toen zwijgend met z'n drieën naar de auto. De onstuitbaar zwierige Charlene Brooks was een goede politievrouw, ijverig en energiek, die vastberaden weigerde zich te kleden als een rechercheur. Vandaag droeg ze een strakke leren broek. Het lag niet op Helens weg om haar aan te spreken op haar kleding, hoewel ze die verleiding wel voelde.

In de auto viel Marks drankadem nog meer op. Helen keek hem van opzij aan en draaide haar raampje naar beneden.

'Wat weten we?' vroeg ze.

Charlie had het dossier al opengeslagen.

'Amy Anderson. Ruim twee weken geleden als vermist opgegeven. Het laatst gezien bij een popconcert in Londen. Ze had haar moeder gemaild dat ze op de avond van twee december naar huis zou liften met Sam en dat ze voor middernacht thuis zou zijn. Sindsdien is er van geen van beiden nog een teken van leven ontvangen. Haar moeder had de politie gebeld.'

'En toen?'

'Vanochtend dook ze op bij Sampson's. Zei dat ze haar vriend had vermoord en klapte vervolgens dicht. Ze zegt geen woord meer, tegen niemand.'

'En waar is ze al die tijd geweest?'

Mark en Charlie keken elkaar aan. Uiteindelijk zei Mark: 'Dat weet niemand.'

Ze lieten de auto achter op het parkeerterrein van Winter Wonderland en liepen naar het kantoortje. Toen ze de aftandse portakabin betrad schrok Helen van wat ze zag. De jonge vrouw die ineengedoken onder een sjofele deken zat, zag er verwilderd, verward en pijnlijk mager uit.

'Hallo, Amy. Ik ben inspecteur Helen Grace – zeg maar Helen. Mag ik gaan zitten?'

Geen antwoord. Helen nam behoedzaam plaats in de stoel tegenover haar.

'Ik wil het graag met je over Sam hebben. Is dat goed?'

Het meisje keek op met een van afschuw vervulde uitdrukking op haar geteisterde gezicht. Helen nam haar nauwlettend op en vergeleek haar trekken met de foto die ze eerder had gezien. Als die doordringende blauwe ogen en dat oude litteken op haar kin er niet waren geweest, had ze haar niet herkend. Haar glanzende haar was nu slierterig. Het zat in de war en was vet. Haar nagels waren afgebroken en vuil. Haar gezicht, armen en benen deden denken aan een ernstig geval van zelfmutilatie. En dan was er de lucht. Het was de lucht die je het eerste trof. Zoetig. Doordringend. Walgelijk.

'Ik moet Sam vinden. Kun je me zeggen waar hij is?'

Amy sloot haar ogen. Er rolde een enkele traan over haar wang.

'Waar is hij, Amy?'

Na een lange stilte fluisterde ze: 'In het bos.'

Amy weigerde categorisch om de veilige omgeving van de portakabin te verlaten, dus moest Helen de hond inzetten. Ze liet Charlie op Amy passen en ging met Fuller naar het bos. Simpson, de retriever, begroef zijn neus in de met bloed bevlekte vodden die ooit Amy's kleren waren geweest en schoot weg.

Het was niet moeilijk te zien waar Amy was geweest. Haar tocht door het bos was zo blindelings en ruw verlopen dat ze overal in het dichte struikgewas grote gaten had gemaakt. Stukjes kleding en huid markeerden haar pad. Simpson snoof alles op terwijl hij door het gebladerte stoof, op de voet gevolgd door Helen. Mark was vastbesloten zich niet te laten kisten door een vrouw, maar het kostte hem moeite Helen bij te houden en hij zweette alcohol.

Het verlaten gebouw kwam in zicht. Een leegstaand gemeentezwembad dat al een tijd op de lijst stond om gesloopt te worden, een triest overblijfsel van betere tijden. Simpson krabde aan de met hangsloten afgesloten deur en rende weg, om het gebouw heen, totdat hij uiteindelijk tot stilstand kwam bij een kapot raam. Op de resten glas zat vers bloed. Ze hadden Amy's cocon gevonden.

Binnen zien te komen was lastig. Ondanks de vervallen staat van het gebouw had iemand veel moeite gedaan om indringers te weren. Maar waarom? Er woonde hier niemand. Uiteindelijk werd het slot geforceerd en gingen ze naar binnen.

En daar lag hij. Vijf meter onder hen op de bodem van het bad. Een kort oponthoud terwijl er werd gezocht naar een lange ladder, en even later was Helen in het zwembad en werd ze geconfronteerd met Amy's 'Sam'. Naar zijn foto te oordelen was hij het keurige type dat later bij een advocatenkantoor terecht zou komen, maar dat zou je niet zeggen als je hem nu zag. Hij leek meer op een oude dakloze. Zijn kleren waren bevlekt met uitwerpselen, zijn nagels gebroken en vuil. En dan zijn gezicht. Zijn uitgemergelde gezicht was vertrokken in een gruwelijke uitdrukking: angst, pijn en afschuw stonden op zijn verwrongen trekken te lezen. Tijdens zijn leven was hij knap en innemend geweest. Als dode was hij afstotelijk.

6

Wanneer hielden ze eindelijk op haar zo te kwellen?

Amy had gedacht dat ze veilig zou zijn in het ziekenhuis. Dat ze met rust gelaten zou worden, zodat ze kon herstellen en rouwen. Maar ze bleven haar maar lastigvallen. Ze mocht niet eten of drinken, hoewel ze erom had gesmeekt. Haar tong was gezwollen, zeiden ze, haar maag samengetrokken. Haar ingewanden zouden kunnen scheuren als er opeens vast voedsel in kwam. Daarom hadden ze haar aan een infuus gelegd. Misschien was dat het verstandigst, maar het was niet wat ze wilde. Wanneer hadden die lui voor het laatst drie weken niets gegeten? Wat wisten zij ervan?

Ze had ook een infuus met morfine, wat een beetje hielp, hoewel ze er angstvallig op hadden toegezien dat ze niet te veel kreeg. Ze kon het bedienen met haar linkerhand en drukte op de knop als de pijn te erg werd. Haar rechterhand was aan het bed geboeid. Dat vonden die rotzusters geweldig. Met luid gefluister, zodat Amy het wel moest horen, speculeerden ze over wat ze had gedaan. Haar baby gedood? Haar echtgenoot vermoord? Ze genoten er echt van.

En toen – godallemachtig – lieten ze haar moeder binnen. Ze ging door het lint, schreeuwend en krijsend, totdat haar ontzette moeder op advies van de arts afdroop. Wat dachten ze wel? Ze kon haar moeder niet onder ogen komen, niet nu. Niet nu ze er zo aan toe was.

Ze wilde gewoon met rust gelaten worden. Ze zou zich sterk concentreren op de dingen om haar heen, naar het ingewikkelde patroon van haar kussensloop staren, uren naar het hypnotiserende gloeidraadje in de lamp op haar nachtkastje turen. Op die manier kon ze zich afsluiten, haar gedachten op afstand houden. En als ze opeens werd overvallen door een beeld van Sam, drukte ze krachtig op de morfineknop en dreef ze even weg naar een gelukkiger oord.

Maar in haar hart wist ze dat ze niet lang met rust gelaten zou worden. De demonen omcirkelden haar al en sleepten haar terug naar de zombie die ze had achtergelaten. Ze zag politiemensen op de gang lopen. Ze wachtten tot ze haar konden ondervragen. Snapten ze niet dat ze die vragen nooit zou willen beantwoorden? Had ze niet al genoeg geleden?

'Zeg maar dat ik ze niet wil zien.'

De verpleegster bij haar bed keek op van haar status.

'Zeg maar dat ik koorts heb,' ging Amy verder. 'Dat ik slaap…'

'Ik kan ze niet tegenhouden, meisje,' zei de verpleegster effen. 'Je kunt het maar beter achter de rug hebben, nietwaar?'

Ze kon nooit genoeg lijden. Eigenlijk wist ze dat wel. Ze had de man van wie ze hield vermoord en dat viel nooit meer ongedaan te maken.

7

'Vertel me eens hoe je uit het zwembad bent gekomen, Amy?'

'Met een ladder.'

'Ik heb daar geen ladder gezien.'

Amy keek haar kwaad aan en wendde haar gezicht af. Ze trok de ziekenhuisdekens op tot aan haar kin en kroop weer in haar schulp. Helen Grace sloeg haar gefascineerd gade. Als ze loog, was ze in ieder geval een heel goede actrice. Ze keek even naar Mark en vroeg toen verder.

'Wat voor ladder was het?'

'Een touwladder. Die werd neergelaten nadat ik...'

De tranen prikten in Amy's ogen en haar hoofd zakte op haar borst. Er zaten inderdaad schaafplekken op haar handpalmen. Zouden die veroorzaakt zijn doordat ze omhoog was geklauterd via een touwladder? Helen gaf zichzelf een mentale berisping – waarom hield ze überhaupt rekening met die mogelijkheid? Amy's verhaal was krankzinnig: ze zei dat ze waren opgepikt langs de snelweg, waren verdoofd, ontvoerd en uitgehongerd. En vervolgens gedwongen tot moord. Waarom zou iemand zoiets doen? Op het eerste gezicht waren Amy en Sam twee keurige jonge mensen, maar de verklaring voor deze gruwelijke misdaad moest in hun eigen leven te vinden zijn.

'Vertel me eens over je relatie met Sam.'

Amy barstte in snikken uit.

'Misschien is dit het moment voor een pauze, inspecteur?' Amy's moeder had erop gestaan dat er een advocaat bij het gesprek aanwezig was.

'We zijn nog niet klaar,' beet Helen hem toe.

'Maar u ziet dat ze uitgeput is. We kunnen toch zeker...'

'Ik zie alleen een dode jongen die Sam Fisher heet. Die in zijn rug is geschoten. Van dichtbij. Door uw cliënt.'

'Mijn cliënt ontkent niet dat ze de trekker heeft overgeh...'

'Maar ze wil ons niet vertellen waaróm.'

'Ik heb jullie vertéld waarom,' gooide Amy eruit.

'Ja, en het is een prachtig verhaal, Amy. Maar het slaat helemaal nergens op.'

Helen liet de woorden in de lucht hangen voordat ze verder ging. Zonder dat het hem verteld moest worden, nam Mark de ondervraging over om de druk op te voeren.

'Niemand heeft je gezien. En dat busje evenmin, Amy. De vrachtwagenchauffeurs niet. De verkeerspolitie niet. De andere jongeren die op dat traject stonden te liften niet. Dus waarom hou je niet op met die flauwekul en vertel je me niet waarom je je vriendje hebt vermoord? Had hij je geslagen? Wat deden jullie eigenlijk in dat zwembad?'

Amy bleef zwijgen. Ze keek zelfs niet op. Het was alsof Mark helemaal niets had gezegd. Helen nam het stokje weer over en sloeg een mildere toon aan.

'Denk niet dat je de eerste bent, Amy, die valt voor een aardige jongen die sadistisch en gewelddadig blijkt te zijn. Het is jouw fout niet, niemand veroordeelt jou en als jij me kunt vertellen wat er is gebeurd, wat er is misgegaan, dan beloof ik dat ik je kan helpen. Had hij je aangerand? Waren er anderen bij betrokken? Wat deden jullie daar?'

Nog steeds niets. Voor het eerst klonk er ongeduld door in Helens stem.

'Twee uur geleden heb ik Sams moeder moeten vertellen dat haar zoon is doodgeschoten. Wat zij wil, en wat zijn broers en zussen willen, is dat de dader wordt gevonden. En op dit moment ben jij de enige die in beeld is. Dus in je eigen belang en dat van hen: hou op met die onzin en vertel me de waarheid. Waarom heb je het gedaan, Amy? Waarom?'

Er viel een lange stilte. Toen keek Amy op. Door de tranen heen straalden haar ogen woede uit.

'Zíj heeft me gedwongen.'

8

'Wat denk je ervan, chef?'

Voor het eerst in haar leven kon Helen geen antwoord geven. Ja of nee, schuldig of niet schuldig, Helen Grace had altijd een antwoord klaar. Maar nu niet. Dit was iets anders. Al haar ervaring zei haar dat Amy loog. Het ontvoeringsverhaal was al gek genoeg, maar het feit dat de dader een vrouw alleen zou zijn gaf de doorslag. Vrouwelijke moordenaars doden hun echtgenoot, hun kinderen of mensen voor wie ze zorgen. Ze ontvoeren geen wildvreemden en volgen geen scenario's met grote risico's zoals Amy had beschreven, waar het aantal slachtoffers in de meerderheid was. En zelfs als het wél een vrouw was geweest, hoe kon ze dan zo sterk zijn dat ze twee volwassenen vanuit een busje het zwembad in had gekregen? Helen was meer dan geneigd om haar stevig aan te pakken. Misschien zou ze eindelijk de waarheid vertellen als ze werd beschuldigd van moord.

En toch, waarom zou ze zo'n verhaal vertellen als het niet waar was? Amy was een slim, verstandig meisje zonder psychische problemen. Haar getuigenis was voortdurend helder en consistent gebleven. Haar beschrijving van haar 'ontvoerder' was heel precies: donkerblond stekelhaar, zonnebril, korte vieze nagels – en daar was ze standvastig bij gebleven. Tot in de kleinste details, bijvoorbeeld dat ze in het busje te veel gas had gegeven in een lage versnelling. En het was duidelijk dat ze écht van Sam hield en dat ze het verschrikkelijk vond dat hij dood was. Iedereen beschreef hen als onafscheidelijk, als twee helften die samen één geheel vormen. Ze hadden elkaar ontmoet op de universiteit van Bristol en hadden besloten om in Warwick te promoveren zodat ze bij elkaar konden blijven. Zo hadden ze een baan en een mogelijk gescheiden leven nog even uit kunnen stellen. Ze hadden niet veel geld, maar in de tijd dat ze samen waren hadden ze door het hele land gelift, en ze waren zelden met anderen op vakantie gegaan.

Uit forensisch onderzoek was gebleken dat zij het pistool had afgevuurd, dus daar bestond geen twijfel over, maar daardoor was ook het verhaal van haar gevangenschap gestaafd. Hun fysieke staat – het haar, de nagels, plus de uitwerpselen in het zwembad – toonde aan dat het minstens twee weken had geduurd voor ze hem vermoordde. Hadden ze de hoop opgegeven en strootjes getrokken? Iets afgesproken?

'Waarom hij en niet jij?' Amy was weer ingestort, maar Helen herhaalde de vraag. Uiteindelijk slaagde Amy erin om antwoord te geven.

'Omdat hij het me vroeg.'

Een daad van liefde dus. Een daad van zelfopoffering. Wat een last om op je geweten te hebben... als het waar was. En dat was wat haar dwarszat: het simpele feit dat Amy kapot was van hetgeen er was gebeurd. Niet alleen maar getraumatiseerd. Ze was kapot, implodeerde onder het gewicht van de schuld. Het was een emotie die Helen maar al te goed kende. Ondanks alles merkte ze dat ze met Amy te doen had. Misschien had ze die kwetsbare jonge vrouw te hard aangepakt.

Het kon niet waar zijn. Want waaróm zou iemand zoiets doen? Wat had die 'vrouw' erbij te winnen? Volgens Amy was ze er niet eens bij geweest om toe te kijken, dus wat had het voor zin? Het kon niet waar zijn en toch, toen Helen antwoord gaf op de rechtstreekse vraag van Mark – typerend voor hem – zei ze, tot haar eigen verbazing: ‘Ik denk dat ze de waarheid spreekt.’

9

Ben Holland had een bloedhekel aan zijn wekelijkse zakenreisje naar Bournemouth. Hij vond het zinloos, een verloren dag. Maar het bedrijf vond het erg belangrijk dat er persoonlijk contact was tussen de verschillende kantoren, dus één keer per week nuttigden Ben en Peter (Portsmouth) hun boterham en koffie met Malcolm en Eleanor (Bournemouth) en Hellie en Sarah (Londen). Ze bespraken de details van maritieme wetgeving, bankrecht en internationale aspecten van erfrecht, voordat ze overgingen tot geroddel over hun cliënten. Soms was het wel enigszins informatief, zelfs onderhoudend, maar als je de reis heen en terug naar Portsmouth in aanmerking nam was het allemaal een enorme tijdverspilling.

Deze keer was het nog erger dan normaal. Zoals gewoonlijk had Ben Peter een lift gegeven naar en van de bijeenkomst in Bournemouth, zodat zijn oudere collega tijdens de lunch kon drinken. Peter had een snel brein en wist resultaten te boeken. Hij was ook saai, verviel in herhaling en stonk altijd naar zweet. Het was al erg genoeg om samen met Peter in een vergaderzaal te zitten, en nu zat hij twee hele uren met hem opgescheept in de auto. Tenminste, dat zou zo geweest zijn als ze niet zonder benzine waren komen te staan.

Ben pakte zijn telefoon. Hij zette grote ogen op van ontzetting en onderdrukte een vloek.

'Geen bereik.'

'Wat?!' antwoordde Peter.

'Geen bereik. Jij?'

Peter inspecteerde zijn telefoon.

'Niks.'

Een lange stilte.

Ben deed zijn uiterste best om zijn woede te bedwingen. Waar had hij het aan verdiend? Wat had hij misdaan dat hij hier met Peter vastzat, midden in het New Forest terwijl de avond viel? Ben had de tank volgegooid bij de Esso net buiten Bournemouth, waar de benzine het goedkoopst was, maar een uur later was de tank al leeg. Toen het benzinelampje ging branden, kon hij zijn ogen niet geloven, maar hij ging ervan uit dat hij minstens genoeg had om Southampton te halen. Maar niet lang nadat het waarschuwingslampje was gaan knipperen, was de auto sputterend tot stilstand gekomen. Moesten ze lopend naar een tankstation? De nacht samen doorbrengen?

'Een platinakaart van de wegenwacht en wat heb je eraan?' zei Peter.

Ben keek beide kanten van de stille bosweg op. Niemand zei het, maar het was zijn idee geweest om de route door het New Forest te nemen. Dat deed Ben altijd om de M27 rond Southampton te vermijden, door slim een binnendoorweggetje naar Calmore te nemen, maar vandaag had dat averechts uitgepakt. Ben had het gevoel dat dat nog wel ter sprake zou komen, maar pas als deze beproeving voorbij was. Peter zou dit pechgeval flink uitmelken. Hij wachtte alleen het juiste moment af.

'Ga jij lopen of doe ik het?' vroeg Peter.

Het was een retorische vraag. Peter was nou eenmaal de oudste en bovendien had hij 'versleten knieën'. Dus kwam het op Ben neer. Na een blik op de kaart besloot hij dat er een kilometer of drie verderop wat vakantiewoningen moesten liggen. Misschien kon hij die nog voor de avond bereiken als hij zich haastte. Hij zette zijn kraag op tegen de kou, knikte naar Peter en ging op pad.

'We'll meet again…' zong Peter. Eikel, dacht Ben.

Maar toen, opeens, een meevaller. In de schemering zag Ben twee speldenprikjes licht. Hij tuurde er ingespannen naar. Ja hoor, geen twijfel mogelijk. Koplampen. Voor de eerste keer die dag voelde Ben dat zijn lichaam zich ontspande. God bestond dus toch. Hij zwaaide wild met zijn handen, maar het busje minderde al vaart om hulp te bieden.

Godzijdank, dacht Ben. Eindelijk redding.

10

Diane Anderson had haar dochter meer dan drie weken niet gezien. En ook nu zag ze haar niet, hoewel Amy aan haar borst lag in een verstikkende omhelzing. Ze hadden haar opgelapt in het ziekenhuis, ze had mogen douchen en had haar haar gewassen, maar ze zag er nog steeds niet uit als Amy.

De aantrekkelijke politievrouw – Charlie – vergezelde hen naar huis. Ze zei dat het was om Amy te helpen, om haar een veilig gevoel te geven bij haar terugkeer in de buitenwereld, maar ze was een spion. Dat wist Diane zeker. Ze zou wachten, toekijken en rapport opmaken. Haar dochter was er nog niet vanaf. Dat bleek wel uit de twee geüniformeerde politiemensen die hadden postgevat voor hun deur. Waren ze er om haar te beschermen of om haar te beletten weg te lopen? Een verslaggever van het plaatselijke sufferdje had zelfs door de brievenbus geroepen en op de meest tactloze wijze gevraagd waarom Amy haar vriend had vermoord. Het feit dat de verslaggever een jonge vrouw was, maakte het nog erger. Wat bezielde die mensen?

'Amy heeft Sam doodgeschoten.' Zo had die strenge – inspecteur Grace – het gezegd. Het leek haar onzin. Amy zou nooit iemand neerschieten, en zeker Sam niet. Ze had zelfs nooit eerder een pistool vastgehad. Dit was Amerika niet.

Ze had zich tot haar man Richard gewend. Ze verwachtte dat

hij de politie zou corrigeren, de zaken zou ophelderen, maar zijn gezicht was een spiegel van het hare geweest: pure shock. Even had ze een vlaag van woede gevoeld – Richard was er nooit als ze hem echt nodig had – voordat ze zich hernam en weer de confrontatie aanging met de bittere realiteit. Amy hield van Sam. Diane had zich vaak afgevraagd hoe het zou zijn als ze – eventueel – gingen trouwen. Ze had altijd aangenomen dat Amy zou gaan samenwonen zonder te trouwen, zoals bijna iedereen tegenwoordig. Maar Amy had haar verrast door haar toe te vertrouwen dat ze beslist een echt huwelijk wilde, als de tijd rijp was. Maar, typisch Amy, ze wilde het wel op haar eigen manier. Ze was beslist van plan in het wit te trouwen en ze was vastbesloten dat Diane haar moest weggeven in plaats van haar vader. Zou Richard dat kunnen verdragen? Zouden andere mensen dat leuk vinden of zou het raar overkomen? Met een schok besefte Diane dat ze weer zat te dagdromen. Over een bruiloft die nooit zou plaatsvinden.

Het was allemaal volslagen onbegrijpelijk. Sam was niet gewelddadig of agressief, dus het kon geen zelfverdediging zijn geweest. Tot haar razernij was inspecteur Grace uiterst gesloten geweest over wat er precies was gebeurd: 'Amy kan het beter zelf vertellen als ze daaraan toe is'. Maar Amy had geen woord gezegd. Ze zweeg. Diane probeerde haar te bereiken door milkshakes voor haar te maken, door petitfours aan te bieden (waar ze als kind dol op was) en de slaapkamer die ze nu zouden delen in te richten met al haar speelgoed en snuisterijen van vroeger. Maar niets had gewerkt. Dus zaten ze daar maar, stijf met z'n drieën. Charlie op het randje van de bank terwijl ze probeerde geen thee te morsen, Diane die kwam aandragen met koekjes die niemand wilde en Amy die zat te staren, een schim van het levendige meisje dat ze ooit was.

11

Het was een hinderlaag. Het mens had haar opgewacht en toen Helen uit haar auto stapte, stortte ze zich op haar.

'Hebt u een paar minuten, inspecteur?'

De moed zonk Helen in de schoenen. Het begon nu al.

'Leuk je te zien, Emilia, maar je zult begrijpen dat ik het heel druk heb.'

Helen liep door, maar ze werd tegengehouden door een arm. Helen keek de vrouw kwaad aan: ben je helemaal bedonderd? Haar belager begreep de hint en verslapte langzaam haar greep. Emilia Garanita grijnsde breed en schaamteloos. Ze was een opvallend type – jong en rank, maar ook geknakt en misvormd. Als tiener had ze vele harten gebroken, maar al op achttienjarige leeftijd was ze het slachtoffer geworden van een gruwelijke aanval met zuur. Als je haar profiel bekeek vanaf de linkerkant was ze knap en aantrekkelijk. Vanaf de rechterkant kon je alleen maar medelijden hebben: verminkte gelaatstrekken, een kunstoog dat niet bewoog. Ze stond plaatselijk bekend als 'Beauty and the Beast' en was misdaadredacteur van de *Southampton Evening News.*

'De zaak-Amy Anderson. We weten dat ze hem heeft vermoord, maar niet waarom. Wat had hij haar aangedaan?'

Helen probeerde haar minachting te verbergen; ze wist zeker dat het Emilia was geweest die eerder door de brievenbus van de Andersons had geroepen, maar het was niet verstandig om de pers al zo vroeg in het onderzoek tegen je in het harnas te jagen.

'Was het iets seksueels? Had hij haar geslagen? Zoekt de politie nog naar meer daders?' ging ze verder.

'Je weet hoe het gaat, Emilia, zodra we iets meer weten nemen we contact op met de media. Als je me nu wilt excuseren…'

'Ik ben gewoon nieuwsgierig omdat jullie haar hebben vrijgelaten. Niet eens op borgtocht. Jullie laten ze normaal gesproken toch een beetje langer zweten, nietwaar?'

'We laten niemand "zweten", Emilia. Ik hou me aan de regels, dat weet je. En dat is dan ook de reden dat alle communicatie via de geëigende kanalen zal lopen, oké?' Helen toonde haar beste glimlach en liep door. Ze had de eerste slag gewonnen van een ongetwijfeld langdurige strijd. De misdaad zat Emilia in het bloed. Ze was de oudste van zes kinderen en was beroemd geworden toen haar vader, een drugstransporteur, was veroordeeld tot achttien jaar gevangenisstraf omdat hij zijn kinderen als drugskoerier had misbruikt. Vanaf hun vroegste jeugd waren de kleine Emilia en de vijf andere broers en zussen gedwongen condooms met cocaïne in te slikken nadat ze in de haven van Southampton waren aangekomen na een van hun vele Caribische cruises. Toen haar Portugese vader naar de gevangenis moest, probeerden zijn opdrachtgevers Emilia te dwingen haar leven als drugskoerier weer op te pakken om hun verliezen goed te maken. Ze weigerde, waarvoor ze haar straften: twee gebroken enkels en een halve liter zwavelzuur in haar gezicht. Ze had er een boek over geschreven en zo was ze de journalistiek in gerold. Ondanks het feit dat ze nog steeds mank liep, was ze voor niemand bang en volstrekt onvermoeibaar in haar jacht op goede verhalen.

'Doe niet zo afstandelijk,' riep Emilia terwijl Helen op de zoemer van het mortuarium drukte.

Helen wist dat het leven zojuist een beetje lastiger was geworden. Maar ze had nu geen tijd om daar stil bij te staan. Helen had een afspraak met een lijk.

12

Hij was een schim van zichzelf. Het zorgeloze, knappe gezicht dat je stralend aankeek vanaf zijn Facebookpagina leek in niets op het ingevallen dodenmasker dat Helen nu zag liggen. Sams uitgemergelde lichaam lag op de snijtafel van het mortuarium voor haar. Er was niets over van de vrolijke, hoopvolle persoon die hij was geweest. Het was een buitengewoon verontrustende aanblik.

Helen wendde zich af en zocht afleiding bij de voortgang van patholoog-anatoom Jim Grieves. Zelfs na dertig jaar in het vak deed Jim er een eeuwigheid over om zijn handen te wassen en zijn beschermende kleding aan te trekken voordat hij aan een autopsie begon. Door het eindeloze geschrob deed hij denken aan een moderne Lady Macbeth (maar dan wel een met overgewicht), en als je zag hoe hij onhandige pogingen deed om zijn handen in de steriele handschoenen te wringen, zou je bijna willen ingrijpen en het voor hem doen. Sommige politiemensen hadden dat daadwerkelijk gedaan. Anderen dachten dat hij zijn beste tijd had gehad, maar Helen wist wel beter en jaagde hem niet op. Het was de moeite waard om op hem te wachten en bovendien had het iets magisch, die langzame transformatie van lijvige, zwaar getatoeëerde lomperik naar een scherpzinnige patholoog in beschermende operatiekleding die Helen al bij veel zaken had geholpen.

'Wat ik ga zeggen is met al het gebruikelijke voorbehoud, aangezien ik weer word opgejut...'

Helen glimlachte. Ze was gewend aan Jims gemopper en liet hem zijn gang gaan. Ze had inderdaad haast, maar nood brak wet. Sams moeder inlichten over zijn dood was afschuwelijk geweest, deels omdat Helen haar zo weinig had kunnen vertellen. Olivia Taylor was sinds enige jaren weduwe, en ze had nu geen partner die haar kon steunen. Op de een of andere manier moest ze haar kinderen zien te helpen de dood van hun geliefde oudere broer te verwerken en Helen moest haar de middelen geven om dat te doen. Daarom moest ze het verhaal van Amy zo snel mogelijk zien te staven of ontkrachten.

Jim was opgehouden met zijn gemopper. Hij richtte zich op Sams lichaam en begon aan zijn opsomming.

'Eén schotwond in de rug. De kogel is onder het rechterschouderblad naar binnen gegaan en blijven steken in de ribbenkast. Ik gebruik technische termen, dus als je iets niet begrijpt moet je het zeggen, goed?'

Helen gaf geen sjoege. Jims sarcasme was iets wat ze tot dusver bij alle lijkschouwingen die ze had bijgewoond had meegemaakt. Hij ging door zonder haar reactie af te wachten.

'Doodsoorzaak: hartstilstand. Mogelijk veroorzaakt door bloedverlies, maar waarschijnlijker door de impact van de kogelinslag. Hij was er al slecht aan toe voordat hij werd neergeschoten. Sporen van emaceratie in de torso, ledematen en het gezicht: let op de diepliggende oogkassen, het bloed bij zijn tandvlees, de haaruitval. Blaas en ingewanden zo goed als leeg, de maag bevatte stukjes kleding, haar, tegellijm en ook mensenvlees.'

Jim liep om de tafel heen om Sams rechterarm op te tillen.

'Het vlees was van hemzelf, gebeten uit zijn rechteronderarm. Voor zover ik het kan zien heeft hij drie of vier happen genomen voordat hij het opgaf.'

Helen sloot haar ogen toen het tot haar doordrong hoe gruwelijk Sams laatste dagen geweest moesten zijn. Ze dwong zich haar ogen weer te openen. Jim hield Sams verminkte onderarm voor haar op zodat ze alles goed kon zien en legde hem daarna voorzichtig weer neer.

'Ik schat dat hij gedurende minstens twee weken niet meer goed gegeten of gedronken had, waarschijnlijk langer. Zijn lichaam heeft al die tijd geleefd op vetreserves; en als die op zijn worden voedingsstoffen uit de interne organen opgenomen. Toen hij stierf stonden zijn organen op het punt het totaal te begeven. Naar wat ik heb gehoord over de medische toestand van het meisje was zij er net zo aan toe. Nog een paar dagen en beiden zouden een natuurlijke dood zijn gestorven.'

Jim zweeg weer even, deze keer om in zijn papieren te rommelen.

'Het bloed. Wat je kunt verwachten van iemand die lijdt aan extreme dehydratie en hard op weg is naar het moment dat zijn organen het begeven. Het enige ongewone waren sporen van benzodiazepine. Ik verwacht dat je die ook zult aantreffen in haar bloed en in sterkere mate in hun uitwerpselen.'

Helen knikte. Forensisch onderzoek had al bevestigd dat er sporen van het sterke kalmeringsmiddel in de uitwerpselen in het zwembad waren aangetroffen. Helen onderdrukte haar toenemende gespannenheid, maar dit ging duidelijk één kant op. Jim ging nog tien minuten door, maar toen vond Helen het tijd om te stoppen. Ze had alles wat ze nodig had.

Tegen alle verwachtingen in werd Amy's verhaal steeds meer bevestigd. De technische recherche had in een hoek van het zwembad stukjes touw gevonden, wat strookte met het verhaal dat Amy een touwladder had gebruikt om te ontsnappen. Bovendien hadden ze kleren gevonden die besmeurd waren met aarde en waar stukjes vegetatie op zaten, wat suggereerde dat Amy en Sam vanuit een auto over open terrein naar het verlaten zwembad waren gesleept. Kon een vrouw alleen Sam hebben voortgesleept – hij woog vijfenzeventig kilo – of zou ze de hulp van een handlanger nodig hebben gehad?

Op de terugweg naar Southampton Central besefte Helen dat deze zaak haar van nu af aan helemaal in beslag zou nemen. Ze zou niet rusten voordat ze dit vreemde misdrijf had opgelost. Toen ze de recherchekamer binnenkwam, zag ze tot haar genoegen dat Mark al druk bezig was. Er waren talloze praktische en bureaucratische kwesties die een onderzoek als dit konden lamleggen en Helen wilde dat alles op rolletjes zou lopen. Mark was de klassieke coördinator – een irritant maar effectief instrument – die er goed in was alle neuzen dezelfde kant op te krijgen. Hij had een goed team van rechercheurs samengesteld: Bridges, Grounds, Sanderson, McAndrew – naast ondersteunend personeel. Het onderzoek kwam voor haar ogen tot leven. Mark haastte zich naar haar toe toen hij haar zag binnenkomen.

'Wat gaan we tegen de pers zeggen, chef?'

Een goede vraag, waar Helen zelf ook al over had nagedacht sinds ze bij Jim Grieves was geweest. Emilia Garanita zou niet loslaten en er zouden anderen in haar kielzog volgen. Een jong meisje had haar vriend doodgeschoten op een verlaten plek. Het was gruwelijk en dus goede kopij.

'Zo weinig mogelijk. Totdat we meer weten, kunnen we niet meedelen dat er een derde partij bij betrokken is. Dus voorlopig gooien we het op een zaak in de relationele sfeer, zonder veel details te geven. De pers zal allerlei conclusies trekken over Sam en de vraag waarom Amy hem heeft vermoord...'

'Maar we willen niet dat hij onnodig wordt zwartgemaakt.'

'Precies. Hij en zijn moeder verdienen beter.'

'Oké, dan houden we voorlopig onze mond dicht.'

Hij ging weer aan het werk. Hij had ongetwijfeld een ruw randje – groot, ongeschoren, ruig – maar als hij in vorm was, was Mark een goede collega om in je team te hebben. Helen hoopte dat dat zo zou blijven.

Tevreden dat alles geregeld was stond Helen zich vijf minuten toe voor een kop thee. Ze was moe – het interview met Amy was slopend geweest, het bezoek aan het mortuarium zelfs nog erger. Sams verschrikkelijke dood had haar diep geraakt en ze kon het beeld van zijn levenloze, verwrongen gezicht niet uit haar hoofd zetten. Dat een moeder zoiets onder ogen moest krijgen...

Ze was zo diep in gedachten verzonken dat ze Charlie pas opmerkte toen ze haar bijna omverliep.

'Chef. Dit moet u zien.'

Ze was al de hele dag geconfronteerd met nare verrassingen, maar Helen voelde dat er nog een aan zat te komen.

Charlie overhandigde haar een paar foto's: twee goedgeklede zakenmensen, een in de dertig, de ander een stuk ouder.

'Ben Holland en Peter Brightston. Drie dagen geleden als vermist opgegeven. Ze kwamen terug van een juridisch overleg in Bournemouth. Ze zijn nooit thuisgekomen.'

Helen werd bekropen door een misselijkmakend gevoel.

'Hun auto is aangetroffen in het New Forest. De plaatselijke politie en de boswachters hebben elke centimeter van het bos uitgekamd. Geen enkel spoor.'

'En?' Helen voelde dat er meer was.

'Jassen, tassen en portemonnees nog in de auto. Hun mobiele telefoons zijn vlakbij gevonden. De simkaarten waren opzettelijk vernield.'

Weer een ontvoering dus. En deze zelfs nog vreemder dan de eerste. Twee volwassen mannen, slim, sterk en in staat om voor zichzelf op te komen, waren in het niets verdwenen.

13

Hoe maak je jezelf wakker wanneer je droomt? Als je midden in een nachtmerrie zit, hoe klim je dan uit de afgrond?

Dit bleef maar door Ben Hollands hoofd spoken. Hij moest dromen. Hij droomde echt. Misschien waren Jennie en hij na kantoortijd naar de slijter gegaan om een fles Bison Grass te halen? Zat hij nu misschien midden in een wodkadroom? Hij kon elk moment wakker worden met een bonzend hoofd en een stompzinnige grijns op zijn gezicht...

Ben opende zijn ogen. Hij had het uiteraard al die tijd geweten, want de geur was overweldigend. Hoe kon je zo denken dat je ergens anders was? En zelfs als het je op de een of andere manier lukte, zou het constante gejammer van Peter je wel bij zinnen brengen. Vanaf het moment van hun ontvoering had Ben uitgebreid toegegeven aan zijn woede en ongeloof. Maar Peter had gekozen voor wanhoop.

'Peter, wil je alsjeblieft je kop houden...'

'Val dood,' was het bitse antwoord. Waar blijf je nou met je leiderschapskwaliteiten, dacht Ben giftig.

Ze zaten in de val. Het was onbegrijpelijk maar waar. Het ene moment hadden ze nog opgelucht en blij in het bestelbusje gezeten, het volgende moment waren ze hier bijgekomen. Duizelig, vol blauwe plekken en bedekt met een dikke laag plakkerig stof.

Ben was onthutst opgekrabbeld en had zijn ogen tot spleetjes geknepen om het duister te doorgronden en vat te krijgen op hun omgeving. Ze zaten in een of andere gigantische silo of opslagruimte waarvan de vloer was bedekt met steenkool. Dat was het stof dat aan hen kleefde, stof van kolen dat in hun oren en ogen kroop, dat hun tong dik en droog maakte. Ben kroop werktuiglijk van de kolenhoop omlaag. Dat was zwaar, de grond onder zijn voeten verschoof voortdurend, maar uiteindelijk lukte het hem. Koud, glad staal. Hij gebruikte de wand als steunpunt en strompelde rond, tegen beter weten in hopend op een deur, een luik, een of andere vorm van ontsnapping. Maar de zijwanden waren glad en na een paar rondjes gaf hij het op. Hij sloeg zijn ogen op en zag dat er een beetje licht door de kier van een groot luik scheen. Via dat luik waren ze in deze vreemde hel terechtgekomen.

Nu pas werd Ben zich bewust van de snijwonden en blauwe plekken die zijn gezicht en bovenlichaam bedekten. Het was een val van minstens zeven meter vanaf het luik, en de opeengepakte kolen hadden niet voor een zachte landing gezorgd. Plotseling voelde hij overal pijn. De schok werd geleidelijk minder en zijn toegetakelde lichaam protesteerde. Hij draaide zich om omdat hij een geluid hoorde. Peter stommelde naar hem toe. Zijn gezicht was een en al doffe, niet-begrijpende verbazing. Hij zocht naar verklaringen, maar van Ben zou hij die niet krijgen. En terwijl ze daar stonden, uitgeput en hopeloos, ging er een telefoon. Beiden stonden even als aan de grond genageld voordat ze er gelijktijdig op afdoken. Ben was net iets eerder.

Nadat ze hun dodelijke ultimatum hadden gekregen lachten ze maniakaal, alsof het allemaal een belachelijke grap was. Maar het gelach stierf langzaam weg.

‘Laten we kantoor bellen.’ Plotseling wilde Ben weg uit deze schacht.

'Goed idee. Bel Carol, die weet wel wat ze moet doen,' zei Peter, meeliftend op Bens positieve energie.

Ben toetste de bekende nummers in, maar de telefoon was geblokkeerd voor uitgaande gesprekken. Vier cijfertjes die hen scheidden van de vrijheid.

'Wat zullen we proberen?'

Bens oog werd al getrokken naar het batterijtekentje in de rechterbovenhoek van het scherm. Het knipperde flauwtjes.

'We hebben maar een paar kansen. Wat zullen we proberen?' Bens stem klonk gespannen. Het begon tot hem door te dringen dat ze voor een onmogelijke taak stonden.

'Ik weet het niet. 1, 2, 3, 4.'

De blik van Ben was vernietigend.

'Weet ik veel,' antwoordde Peter kwaad. 'Wat is je geboortejaar?'

Het was een wanhopige poging, maar even goed als elke andere. Ben probeerde Peters geboortejaar, toen dat van hemzelf. Hij was bezig met een derde poging toen de batterij leeg was.

'Shit.'

Het woord galmde door het gewelf.

'Wat nu?'

De twee stonden roerloos en verloren naar het gesloten luik boven hun hoofd te kijken. Door een kier piepte licht naar binnen, dat op het pistool viel dat stilletjes op de grond lag, tussen hen in.

'Niets. We kunnen niets...'

Bens woorden stierven weg terwijl hij zich omdraaide en zich terugtrok in het duister. Hij sjokte over de kolen en werd plotseling overvallen door een vlaag van wanhoop. Waarom overkwam hun dit? Wat hadden ze misdaan?

Hij wierp een blik op Peter, die in zichzelf mompelend liep te ijsberen. Ben had Peter nooit gemogen. Maar hij had niet zo de pest aan hem dat hij hem zou willen vermoorden, godallemachtig! Misschien was het geen echt pistool? Hij wilde het nagaan, maar door de blik die Peter op hem wierp deinsde hij meteen terug.

En zo zat Ben daar in zijn eigen privéhel. Hij had zich nooit op zijn gemak gevoeld in benauwde ruimten. Door traumatische gebeurtenissen in zijn jeugd wilde hij altijd en in iedere situatie weten waar de nooduitgang was. Maar nu zat hij in de val, en erger nog, ook nog ondergronds. Levend begraven. Zijn handen begonnen al te trillen. Hij voelde zich licht in zijn hoofd en zweterig, lichtjes dansten voor zijn ogen. Hij had in jaren geen paniekaanval meer gehad, maar hij voelde er nu een opkomen. Hij voelde zich opgesloten.

'Ik moet hier uit.' Ben krabbelde overeind. Peter draaide zich om, verbaasd en van zijn stuk gebracht. 'Alsjeblieft Peter, ik moet hier weg. Help! Is daar iemand?!'

Hij schreeuwde en gilde om de aanval af te wenden, maar hij voelde zich zwak en moest ermee ophouden. Iemand zou hen toch zeker wel komen zoeken en redden? Dat moest wel. Het alternatief was ondenkbaar.

14

Kort nadat Charlie het nieuws had gebracht, dat insloeg als een bom, verliet Mark Fuller het bureau. Dit betekende dat het onderzoek een heel nieuwe weg in zou slaan, maar voorlopig moesten de dataverzamelaars en de uniformdienst de kar trekken. Alle informatie werd twee- tot driemaal gecontroleerd en pas als de verdwijning van de twee mannen als verdacht werd aangemerkt zou de recherche worden ingezet. Morgen zou hoogstwaarschijnlijk een lange dag worden voor Mark, Charlie en de rest van het team, dus had Helen hen naar huis gestuurd voor de broodnodige nachtrust. Maar Mark was niet van plan om te gaan slapen.

In plaats daarvan reed hij door de stad naar de buitenwijk Shirley en parkeerde in een rustige straat. Hij gebruikte nooit zijn eigen auto, omdat hij niet gezien wilde worden. De aftandse Golf met de getinte ramen was bedoeld om de aandacht af te leiden van zijn ware bedoelingen, en het werkte. Voorbijgangers dachten dat die auto van een tiener was die probeerde een oud wrak op te voeren. Het was een volmaakte uitkijkpost van waaruit hij ongezien kon toekijken.

Een meisje van zeven jaar verscheen voor het raam en Mark veerde op, zijn ogen strak op haar gericht. Ze keek even naar buiten en trok de gordijnen dicht, waarmee ze de wereld buitensloot. Mark vervloekte zijn pech – er waren dagen dat Elsie wel twintig minuten of langer op die plek stond. Ze keek soms zoekend rond en Mark had zich er na verloop van tijd van overtuigd dat ze naar hem uitkeek. Het was een fantasie, maar het voelde goed.

Toen hij het geluid van hoge hakken op de stoep hoorde, liet hij zich onderuitzakken. Stom eigenlijk, niemand kon in de auto kijken. Maar uit schaamte doe je vreemde dingen. Hij kon het niet laten gebeuren dat ze hem in deze toestand zou ontdekken. Hij zag de goedverzorgde vrouw van tweeëndertig naar het huis lopen. Voordat ze haar sleutel in het slot kon steken ging de deur open en werd ze omarmd door een lange, gespierde man. Ze kusten elkaar lang en stevig.

En dat was het in een notendop. Zijn ex-vrouw tot over haar oren verliefd op een andere man – en Mark stond in de kou. Hij voelde een golf van woede. Hij had die vrouw werkelijk álles gegeven en zij had botweg op zijn ziel getrapt. Wat had ze gezegd toen ze een einde maakte aan hun korte huwelijk? Dat ze niet genoeg van hem hield. Dat was de meest ondermijnende manier om karaktermoord te plegen. Hij had niets verkeerd gedaan, hij was alleen niet goed genoeg.

Ze waren te jong getrouwd. Hadden te snel een baby gekregen. Maar een tijdlang hadden de chaos en de emoties van het eerste ouderschap hen bij elkaar gehouden. Ze deelden de angst dat hun baby zou ophouden met ademen als er even niemand op haar lette, de door slaapgebrek ontstane paranoia dat je het niet goed deed, maar ook de immense vreugde om te zien hoe hun kleine meisje opgroeide en gedijde. Maar langzamerhand had Christina genoeg gekregen van de ontberingen van het ouderschap – de dodelijke routine, de dingen die je je moest ontzeggen – en ze had zich weer op haar carrière gestort. Wat hun geruzie tijdens de bittere rechtszaken over de voogdij alleen maar obscener maakte. Ze dikte haar moederrol flink aan en vergeleek haar liefhebbende aard, geordende leven en goedbetaalde baan met Marks onvoorspelbare en gevaarlijke leven als politieman in Southampton – waarbij ze niet vergat wat uitgelezen anekdotes over zijn drinkgedrag op te diepen. En wat had ze gedaan toen ze de volledige voogdij kreeg over Elsie? Ze was meteen weer fulltime gaan werken en had de zorg voor hun kind uitbesteed aan haar inwonende minnaar. De vrouw die had beweerd dat ze Mark liefhad met heel haar hart bleek een achterbaks en wraakzuchtig mens.

Christina en Stephen waren inmiddels naar binnen gegaan en alles was rustig. Elsie zou wel in bad zijn geweest en haar pyjama hebben aangetrokken. Knus in haar Hello Kitty-badjas en -pantoffels die Mark nog voor haar had gekocht, zou ze opgekruld op de bank liggen voor het kinderprogramma op tv. Daar was ze eigenlijk te oud voor, maar ze was er op een sentimentele manier aan gehecht en miste het nooit. Plotseling voelde Mark zijn woede wegzakken en plaatsmaken voor een diepe droefheid. Ook hij had moeite gehad met het ouderschap – de onophoudelijke taken, zoals het kind in bad doen, naar bed brengen, verhaaltjes voorlezen, spelletjes en meer – maar hij zou er alles voor overhebben om het terug te krijgen.

Het was stom van hem dat hij hierheen was gegaan. Mark gaf gas en reed hard weg, bij het huis vandaan, in de hoop zijn problemen daar in de straat achter te laten. Maar onderweg bleven ze als hinderlijke insecten aanwezig in zijn gedachten, hem bespottend met zijn mislukking, zijn onbeduidendheid, zijn eenzaamheid. Op weg naar huis veranderde hij plotseling van richting en reed de kant van Castle Way op. Bij de haven was een café waar ze klanten na sluitingstijd clandestien bleven schenken. Als je er maar voor zorgde dat je rond middernacht binnen was, kon je de hele nacht doordrinken. En dat was precies wat hij van plan was.

15

Het gezin Brightston woonde in een indrukwekkende victoriaanse twee-onder-een-kapwoning in de welvarende wijk Eastleigh. Helen liep voor het huis op en neer, boos en gefrustreerd. Ze had hier om half tien met Mark afgesproken. Het was nu bijna tien uur en hij was nog steeds nergens te bekennen. Ze sprak voor de derde keer zijn voicemail in, nam toen haar verlies en belde aan. Wat bezielde die eikel?

Er werd opengedaan door Sarah Brightston, een knappe vrouw van halverwege de veertig. Ze was duur gekleed, onberispelijk opgemaakt en toonde geen emotie toen ze de politie op haar drempel trof. Ze wenkte Helen binnen.

'Wanneer hebt u uw man als vermist opgegeven?'

De fase van het uitwisselen van beleefdheden was voorbij en Helen kwam ter zake.

'Twee dagen geleden.'

'Hoewel hij een nacht eerder al niet was thuisgekomen?'

'Peter houdt van het leven. Soms iets te veel. Die uitstapjes naar Bournemouth waren gezellig en het zou echt iets voor Peter zijn om te zorgen dat het hele team zich bezoop, waarna ze moesten overnachten in een plaatselijke bed & breakfast. Maar hij is niet harteloos en hij zou me zeker de volgende dag hebben gebeld om mij en onze zoontjes te spreken.'

'Hebt u enig idee waar hij nu kan zijn?'

'Die sukkel is waarschijnlijk verdwaald. Ze hebben vast pech gekregen en geprobeerd naar een garage te lopen. Misschien had hij te veel gedronken en heeft hij een enkel verzwikt of zoiets, dat zou echt iets voor hem zijn. Hij is altijd nogal chaotisch geweest.'

Ze sprak met totale overtuiging. Ze ging er zonder meer van uit dat haar echtgenoot nog leefde en dat alles goed met hem was. Helen bewonderde haar kracht, maar het intrigeerde haar ook.

'Hoeveel mensen hebt u ingezet voor de zoektocht?' ging Sarah verder.

'Iedereen die beschikbaar was.'

Dat was in ieder geval geen leugen. De zoektocht was inderdaad in volle gang, maar ze hadden niets gevonden en Helens angst voor hun lot groeide met het uur. De weg die de twee mannen hadden gekozen liep bij Calmore het bos uit – een lange maar probleemloze wandeling. Het was koud maar geen slecht weer, dus...

Diep in haar hart wist Helen dat er een verband moest zijn tussen Amy's beproeving en Peters verdwijning, maar ze had iedereen verboden iets dergelijks te opperen. Dit was officieel nog steeds een onderzoek naar vermiste personen. Helen had niet tegen Sarah gezegd dat ze bij Moordzaken werkte. Dat kwam later wel.

'Had Peter problemen? Maakte hij zich ergens zorgen om?' vroeg Helen.

Sarah schudde haar hoofd. Helen liet haar blik door de smaakvol ingerichte kamer glijden. Peter had als jurist een goed salaris en Sarah werkte in de antiekhandel, dus ze zaten niet slecht bij kas.

'Heeft iemand hem onlangs om geld gevraagd? Zijn er recentelijk veranderingen opgetreden in uw financiële omstandigheden? Meer geld? Minder?'

'Nee, alles was... normaal. We hebben het goed. Altijd gehad.'

'En hoe zou u uw huwelijk willen omschrijven?'

'Liefdevol. Trouw. Solide.'

Ze benadrukte het laatste woord, alsof ze de vraag kleinerend vond.

'Problemen op het werk?' vroeg Helen om van koers te veranderen.

Peter en Ben werkten voor een prestigieus advocatenkantoor, gespecialiseerd in maritiem recht. Met hun langlopende zaken was veel geld gemoeid. Het was mogelijk dat iemand van hun verdwijning profiteerde.

'Stond hij onder druk in een of andere zaak?'

'Niet dat hij mij heeft verteld.'

'Werkte hij langer dan normaal?'

Sarah schudde lichtjes haar hoofd.

'Besprak hij individuele zaken met u?'

Sarah beweerde van niet, dus Helen prentte zich in dat ze dit later bij het kantoor moest nagaan. Maar ondertussen had ze voortdurend het gevoel dat ze zich vastklampte aan een strohalm. Ze keek rond, zoekend naar inspiratie, en haar oog viel op een ingelijste foto van Peter op een zonnig strand, de glimlachende pater familias te midden van een vakantiegezelschap. Sarah volgde haar blik en vertelde over de foto. Ze vertelde ook over hun toekomstplannen: een reis met het hele gezin naar Boston met Pasen. Sarah geloofde vast en zeker dat Peter weer zou opduiken en dat alles weer normaal zou worden. Helen wilde het graag geloven, maar dat kon ze niet. Diep in haar hart vreesde ze dat Sarah haar echtgenoot nooit meer terug zou zien.

16

Het was midden in de nacht en Peter Brightston had het ijskoud. Zelfs in de winter droeg hij altijd lichte pakken omdat hij gauw zweette. Van die dunne kleding had hij nu bittere spijt. Ergens in het New Forest stond Bens auto met daarin de gevoerde jas die hij van Sarah voor zijn verjaardag had gekregen. Hij vloekte hevig en trok zijn colbertje dichter om zich heen.

Toen hij zwaar uitademde, zag hij het pluimpje van zijn adem voor zich. Het was nagenoeg alles wat hij kon zien. Het was pikdonker buiten en de duisternis in hun gevangenis was ondoordringbaar. Hij kon Bens aanwezigheid voelen, maar hij kon hem niet zien. Wat deed hij? Ben was best oké, maar hij kon niet goed tegen besloten ruimten. Hij was al een keer bijna flauwgevallen, gegrepen door een paniekaanval, en hij schreeuwde in zijn slaap. De stalen wanden die hen omsloten versterkten zijn nachtelijke angsten, wat de situatie iets nachtmerrieachtigs gaf en een slappe, knagende paniek in Peters maag veroorzaakte. Zou iemand hen nog op tijd vinden? Of zouden ze sterven in dit stinkhol?

Peter keek op in de richting waar hij Ben vermoedde. Beschut door het duister liet hij zijn hand in zijn zak glijden. Hij reisde nooit zonder pepermuntjes – je kon het niet maken om stinkend naar de drank thuis te komen – en langzaam en behoedzaam haalde hij het laatste uit de nu lege verpakking. Snel stopte hij het in zijn mond. Hij had nog een half pakje gehad toen ze hier waren gedumpt. Zonder dat Ben het wist had hij ze allemaal opgegeten. Hij wist zeker dat Ben hetzelfde gedaan zou hebben, dus waarom niet? Als hij al gewetensbezwaren had, waren die weggenomen door de knagende honger. Hij liet het snoepje door zijn mond tollen, liet de suiker langzaam oplossen en door zijn keel glijden. Het was warm, zoet en troostend.

Wat nu? Zijn schamele voorraad was uitgeput. En hij kon niet slapen, wat de honger alleen maar versterkte. Wat moest hij nu in godsnaam nog eten? Steenkool? Hij lachte bitter, maar hield er meteen weer mee op. De echo klonk vreemd en hij was al gespannen genoeg. Hij moest kalm blijven. Hij had de afgelopen vijf jaar twee keer een hartaanval gehad en zat niet te wachten op een nieuwe – niet hier.

Aanvankelijk was hij geschokt geweest door de opsluiting, maar sindsdien was hij behoorlijk actief geworden en had wanhopig geprobeerd een manier te vinden om te ontsnappen. Op sommige plaatsen waren de wanden van de silo roestig en na veel wrikken had hij een scherp stuk van vijf centimeter losgepeuterd. Daar kon je wat mee. Hij had ermee op de wanden gehakt, geprobeerd een gat te maken. Hij had zelfs overwogen om het als een soort klimijzer te gebruiken om zo te ontsnappen. Maar het was allemaal hopeloos geweest en hij was verslagen in elkaar gezakt op de vloer.

Plotseling rolden de tranen over zijn wangen. De gedachte te sterven in een bedompt gat ver van zijn zonen vervulde hem met een diepe wanhoop. Hij had een goed leven geleid. Goede dingen gedaan. Of dat althans geprobeerd. Hij verdiende dit toch niet? Niemand verdiende dit. Peter schoof woedend de kolen opzij, maakte een holletje en probeerde zich voor te bereiden op de nacht. Sliep Ben nog? Hij was nu rustig, Peter wist het niet zeker. Had hij Ben tijdens zijn nachtelijke angsten moeten troosten?

Zou Ben het hem kwalijk nemen dat hij dat niet had gedaan? Zou het zijn gedachten beïnvloeden, nu ze… Peter riep zichzelf een halt toe. Daar wilde hij niet aan denken. Maar de waarheid was dat hij geen idee had wat Ben dacht of voelde. Hij kende hem als collega, maar niet als mens. Ben was altijd erg terughoudend geweest over zijn verleden – waarom was dat? Was hij de reden dat ze hier zaten? Aangespoord door die gedachte stond Peter op het punt Ben iets toe te schreeuwen, maar hij bedwong zich. Het was maar beter om hem nergens van te beschuldigen – je kon nooit weten hoe hij zou reageren.

Liggend in zijn ijskoude hol maakte Peter zichzelf verwijten omdat hij nooit moeite had gedaan om Ben beter te leren kennen. Maar de harde waarheid was dat je iemand anders nooit echt goed kon leren kennen.

En die gedachte hield Peter de hele nacht wakker.

17

In de recherchekamer gonsde het van de bedrijvigheid. Foto's van Amy en Sam waren op het wandbord geprikt, naast kaarten met hun route van Londen naar Hampshire, bouwtekeningen en foto's van het verlaten zwembad, lijsten van vrienden en familieleden enzovoort. Sanderson, McAndrew en Bridges zaten potentiële getuigen te bellen, terwijl computermedewerkers de relevante details invoerden in HOLMES2 om de bijzonderheden van deze ontvoering te vergelijken met tienduizenden andere misdrijven in de uitgebreide database van de politie. Grounds stond erbij om de resultaten te zien.

Mark bleef in de deuropening staan, niet in staat om naar binnen te stappen. Zijn hoofd bonsde, hij had last van de ene golf misselijkheid na de andere. De drukte in de recherchekamer maakte hem duizelig. Hij kwam in de verleiding zich om te draaien en ervandoor te gaan, maar hij wist dat hij een confrontatie niet kon ontlopen. Hij liep naar binnen en koerste rechtstreeks op het bureau van Charlie af.

'Net op tijd,' zei ze vrolijk. 'De briefing begint over tien minuten. Ik was van plan me erdoorheen te bluffen, maar nu jij hier bent…'

Op dit soort dagen kon Mark Charlie wel zoenen. Ondanks zijn beroerde houding en zijn onprofessionele gedrag in het algemeen veroordeelde Charlie hem nooit. Ze stond hem altijd terzijde en was loyaal. Mark voelde een steek van spijt dat hij haar had laten zitten.

'Zal ik koffie voor je halen? Dan kun je je even opfrissen en je voorbereiden om wat koppen tegen elkaar te slaan,' ging ze verder.

Charlie wilde net opstaan toen de stem van Helen luid en duidelijk door de kamer schalde. 'Fuller. Fijn dat je er bent.'

Mark voelde de moed in zijn schoenen zinken. Zijn respijt was van korte duur geweest. Hij draaide zich op zijn hakken om en liep beschaamd naar Helens kantoor. De teamleden deden alsof ze het druk hadden, maar iedereen keek vanuit een ooghoek naar de gedoemde.

Mark deed de deur achter zich dicht en draaide zich om naar Helen. Ze bood hem geen stoel aan, dus bleef hij staan. Ze wilde kennelijk dat hij zichtbaar zou zijn voor het hele team. Zijn schaamte werd nog wat erger.

'Het spijt me, chef.'

Helen keek op van haar werk. 'Wat spijt je?'

'Dat ik onze afspraak heb gemist. Mijn onprofessionele gedrag. En...'

Mark had op weg naar het bureau een toespraakje voorbereid, maar hij was zijn tekst vergeten. Hij pijnigde zijn hersenen om de woorden te vinden, maar ze ontglipten hem. Zijn hoofd bonsde heviger, zijn duizeligheid nam toe. Hij wilde hier weg.

Helen keek hem strak aan, maar haar uitdrukking was moeilijk te peilen. Was het woede? Teleurstelling? Of slechts verveling?

Een langdurige stilte. Eindelijk zei ze iets. 'Juist.'

Mark staarde haar aan. Hij wist niet wat ze van hem wilde.

'Wil je me vertellen wat er aan de hand is? Je komt te laat. Je bent dronken. En je ziet er beroerd uit, voor een jonge vent.'

Dat viel niet te ontkennen, dus Mark bleef zwijgen. Hij wist uit ervaring dat je Helen niet moest onderbreken als ze op dreef kwam.

'Ik weet dat je een zware tijd achter de rug hebt, Mark, maar ik zeg je nu dat het niet veel meer scheelt of je hebt het hier verknald. Whittaker heeft maar één reden nodig om je te ontslaan, geloof me. Ik wil niet dat dat gebeurt, dus vertel me wat er aan de hand is. We staan voor een zware taak en ik wil dat mijn coördinator zowel lichamelijk als geestelijk aanwezig is.'

'Ik ben op stap geweest en heb wat gedronken.'

'Begin maar opnieuw.'

'Oké, ik heb veel gedronken, maar ik kwam een paar maten tegen en...'

'Opnieuw. En als je nog een keer tegen me liegt, pak ik de telefoon en bel ik Whittaker zelf.'

Mark sloeg zijn ogen neer. Hij vervloekte het feit dat zijn drinkgedrag zo in de aandacht stond. Hij voelde de afkeuring. Iedereen wist dat Helen niet dronk, dus hoe kon hij toegeven dat hij elke avond dronken was zonder over te komen als een zielig geval?

'Waar ben je geweest?'

'Naar de Unicorn.'

'Jezus. En?'

'Ik heb daar van acht uur gisteravond tot acht uur vanmorgen gedronken. Bier, whisky, wodka.'

Dat was het dan: open en bloot.

'Hoe lang al?'

'Twee maanden. Misschien drie.'

'Elke avond?'

Mark haalde zijn schouders op. Hij kon het niet opbrengen om 'ja' te zeggen, hoewel het evident was dat dat het antwoord was. Het was nu wel duidelijk – zowel voor Helen als voor Mark – dat hij al een flink stuk op weg was alcoholist te worden. Hij ving een glimp op van zichzelf in de glazen wand achter Helen. Naar zijn eigen idee was hij nog steeds de knappe vent van een jaar geleden – lang, slank en met dikke krullen – maar nu was hij er slecht aan toe, en dat was te zien. Zijn huid was vaal, zijn ogen stonden mat. Een ongeschoren, verslonsde stakker.

'Ik denk niet dat het zo nog langer gaat.'

Het floepte eruit. Hij was niet van plan geweest het te zeggen. Hij wilde het niet zeggen. Maar hij moest echt met iemand praten. Helen had hem altijd eerlijk behandeld. Hij was het aan haar verplicht eerlijk te zijn.

'Ik geloof niet dat het fair is voor jou of het team om dit nog langer zo door te laten gaan...'

Helen keek hem aan. Mark zag dat haar gezichtsuitdrukking eindelijk iets milder werd.

'Ik weet hoe je je voelt, Mark, en als je een tijdje met verlof wilt is dat prima. Maar laat me niet in de steek.'

Er klonk een ijzeren vastberadenheid door in haar stem.

'Je bent te goed om het bijltje erbij neer te gooien. Je bent de beste coördinator die ik ooit heb gehad.'

Mark wist niet wat hij moest zeggen. Hij had hoon verwacht, maar haar toon was milder geworden en haar aanbod om hem te helpen leek gemeend. Het was waar dat ze samen veel hadden meegemaakt – het oplossen van de Paget Street-moorden was het hoogtepunt van Marks carrière geweest – en in de loop der jaren hadden ze een nauwe professionele band ontwikkeld. In zekere zin was haar welwillendheid nog erger dan een uitbrander.

'Ik wil je helpen, Mark. Maar dan moet je wel meewerken. We zitten midden in een moordonderzoek, dus als ik zeg dat je ergens om half tien moet zijn, moet je ook zorgen dat je er bent. Als je dat niet kunt – of niet wilt – laat ik je overplaatsen of schorsen. Begrepen?'

Mark knikte.

'Geen wodkaontbijten meer. Geen lunches in de pub. Geen leugens. Als je me vertrouwt, zal ik je helpen en kunnen we het redden, maar dan moet je me wel vertrouwen. Vertrouw je me?'

Mark sloeg zijn ogen naar haar op. 'Natuurlijk.'

'Goed. Aan de slag dan. Teambespreking over vijf minuten.'

En vervolgens boog ze zich weer over haar werk. Mark liep haar kantoor uit, beduusd maar opgelucht. Helen Grace bleef hem verbazen.

18

Onderweg op de motor naar huis dacht Helen terug aan het gesprek dat ze met Mark had gevoerd. Had ze hem te hard aangepakt? Te zacht? Herhaalde ze eerdere fouten? Het maalde nog steeds door haar hoofd toen ze de voordeur achter zich dichttrok. Ze deed hem op de ketting en liep rechtstreeks naar de douche. Ze was al achtenveertig uur aan één stuk aan het werk en wilde zich weer schoon voelen.

Ze liet het water over haar gezicht, hals en borsten gutsen voordat ze zich omdraaide. Het stomende hete water raakte haar rug en onmiddellijk schoot de pijn door haar lichaam. Het was eerst ondraaglijk, maar de pijn trok langzaam weg en Helen voelde dat ze tot rust kwam.

Ze droogde zich af terwijl ze naar de slaapkamer liep. Eenmaal droog liet ze de handdoek op de grond vallen en bekeek zichzelf in de passpiegel. Ze zag er naakt aantrekkelijk uit, maar er waren maar weinig mensen die haar zo hadden gezien. Ze was op haar hoede voor intimiteit en de onvermijdelijke vragen, en haar relaties waren grotendeels oppervlakkig en van korte duur geweest. Niet dat het de mannen veel had kunnen schelen: in het algemeen vonden ze het zeer prettig een vrouw te treffen die met hen naar bed wilde en daarna niet bleef rondhangen.

Helen opende haar garderobekast, sloeg de rijen spijkerbroeken en blouses over en koos een trainingsbroek met een topje. Ze moest later die avond naar de sportschool en het had weinig zin om je twee keer om te kleden. Ze wierp een blik op de politieuniformen, die netjes in het gelid in kledinghoezen hingen en die ze had gedragen toen ze nog op straat werkte als agent. Die tijd had haar gevormd. De eerste dag dat ze haar haar opstak, het steekwerend vest aantrok en de straat op ging was een van de gelukkigste van haar leven geweest. Het was de eerste keer dat ze zich echt op haar plaats voelde. Dat ze ertoe deed. Als agent zag ze er anders uit en voelde ze zich ook anders: de seksloze anonimiteit van het uniform gekoppeld aan de bescherming en kracht die het haar bood. Het was als een vermomming, maar een die iedereen erkende en waardeerde. Een klein deel van haar verlangde ernaar terug, maar ze was te ambitieus en te rusteloos geweest om lang gewoon agent te blijven.

Ze liet haar gedachten aan het verleden varen, ging naar de keuken, zette een kop thee en liep naar de woonkamer. Het was een grote, spartaanse ruimte. Geen schilderijen aan de wanden, geen rondslingerende tijdschriften. Maar boeken had ze in overvloed. Boeken over forensische psychologie, seriemoordenaars, een geschiedenis van de FBI, allemaal stukgelezen. Ze hield niet zo van fictie – Helen geloofde niet in een goede afloop – maar ze was dol op kennis. Die boeken waren Helens vrienden: ze vormden een staalkaart van haar carrière en herinnerden haar aan de verschillende interesses die ze gedurende haar loopbaan had ontwikkeld. Ze voelde zich nooit beter op haar gemak dan wanneer ze tussen haar boeken verkeerde.

Al bladerend in een favoriet exemplaar over forensische psychologie stak Helen een sigaret op. Ze had al vaak geprobeerd te stoppen, maar het was altijd mislukt, en nu probeerde ze het niet eens meer. Ze wist donders goed dat roken slecht voor haar was, maar ze kon de kick niet missen. Iedereen heeft een paar slechte gewoonten, hield ze zich voor. Plotseling moest ze aan Mark denken. Ze vroeg zich af wat hij nu deed. Hadden haar woorden het gewenste effect gehad of zat hij zijn zorgen weer weg te drinken in de Unicorn? Zijn slechte gewoonte kon hem zijn baan en zelfs zijn leven kosten. Ze hoopte van harte dat hij niet aan lagerwal zou raken. Ze wilde hem niet kwijt.

Helen probeerde zich te concentreren op haar boek, maar ze las de woorden zonder dat de betekenis tot haar doordrong en moest steeds terugbladeren om de draad niet kwijt te raken. Ze had zich nooit goed kunnen ontspannen, dat was een van de redenen waarom ze zo hard werkte. Ze inhaleerde diep; ze voelde de bekende onprettige gevoelens weer opduiken. Ze maakte haar sigaret uit, legde het boek op de salontafel, pakte haar sporttas en ging op een drafje naar haar motor. Misschien kon ze op weg naar de sportschool nog even langsgaan bij de recherchekamer. Misschien waren er nieuwe ontwikkelingen. Ze zou in ieder geval een paar uur afleiding hebben en op die manier zouden de duistere gevoelens niet de overhand krijgen.

19

Ik weet niet meer wanneer ik mijn vader voor het eerst mijn moeder zag slaan. Ik onthoud de dingen die ik zie sowieso niet. Ik heb vooral een goed geheugen voor geluiden. Het geluid van een vuist op een gezicht. Een lichaam dat tegen de keukentafel smakt. Een schedel die tegen de muur klapt. Gejammer. Geschreeuw. De eindeloze scheldpartijen.

Je went er nooit aan. Maar je raakt erop bedacht. En elke keer dat het gebeurt word je een fractie bozer. En voel je je een fractie hulpelozer.

Ze sloeg nooit terug. Dat vooral maakte me zo kwaad. Ze onderging het gewoon. Alsof ze het verdiende. Dacht ze dat echt? Hoe dan ook, als zij zich niet wilde verzetten, zou ik het doen. De volgende keer dat hij haar wilde slaan, zou ik me ermee bemoeien.

Ik hoefde niet lang te wachten. Johnno, de beste vriend van mijn vader, stierf aan een overdosis heroïne en na de begrafenis dronk mijn vader zesendertig uur aan één stuk door. Toen mijn moeder probeerde hem over te halen te stoppen, gaf hij haar een kopstoot en brak nota bene haar neus. Dat kon ik niet laten gebeuren. Dus schopte ik die klootzak in zijn ballen.

Hij brak mijn arm, sloeg mijn voortanden eruit en probeerde me te wurgen met zijn riem. Ik dacht echt dat hij me zou vermoorden.

Een therapeut heeft ooit geopperd dat daar de wezenlijke oorzaak lag van mijn onvermogen om hechte relaties met mannen aan te gaan. Ik knikte maar wat, maar eigenlijk had ik haar in het gezicht willen spugen.

20

Kun je sterven van angst? Peter had zich al uren niet meer verroerd.

'Peter?'

Nog steeds niets. Ben voelde een sprankje hoop. Misschien had zijn hart het begeven, misschien was hij bezweken aan theatraal zelfmedelijden. Ja, dat moest het zijn. En dat was fantastisch. De perfecte oplossing. Alleen de sterksten overleven.

Ben voelde zich meteen schuldig. Iemand dood wensen. Schandalig om zo te denken, in aanmerking genomen wat hij had meegemaakt. En trouwens, zelfs áls Peter dood was, zou het dan tellen? Zou hij dan vrijkomen? Hij had hem tenslotte niet vermoord.

Bens gedachten gingen terug naar zijn ontvoerder. Hij had haar niet herkend. Ze was opvallend knap met die lange, zwarte lokken en volle, rode lippen. Waarom zou ze hen hebben gekozen? Was dit een of andere zieke grap van een tv-programma? Zou er zo meteen iemand tevoorschijn springen en onthullen dat er alleen maar losse flodders in het pistool zaten? Haar toon via de telefoon had iets anders gesuggereerd. Ze wilde bloed zien.

Ben begon te huilen. Er was in zijn leven al zo veel bloed vergoten dat het wel uiterst wreed was om op deze manier te moeten sterven.

Nu. Waarom niet? Alleen maar om na te gaan of Peter dood is of niet. Hij ziet er dood uit, dus wat zou het voor kwaad kunnen?

'Peter…? Peter?'

Ben krabbelde overeind. Het was onmogelijk om dat stilletjes te doen, dus deed hij het overdreven luidruchtig. Zich uitrekkend en geeuwend zei hij: 'Ik moet poepen, Peter. Het spijt me.'

Niets.

Ben deed een stap in de richting van het pistool. Toen nog een.

'Hoor je me, Peter?'

Ben boog zich langzaam voorover. Zijn enkelgewricht maakte een knakkend geluid. De echo klonk verdomme door de hele silo. Hij bleef even roerloos staan. Toen raapte hij langzaam en geluidloos het pistool op. Hij wierp een blik op Peter in de verwachting dat hij geschrokken overeind zou springen, maar dat gebeurde niet. Was het maar waar. Dan zou het in ieder geval nog een gevecht zijn.

Het was duidelijk waar de veiligheidspal zat. Hij zette hem om. Toen richtte hij het pistool op Peters rug. Nee, zo moest het niet. Hij zou kunnen missen. Of hem alleen verwonden. En bovendien wist je maar nooit wat een afketsende kogel in deze metalen koker kon aanrichten. Stel je voor dat ze allebei omkwamen. Ja, dat zou een goeie zijn.

Hou op met die smoesjes. Ben zette een stap naar voren.

'Peter?'

Hij is echt dood. Toch kon hij het maar beter doen, voor alle zekerheid. Om zich ervan te verzekeren dat hij zou worden vrijgelaten. En plotseling flitste er een gedachte aan Jennie door zijn hoofd. Zijn verloofde. Die ongetwijfeld helemaal stuk was van verdriet. Die hij snel terug zou zien. Die hem zou vergeven. Natuurlijk zou ze hem vergeven. Hij deed alleen maar wat hij moest doen. Wat iedereen zou hebben gedaan.

Nog een stap naar voren.

Ben liet het pistool zakken tot de loop bijna op Peters achterhoofd rustte. Zo moet het, dacht hij en zijn vinger kromde zich om de trekker. Op dat moment kwam Peter opeens overeind en stak een scherp stuk metaal dwars door Bens linkeroog.

21

Helen haalde de sportschool niet eens. Zodra ze de recherchekamer in liep, werd ze aangeklampt door Charlie. De anders zo vrolijke politievrouw keek nu ernstig. Na een kort gesprek op gedempte toon liepen ze gezamenlijk weer naar buiten. 'Pottenavond op de sportschool,' schimpte rechercheur Bridges, die vergeefs probeerde te verhullen dat hij helemaal weg was van de uiterst heteroseksuele Charlie.

Helen en Charlie haastten zich door het drukke centrumverkeer naar het pand van de technische recherche. De trip van vijf minuten kon in de spits vijfentwintig minuten duren en vandaag, met al dat winkelende publiek dat kerstinkopen deed en de vele toeristen die Southampton overstroomden, zou een van die dagen worden. Voor veel kantoorpersoneel was dit het moment om inkopen voor de feestdagen te doen. Helen schold gefrustreerd op de bussen die de busbanen verstopten. Ze zette het zwaailicht en de sirene aan, en mokkend werd haar vrije doorgang verleend. Ze gaf gas en reed dwars door een verse plas braaksel – zodat de verraste dader met zijn eigen kots werd besmeurd. Charlie onderdrukte een glimlach.

Toen Helen en Charlie het gebouw van de technische recherche betraden, stond de zilverkleurige Lexus van Ben Holland op de brug voor onderzoek. De kordate Sally Stewart stond al op hen te wachten.

'Je hebt de basisinformatie al van Charlie gehoord, maar ik vond dat je dit met eigen ogen moest zien.'

Ze liepen tot onder de auto en keken omhoog. Sally bescheen met haar zaklampje de wielkast rechtsachter.

'Behoorlijk smerig, zoals te verwachten was gezien het aantal kilometers dat de bestuurder elke week reed. Maar deze wielkast is en ruikt smeriger dan alle andere. Waarom? Omdat hij druipt van de benzine.'

Ze wenkte hen onder de auto vandaan, en toen ze ernaast stonden liet Sally de auto zakken tot hij bijna op ooghoogte stond. 'En dat komt hierdoor.'

Geholpen door een assistent maakte Sally voorzichtig het zijpaneel los van de rechterkant van het voertuig. Het interieur van de luxe auto werd onthuld en Sally richtte haar zaklamp van dichtbij op de benzinetank. Helen zette grote ogen op.

'De benzinetank is lekgeprikt. Het is geen groot gat, maar vanwege de positie aan de onderkant van de tank loopt die na een tijdje helemaal leeg. Gelet op de aanslag op de wielkast zou ik zeggen dat de tank behoorlijk vol zat toen die twee uit Bournemouth wegreden. De tank moet snel en gestaag zijn leeggelopen: ik schat ongeveer anderhalve liter per minuut. En dat betekent dat de bestuurder halverwege het New Forest met een lege tank kwam te zitten. Hoewel ik niet begrijp waarom hij die route nam.'

Helen zei niets. Haar brein werkte al op volle toeren, in een poging de implicaties van deze ontwikkeling te doorgronden.

'Ik neem aan dat je volgende vraag is of dit per ongeluk is gebeurd? Alles is mogelijk, maar ik zou zeggen van niet. Het gat is te gaaf, te rond: alsof iemand een spijkertje door de bodem van de tank heeft geslagen. Als het sabotage was, was het eenvoudig en effectief.'

Bij die woorden liep Sally weg. Het was niet haar taak om zich af te vragen waarom; ze was er alleen om de feiten te verschaffen.

Helen en Charlie keken elkaar aan. Het was duidelijk dat ze hetzelfde dachten. Ben had waarschijnlijk net zijn tank vol benzine gegooid en had dus geen reden om op de brandstofmeter te kijken. Pas toen het al te laat was zou hij zich hebben gerealiseerd dat hij zonder benzine zat. En zelfs nadat het benzinelampje was gaan branden had Ben nog maar een minuut of twee gehad voor de tank volledig leeg was.

'Ze moet het hebben geweten,' dacht Helen hardop. 'Ze moet hebben geweten dat Ben en Peter elke week dezelfde rit maakten. Dat Ben altijd tankte bij de Esso. Ze moet research hebben gedaan: de grootte van de tank, brandstofverbruik, de omvang van het vereiste gat...'

'Zodat ze precies waar zij het wilde zouden stilvallen,' maakte Charlie Helens gedachtegang af.

'Ze heeft hen gestalkt. Dat is ons uitgangspunt. Neem contact op met de ouders van Amy: alles wat wijst op ongevraagde aandacht, verdachte inbraken, wat dan ook. Hetzelfde geldt voor de Hollands en de Brightstons.'

Het was hun openingszet. Helen hoopte dat het iets zou opleveren, maar ze had het gevoel dat dit spel langdurig, moeizaam en dodelijk zou worden. Het was duidelijk dat ze te maken hadden met iemand die ordelijk, intelligent en precies was. Het motief voor deze misdaden bleef een mysterie, maar het kaliber van de dader was nu wel duidelijk. Nu was de grootste vraag: waar waren Ben en Peter? En zouden ze ooit nog levend worden teruggevonden?

22

Het was nu al uren geleden, maar de adrenaline pompte nog steeds door zijn aderen. Zijn woede had nog geen plaats gemaakt voor schuldgevoel, dus Peter Brightston liep doelloos heen en weer en schold zijn slachtoffer uit. Die vent was van plan geweest hem dood te schieten, in zijn achterhoofd te knallen. Wat had hij dan verwacht?!

Hij lachte bitter terwijl hij zich herinnerde hoe hij Ben zijn baan bij het kantoor had gegeven – terwijl er beter gekwalificeerde kandidaten waren – omdat zijn lef en motivatie hem wel aanstonden. En dan was dit zijn dank? Hij had er niet lang over na hoeven denken, hij zou hem gewoon een kogel door zijn kop hebben gejaagd. De lul.

Peter hield de gladde metalen punt waarop Bens bloed langzaam stolde stevig vast. Hoewel het ergste nu achter de rug was, wilde – kon – Peter hem nog steeds niet loslaten.

Het was zelfverdediging. Natuurlijk. Dat moest hij zich blijven inprenten. En toch, hij had dit wapen zo zorgvuldig gemaakt, zo tersluiks, hield hij zichzelf dan niet voor de gek door vol te houden dat hij het niet had gepland? Hij wist dat Ben hem niet mocht. Geen respect voor hem had. Hem achter zijn rug om bespotte. Had er ooit twijfel over bestaan dat Ben eerst voor zichzelf zou kiezen? Peter wist dat en had zijn plannen daarnaar gesmeed.

Het was het enige verstandige wat hij kon doen. Hij had een vrouw en kinderen. Wat had Ben? Een verloofde die door iedereen dom en inhalig werd gevonden. Hun bruiloft zou zo mogelijk nog kitscheriger zijn dan die van Katie Price: een roze koets, een enorme bruidsjurk, pony's en bruidsjonkertjes, zo'n feest dat je altijd in de roddelbladen zag.

Ben is dood. Er sijpelt bloed uit een gat in zijn gezicht. Er komt geen trouwerij.

Stilte. De verschrikkelijkste, eenzaamste stilte die Peter ooit had meegemaakt. Een moordenaar alleen met zijn slachtoffer. O, god.

En toen opeens: een verblindend licht. Het luik ging met een ruk open, de middagzon stroomde naar binnen en brandde in zijn ogen. Iets zwaars dat op zijn hoofd viel.

Een touwladder.

Zijn longen vulden zich met frisse lucht, met zuurstof, en een gevoel van euforie trok door zijn hele lichaam. Hij was vrij, hij leefde nog. Hij had het overleefd.

Hij strompelde over de stille landweg. Er kwam hier geen mens, dus hoe groot was de kans dat iemand hem zou komen redden? Ofschoon hij zijn vrijheid had herwonnen, vermoedde hij nog steeds dat het allemaal een zieke grap was. Dat ze hem uitlachte terwijl hij zijn protesterende lijf over de weg voortsleepte. Dat hij zou worden opgejaagd. Peter had zich ermee verzoend te moeten sterven in dat donkere hol. Was het mogelijk dat ze zich aan de afspraak zou houden? Peter zag in de verte tekenen van leven en versnelde zijn pas.

Hij lachte toen hij het zag. WELKOM in een zwierig lettertype boven de deur van een vierentwintiguurswinkel. Het kwam zo vriendelijk op hem over dat hij ervan moest huilen. Hij viel de winkel binnen en werd begroet door een zee van verontruste gezichten: gepensioneerden en schoolkinderen die geschokt naar die afgrijselijke aanblik keken. Peter, besmeurd met bloed en stinkend naar pis, zwalkte naar de toonbank. Hij viel flauw voor hij er aankwam en klapte tegen een Doritos-reclamebord. Niemand schoot hem te hulp. Hij zag eruit als een lijk.

23

Dunston Power Station stond trots aan de westelijke oever van Southampton Water. In zijn hoogtijdagen had de kolencentrale elektriciteit geleverd voor de zuidkust en daarbuiten. Maar hij was in 2012 buiten gebruik gesteld, het slachtoffer van het regeringsbesluit om de Britse energiewinning te hervormen. Dunston was oud, inefficiënt en kon niet op tegen de schonere alternatieven die elders in het Verenigd Koninkrijk waren verrezen. Het personeel was op andere plekken te werk gesteld en de centrale werd gesloten. Hij zou pas over twee jaar worden ontmanteld, dus het was niet meer dan een verlaten herinnering aan een glorieus verleden. De reusachtige centrale schoorsteen wierp een lange schaduw over de plaats delict. Helen liep huiverend naar het afzetlint, dat hevig klapperde in de zeebries.

Mark liep met Helen in de pas. Ze haastten zich over de plaats delict. Hij had erop aangedrongen haar vanaf het bureau hierheen te rijden. Hij had niet gedronken en leek iets uitgeruster. Misschien hadden Helens woorden dus toch effect gehad. Onder het lopen schoten Helens ogen alle kanten op en schatte ze de mogelijkheden in.

De centrale had een alarmsysteem, maar nadat koperdieven het voor de zoveelste keer hadden gesloopt was besloten om er verder geen aandacht meer aan te besteden. Alles wat het stelen waard was, was al gepikt. 'Zij' had alleen maar de ketting bij de hoofdingang hoeven te verwijderen om naar binnen te kunnen rijden. Zouden er bandensporen zijn? Voetafdrukken? Het luik boven op de ondergrondse kolensilo was makkelijk toegankelijk als je hier eenmaal was. Het was weliswaar te zwaar voor één persoon, maar het kon opengetrokken zijn met een ketting die aan een bestelbusje was bevestigd. Diepe bandensporen in de buurt van de silo deden vermoeden dat dat precies was wat er was gebeurd. Dan restte nog de vraag hoe de slachtoffers waren vervoerd.

'Hoe heeft ze hen van het busje in de silo gekregen?' vroeg Mark, die haar gedachten las.

'Ben is zowat één meter tachtig, maar slank. Wat denk je? Vijfenzeventig kilo?'

'Zoiets. Het is mogelijk dat een vrouw dat gewicht in haar eentje versleept, maar Peter...'

'Die moet wel tegen de negentig kilo wegen. Misschien zelfs meer.'

Helen boog zich voorover om het beter te kunnen bekijken. De grond bij de opening van het luik was zwaar omgewoeld, maar was dat het gevolg van het binnenslepen van beide slachtoffers of had Peter dat gedaan toen hij doodsbang uit het gat krabbelde?

Dit was duidelijk giswerk. Een ervaren politieman weet dat je nooit snelle, intuïtieve oordelen moet vormen over de aard van het misdrijf of de identiteit van de dader. Maar Helen wist gewoon dat dit dezelfde moordenaar was. Als je de sabotage van Bens auto buiten beschouwing liet, leek het verhaal van Peter Brightston sprekend op dat van Amy. De overeenkomsten waren onmiskenbaar. De pijn, het schuldgevoel en de afschuw op Peters gezicht toen ze hem gingen ophalen weerspiegelden die van Amy. Ze waren beiden het levende bewijs van iemands sadisme. Wat was hiervan toch de bedoeling?

Het was nu wel duidelijk dat ze te maken hadden met een seriemoordenaar. Helen had alle cursussen gevolgd, alle zaken doorgenomen, maar niets had haar op zoiets voorbereid. Normaal gesproken was het motief, het verband met het slachtoffer, gemakkelijk te bevatten, maar in dit geval niet. Dit was geen kwestie van vrouwenhaat, geen zedenmisdrijf, en er leek geen correlatie te zijn wat betreft leeftijd, geslacht of status van de slachtoffers. Helen voelde dat ze wegzakte in een lange, donkere tunnel. Een golf van somberheid overviel haar en ze moest zichzelf knijpen om eruit te komen. Ze zou de dader te pakken krijgen. Natuurlijk zou haar dat lukken.

Helen en Mark liepen naar de opening van het ondergrondse gat. Helen liet een ladder brengen. Ze wilde zo snel mogelijk naar beneden, ze wilde het ergste weten. Het luik stond al open, dus ze tuurde naar binnen. En daar, in het duister, lag het lichaam. De man die door Peter was vermoord. Ben Holland.

'Ga jij naar beneden of zal ik het doen?'

Marks vraag was goed bedoeld en hij deed zijn best haar niet neerbuigend te behandelen. Maar Helen wilde dit zelf zien.

'Het lukt wel. Het duurt niet lang.'

Behoedzaam klom ze de ladder af. De geur was sterk. Gas, vermengd met stof van de steenkolen en uitwerpselen. Het forensisch lab had in bloed van Sam en Amy sporen gevonden van een krachtig kalmerend middel, benzodiazepine. Waarschijnlijk zouden ze hier hetzelfde aantreffen. Helen richtte haar aandacht op het lichaam van Ben Holland. Hij lag op zijn buik met zijn gezicht in een plas bloed. Helen zorgde ervoor dat ze hem niet aanraakte toen ze naast hem neerknielde en probeerde een glimp op te vangen van zijn gezicht.

Walging en toen verbijstering. Walging vanwege het bloederige gat op de plek waar zijn linkeroog had gezeten. En verbijstering toen ze besefte dat dit niet Ben Holland was.

24

Jake was verrast haar zo snel terug te zien. Tot nu toe was ze vrij voorspelbaar geweest: één keer per maand een sessie van een uur. Toen de zoemer ging, was hij in de verleiding gekomen niet open te doen. Het was na elf uur 's avonds en om veiligheidsredenen ontving hij alleen op afspraak. Maar toen hij haar gezicht op het scherm zag, werd hij bezorgd. Bezorgd en geïntrigeerd.

Er was iets aan de hand. Ze keek hem niet aan toen ze de flat binnenliep en zei niets over het late uur. Normaal gesproken kreeg hij altijd nog een glimlachje of een korte begroeting, maar vanavond niet. Ze was afwezig, in zichzelf gekeerd, nog zwijgzamer dan anders. Ze legde het geld op tafel en deed zonder hem aan te kijken haar bovenkleding uit. Toen trok ze haar beha en slip uit en stond ze naakt voor hem. Dit was niet echt gebruikelijk – dit soort gedrag leidde meestal tot bepaalde verzoeken. Hij was een dominante meester, geen gigolo. Hij verleende een dienst, maar niet dat soort diensten.

Hij had zijn woordje klaar toen ze naar hem toe liep, maar ze liep pal langs hem heen naar zijn arsenaal aan SM-spullen. Dat was nóg een regel die werd overtreden: alleen hij mocht de strafmethode kiezen. Dat hoorde bij het ritueel – de ondergeschikte wist niet precies hoe hij of zij gestraft zou worden. Maar Jake zei er niets van. Iets in haar gedrag zei hem dat ze vanavond niet voor rede vatbaar was. Jake voelde een huivering van angst en opwinding. Het was alsof de rollen werden omgedraaid en hij voor een keer niet de leiding had.

Ze negeerde de rijzweep en liep recht op de gevlochten karwatsen af. Ze liet haar vingers eroverheen glijden en koos de griezeligste. Die was alleen bedoeld voor hardcoremasochisten, niet echt haar ding, maar ze overhandigde hem de zweep en liep naar de muur. Hij maakte haar boeien vast. Er was nog steeds geen woord gezegd.

Hij voelde een merkwaardige aarzeling, alsof hij niet wist welk spel hij speelde. Daardoor was zijn eerste klap aan de zachte kant.

'Harder.'

Hij deed wat ze vroeg, maar het was niet voldoende.

'Harder.'

Dus gaf hij haar de volle laag. En deze keer tot bloedens toe. Ze kromp ineen van de pijn en leek zich vervolgens te ontspannen. Een spoortje bloed sijpelde over haar rug.

'Nog een keer.'

Waar zou dit eindigen? Hij had geen idee. Het enige wat hij zeker wist was dat deze vrouw wilde bloeden.

25

'Vertel nog eens wat er is gebeurd.'

Amy sloot haar ogen en liet haar hoofd hangen. Charlie leek haar aardig en ze had haar met fluwelen handschoentjes aangepakt, dus waarom deed ze dit? Sinds de politie haar had vrijgelaten had ze al het mogelijke geprobeerd om er niet meer aan te denken. Haar moeder had haar als een bloedhond overal achternagelopen, maar ze had zich teruggetrokken toen Amy doordraaide. Even van haar toezicht bevrijd had ze jacht gemaakt op restjes drank en de 'geheime' valiumvoorraad van haar moeder, en toen die niet werkten nam ze haar toevlucht tot de slaappillen van haar vader. Grote fout. In haar dromen – nachtmerries – was Sam altijd aanwezig. Hij glimlachte naar haar. Het was ondraaglijk en ze was schreeuwend wakker geworden bij de voordeur, waar ze aan de ketting rukte in een wanhopige poging te ontsnappen. Ze besloot ter plekke dat ze de rest van haar leven wakker zou blijven en nooit meer aan de slaap zou toegeven, en dat ze iedere vorm van menselijk contact uit de weg zou gaan. Maar hier was de politie weer, om haar te herinneren aan haar gruwelijke verraad.

'Je was aan het liften. Het regende. Er stopte een busje.'

Amy knikte zwijgend.

'Beschrijf het busje eens.'

'Ik heb al een verklaring afgelegd, ik...'

'Toe nou.'

Een diepe zucht. Het gevoel dat ze stikte. En plotseling stonden de tranen weer in haar ogen. Amy knipperde ze weg.

'Het was een bestelbusje.'

'Welk merk?'

'Ford? Vauxhall? Iets dergelijks. Hij was wit.'

'Wat zei ze tegen je? De precieze bewoordingen, graag.'

Amy zweeg even; ze verzette zich tegen het oproepen van de herinneringen.

'"Hebben jullie hulp nodig?" Dat zei ze. "Hebben jullie hulp nodig?" Toen deed ze het portier aan de passagierskant open, er was ruimte genoeg voor drie man voorin, dus stapten we in. Hadden we dat in godsnaam maar niet gedaan.'

En deze keer huilde ze. Charlie liet haar even begaan voordat ze haar een tissue gaf. 'Had ze een accent?'

'Zuidelijk.'

'Kun je iets specifieker zijn?'

Amy schudde haar hoofd.

'En toen?'

Amy nam alles nog eens door, stap voor stap. De vrouw had gezegd dat ze verwarmingsmonteur was en dat ze op weg naar huis was na een spoedgeval. Amy kon zich niet herinneren dat er een logo of naam op het busje had gestaan, misschien ook wel, ze had niet goed gekeken. De vrouw vertelde over haar echtgenoot – die twee linkerhanden had – en haar twee kinderen. Ze vroeg waar ze heen gingen op zo'n koude winteravond en bood hun iets te drinken aan.

'Welke woorden gebruikte ze?'

'Ze merkte dat we een beetje zaten te rillen en zei: "Jullie kunnen wel iets warms gebruiken." Dat was het. En toen bood ze ons haar thermosfles aan.'

'Was die drank warm? Waar rook hij naar?'

'Naar wat het was. Koffie.'

'En de smaak?'

'Prima.'

'Hoe zag ze eruit?'

Wanneer zou dit afgelopen zijn?

'Ze had kort blond haar. Ze droeg een spiegelende zonnebril boven op haar hoofd. Overall. Oorknopjes, dacht ik. Korte, groezelige nagels. Ik zag ze op het stuur. Vuile handen. Haar gezicht heb ik alleen van opzij gezien. Forse neus, volle lippen. Geen make-up. Gemiddelde lengte. Ze zag er gewoon uit. Volkomen doorsnee, snap je?'

En daarop liep Amy de woonkamer uit en ging ze naar boven, stikkend in haar tranen, happend naar adem. Ze werd belaagd door een enorm schuldgevoel en stond zich een vlaag van woede toe. Sam had het maar makkelijk. Hij was dood. Zijn lijden was voorbij. Maar het hare zou blijven duren. Ze zou nooit kunnen vergeten wat ze had gedaan. Amy keek naar de stoep onder het raam van haar slaapkamer op zolder en vroeg zich af of Sam haar zou verwelkomen als ze besloot zich bij hem te voegen. Plotseling in de ban van dat idee greep ze naar de hendel, maar het raam zat op slot en de sleutel was weg. Ze werd nu zelfs gekweld door haar eigen familie.

26

'Hoe zag ze eruit?'

Peter Brightston huiverde. Vanaf het moment dat ze hem hadden opgehaald had hij gehuiverd. Zijn hele lichaam trilde op het ritme van zijn trauma, op een vreemde, primitieve manier. Helen wist zeker dat hij elk moment kon instorten. Maar de artsen in het ziekenhuis hadden toestemming gegeven om met hem te praten, dus...

Hij meed haar blik. Hij staarde alleen maar naar zijn handen en trok aan de infuusslangetjes die er als tentakels mee waren verbonden.

'Hoe zag ze eruit, Peter?'

Een lange stilte, en toen, knarsetandend: 'Ze was verdomd knap.'

Dat had Helen niet verwacht.

'Beschrijf haar eens.'

Een diepe zucht, toen: 'Lang, gespierd... zwart haar... gitzwart haar. Lang. Tot over haar schouders. Strak wit T-shirt. Goeie tieten.'

'Gezicht?'

'Opgemaakt. Volle lippen. Kon haar ogen niet zien. Zonnebril, van Prada.'

'Prada, weet je dat zeker?'

'Ik vond hem mooi. Heb hem me ingeprent. Dacht dat ik misschien zoiets voor Sarah kon kopen voor onze trouwdag...'

Toen begon hij te snikken.

Uiteindelijk kregen ze nog wat meer uit hem los. De vrouw reed in een rode Vauxhall Movano die van haar echtgenoot was. Ze woonde met haar man en drie kinderen in Thornhill. Ze zaten midden in een verhuizing naar Bournemouth en spaarden geld uit door zelf de verhuizing te doen, vandaar het busje. Ze was spraakzaam, joviaal en ondeugend. Dat bleek wel uit het feit dat ze hun de heupflacon van haar man, slecht verborgen onder de wegenatlas in het handschoenenkastje, had aangeboden. Uiteraard had Peter geaccepteerd en daarna had hij de fles doorgegeven aan Ben. Op dat punt in zijn verklaring viel Peter weer stil.

Helen liet Charlie toezicht op hem houden. Charlie was goed met mannen. Ze was best knap, maar iets alledaagser dan Helen, en had een ontspannen, niet-bedreigende manier van doen. Geen wonder dat mannen op haar vielen. Als ze in een gemene bui was vond Helen haar soms wat te gewoontjes, maar ze kwam beslist goed van pas en zou op den duur een goede politievrouw worden. Maar Mark was haar klankbord en hem had ze nu nodig.

De White Bear zat weggestopt in een zijstraat achter het ziekenhuis. Helen had opzettelijk – om te provoceren – een pub gekozen als test en tot dusver deed Mark het goed. Hij zat achter een longdrinkglas tonic. Het was vreemd om elkaar in een pub te treffen. Ze hadden allebei het gevoel dat het een afspraakje leek, maar ze hadden belangrijker zaken aan hun hoofd.

'Hoe staan we ervoor?' opende Mark het gesprek.

Hij zag dat Helen uit alle macht probeerde de laatste onverwachte ontwikkelingen te begrijpen.

'Ben Holland is Ben Holland niet. Zijn echte naam is James Hawker.'

Telkens wanneer Helen aan James dacht, kreeg ze hetzelfde beeld voor ogen: een bebloede jongeman die er volkomen verloren bij lag. Volkomen in shock.

'Zijn vader was zakenman. Hij was ook een fantast en een fraudeur. Joel Hawker had alles verloren bij een mislukte deal en besloot zichzelf en zijn gezin om te brengen in plaats van de feiten onder ogen te zien... Hij doodde eerst de paarden, toen de hond van het gezin, voordat hij de stallen in brand stak. De buren belden het alarmnummer, maar ik was als eerste ter plaatse.'

Helens stem bibberde een beetje toen ze terugdacht aan het tafereel. Mark keek haar aandachtig aan.

'Ik zat toen nog gewoon in de uniformdienst. Ik zag de rook en hoorde geschreeuw vanuit de woning, dus drong ik het huis binnen. De vrouw was dood, de oudste dochter en haar vriendje ook en toen ik binnenkwam, zag ik dat hij James met een vleesmes aanviel.'

Helen zweeg even voor ze verderging.

'Ik heb hem neergeslagen. Heb hem langer en harder geslagen dan nodig was. Ik heb er een eervolle vermelding voor gekregen, maar ook een waarschuwing.'

Helen forceerde een spijtig glimlachje, dat Mark beantwoordde.

'Maar het kon me niet schelen. Ik wou dat ik hem harder had geslagen.'

'Dus James heeft zijn naam veranderd?'

'Zou jij niet hetzelfde doen? Hij wilde niet de rest van zijn leven berucht blijven. Hij is even in therapie geweest om het te verwerken, maar eigenlijk deed hij alsof het niet was gebeurd. Ik heb geprobeerd contact met hem te houden, maar een jaar of twee na de moorden liet hij niets meer van zich horen. Hij wilde er niet meer aan herinnerd worden. Ik vond het jammer, maar ik begreep het en ik wilde graag dat het goed met hem ging. En het ging ook goed.'

Het was waar. James had een goede opleiding gevolgd, een goede baan gekregen en uiteindelijk een meisje gevonden – welwillend, onschuldig – dat met hem wilde trouwen. Na zijn ellendige, gekmakende start was hij erin geslaagd een goed leven voor zichzelf op te bouwen. Totdat iemand zijn collega dwong hem door zijn oog te steken. Natuurlijk was het zelfverdediging, maar dat maakte het juist erger. James/Ben verafschuwde geweld. Wat moest hij niet hebben doorstaan om Peter te willen vermoorden?

Het was te bizar, te gek voor woorden. En toch was dat waar ze mee te maken hadden.

'Denk je dat er een verband is? Tussen de moorden van Joel Hawker en de dood van Be... James?' onderbrak Mark Helens gedachten.

'Zou kunnen. Maar Amy en Sam stonden daar los van. Hoe passen zij dan in het plaatje?'

Ze vielen stil. Misschien waren er connecties, maar op dit moment waren ze nog moeilijk te zien.

Dus wat hielden ze over? Een paar sadistische, willekeurige moorden die volkomen ongerelateerd leken en een dader die ofwel een sjofele, blonde verwarmingsmonteur was of een rondborstige, ondeugende huisvrouw met lang gitzwart haar. Het was een puinhoop en dat wisten ze allebei.

Terwijl Mark de pub rondkeek, voelde hij zijn hunkering toenemen. Overal om hem heen zaten mannen en vrouwen te lachen, grappen te maken en te drinken. Wijn, bier, sterkedrank, cocktails en shotjes werden in een hoog tempo naar binnen gegoten.

'Je doet het heel goed, Mark.'

Helens woorden doorbraken zijn verlangen. Hij keek haar achterdochtig aan. Het laatste wat hij wilde was medelijden.

'Ik weet dat het moeilijk is, maar dit is het begin van je genezing. We gaan ervoor zorgen dat je beter wordt en dat doen we samen, goed?'

Mark knikte dankbaar.

'Je mag tegen me zeggen dat ik moet opsodemieteren en in plaats daarvan naar de AA gaan. Dat zou ik begrijpen. Maar ik geloof niet dat ze jou daar snappen. Ze weten niet wat wij dag in dag uit moeten doorstaan. Wat het met ons doet. En daarom ga ik je helpen. Als je ooit behoefte hebt aan gezelschap, als je hulp nodig hebt, ben ik er voor je. Er zullen tijden komen – heel vaak – dat je echt wilt drinken. Dat gaat gebeuren, of je het nou leuk vindt of niet. Maar laten we dit afspreken: je mag uitsluitend drinken in mijn aanwezigheid. En als ik zeg dat je moet stoppen, dan stop je. Begrepen?'

Mark sprak haar niet tegen.

'Zo gaan we die verslaving overwinnen. Maar als ik merk dat je je niet aan die regel hebt gehouden, dat je tegen me hebt gelogen, laat ik je vallen als een baksteen. Begrepen? Mooi.'

Ze verdween naar de bar en kwam terug met een flesje bier in haar hand. Ze schoof het over de tafel naar hem toe. Marks hand trilde lichtjes toen hij het flesje oppakte. Hij zette het aan zijn lippen. Het koele bier gleed door zijn keel. Maar toen pakte ze de fles van hem af. Even wilde hij haar slaan, maar toen bereikte de alcohol zijn maag. En kortstondig voelde alles weer beter. Het drong tot hem door dat ze nog steeds zijn hand vasthield. In een reflex begon hij haar hand te strelen met zijn duim. Ze trok hem terug.

'Laat één ding duidelijk zijn, Mark. Dit gaat niet over "ons". Het gaat om jou.'

Hij had de situatie verkeerd ingeschat. En nu voelde hij zich een idioot. De hand van een superieur strelen. Wat een lul. Daarna gingen ze vrij snel weg. Helen keek hem na toen hij wegreed, waarschijnlijk om zich ervan te verzekeren dat hij niet stiekem terug naar de pub zou gaan. Het warme, benevelende optimisme van de middag was nu verdwenen en Mark voelde zich leeg en alleen.

In de vallende schemering stopte Marks Golf voor de deur van zijn vroegere gezinswoning. Elsie was nu vast in haar slaapkamer boven met Schaapje, omhuld door het groene schijnsel van haar nachtlampje. Hij kon haar niet zien, maar hij wist dat ze er was en dat vervulde hem met liefde. Het was niet genoeg, maar hij moest het ermee doen – voorlopig.

27

Hoofdinspecteur Michael Whittaker zat te wachten tot Helen terugkwam naar Southampton Central. Hij was een charismatische man van vijfenveertig – hield van het buitenleven, was gebruind en fit. Hij behoorde tot de favorieten van zijn vrouwelijke personeel, dat ervan droomde die krachtige en succesvolle vrijgezel in de wacht te slepen. Hij was ook geslepen en had een goed oog voor alles wat zijn carrière kon helpen of hinderen. Hij was een uitstekend boevenvanger geweest, tot een heftige schietpartij bij een mislukte bankoverval hem een halve long had gekost en hij een bureaufunctie had gekregen. Nu hij niet langer in staat was tactische operaties te leiden, had hij de neiging zijn gewicht in de schaal te leggen als hij vond dat de zaken te langzaam gingen of uit de hand liepen. Hij wist uit ervaring dat je oog voor detail moest hebben.

'Hoe doet ze het?' vroeg hij op barse toon aan Helen. 'Werkt ze alleen of heeft ze hulp?'

'Op dit moment nog moeilijk te zeggen,' antwoordde Helen. 'Ze werkt ongezien en laat geen sporen achter, wat zou kunnen betekenen dat ze alleen werkt. Ze is heel nauwgezet, en ik vermoed niet dat ze iemand anders wil betrekken bij haar zorgvuldig geplande operaties. Ze gebruikt tranquillizers in plaats van kracht om haar slachtoffers te bedwingen, en dat impliceert ook dat ze geen hulp nodig heeft of wil. De voor de hand liggende volgende vraag is: hoe verplaatst ze hen? Ze worden vervoerd in een bestelbusje waarin ze makkelijk kunnen worden verborgen, verdoofd en wel, tot ze op hun bestemming zijn. Ze kiest afgelegen, vergeten locaties als hun gevangenis, zodat er weinig kans is dat ze wordt gezien als ze hen uit het busje haalt. Heeft ze hulp nodig bij het uitladen? Mogelijk, hoewel alle vier haar slachtoffers ontvelde plekken rond de enkels hadden. Dat kan betekenen dat hun enkels waren geboeid en dat ze versleept zijn. Ze hadden schaafwonden op hun benen, bovenlichaam en hoofd. Dat zou erop kunnen wijzen dat ze over ruig terrein zijn getrokken, maar dat moet zwaar werk zijn geweest. Zelfs als je een koord of touw rond de enkels van bijvoorbeeld Peter Brightston zou binden, heb je nog steeds negentig kilo dood gewicht achter je aan te slepen. Het kan, maar het is moeilijk.'

'Hoe zit het met die busjes?' zei Whittaker, die Helen weinig respijt gunde.

'Niets concreets. Amy weet niet precies van welk merk haar busje was en er zijn geen verkeerscamera's in die buurt die ons zouden kunnen helpen. Peter weet zeker dat hij is ontvoerd in een Vauxhall Movano, maar daar worden er elke maand alleen al in Hampshire tientallen van gestolen. Hij was rood, wat een beetje helpt, maar ze kan hem overgespoten hebben. Aangezien zij opgepikt zijn in het New Forest en via landweggetjes naar Dunston Power Station zijn gebracht, hebben we geen beelden van verkeers- of beveiligingscamera's.'

Whittaker zuchtte. 'Ik hoop dat ik je niet te snel heb bevorderd, Helen.' Zijn toon was effen.

'Ik had gehoopt dat je het op een dag van me zou overnemen, maar dit soort zaken kan een carrière schaden. We hebben arrestaties nodig, Helen.'

'Begrepen, chef.'

'Dat wijf van Garanita zit hier voortdurend in de hal de rest van de plaatselijke broodschrijvers op te fokken. Een paar van de grote kranten hebben er vanmorgen lucht van gekregen. Die idioten van de pr krijgen een beroerte als *The Times* belt en komen meteen naar mij gerend. Wat moeten we tegen die lui zeggen?'

'Sams dood wordt behandeld als een geval van huiselijk geweld. We zijn niet op zoek naar iemand anders, enzovoort. Bens dood wordt afgeschilderd als een ongeluk. Het verhaal is dat hij en Peter Brightston in Dunston waren voor hun bedrijf en dat er een tragisch ongeluk is gebeurd, enzovoort. De pers lijkt er voorlopig genoegen mee te nemen.'

Whittaker zweeg. Hij zou nooit toegeven dat zijn superieuren hem onder druk hadden gezet, maar Helen wist hoe het werkte. In dit soort zaken kregen de ondergeschikten het voor hun kiezen.

'Op een gegeven moment kunnen we best meer bekendmaken als we denken dat de tijd daar rijp voor is. De pers vertellen dat er een derde bij betrokken is. De hulp van het publiek inschakelen...'

'Te vroeg,' onderbrak Whittaker haar. 'We weten nog te weinig. We zouden overkomen als een stelletje stommelingen.'

'Ja, chef.'

Helen voelde zijn nervositeit en ergernis, tot haar verbazing. Hij gedroeg zich meestal rustiger. Ze wilde zijn angsten verlichten – in het verleden was haar dat altijd gelukt – maar in dit geval had ze niets te bieden. Whittaker had de neiging om in een kramp te schieten als de druk te hoog werd, en dat was niet iets waar Helen op dit moment op zat te wachten. Dus deed ze hard haar best om hem gerust te stellen en hem bij te praten over de uitgebreide pogingen die in het werk waren gesteld om de moordenaar op te sporen. Langzaam begon hij iets meer te ontspannen. Hij had Helen altijd vertrouwd, en als er iemand was die het roer recht kon houden, was zij het wel. Hoewel een man als Whittaker het nooit zou toegeven, was Helen precies het soort politievrouw waar de leiding van hield. Vrouw, dronk vrijwel niet, hoefde niet zo nodig kinderen. Geen gevaar van alcoholisme, smeergeld, zwangerschapsverlof of andere onplezierigheden. Helen was gedreven en krikte in haar eentje hun percentage opgeloste zaken op. Dus zelfs als ze haar meerderen af en toe voor het blok zette, slikten ze dat omdat ze tot de besten behoorde.

Helen sprak zo gloedvol dat ze even door haar eigen woorden werd meegesleept, maar op weg naar huis op haar moter, verdween dat valse vertrouwen als sneeuw voor de zon. Morgen was het kerstavond en heel Southampton was in feeststemming. Het was alsof er een collectief besluit was genomen om de vlammende koppen in de *Evening News* te negeren en de kerst uitbundig te vieren. Muzikanten van het Leger des Heils speelden kerstliedjes, kleurige lichtjes schitterden vrolijk boven de winkels en overal zag je opgetogen kindergezichtjes. Maar Helen voelde geen feestvreugde. Het hele gedoe kwam haar voor als een opzichtig en ongepast spektakel. Ergens liep een moordenaar rond die gewetenloos doodde en geen enkel spoor achterliet. Was ze op dit moment al bezig haar volgende slachtoffers te kiezen? Zaten ze al gevangen en smeekten ze om genade? Helen had zich nog nooit zo verloren gevoeld. Ze kreeg in deze zaak geen poot aan de grond, kon geen concrete aanknopingspunten vinden. Er zou nog meer bloed vloeien, en voorlopig kon Helen niets anders doen dan afwachten wie het volgende slachtoffer zou worden.

28

Vreemd hoe je je dingen herinnert, nietwaar? Waarom denk ik nog steeds aan dat rendier? Het was zelfs voor die tijd behoorlijk waardeloos, een kaal vilten rendier met idioot grote ogen. Het beest zag eruit alsof het dood was, maar ik bleef er maar naar kijken terwijl we in de lange rij stonden. Misschien word ik wel aangetrokken door hopeloosheid. Of misschien ook niet. Je kunt ook te ver gaan met analyseren.

Het was Kerstmis en eindelijk was ons leven een keer op orde. Pa was met de noorderzon vertrokken. Had hij met kerst een ander gezin om zijn heil bij te zoeken? Ik ben het nooit te weten gekomen. In ieder geval waren we alleen thuis met de meiden. Ma dronk, maar ik had een plan gemaakt om te voorkomen dat ze het te bont zou maken. Om haar de moeite te besparen had ik aangeboden drank voor haar te kopen. Ik liep naar de winkel op de hoek en kocht een paar blikken bier, maar ook iets te eten. Brood, zoutjes, weet ik veel. Toen ik terug was, bleef ik naast ma zitten terwijl ze dronk. Ik geloof dat ze zich een beetje schaamde als ze dat deed waar ik bij was. Zonder pa erbij om haar aan te sporen begon ze stukje bij beetje minder te drinken, totdat ze bijna niets meer nam. Ik heb nooit een hechte band met haar gehad, maar die kerst was het oké. Wat de reden was dat ze ons meenam naar het winkelcentrum.

Muzak, goedkope decoraties en de geur van angst. Zo ver als je kon kijken zag je paniekerige ouders, in een hoek gedreven door een feest dat weer te snel was gearriveerd. Onze boodschappenlijst was kort – erg kort – maar het winkelen duurde een eeuwigheid. Nadat we ons ervan hadden verzekerd dat de beveiligingsmedewerker in het warenhuis ergens anders mee bezig was, propte ma kleren en prullerige sieraden onder onze trui en onze 'beloning' was dat we daarna naar de Kerstman mochten. Aangezien die man leraar was op de plaatselijke katholieke school, was het waarschijnlijk vooral fijn voor hemzelf.

Ik kan me zijn gezicht nog levendig voor de geest halen. Hij zette me op zijn knie en met zijn beste 'ho ho ho' vroeg hij me wat ik het liefste wilde voor Kerstmis. Ik glimlachte, keek hem recht in de ogen en zei: 'Ik wil dat mijn papa doodgaat.'

Daarna gingen we vrij snel weg. De Kerstman zat te smoezen met de geschokte moeders – rotwijven die niets liever deden dan aso's zoals wij beledigen. Terwijl we ons haastig uit de voeten maakten, gaf ik dat slodderige rendier een enorme rechtse hoek. Ik heb de schade niet meer kunnen zien; we waren de deur al uit voordat de beveiliging ons kon achterhalen.

Ik had verwacht dat ma me zou slaan of in ieder geval tegen me tekeer zou gaan. Maar dat deed ze niet. Ze huilde alleen maar. Ze ging bij de bushalte zitten en huilde. Jammer eigenlijk – het was een van mijn fijnste herinneringen.

29

Haar bezoek was een onverwacht genoegen. Ze kregen bijna nooit bezoek – wie zou hier nou ooit komen? Degenen die wel kwamen hadden meestal alleen maar kwaad in de zin: dieven en schurken. De politie kwam hier maar zelden en de sociale dienst kon je ook vergeten. Die stelde helemaal niets voor.

Haar moeder schrok toen de deurbel ging. Marie werd zo in beslag genomen door *Strictly Come Dancing* dat ze de voetstappen op de galerij niet had gehoord, maar Anna wel. Telkens wanneer Anna buiten geluiden hoorde, ging haar hart een beetje sneller kloppen. Geen van de andere flats was bewoond, dus tenzij het junkies waren die een lege flat zochten of zigeuners op zoek naar een buit, kon geluid alleen maar betekenen dat er bezoek kwam voor hén. De voetstappen vertraagden en hielden halt bij hun voordeur. Ze wilde haar moeder waarschuwen met brommende geluidjes, maar Flavia deed de foxtrot en Marie ging helemaal op in dat tv-programma. Toen ging de bel, luid en duidelijk. Marie wierp een blik op Anna, aarzelde even en besloot de bel te negeren.

Anna was er blij om. Ze hield niet van bezoek. Ze hield niet van verrassingen. En toch was ze nieuwsgierig. Omdat de voetstappen op de galerij licht en tikkend hadden geklonken. Alsof het iemand op hoge hakken was. Daar moest Anna stilletjes om giechelen.

Ze had zoiets niet meer gehoord sinds de hoeren waren vertrokken.

De deurbel klonk opnieuw. Eén keer maar, beleefd maar volhardend. En toen hoorde ze de stem: ze riep hun namen en vroeg of ze met hen kon praten. Marie zette de tv zachter. Als ze hen niet hoorde, zou ze misschien denken dat ze niet thuis waren en weggaan. Zinloos eigenlijk. Het licht en het geluid uit hun flat waren als een baken in de duisternis. Toen schalde de deurbel voor de derde keer en deze keer stond Marie op en slofte naar de voordeur. Anna keek haar na – ze had er een hekel aan als ze alleen werd gelaten. Stel dat er buiten iets gebeurde?

Maar toen kwam Marie terug, gevolgd door een knappe vrouw die plastic tassen bij zich had. Ze zag er zo'n beetje uit als een maatschappelijk werkster, maar dan niet zo mistroostig en slonzig. Ze keek de kamer rond, liep naar Anna en knielde bij haar neer.

'Hoi, Anna. Ik heet Ella.'

Ze had een heel warme glimlach. Anna mocht haar meteen.

'Ik zei net tegen je moeder dat ik werk voor een organisatie die Shooting Stars heet. Misschien heb je onze advertenties wel eens gezien in de buurtkrant. Ik weet dat je moeder je daar graag uit voorleest.'

Ze rook heerlijk. Naar rozen.

'We delen elk jaar kerstpakketten uit aan gezinnen die moeilijk kunnen rondkomen, zoals jullie. Klinkt dat goed?'

'We doen hier in huis niet aan medelijden,' onderbrak Marie haar scherp.

'Het is geen medelijden, Marie,' zei Ella terwijl ze overeind kwam. 'Het is gewoon een helpende hand. En je hoeft het niet aan te nemen. Er zijn genoeg anderen die dit lekkers maar wat graag zouden accepteren, geloof me!'

Het woord 'lekkers' miste zijn uitwerking niet. Marie keek in stilte toe hoe Ella de blikjes en pakjes uit de tas haalde. Het was een ware schat: Turks fruit en chocolade-gemberkoekjes, en daarbij nog al het gebruikelijke spul; plus soepen, smoothies en vruchtensap voor Anna. Er was goed over nagedacht. Anna keek ervan op dat iemand zo veel moeite had gedaan. Ella was heel attent en stelde Marie veel vragen over Anna: wat las ze haar graag voor? Was ze fan van Tracy Beaker? Waar keek ze naar op tv? Anna genoot van al die aandacht.

Dit jaar hadden ze geluk. Dit jaar waren ze door iemand opgemerkt. Marie was opgevrolijkt, maar de feeststemming werd even iets minder toen ze op zoek ging naar de sherry. Anna keek naar hun bezoekster. Ze glimlachte en knikte, maar ze leek gespannen. Anna dacht dat ze misschien een heel strak schema had, maar dat kon niet, want toen Marie terugkwam stond Ella erop om de kerstkoekjes aan te breken. Ze nam zelf niets, maar wilde graag dat Marie ervan smulde. Ze waren vers gebakken. Een bakkerij in St. Mary's Road had er tientallen gratis gemaakt als speciale geste vanwege de kerst.

Toen Marie een koekje ophad, leek Ella zich te ontspannen. En toen gebeurden er vreemde dingen. Marie voelde zich niet goed; slap en misselijk. Ze probeerde op te staan, maar dat lukte haar niet. Ella snelde naar haar toe om te helpen, maar plotseling, zonder enige waarschuwing, duwde ze Marie op de grond. Wat deed ze nou? Anna wilde schreeuwen en krijsen en vechten, maar ze kon alleen maar kreunen en huilen. Nu drukte Ella haar moeder tegen de vloer. Ze bond haar handen ruw vast achter haar rug, met akelig uitziend touw. Stop alsjeblieft, stop. Ze duwde iets in haar mond, ze schreeuwde naar haar. Waarom? Wat had ze verkeerd gedaan? Toen keek 'Ella' naar Anna. Het was alsof ze een ander mens was geworden. Haar ogen waren nu kil, haar glimlach nog killer. Ze liep naar Anna toe. Anna wilde zich verzetten, maar haar krachteloze lichaam was hulpeloos. De vrouw trok een zak over het hoofd van het jonge meisje en daarna was alles zwart.

30

Sandra Lawton. Leeftijd: 33. Stalker.

Helen bekeek het dossier. Sandra Lawton was dol op mannen, maar ging vervelend doen als ze werd afgewezen. Ze had al drie veroordelingen achter de rug vanwege hinderlijke achtervolging. Je kon wel stellen dat haar behandeling niet leek aan te slaan, en haar overtuiging dat intelligente, ontwikkelde mannen op hoge posities stiekem met haar naar bed wilden was nog even sterk als altijd.

Helen bladerde door naar de volgende. Sandra was gek, maar ze was niet gewelddadig.

Isobel Screed. Leeftijd: 18. Cyberstalker. Ook deze persoon verwierp Helen. Ditmaal ging het om een tenger meisje dat voortdurend bezig was soapactrices te beledigen via sms en twitter. Ze dreigde hun baarmoeder eruit te snijden en dat soort dingen, maar ze leek nooit uit haar huurkamer te komen, dus kon ze worden weggestreept.

Alison Stedwell. Leeftijd: 37. In bezit van een vuurwapen. Meerdere keren opgepakt wegens geweldpleging. Deze was veelbelovender. Een doorgewinterde wetsovertreder die had geprobeerd een collega die ze had gestalkt met een kruisboog te beschieten voordat ze werd gearresteerd en later opgenomen. Ze liep nu weer vrij rond, kennelijk onder supervisie, en ze had al een paar maanden geen misdrijf meer gepleegd. Was zij tot iets dergelijks in staat? Helen zakte onderuit op haar stoel. Wie probeerde ze nou voor de gek te houden? Alison mocht dan een lastige tante zijn, ze was niet bepaald subtiel in haar technieken: ze stalkte haar slachtoffers zo opvallend mogelijk. En bovendien was ze niet knap. Peter Brightstons beschrijving van een schoonheid met gitzwart haar kon op geen enkele manier van toepassing zijn op de vadsige vrouw met het slechte gebit die Helen op haar scherm zag. Weer iemand die ze van de lijst kon schrappen.

Ze was al urenlang in de weer met HOLMES2 en had elke Britse stalkster bekeken die de afgelopen tien jaar was veroordeeld, maar het leverde niets op. Degene die zij zochten was uitzonderlijk, heel anders dan de onhandige stalkers die Helen nu onder ogen had gekregen. Hun stalker moest haar slachtoffers wekenlang geschaduwd hebben. Hoe had ze anders kunnen weten dat Amy en Sam graag liftten of op de hoogte kunnen zijn van de details van de wekelijkse tripjes van Ben en Peter naar Bournemouth? De manier waarop ze hun ontvoeringen had gepland was indrukwekkend: uitgevoerd op eenzame wegen, in gebieden waar mobiele telefoons geen bereik hadden. Maar ook haar vermogen om locaties te vinden waar haar slachtoffers niet te traceren en niet te horen waren, waar ze langzaam gek werden van honger en angst, was buitengewoon. Een dergelijk individu zou niet weggestopt worden in de krochten van HOLMES2, zo iemand zou nu al een levende legende zijn, een regelmatig terugkerend onderwerp van politieseminars en misdaadliteratuur.

Na de ontdekking van Bens auto hadden Helen en Charlie opnieuw gesproken met Amy, Peter en hun familie, zoekend naar bewijzen van stalken. Amy en Sam waren relaxte types, totaal niet wantrouwend of oplettend, die op een drukke studentencampus woonden. Ze hadden geen vreemde dingen of rare mensen gezien. Peter Brightston zei dat hij het zou hebben gemerkt als hij werd gevolgd door een aantrekkelijke vrouw, maar dat klonk als opschepperij: hij had geen reden om argwanend of op zijn hoede te zijn. Ben was een ander geval. Hij was van nature behoedzaam en zorgvuldig, maar ze konden hem niets meer vragen en zijn verloofde zei met klem dat hij in de dagen voor zijn ontvoering nooit had gesproken over bepaalde angsten.

Het enige doorbraakje was het resultaat van het onderzoek aan Bens auto. De dader had niet veel tijd gehad om een gat in Bens benzinetank te boren. Drie of vier uur hoogstens, omdat de groepsbijeenkomst in het kantoor in Bournemouth korter dan gewoonlijk was die dag. Ben zette de auto meestal op het parkeerterrein van het kantoor, maar die dag was dat vol geweest vanwege een lunchbezoek van klanten. Daarom had hij bij de openbare parkeergarage om de hoek geparkeerd. Helen voelde aan dat alles wat buiten Bens normale routine viel een probleem voor de dader kon zijn geweest, dus dat was een onderzoek waard. Beelden van beveiligingscamera's toonden Ben en Peter die op de vierde verdieping parkeerden, niet ver van de liften. Vijf minuten na hun vertrek liep er een vrouw in een limoengroene parka en met een witte Kappapet langs. Verkende ze het terrein? Waarschijnlijk, want enkele minuten later dook opeens een handschoen voor de camera op en werd de lens bespoten met verf. Helen had gevraagd of de beelden konden worden geanalyseerd en zo mogelijk vergroot, en ze had Sanderson opdracht gegeven camerabeelden uit de buurt van de parkeergarage te bekijken om te zien of ze de route van de verdachte in het gebouw konden volgen, maar voorlopig moesten ze het doen met het materiaal dat ze hadden. Het was niet veel, maar het was een vluchtig beeld van hun dader en dat leek alles te bevestigen wat Amy en Peter over haar hadden verteld. Niet in het minst het feit dat het om een vrouw ging. Er waren teamleden geweest – met name Grounds en Bridges – die hadden betwijfeld of hier werkelijk een vrouw achter kon zitten. Maar die vraag was nu beantwoord.

Helen sloot HOLMES2 af en liep naar buiten, de hoek om naar de Parrot and Two Chairmen. Vandaag had het bureau een kerstborrel en hoewel Helen dit gezien de omstandigheden volkomen ongepast vond, moest ze wel naar de pub. Het was ongebruikelijk dat het hogere personeel dat soort evenementen ontweek. Vreemd eigenlijk want het laatste waar de ondergeschikten op zaten te wachten was uit hun dak gaan met hun chefs in de buurt.

Helen zag haar team en baande zich een weg door de mensenmassa. Ze voelden zich allemaal slecht op hun gemak omdat er nog zo veel te doen was in hun zaak, maar ze deden hun best. Vooral Mark, die trots zwaaide met zijn tonic light als trofee van nuchterheid, leek het naar zijn zin te hebben. Het niet-drinken deed hem zichtbaar goed: zijn ingevallen gezicht had meer kleur, zijn ogen sprankelden. Hij begroette Helen warm en leek haar graag te betrekken bij het groepsgesprek over de nachtmerrie van Nieuwjaar, enzovoort. Helen vond dat hij het er een beetje te dik bovenop legde, en ze ving meer dan eens een veelbetekenende blik van Charlie op.

'Wie wil er een kus onder de maretak?'

Whittaker. Buiten kantoor was hij een ander mens. Verdwenen waren de nervositeit en de politieke spelletjes, vervangen door een moeiteloze jovialiteit.

'Zo veel mooie dames, zo weinig tijd,' zei hij en hij wierp zogenaamd wellustige blikken op de aanwezige vrouwen.

'Dat kennen we nou wel,' antwoordde Helen zuur. 'Niets om over naar huis te schrijven.'

'Charlie dan,' ging Whittaker verder. 'Jij kunt deze Kerstmis onvergetelijk maken.'

Charlie bloosde hevig, onzeker hoe ze om moest gaan met de komische avances van een lichtelijk aangeschoten hoofdinspecteur.

'Ze is getrouwd, chef. Of zo goed als,' kwam Helen tussenbeide.

‘Ik heb gehoord dat ze nog steeds in zonde leeft, wat betekent dat ik een kans maak,’ zei Whittaker schaamteloos.

‘Ik zou verder zoeken als ik u was. Genoeg keus.’

‘Jammer. Maar ja, je moet je verlies nemen.’ Hij richtte zijn blik op de jonge en aantrekkelijke McAndrew.

‘Als u wanhopig bent, wil ik me wel aanbieden als vrijwilliger,’ opperde Mark. Helen lachte, net als de anderen, maar Whittaker vond het niet leuk. Hij leek toch al niet zo dol te zijn op zijn mannelijke personeel, het waren de vrouwen die hem interesseerden.

‘Dat sla ik toch maar af. Als jullie me willen excuseren…’

En hij liep weg op zoek naar anderen om lastig te vallen. Het gesprek werd voortgezet en Sanderson vroeg iedereen waar ze de kerst zouden doorbrengen. Voor Helen was dit aanleiding om te vertrekken.

Ze merkte tot haar verbazing dat ze meer dan een uur in de pub had doorgebracht. Het was eigenlijk best verfrissend – een moment van rust voor haar hersenen – maar nu ze door de koude nacht terugliep naar het bureau was ze weer volop bezig met de zaak. Ze wilde de kwestie van die benzodiazepine nader onderzoeken. Waar haalde de moordenaar haar voorraad? Zou dat iets kunnen opleveren?

Helen liep de verlaten recherchekamer in en vervolgde haar jacht op de dader die zich niet liet vangen.

31

Haar razernij steeg tot koortsachtige hoogte en ze wilde het uitschreeuwen tot haar longen barstten. De afgelopen dagen waren angstaanjagend en verwarrend geweest voor Anna, maar dat haar moeder nu niet meer met haar wilde praten maakte alles nog duizend keer erger.

Toen Ella de zak over haar hoofd had getrokken, was Anna's eerste gedachte geweest dat ze zou stikken. Ze kon haar hoofd helemaal niet meer bewegen en als ze geen lucht meer kreeg zou ze een langzame, onverbiddelijke dood sterven. Maar gelukkig zat de zak los en was hij van een soort natuurlijke vezel gemaakt, zodat ze kon ademen. Opgelucht had ze geluisterd en geprobeerd te horen wat er gebeurde. Werden ze beroofd? Werd haar moeder vermoord? Maar er gebeurde niets, geen enkel geluid, afgezien van de deur die werd gesloten en traliewerk dat natrilde. Ging Ella weg? Ging haar moeder weg? Alstublieft, God, laat me hier niet alleen achter, bad Anna. Maar niemand had haar gebeden verhoord en dus zat ze daar maar, een klein meisje, helemaal alleen, omhuld door een afschuwelijke duisternis.

Zo had ze uren gezeten, en toen was er plotseling een verblindend licht: de zak werd van haar hoofd getrokken. Ze sloot haar pijnlijke ogen en deed ze langzaam weer open, voorzichtig wennend aan haar vrijheid. Terwijl ze daar zat had ze zich allerlei gruwelijke scenario's voorgesteld – de flat overhoopgehaald, haar moeder vermoord – maar nu ze om zich heen keek, leek alles betrekkelijk… normaal. Er was niets verdwenen en ze was weer alleen met haar moeder in de flat. Aanvankelijk was Anna opgelucht, en ze wachtte tot Marie zou uitleggen dat de gekke vrouw iets had gestolen, maar dat ze nu weg was en dat alles weer goed was. Maar haar moeder zei niets. Anna kreunde en steunde om aandacht terwijl haar ogen in hun kassen draaiden, in een wanhopige poging contact te krijgen. Maar Marie wilde haar niet aankijken. Waarom niet? Wat was er gebeurd dat ze te beschaamd was om haar eigen dochter aan te kijken?

Anna begon weer te huilen. Ze was pas veertien en ze snapte er niets meer van. Maar haar moeder keek niet op en probeerde niet haar te troosten. In plaats daarvan liep ze de kamer uit. De komst van Ella was drie, misschien vier dagen geleden en in al die tijd had haar moeder niets wezenlijks tegen haar gezegd. Ze had haar voorgelezen, haar naar het toilet gebracht en gezegd dat ze moest gaan slapen, maar ze had niet echt met haar gepraat. Anna had zich nog nooit zo onbemind gevoeld. Ze vond het volkomen onbegrijpelijk. Ze was altijd een last geweest, dat wist ze, en ze had altijd onvoorwaardelijk van haar moeder gehouden om het geduld, de liefde en tederheid die ze van haar kreeg. Maar nu haatte ze haar. Ze haatte haar vanuit de grond van haar hart om de wreedheid waarmee ze haar nu behandelde.

Ze was meer dan uitgehongerd. Ze had voortdurend maagkrampen, ze was duizelig, haar mond was zo droog dat ze bloed proefde. Maar haar moeder weigerde haar eten te geven. Waarom? En waarom at ze zelf niets? Wat was hier in godsnaam aan de hand?

Een geluid uit de hal. Vreselijk gedreun en geschreeuw. Vuisten die trommelden, haar moeder die jammerde. Plotseling was Marie weer in de kamer. Ze liep Anna straal voorbij en ze zag er manisch en onverzorgd uit.

Ze deed het raam open. Omdat ze in een flat woonden, zaten de ramen vast in het midden en konden ze maar een klein stukje open, om te voorkomen dat ze naar beneden zouden springen – een handige zet, gegeven de wanhoop van de bewoners. Maar je kon wel een beetje frisse lucht op je gezicht voelen als je dat wilde.

Nu schreeuwde Marie, smekend om hulp. Gillend dat iemand – wie dan ook – hen moest komen redden. En op dat moment begreep Anna het. Ze zaten gevangen. Dat wilde haar moeder haar niet vertellen. Ella had hen opgesloten, gevangengezet. Ze zaten in de val.

Daarom schreeuwde haar moeder in de nacht. Ze hoopte tegen beter weten in dat er iemand langs zou komen die haar zou horen. Dat iemand hun te hulp zou schieten. Maar Anna wist uit ervaring dat je niet moest rekenen op de vriendelijkheid van vreemdelingen. Terwijl haar moeder verslagen op de vloer in elkaar zakte, besefte Anna eindelijk dat ze in hun eigen huis waren begraven.

32

Moesten ze Kerstmis maar laten schieten? Dat was de eerste vraag geweest die Sarah Peter had gesteld toen hij thuiskwam uit het ziekenhuis. Ze vroeg niet naar zijn gezondheid – ze zag wel dat hij langzaam maar zeker herstelde – en ze had geen zin om te praten over wat er was gebeurd. Niemand wilde het daarover hebben. Maar ze moest wel weten wat de plannen voor Kerstmis waren. Wilde Peter het net als anders thuis doen, met de gebruikelijke verzameling van neven en ouders? Een soort het-leven-gaat-door-we-zijn-blij-dat-je-nog-leeft-Kerstmis. Of zouden ze toegeven dat het leven opeens heel duister was geworden en dat er geen reden was om feest te vieren?

Uiteindelijk besloten ze het te doen zoals altijd. Peter wilde niets liever dan vrienden en familieleden mijden. Hij kon hun kruiperige gekonkel en de niet-gestelde vragen in hun hoofd niet verdragen. Maar de gedachte om alleen met Sarah te zijn met Kerstmis was nog erger. Elke seconde dat hij alleen was, was er een waarin sombere gedachten en nog somberder herinneringen opdoken. Hij moest afleiding zoeken, zich concentreren op de fijne dingen, zelfs als het allemaal niet meer was dan hypocrisie, verveling en zenuwen.

Aanvankelijk was hij in de verleiding gekomen om een hekel te krijgen aan zijn vrouw. Ze was duidelijk onzeker over de vraag hoe ze om moest gaan met haar man de moordenaar. Ze kon niet gissen wat er was gebeurd, dus fladderde ze rond en deed duizenden kleine dingen om te tonen dat ze meeleefde – en al die dingen waren volkomen nutteloos. En toch, terwijl de dagen vergleden drong het tot Peter door dat hij van haar hield vanwege al die kleine dingen en omdat ze hem duidelijk niet verweet wat er was gebeurd. Hij forceerde een glimlach toen hij vernam dat ze het vuurwerk dit jaar had verbannen. Ze had geen duidelijk idee van wat er in dat hellegat was gebeurd, maar ze voelde intuïtief dat haar echtgenoot dit jaar geen zin zou hebben in hard geknal. Ze had gelijk, en daarvoor – en voor vele andere attenties – was Peter haar dankbaar.

De gebruikelijke mensen kwamen opdagen en wat waren ze weer vrolijk. Ze deden net of de politiebewaking bij de voordeur er niet stond en hun overdreven feestgejoel was even maniakaal als geforceerd. Er werd veel drank gegeven en ontvangen, alsof iedereen collectief had besloten dat er eens flink gepimpeld moest worden. De goede gaven bleven maar komen, want even pauzeren kon fataal zijn. De stapel onuitgepakte cadeaus groeide, tot bijna de hele kamer ermee bezaaid dreigde te worden.

Plotseling voelde Peter zich claustrofobisch. Hij stond abrupt op en glipte de kamer uit. Hij liep de keuken in en probeerde de keukendeur van het slot te krijgen, maar hij stond te hannesen. Vloekend lukte het hem eindelijk en toen stapte hij de ijskoude tuin in. De koele lucht kalmeerde hem en hij besloot een sigaret te roken. Sinds zijn terugkeer uit het ziekenhuis had hij de gewoonte die hij vele jaren geleden had afgezworen weer opgepakt, en uiteraard had niemand daar iets van durven zeggen. Een kleine overwinning.

Plotseling stond Ash naast hem. Zijn oudste neef.

'Moest er even tussenuit. Zou ik er eentje van je mogen bietsen?' vroeg hij, gebarend naar Peters sigaret.

'Natuurlijk, Ash. Ga je gang,' antwoordde Peter. Hij gaf Ash het pakje en zijn aansteker.

Peter zag Ash onhandig een sigaret opsteken. Ash was niet bepaald een roker en als acteur was hij nog slechter. Peter begreep dat Ash naar hem toe was gestuurd om een oogje in het zeil te houden. In het ziekenhuis hadden de artsen meer dan een uur met Sarah gesproken over Peters geestelijke toestand. Ze hadden haar toch al nerveuze geest gevuld met talloze nachtmerriescenario's, wat betekende dat iedereen moest opletten of Peter zelfmoordneigingen had, al zou niemand het op die manier formuleren. Stom eigenlijk, hij had helemaal geen energie voor zoiets, hoewel het waar was dat hij er vaak genoeg aan had gedacht. Ash babbelde maar door en Peter bromde en glimlachte, maar Ash had net zo goed Mandarijn kunnen spreken. Het liet Peter volkomen koud wat hij zei.

'Zullen we weer naar binnen gaan?' Ash leek niet erg van zijn sigaret te genieten, dus Peter verloste hem uit zijn lijden. Ze stapten weer het feestgedruis in. De tafel was afgeruimd en er stonden nu spelletjes. Hier kon je niet onderuit, dus Peter ging zitten en bereidde zich voor op nog meer langzame marteling. Hij deed zijn best vrolijk te doen, maar was er met zijn hoofd niet bij. Ergens anders in de stad had Ben Hollands verloofde een zwarte kerst. Ze haatte het leven, haatte de man die haar geliefde had vermoord, slechts een paar weken voor hun huwelijk. Hoe moest zij verder? En de rest?

Peter gooide glimlachend de dobbelstenen, maar vanbinnen ging hij dood. Het is moeilijk om van Kerstmis te genieten als je bloed aan je handen hebt.

33

Helen snoof de bedwelmende kruidengeur diep op. Het enige aspect van Kerstmis waar ze echt van genoot was haar eigen weerbarstige, eigenzinnige gedrag. Ze had nooit van kalkoen gehouden en vond kerststol een van de meest onaangename dingen die ze ooit had geproefd. Ze was van mening dat als je niet houdt van de feestdagen je je eigen gang moet gaan. Dus terwijl anderen in speelgoedzaken vochten en tachtig pond uitgaven aan een scharrelkalkoen, koos Helen een andere weg en ze ging zo ver de andere kant op als ze kon. Haar afhaalmaaltijd van Mumraj Tandoori op eerste kerstdag was het hoogtepunt van haar jaarlijkse rebellie.

'Kip korma met saffraan, peshwari naan, aloo gobi, pilaurijst en twee papadums met extra fijngehakte koriander erbij,' ratelde Zameer Khan terwijl hij Helens bestelling inpakte. Het was een vast adresje, hij had zijn populaire restaurant hier al meer dan twintig jaar.

'Perfect.'

'Weet u wat, omdat het Kerstmis is en zo, doe ik er nog wat After Eights bij. Wat zegt u daarvan?'

'Je bent mijn held,' zei Helen terwijl ze haar afhaalmaaltijd oppakte en dankbaar glimlachte.

Het was een grote bestelling en Helen at de restjes meestal op tweede kerstdag op, maar een van de geneugten van eerste kerstdag was het uitstallen van al die Indiase lekkernijen op de keukentafel en dan langzaam en weloverwogen haar bord volscheppen. Met het pak onder haar arm liep Helen terug naar haar appartement. Binnen geen kerstversiering, geen kerstkaarten – eigenlijk was het enige nieuwe in huis het dossier over de ontvoering van Amy en Peter. Helen had het meegenomen om thuis door te lezen. Ze had er het grootste deel van de avond onafgebroken overheen gebogen gezeten, tot ze plotseling merkte dat ze stierf van de honger. Ze zette de oven aan en draaide zich om omdat ze een bord wilde opwarmen. Terwijl ze dat deed, raakte haar arm de afhaalzak, die van de tafel gleed. Hij viel hard op de tegelvloer en de dunne kartonnen bakjes barstten open. Het aromatische eten lag overal.

'Shit, shit, shit.'

Helen had die ochtend nog schoongemaakt en de citroengeur van het schoonmaakmiddel mengde zich met de Indiase olieën en veroorzaakte een scherpe, onaangename geur. Helen staarde er even geschokt naar en plotseling prikten er tranen in haar ogen. Ze was woedend en overstuur en had het liefst op dat stomme eten gestampt, maar ze slaagde er nog net in haar woede te beheersen en vluchtte naar de badkamer.

Helen stak een sigaret op en ging op de koude rand van het bad zitten. Ze was boos op zichzelf vanwege haar overdreven reactie en inhaleerde diep. Meestal werkte de nicotine rustgevend, maar nu smaakte hij alleen maar bitter. Ze smeet de sigaret walgend in de wc en keek hoe de gloeiende punt doofde in het water. Het was een passend beeld voor haar geestelijke toestand. Elk jaar trok ze een lange neus naar Kerstmis en elk jaar kreeg ze een klap in haar gezicht terug. De duistere gedachten kolkten en tolden om haar heen als boosaardige sneeuwvlagen en ze realiseerde zich dat ze onbemind en waardeloos was. Langzaam maakten die gedachten zich van haar meester en terwijl de depressie vat op haar kreeg, wierp ze een blik op het badkamerkastje en de scheermesjes die ze daar discreet in had opgeborgen.

Het mes sneed in de kalkoen en het vleesnat stroomde eruit. Charlie, met een feesthoedje op haar hoofd, was in haar element. Ze hield van alle aspecten van Kerstmis. Zodra het blad begon te vallen voelde Charlie steeds meer opwinding. Ze was altijd erg georganiseerd en kocht haar cadeautjes al in oktober, bestelde de kalkoen in november, zodat ze van elke seconde kon genieten als het eindelijk december was. De kerstborrels, koren en kinderen die aan de deur kwamen zingen, cadeautjes inpakken voor de open haard, gezellig op de bank naar een kerstfilm kijken; het was het hoogtepunt van het jaar.

'Mogen we onze cadeautjes al openmaken?'

Charlies nichtje Mimi. Ongeduldig als altijd.

'Pas na de kerstlunch. Je weet wat we hebben afgesproken.'

'Maar dat duurt nog zo lang.'

'Des te leuker als het eindelijk zover is.' Charlie was niet van plan toe te geven – Kerstmis draaide nu juist om familierituelen.

'Doe niet zo flauw,' mengde Steve zich in het gesprek. 'Je stelt alleen maar de onvermijdelijke anticlimax uit.'

'Spreek voor jezelf,' zei Charlie vermanend tegen haar vriend. 'Ik maak veel werk van mijn kerstinkopen. Als jij dat niet doet, is dat jouw zaak.'

'Op die woorden kom je nog wel terug, wacht jij maar eens af,' was het zelfvoldane antwoord van Steve.

Charlie wist al wat ze van Steve zou krijgen: lingerie. Hij had al een tijdje hints laten vallen en bovendien was hun seksleven extreem actief op dit moment. Charlie wilde niets liever dan een baby. Ze voelde dat de tijd er rijp voor was, eigenlijk was dat het enige cadeau dat ze echt wilde. Het was nog niet gelukt, hoewel ze het al een tijdje probeerden, en Charlie begon zich zorgen te maken. Stel dat er iets mis met haar was? De gedachte geen gezin te kunnen stichten was afschuwelijk – ze had altijd minstens twee of drie kinderen gewild.

Maar goed, nu was het Kerstmis en dat was geen tijd voor onplezierige gedachten, dus Charlie stopte haar zorgen weg. Het was eerste kerstdag, de fijnste dag van het jaar, en terwijl ze de kerstkalkoen aansneed en serveerde, toonde ze haar breedste glimlach en deed ze haar best zo veel mogelijk vrolijkheid uit te stralen.

Nu zou het niet lang meer duren. Mark leefde op bij de gedachte dat hij Elsie weer zou zien. Dit jaar had Christina hem tweede kerstdag gegund: morgenvroeg zou hij zijn kleine meisje oppikken en er een heerlijke dag van maken. Het was echt een vreselijk jaar geweest, maar het eindigde tenminste goed. Hij had de ijsbaan geboekt, bioscoopkaartjes gekocht, een tafel gereserveerd bij Byrons voor cheeseburgers – het zou een feestdag worden.

Het vooruitzicht van een dagje uit met Elsie had hem de afgelopen zesendertig uur op de been gehouden. Zoals gebruikelijk had hij zijn cadeautjes voor haar op kerstavond afgegeven bij Christina thuis. Elsie was er niet, ze was met haar moeder naar een kerkdienst in de buurt, maar Stephen was wel thuis. Hij nam de cadeautjes beleefd in ontvangst en vroeg Mark of hij iets wilde drinken. Mark kon hem wel voor zijn bek slaan: hoe durfde hij de gastheer uit te hangen in wat vroeger zijn eigen huis was geweest? Waar zouden ze het over moeten hebben? Wat de Kerstman hun dit jaar zou brengen? Hij wist niet of Stephen het expres deed – hij leek oprecht, maar misschien was hij een goede acteur. Mark had geen zin om te blijven hangen om erachter te komen. Toen het rode waas voor zijn ogen wegtrok wist Mark uit ervaring dat het het beste was om weg te lopen. Maar sinds dat incident kookte zijn bloed en had hij meer dan eens gescholden op de wijzers van de klok die zo langzaam liepen, maar… eindelijk was zijn tijd gekomen. Geduld wordt beloond.

Kerstmis was weer voor een jaar voorbij.

34

Marie lag op haar bed naar het plafond te staren. Zou dit het laatste zijn wat ze zag? Die verkleurde puinhoop die ze een plafond durfden te noemen? Het had haar nooit eerder gestoord, maar nu lag ze er al een week naar te kijken. Het wekte een woede in haar op die even hevig als absurd was. Ze zou hier niet eens moeten zijn, ze zou bij Anna in de woonkamer moeten zijn. Vanaf het moment dat het was gebeurd wist ze dat ze haar de waarheid moest vertellen, maar hoe kon ze de juiste woorden vinden? Het was zo vreselijk, zo ongelofelijk, wat kon ze tegen haar zeggen? Dus had ze gezwegen. Dag na vreselijke dag. Haar dochter wist niets over het dodelijke ultimatum of het pistool dat ze had verborgen in het nachtkastje. Anna was een en al verdriet en verwarring en dat zou zo blijven omdat Marie haar de waarheid niet wilde en niet kon vertellen.

Ze was een slechte moeder. Een slecht mens. Dat moest wel als je zo veel onheil op je dak kreeg. Ze had de verkeerde gekozen om mee te trouwen en een kind gemaakt dat nauwelijks functioneerde. Er was veel te veel op haar gescholden en ze had soms onverdiend slaag gehad. En nu dit. De wreedste straf, die een definitief einde aan hun deerniswekkende verhaal zou maken. Ze vroeg zich niet langer af waarom hun dit overkwam – het was nu eenmaal zo. Ze was opgehouden zich te verzetten. De telefoonlijn werkte niet meer sinds Ella's vertrek, de deuren waren van buitenaf op slot gedraaid en niemand reageerde op haar hulpkreten. Eén keer had ze gedacht dat ze iemand zag – een kind misschien – toen ze uit het raam schreeuwde, maar de gestalte was haastig weggelopen. Misschien had ze het zich verbeeld. Als je in zo'n permanente nachtmerrie zit is het moeilijk te bepalen wat echt is en wat niet.

Anna huilde weer. Huilen was een van de weinige dingen die ze kon en het raakte Marie in haar hart. Haar dochter was eenzaam en bang: twee dingen waarvan Marie had gezworen dat haar die nooit zouden overkomen.

Marie stond gedachteloos op. Ze liep naar de deur en bleef toen staan. Doe dit niet. Maar ze moest. Ze wist het wel. Hun enige wapen tegen de wereld waren hun liefde en hun solidariteit, en die had Marie stom genoeg kapotgemaakt door toedoen van haar eigen angst en lafheid. Het was triest. Nadat ze eerst had besloten Anna niet de waarheid te vertellen over hun benarde situatie, was ze nu tot het inzicht gekomen dat ze dat wel moest doen. Het was haar enige wapen. Hun enige hoop.

Marie stond nog steeds stil. Ze probeerde woorden te vinden om haar wreedheid, haar stilzwijgen goed te praten, maar dat was onmogelijk. Ze verzamelde al haar moed, verliet de slaapkamer en liep de woonkamer in. Ze had verwacht dat ze begroet zou worden door Anna's beschuldigende blik, maar wonder boven wonder sliep het meisje. Haar gehuil had de jonge tiener eindelijk uitgeput en voor even was ze bevrijd van hun nachtmerrie. Anna sliep vredig.

Stel dat ze nooit meer wakker zou worden? Bij die gedachte leefde Marie plotseling op. Ze wist dat ze nooit haar eigen dochter zou kunnen neerschieten, dat was onmogelijk, maar er waren andere manieren. In de jaren sinds er was vastgesteld wat Anna mankeerde had Marie veel verhalen gelezen over moeders die niet konden omgaan met de ernstige handicaps en hun kind hadden gedood. Ze zeiden dat ze het hadden gedaan om een einde te maken aan het lijden van hun kind, maar het was ook een manier om een einde te maken aan hun eigen lijden. De maatschappij bekeek hen met sympathie, dus waarom zou dat voor haar niet gelden? Alles was beter dan hier langzaam omkomen van de honger. Hun lichamen zouden het toch niet lang meer volhouden, dus welke keuze had ze eigenlijk?

Marie liep terug naar haar slaapkamer. Ze pakte een dun kussen van het bed en draaide het om in haar handen. Allerlei gedachten schoten door haar hoofd. Zou ze de moed hebben om het te doen? Of zouden haar zenuwen het begeven? Plotseling proefde ze gal in haar keel. Ze liet zich op haar knieën vallen en braakte hevig in de prullenbak. Toen ze opstond merkte ze dat ze het kussen nog steeds stevig tussen haar handen geklemd hield.

Beter om maar niet te aarzelen. Beter om niet onzeker te worden. En dus liep Marie snel haar slaapkamer uit, terug naar de kamer waar haar dochter vredig sliep.

35

Ik had het niet moeten doen, maar ik kon het niet laten. Ik had vruchteloos gezocht naar manieren om hem te kwetsen. Nooit in staat geweest om het te doen. En toen viel het me plotseling gewoon in de schoot…

Mijn moeder had het gevonden toen ze aan de rand van de buurt in de containers snuffelde. Een grappig straathondje met een witte vlek over een oog. Lief maar een beetje schurftig. Ze had hem aan mijn vader gegeven als verjaardagscadeautje. Ik denk dat ze hoopte dat hij vaker thuis zou blijven als hij iets had om voor te zorgen. Een eenvoudig plan, maar het werkte ook nog. Goed, hij was nog wel eens dagenlang van huis om te drinken, te vechten en de plaatselijke sletten te neuken, maar hij was dol op dat mormel. Hij aaide hem de hele tijd terwijl wij toekeken en werden genegeerd.

Het is raar, maar als je eenmaal weet dat je iets slechts gaat doen, voelt alles meteen een stuk beter. Je voelt je licht in je hoofd, euforisch, vrij. Niemand anders weet wat je van plan bent. Niemand kan je tegenhouden. Het is je eigen gemene geheimpje. De dagen voordat ik het deed behoorden tot de fijnste van mijn leven.

Uiteindelijk koos ik voor vergif. Onze huismeester klaagde eindeloos over de ratten. Hoeveel rattengif hij ook neerlegde, hij kwam er niet vanaf. Dus het was niet moeilijk om een beetje van dat spul te pikken. Ik vond het de beste manier. Het mormel was een gretig bedelaartje, kon eten nooit weerstaan. Dus maakte ik iets speciaals voor hem klaar. Het goedkoopste, smerigste hondenvoer, vermengd met rattengif. Hij schrokte alles naar binnen.

Later, toen ik de rotzooi zag, lachte ik. Hondenpoep en kots overal op de keukenvloer. Het leven was aan beide kanten uit hem gelopen en binnen een paar uur was hij dood. Ma was vreselijk bang, wilde de troep opruimen voordat pa thuiskwam, doen alsof het beest was weggelopen of zoiets. Maar hij kwam eerder terug en betrapte haar tijdens haar poging.

Hij draaide helemaal door, sloeg haar, schold haar uit. Maar zij was even verbaasd als hij. Uiteindelijk vond hij het lege doosje van het rattengif tussen het vuilnis buiten. Een stomme fout eigenlijk, maar ik was nog jong. Hij kwam razend terug de kamer in met dat doosje in zijn hand en stom genoeg glimlachte ik. En toen brak de hel los.

Hij stompte me tegen mijn hoofd, schopte me in mijn buik en tussen mijn benen. Toen greep hij me bij mijn nek en hield mijn hoofd tegen onze kachel, waar drie spijlen voor zaten. Ertegenaan en weer los, ertegenaan en weer los. Ik weet niet hoe lang hij door bleef gaan. Na twintig minuten verloor ik het bewustzijn.

36

De kerstversiering werd weggehaald en het normale leven hernam zijn gang. Een kantoor dat nog met engelenhaar versierd is als de kerstfestiviteiten voorbij zijn heeft iets treurigs en deprimerends. Sommige mensen lieten alles tot ver in januari hangen, maar Helen hoorde daar niet bij. Ze gaf een volgzame agent de opdracht alles tot de laatste kerstbal en de laatste slingers te verwijderen. Helen wilde dat de recherchekamer er weer uitzag zoals het hoorde. Ze wilde hernieuwde concentratie.

Zoals te verwachten viel wilde Whittaker bijgepraat worden, dus liep Helen rechtstreeks naar zijn kantoor. De persberichten over de moord op Sam leken iets te zijn weggeëbd: een grote cocaïnevangst in de haven van Portsmouth had de plaatselijke misdaadverslaggevers even afgeleid en Whittaker was redelijk tevreden, dus hun briefing was deze keer kort.

Terug in de recherchekamer wist Helen meteen dat er iets aan de hand was. De sfeer was gespannen en niemand durfde haar aan te kijken. Charlie haastte zich naar haar toe en bleef staan, onzeker hoe ze moest beginnen. Het was de eerste keer dat Helen haar met de mond vol tanden zag.

'Wat is er gebeurd?' wilde Helen weten.

'Sanderson heeft net een telefoontje gekregen van een paar man van de uniformdienst.'

'En?'

'Ze zijn bij de Melbourne Tower.'

O god, nee.

'Een moeder en dochter zijn dood aangetroffen in hun flat. Marie en Anna Storey. Het spijt me heel erg.'

Helen keek haar aan alsof ze gek was – alsof ze het slachtoffer was van een misselijke grap – maar Charlies gezicht stond zo plechtig en gekweld dat Helen onmiddellijk wist dat ze de waarheid sprak.

'Wanneer?'

'Het telefoontje is een half uur geleden binnengekomen. Maar jij was bij de chef en...'

'Je had het gesprek moeten onderbreken. In godsnaam, Charlie, waarom ben je me niet komen halen?'

'Ik wilde eerst meer details.'

'Wat voor details? Waarom?'

'Ik denk... wij denken dat dit wel eens de derde ontvoering zou kunnen zijn.'

Met de ogen van het team op haar gericht probeerde Helen uit alle macht haar zelfbeheersing te bewaren. Ze zette de gebruikelijk procedures in gang, maar in haar hoofd was ze al halverwege de stad. Ze moest erheen om met eigen ogen te zien of het echt waar was.

Terwijl ze op haar motor naar Melbourne Tower reed dacht ze aan alle dingen – positief en negatief – die ze samen hadden meegemaakt. Was dit dan echt het einde dat hun al die tijd te wachten had gestaan? Was dit hun beloning voor jaren sappelen en strijden?

Soms was het leven echt wreed. Helen had zich beroerd gevoeld toen Charlie het nieuws vertelde. Ze wilde niets liever dan dat het een vergissing was en wenste met haar hele hart dat ze de klok kon terugdraaien en het op de een of andere manier ongedaan kon maken. Maar dat kon ze niet. Marie en Anna waren dood. Een team sloopwerkers dat het gebouw verkende had een vreemd sos-bericht gezien, gekliederd op een laken dat voor een raam op de vierde verdieping hing. Ze waren op onderzoek uitgegaan, maar konden niemand te spreken krijgen, ondanks het feit dat er licht brandde en de tv aanstond, dus hadden ze de politie gebeld. De politiemensen die op de melding af waren gegaan, waren er niet al te blij mee – het had hun veel tijd en moeite gekost om de ijzeren tralies van de deur te krijgen en op de voordeur zaten zo veel sloten dat het verschillende pogingen met de koevoet kostte om binnen te komen. Ze waren er al die tijd van overtuigd dat het allemaal tijdverspilling was, dat de bewoners zich expres verstopten of dat ze stoned waren of iets dergelijks. Maar toen ze binnenkwamen hadden ze moeder en dochter samen op de vloer van de woonkamer aangetroffen.

Hun eerste gedachte was zelfmoord. Sluit jezelf op en maak er een einde aan. Maar bij nader onderzoek hadden ze geen sleutels gevonden – noch van de sloten op de voordeur, noch van de hangsloten op de tralies. En wat nog vreemder was: de slachtoffers hadden een pistool. Het lag op de vloer naast hen, ongebruikt. Er was geen wurgkoord, geen lege pillenpot of bleekmiddel aangetroffen – geen tekenen die wezen op zelfmoord. Er waren geen sporen van braak en er leek niets meegenomen te zijn. Het was allemaal erg vreemd, ze waren gewoon… dood. De vliegen rond hun lichamen duidden erop dat ze al een tijdje dood waren.

Helen gaf de eerste respondenten opdracht het flatgebouw en de naaste omgeving te doorzoeken – 'We zoeken een mobiele telefoon' – terwijl zij zich bij de technische recherche en de lijken voegde. Ze had nog nooit haar kalmte verloren waar collega's bij waren, maar nu wel. Het was té verschrikkelijk om het tweetal zo te zien. Ze hadden zo veel meegemaakt, zo veel geleden en toch was er altijd liefde geweest. Ze hadden veel gelachen, hoe beroerd hun leven ook was. Helen was er alleen al op deze gronden van overtuigd dat het geen zelfmoord was, en de aanwezigheid van het pistool nam alle twijfel weg.

Helen liep het keukentje in om haar kalmte te herwinnen. Terloops trok ze de keukenkastjes open, de koelkast. Geen eten. Zelfs geen blikjes of kliekjes. Alles wat eetbaar was, was weggehaald en toch… was de afvalbak leeg. Nergens verpakkingen of lege flessen. Terwijl het tot haar doordrong wat er aan de hand was, voelde Helen braaksel opkomen. Ze dwong zichzelf zich te beheersen en liep naar het aanrecht. Draaide aan de kraan. Niets. Zoals ze had verwacht. Ze pakte de telefoon. Geen verbinding. Ze zakte neer in de dichtstbijzijnde stoel.

'Denk je dat dit haar werk is?' Mark was de kamer binnengekomen. Helen knikte en zei: 'Ze heeft ze opgesloten. Heeft hun eten weggehaald, het water afgesloten, de telefoonlijn verbroken, het pistool voor hen achtergelaten. We zullen geen sleutels vinden voor de sloten, omdat ze die ook heeft meegenomen…'

Moeder en dochter gevangen in hun eigen huis, niet in staat te ontsnappen, niet in staat iemand te roepen die zich om hen zou bekommeren. Het was de eenzaamste manier om te sterven. Als er enige troost lag in het feit dat 'zij' niet had gewonnen, dat ze er niet in was geslaagd Marie haar eigen dochter te laten vermoorden, dan voelde Helen daar op dit moment niets van.

37

Vandaag was een rotdag. De ergste sinds het was gebeurd. Vandaag was de dag van Bens begrafenis. Aanvankelijk had Peter Brightston alles wat met zijn slachtoffer te maken had gemeden als de pest. Hij wilde niet weten hoe zwaar zijn verloofde en vrienden het hadden of wat ze dachten. Maar naarmate de tijd verstreek, had hij meer en meer tijd online doorgebracht: hij bekeek Bens gedenkpagina, de berichten op Facebook. Hij drong het leven binnen dat hij had verwoest.

Drie dagen geleden had hij details van de begrafenis gezien, die waren geplaatst door Bens beste vriend. Het klonk niet alsof het een grote uitvaart zou worden en Peter vroeg zich af wie er van kantoor zou gaan. De vennoten zouden allemaal komen en uiteraard de meesten van Bens team, maar zouden de secretaresses ook gaan? Zou Peter de enige zijn die er niet bij was? Eén raar moment lang vroeg hij zich af of hij niet toch moest gaan, maar dat idee verwierp hij meteen. Als Bens vrienden hem zagen, zouden ze niets van hem heel laten. En wie kon hun dat kwalijk nemen? En toch wilde Peter er eigenlijk wel bij zijn. Om afscheid te nemen. Om te zeggen dat het hem speet.

Hij had overwogen een brief te schrijven aan Bens verloofde, maar Sarah had het hem ontraden. Ze had natuurlijk gelijk. In een vlaag van opstandigheid had hij zich niets van haar aangetrokken en was hij gaan zitten om Jennie te schrijven. Hij had geen woord op papier kunnen krijgen. Alles wat hij wilde zeggen – het was niet mijn bedoeling, ik wou dat ik de klok terug kon draaien – klonk zo leeg en zinloos. Wat hij wilde en voelde was niet belangrijk voor haar. Wat voor haar telde was dat hij haar verloofde in zijn oog had gestoken om zijn eigen hachje te redden.

Was het de moeite waard geweest? Peter was daar niet langer van overtuigd. Nadat de adrenaline en de shock wat waren geluwd had hij niets anders gevoeld dan een verpletterende leegte, alsof hij zijn smaak, reuk en tastzin was kwijtgeraakt en nu niet echt meer leefde, maar alleen nog vegeteerde.

Wat moest hij nu met zijn leven doen? Kon hij terug naar zijn werk? Zou hij daar worden geaccepteerd? Alles was beter dan thuis langzaam gek worden.

Had Ben de trekker maar overgehaald. Hij had het kunnen doen. Hij had er de tijd voor gehad. Had hij geaarzeld uit lafheid of omdat hij last had van zijn geweten? Als hij het had gedaan, zou hij degene zijn geweest die verdronk in een zee van schuldgevoel, terwijl Peter veilig en wel onder de grond zou liggen.

Egoïstische klootzak.

38

Iedereen moet ergens een grens trekken. En voor Jake was dat moment nu gekomen. Dit was niet meer leuk, aangenaam of zelfs maar professioneel. Het was een nare situatie die uit de hand begon te lopen. Hij had een klant gehad toen ze opdook, maar dat leek haar niet te kunnen schelen. Ze had met gebogen hoofd voor zijn flat zitten wachten terwijl Jake zijn sessie afmaakte. Maar de stemming was goed verpest en hij moest zijn misnoegde klant een gratis sessie beloven om hem de deur uit te krijgen. Dit soort zaken was niet goed voor het bedrijf: de SM-scene aan de zuidkust is een klein wereldje en geruchten verspreiden zich snel.

Ze verontschuldigde zich, maar ze meende het niet. Ze praatte onsamenhangend en was emotioneel. Jake vroeg zich af of ze had gedronken en vroeg haar dat ook. Dat stelde ze niet op prijs, en ze herinnerde hem eraan dat hij de baas moest spelen en niet de dokter uithangen. Daar reageerde hij maar niet op, hij wilde haar niet provoceren en stelde een korte, gematigde sessie voor als manier om wat rustiger te worden. Daarna zouden ze dan misschien kunnen praten.

Maar daar wilde ze niets van weten. Ze wilde een sessie van een vol uur, alle remmen los. Ze wilde zo veel pijn als hij kon toebrengen. En ze wilde vooral dat ze werd uitgescholden. Hij moest tegen haar zeggen dat ze slecht en lelijk was, een nutteloos stuk stront dat dood zou moeten of erger. Ze wilde dat hij niets van haar heel liet.

Toen hij weigerde werd ze kwaad, maar hij moest oprecht blijven. Sommige mensen zou hij graag vernederd hebben – de klant is koning – maar haar niet. Niet alleen omdat hij haar mocht, maar ook omdat hij intuïtief wist dat dit niet was wat ze nodig had. Hij had zich vaak afgevraagd of ze elders therapie volgde. Als dat niet zo was, moest hij haar dat misschien aanraden. In plaats van hun sessies te laten escaleren tot een volgend extreem niveau had Jake het idee dat het tijd was om er een streep onder te zetten; ze moest andere wegen gaan ontdekken.

'Ben je besodemieterd!' Helen ontplofte zowat. 'Hoe durf jij me de wet voor te schrijven?'

Jake was verbaasd door de hevigheid van haar woedeaanval.

'Het is maar een suggestie en als het niks voor je is, is dat ook goed. Maar ik voel me niet op mijn gemak als het verder die kant...'

'Je voelt je niet op je gemak! Je bent verdomme niks meer dan een vuile hoer! Je hebt maar te doen waar ik je voor betaal.'

Ze liep op hem af en even dacht Jake dat ze hem zou aanvallen, zo razend was ze. Hij had altijd ergens een taser bij de hand, maar hij had hem nog nooit hoeven gebruiken. Zou het niet ironisch zijn als hij hem nu tegen haar moest inzetten? Maar gelukkig, net toen Jake het ding wilde pakken draaide ze zich op haar hakken om en beende de flat uit. Ze sloeg de deur met een knal achter zich dicht.

Jake bedwong de neiging om achter haar aan te gaan. Ze waren niet bevriend, ze was maar een klant. Hij had die grens eerder overschreden en had er nog steeds spijt van. Het was beter om de band met haar nu te verbreken en niet meer achterom te kijken. Hij mocht haar graag, maar hij had er niet om gevraagd uitgescholden te worden. Hij zat al te lang in het vak om dat te pikken. Met een zucht liet hij de jaloezieën zakken en bande haar voorgoed uit zijn leven.

39

Helen voerde de snelheid op en raasde met honderdzestig kilometer per uur de inhaalstrook op. Het was nu laat en de ringweg was zo goed als verlaten. Ze genoot van de vrijheid en draaide het gas steeds verder open. De snelheid had iets troostends. Even gleden de afschuwelijke, hartverscheurende gebeurtenissen van de laatste dagen van haar af.

Nog maar een paar kilometer te gaan. Ze concentreerde zich op wat haar te doen stond. Ze had een taak te verrichten en ze mocht niet falen – er hingen levens van af. Drie van de slachtoffers, Ben, Marie en Anna, had ze persoonlijk gekend. Dat kon toch geen toeval meer zijn? Was het feit dat ze hen kende van belang? Of hadden ze een trauma opgelopen in het verleden waardoor ze de aandacht van de moordenaar hadden getrokken?

Amy was het struikelblok. Helen had haar nooit ontmoet en voor zover ze wist had Amy geen strafblad. Hetzelfde gold voor Sam. Dus als de connectie met Helen belangrijk was, waarom waren zij dan gekozen? Het was laat en Amy's moeder zou niet erg blij zijn dat ze langskwam met nog meer vragen, maar het kon niet anders.

Amy's vader deed de deur open. Hij stond al klaar om in een scheldpartij uit te barsten. Sinds Amy was thuisgekomen hadden Emilia Garanita en haar collega's van de pers voortdurend op de loer gelegen, en de Andersons waren het helemaal zat. Toen hij zag dat het Helen was, slikte hij zijn krachttermen in en liet haar binnen.

Hij ging haar voor naar de woonkamer, waar ze even moest wachten tot Diane Anderson haar dochter uit de slaapkamer had gehaald. Helen keek naar de wanden, zoekend naar inspiratie. Een handvol blije familiefoto's – mama, papa en hun geliefde dochter – staarde haar aan, haar onwetendheid bespottend.

Amy, die er duidelijk niet op zat te wachten dat ze weer over haar nachtmerrie moest praten, straalde een en al verzet uit. Ze had geslapen – wat haar niet vaak lukte – en Helen moest erg haar best doen om haar aan de praat te krijgen. Toen het geleidelijk aan tot Amy doordrong dat ze niet werd gezien als de boosdoener, draaide ze bij. Ze antwoordde eerlijk en open op Helens vragen. Amy was nooit met de politie in aanraking geweest en had Helen beslist nooit eerder ontmoet. Was Sam ooit in aanraking gekomen met de politie? Niet dat ze wist. Hij had advocaat willen worden en was er altijd van doordrongen geweest dat een overtreding zijn carrière kon schaden. Sommige mensen hadden hem daardoor een beetje saai gevonden, maar Amy waardeerde zijn standvastigheid en betrouwbaarheid. Hij was er altijd voor haar geweest, totdat ze hem dood had geschoten.

Amy klapte weer dicht. Haar schuldgevoel kreeg de overhand en maakte haar opnieuw depressief. Haar moeder wilde haar naar haar slaapkamer brengen, maar Helen stond erop dat zij en haar echtgenoot bleven om haar vragen te beantwoorden. Diane Anderson gaf ontwijkende antwoorden en Helen verloor haar geduld. Ze dreigde haar mee te nemen naar het bureau tenzij ze weer ging zitten en deed wat haar werd gevraagd. Diane gehoorzaamde en het volgende half uur bestookte Helen het echtpaar met vragen over hun leven. Waren ze ooit in aanraking geweest met de politie? Hadden ze Helen ooit in enige hoedanigheid eerder ontmoet? Maar afgezien van een bon wegens rijden onder invloed door echtgenoot Richard, drie jaar geleden, was er niets. Was er een connectie met Ben? Of met Anna en Marie? Helen deed wat ze kon, maar ze wist dat het hopeloos was: ze hadden een volkomen andere achtergrond en bewogen zich in verschillende werelden.

Richard Anderson liet haar uit. Ze was laat in de avond langsgekomen en had haar aantekeningboekje volgepend zonder tastbaar resultaat. Er moest een connectie zijn – daar was Helen zeker van – maar voorlopig bleef alles ongrijpbaar.

40

Toen ze haar motor op het parkeerterrein van het politiebureau op slot zette, hoorde ze voetstappen achter zich. Ze kromp in elkaar toen ze een hand op haar schouder voelde, maar dat was niet nodig, ze voelde al wie het was.

Mark had talloze berichten op haar mobiel achtergelaten. Hij maakte zich zorgen om haar.

'Alles goed?'

Het was een lastige vraag, dus hield Helen het bij een eenvoudig knikje.

'Je was zo snel weg uit Maries flat. Ik kreeg de kans niet om met je te praten.'

'Het gaat best, Mark. Ik was even van slag, maar nu gaat het weer. Ik had gewoon wat tijd voor mezelf nodig.'

'Natuurlijk, natuurlijk.'

Maar hij twijfelde. Ze was zo broos en toch ook zo afstandelijk. Ze had gehuild daar in het huis, waar iedereen geschokt op had gereageerd, maar nu was ze haar eigen terughoudende zelf weer. Hij geloofde niet dat ze aan oerschreeuwtherapie deed, hij had haar nooit in de sportschool gezien, ze had geen vriend, echtgenoot of kinderen, dus wat was haar ontspanning? Voor hemzelf was dat tenminste duidelijk: drank. Ze was gewoon een raadsel, ze weigerde iets van zichzelf bloot te geven. Het frustreerde hem buitengewoon.

'Bedankt, Mark.'

Ze legde een hand op zijn arm, gaf hem een kneepje en liep het bureau in. Even voelde Mark zich weer een tiener, opgetogen over iets heel kleins.

'Laten we doornemen wat we hebben.'

Helen had het hele team samengeroepen in de recherchekamer om de aanwijzingen nog eens te bekijken.

'Getuigen?'

'Tot dusver niets,' antwoordde Bridges. 'We zijn nog steeds ter plekke, maar het zijn voornamelijk junks die uit zijn op een beloning, of aandachttrekkers. Iemand heeft een donkere auto gezien, iemand heeft een motorfiets gezien, iemand anders een ufo... Er is veel gebeld naar het speciale nummer maar het zijn voornamelijk oude dametjes en jongeren die uit zijn op een geintje.'

Wat had Helen verwacht? Marie en Anna moesten daar bijna twee weken hebben gelegen: waarom zou iemand zich nog iets van zo ver terug herinneren?

'Oké, hoe zit het met de autopsie?'

Charlie nam het woord. Het had geen zin dit mooier te maken dan het was. 'Beide slachtoffers waren uitgemergeld en ernstig uitgedroogd. Anna Storey is gestorven door verstikking. Vlak bij haar lichaam is een kussen met sporen van haar speeksel en snot gevonden.'

Helen probeerde niet te reageren. Marie had haar dochter dus toch vermoord – zij het liefdevol. Dat maakte het op de een of andere manier nog erger. Charlie ging door.

'Marie Storey is gestorven aan een hartstilstand ten gevolge van diverse orgaanstoornissen. Veroorzaakt door uithongering en uitdroging.'

Mark zag de uitwerking van die eenvoudige woorden op Helen

– en op iedereen in het team – dus besloot hij zijn kruimel goed nieuws te brengen.

'Er zijn geen beveiligingscamera's in de buurt van de flat. Die zijn jaren geleden al allemaal vernield. De technische recherche heeft zonder succes de flat van boven tot onder afgezocht op vingerafdrukken, maar er is wel een gedeeltelijk schoenspoor gevonden, aan de rand van een van de borders bij de ingang van de flat. Een schoen met hoge hak, waarschijnlijk maat achtendertig. Er gaan mensen langs de deuren met een afbeelding van de vrouw in die limoengroene anorak met de Kappa-pet, om te kijken of iemand zich iets herinnert.'

'Goed. Hoe zit het met het pistool?' ging Helen verder.

'Nog geladen toen we het vonden. Zo te zien niet gebruikt,' nam rechercheur McAndrew het woord over. 'Het is een Smith & Wesson, waarschijnlijk begin jaren negentig. Het pistool bij de zaak-Ben Holland was een Glock en het wapen waarmee Sam Taylor is vermoord was een aangepaste Taurus.'

'Hoe komt ze eraan?' wilde Helen weten. 'Is ze ex-militair? Politievrouw? Laten we nagaan of er wapens worden vermist die na de pardonregeling zijn ingeleverd.'

McAndrew schoot weg om Helens opdracht uit te voeren. Met nauwelijks harde bewijzen en nauwelijks bruikbare beschrijvingen van die moordenaar-kameleon, konden ze niet anders dan zich concentreren op de werkwijze en het motief. Waarom deed ze dit? Ze dwong haar slachtoffers een duivels spel van iene, miene, mutte te spelen, wetende dat de schutter uiteindelijk veel meer zou lijden dan het slachtoffer. Ging het om het blijvende trauma van degene die het overleefde? Was dat de kick? Helen legde haar vraag aan het team voor. Als dat zo was, zou de dader dan terugkomen om de traumaslachtoffers te bekijken, om te genieten van haar overwinning? Misschien moesten ze extra mankracht inzetten om Amy en Peter te observeren. De kosten zouden de pan uit rijzen, maar het zou de moeite waard kunnen zijn.

'Hoe kon ze weten wie zou worden vermoord?' vroeg Charlie.

'Goede vraag. Kent ze die duo's echt zo goed dat ze kan voorspellen wie het slachtoffer wordt?' antwoordde Helen.

'Dat zal toch niet?' zei rechercheur Sanderson. Helen was het met hem eens.

'Het lijkt me onwaarschijnlijk. Ze kon onmogelijk voorspellen hoe mensen zouden reageren onder dat soort druk. Wat de vraag oproept of de slachtoffers volledig willekeurig zijn geselecteerd.'

Dat was waarschijnlijker. Sommige seriemoordenaars bereiden alles voor en stalken hun slachtoffers, maar de meeste selecteren hun slachtoffers eerder op gelegenheid dan op identiteit. Fred West pikte lifters op, Ian Brady ontvoerde spijbelende kinderen, de Yorkshire Ripper sloeg willekeurig toe...

Maar toch. Helen kende de twee laatste slachtoffers persoonlijk. Dat vertelde ze, maar ze kreeg slechts lauwe reacties. Wat had ze verwacht? Een verbluffende theorie die de schuld bij haar legde, of een ferme ontkenning dat haar bekendheid met de slachtoffers belangrijk was? Geen van beide, want zoals Mark betoogde had Helen Amy nooit eerder ontmoet. Hij had natuurlijk gelijk: het was een interessante theorie, maar die hield geen stand. Amy was de uitzondering: er was geen patroon.

'Misschien koos ze hen omdat ze een gemakkelijk doelwit vormden?' kwam Charlie ertussen. 'Omdat ze geïsoleerd en kwetsbaar waren?'

Instemmend gemompel van het team.

'Amy en Sam waren een rustig stel. Zij is niet echt een sociaal dier en hij evenmin. Ze waren op zichzelf, met weinig goede vrienden. Ben Holland was ook een einzelgänger. Hij kreeg in de loop der jaren meer zelfvertrouwen en was verloofd, maar hij woonde nog steeds alleen, hoewel ze al over een paar weken zouden trouwen. Anna en Marie waren helemaal alleen op de wereld.

Misschien koos de moordenaar hen omdat het gewoon goed uitkwam?'

Helen knikte, maar ook deze theorie was niet waterdicht. Het was niet zo dat ze niet gemist zouden worden. Amy had een erg nauwe band met haar moeder en Sams moeder was heel belangrijk voor hem. Ben was verloofd, hij zou zeker worden gemist. Anna en Marie vielen buiten ieders bereik, maar de sociale dienst zou hen uiteindelijk toch gevonden hebben.

De sleutel lag in het vinden van een link tussen de slachtoffers. Of in het bewijzen dat ze alleen waren ontvoerd omdat ze toevallig met z'n tweeën waren.

Helen beëindigde de bijeenkomst. De taken waren verdeeld: databases doorspitten op mensen met een veroordeling in het verleden die wrok koesterden jegens Helen of moordenaars die een voorkeur hadden voor uitvoerig sadisme of het spelen van spelletjes. Hoewel Helen diep in haar hart niet geloofde dat het veel zou opleveren.

Het was eenvoudigweg een raadsel.

41

Iedereen was verbaasd toen Peter Brightston plotseling aankondigde dat hij weer aan het werk wilde. De andere vennoten hadden er bij hem op aangedrongen drie maanden vrij te nemen, of zes als hij wilde, deels ingegeven door meeleven, maar nog meer door de angst voor de reacties van anderen op zijn terugkeer. Peter was nogal onbehouwen, maar de meesten mochten hem graag, al was het alleen maar omdat hij een enorme wetskennis had.

Maar hij had Ben doodgestoken. Een collega vermoord. En in het handboek van Personeelszaken stond nergens hoe je daarmee om moest gaan. Men had de indruk dat hij niet zou worden vervolgd. De politie had zich terughoudend opgesteld, maar liet doorschemeren dat het een tragisch ongeluk was. En Peter had zich keurig aan die versie gehouden en had niemand details verteld die zijn collega's zo graag wilden horen en waarvoor ze tegelijkertijd zo bang waren.

Toen hij na een paar weken rust weer kwam opdagen, was dat tegen het advies van zijn artsen en therapeuten in. Maar Peter was vastbesloten – januari was altijd een drukke maand – en wat konden ze doen? Hem ontslaan terwijl hij nergens van was beschuldigd? Zijn twintigjarig dienstverband beëindigen en hem de laan uit sturen vanwege een ongeluk? De waarheid was dat niemand wist wat hij moest, en dus deden ze – zoals je kon verwachten – niets.

Hij was er die maandagochtend heel vroeg. Stipt als altijd. Op kantoor was het die dag vreemd stil. Peter verstuurde een paar mails en nam af en toe een kop koffie. Maar niemand had afspraken met hem gemaakt – 'Doe het maar rustig aan, Peter' – en zijn collega's vonden algauw een excuus om naar het kantoor in Bournemouth te vluchten of een cliënt mee te nemen voor een langdurige lunch. Na alle rumoer rond zijn terugkeer kwam er al na een half uur een einde aan de beleefde vragen naar zijn gezondheid en welzijn, daarna was alles weer zoals altijd.

Afgezien van die lege stoel. Ben was niet vervangen. De begrafenis was tenslotte nog maar net achter de rug en zijn stoel en bureau waren onbezet. Zijn persoonlijke bezittingen waren ingepakt en naar zijn verloofde gestuurd, zodat zijn werkplek een buitengewoon verlaten indruk maakte. Een leeg gat waar ooit een leven was geweest.

Peter keek er recht tegen aan. Iedereen keek ertegen aan. Een onophoudelijke herinnering aan wat er was gebeurd. Iedereen, van het management tot de kantinemedewerkers, had verwacht dat het moeilijk zou worden voor Peter. Wat niemand had verwacht was dat Peter op zijn eerste werkdag om half vier 's middags naar het dak van het kantoor zou gaan, de naam van zijn vrouw zou roepen en over de reling zou springen, zijn dood tegemoet.

42

Japan? Australië? Mexico?

Toen we klein waren hadden we een wereldbol. Eentje die verlicht was. God mag weten hoe we eraan kwamen. We waren thuis niet erg geschoold en mijn moeders geografische kennis ging niet verder dan het adres van de dichtstbijzijnde slijterij. Maar ik was dol op die globe. Hij was het middelpunt van al mijn fantasieën. Met je hand over het gladde oppervlak strijken, continenten in seconden overbruggen: het leek bijna wel alsof ik vrij was.

Ik stelde me voor dat ik naar de haven liftte, met een rugzak vol eten bij me – in ieder geval de koekjes van Jammie Dodgers – voor een lange reis. Ik zou langs de glibberige ankerketting omhoogklimmen, met schakels zo groot als je hele lijf, en eenmaal aan boord zou ik me verstoppen onder een van de reddingssloepen. Ik zou de spanning voelen in mijn lichaam terwijl het reusachtige schip wegvoer, en tijdens de reis over oceanen en langs continenten zou ik veilig en behaaglijk in mijn schuilplek zitten.

Uiteindelijk zouden we aan land gaan op een afgelegen, exotische locatie. Ik zou me via de ketting omlaag laten zakken en mijn voeten op nieuwe grond zetten. Mijn nieuwe grond. Het begin van een heel nieuw avontuur.

Soms komen fantasieën gevaarlijk dicht in de buurt van de werkelijkheid. Ik nam soms een paar plastic zakken en stopte daar kaas-

zoutjes, koekjes en een oude, beschimmelde slaapzak in.

En dan glipte ik de deur uit, die ik zachtjes achter me dichttrok. Over de naar pis stinkende galerij en naar beneden, de straat op. Vrijheid.

Maar iets – of iemand – bracht me er altijd weer toe naar huis terug te keren voordat ik bij de straat was.

Jij deed me altijd weer terugkeren.

43

Nieuwsgierige toeschouwers zijn een makkelijk doelwit, nietwaar? Het zijn engerds die zich verkneukelen om het ongeluk van anderen. En toch: wie van ons kan zeggen dat hij niet zou kijken? Dat hij niet heeft zitten gluren terwijl hij langs een file reed of doelloos bleef staan bij een politiekordon? Waar zijn we naar op zoek? Tekenen van leven? Of tekenen van de dood?

Bij Peter Brightston was in ieder geval een grote menigte samengedromd, die benieuwd was hoe negentig kilo vlees en bloed eruitziet na een onzachte landing op het plaveisel. Helen en haar team waren een paar minuten na de ambulance ter plaatse. Maar in tegenstelling tot de arme lieden wier werk het was om de resten op te ruimen, waren Helen, Charlie en Mark niet geïnteresseerd in Peter. Collega's hadden hem zien springen: van dwang was geen sprake, het was onomstotelijk zelfmoord. Nee, wat Helen interesseerde waren de nieuwsgierige toeschouwers. Degenen die waren gekomen om zich te verlustigen aan het bloedbad.

Iets zei Helen dat de dader haar slachtoffers niet zou verlaten nadat ze hun leven in beroering had gebracht. Peters zelfmoord was ongetwijfeld de climax van alles wat ze had gehoopt en gedroomd. Het wandelende visitekaartje van iemand die niet kon leven met het schuldgevoel dat hem was opgedrongen door zijn ontvoerder. De dader hoefde deze keer niets eens iets te doen.

Ze kon rustig toekijken en genieten van haar werk. Maar dan zou je het resultaat toch zeker wel willen zien?

En daarom hadden ze camera's meegenomen. Vanuit verschillende onopvallende posities, sommige hoog, sommige op straatniveau, scanden ze de menigte en legden de morbide interesse voor de wanhoop van een man van middelbare leeftijd vast.

De beelden achteraf bekijken was een deprimerend karwei. Ze hadden het moment vastgelegd dat Peters vrouw Sarah verscheen. Ze ging tekeer, was door het dolle heen. Ze had Peters ontvoering en zijn bizarre terugkeer nog niet eens verwerkt. Ze was niet in staat geweest door te dringen tot zijn allesomvattende somberheid sinds... Ze had therapeuten geprobeerd, maar zijn pantser was te sterk. En nu dit. Haar hele wereld, en haar plaats daarin, was in een paar weken tijd verwoest. Daarvoor was het een wereld geweest van comfort, privéscholen, skivakanties en een sfeer van sereniteit en tevredenheid. Nu leek de wereld een duistere plek, vol kwaad, sadisme en gevaar.

'Laten we een stuk vooruitspoelen,' stelde Helen voor en niemand sprak haar tegen.

De beelden schoten voorbij totdat de normale afspeelsnelheid weer werd ingesteld. Een eindeloze parade van ambulancepersoneel en toeschouwers.

'We zijn op zoek naar een vrouw van gemiddelde lengte, tussen de een meter tweeënzestig en een meter tweeënzeventig, tengere bouw. Forse neus, volle lippen. Middelgrote tot grote borsten. Gaatjes in de oren,' liet Mark het team weten.

Maar nog terwijl hij het zei vroeg hij zich af of ze hun tijd niet verspilden. Zelfs als ze de dader zagen, zouden ze haar dan herkennen? Ze hadden de compositiefoto's die Charlie met Amy had gecompileerd op het bord geprikt, maar die waren onnauwkeurig, met verschillende haarkleur en dergelijke. Zouden ze de dader recht in de ogen kunnen kijken zonder haar te herkennen?

'Wat wilt u nu doen, chef?' vroeg Charlie toen ze de beelden hadden bekeken.

Ze hadden de beelden twee keer bekeken zonder dat iemand iets van belang had gezien. Maar het was moeilijk om iedereen te observeren – er waren zo veel mensen op het scherm – en na een moment van aarzeling antwoordde Helen: 'Laten we nog een keer kijken.'

Ze gingen er nog eens voor zitten. Mark liet zijn Oreos rondgaan. Ze konden allemaal wel een dosis suiker gebruiken en waren dankbaar dat hij zijn geheime snoepvoorraad met hen deelde. Ze richtten hun ogen weer op het scherm en probeerden zich nog beter te concentreren.

'Daar.'

Charlie zei het zo hard dat Mark en Helen ervan schrokken. Ze spoelde de beelden terug en startte opnieuw. Toen zette ze het beeld opeens stil.

'Kijk, daar.'

Ze wees naar een vrouw achter in de menigte die toekeek hoe de ambulancebroeders de lijkzak op de brancard tilden.

'Als ik een beetje inzoom, kunnen we het beter zien...'

'Wie is dat?' onderbrak Helen.

'Ik heb haar eerder gezien. Bij de begrafenis van Ben Holland. Ze was alleen en verdween zodra de dienst voorbij was. Ik zocht er op dat moment niks achter, maar ik geloof niet dat ik haar met iemand heb zien praten.'

Het gezicht van de vrouw was nu groot op het scherm te zien. Wat dit de eerste aanblik van hun seriemoordenaar? Ze bekeken het gezicht nauwgezet. Het was smal, met een nogal prominente neus en een kort blond kapsel. De vrouw was goed gekleed en zag er respectabel uit. Het kón de vrouw van de compositiefoto's zijn. Het was moeilijk te zeggen met dit soort dingen – je wilde zo graag de juiste persoon vinden dat je ogen je soms bedrogen.

Op weg naar het huis van de Andersons voelde Helen een grote opluchting. En ook nog iets anders: hoop. Eindelijk had ze iets om mee aan de slag te gaan. Ze staarde naar een afdruk van de verdachte terwijl Mark reed. Wie was die vrouw?

Ze werden bij de familie Anderson binnengelaten met de gebruikelijke tegenzin. Vreemd hoe slachtoffers een hekel aan de politie ontwikkelen, zelfs als ze je hulp nodig hebben. Zodra ze in de woonkamer zaten kwam Helen ter zake.

'We hebben een foto van een verdachte, Amy. En we zouden graag willen dat jij ernaar keek.'

Nu was er opeens wel interesse. Helen zag dat Amy's ouders een blik van verstandhouding wisselden. Kregen zij nu ook hoop? Ze gaf Amy de print. Amy bekeek hem nauwgezet en sloot haar ogen in een poging de herinnering aan haar ontvoerder op te roepen. Stilte. Ze deed haar ogen weer open. Staarde nog een keer naar het beeld.

Een lange, lange stilte, toen: 'Het zou haar kunnen zijn.'

Zou kunnen?

'Hoe zeker ben je, Amy?'

'Moeilijk te zeggen. Ik zou haar in het echt moeten zien om het zeker te weten, maar het zou zeker kunnen. Het haar, de neus... ja, het zou haar kunnen zijn.'

Het was niet ideaal, maar voorlopig genoeg. Amy gaf de foto aan haar ouders, die maar al te graag een blik wierpen op het onmens dat hun dochter had ontvoerd. Helen wilde de foto van hen afpakken – dit was niet het moment voor een doorgeefspelletje.

'Ik ken haar,' klonk Diane Andersons stem, luid en duidelijk.

Even zei niemand iets. Toen vroeg Helen: 'Bedoelt u dat u haar eerder hebt gezien?'

'Ik heb haar ontmoet. Met haar gesproken. Ik weet wie ze is.'

Helen keek naar Mark. Eindelijk een link tussen de slachtoffers. Het had lang geduurd – te lang. Maar nu hadden ze een hoofdverdachte. Helen voelde een golf adrenaline door zich heen gaan en even wist ze weer waarom ze überhaupt bij de politie was gegaan.

44

Haar opwinding duurde maar kort. Toen ze het huis van de Andersons uit kwam, zag Helen Emilia Garanita's bekende rode Fiat staan, die dwars over de oprit geparkeerd was en haar de doorgang versperde. En daar kwam Emilia al aan, met een zogenaamd onschuldige glimlach op haar gezicht.

'Weet je wat voor straf je kunt krijgen voor belemmering van politiewerkzaamheden, Emilia?'

'Maar op een andere manier lukt het niet jou te spreken te krijgen, of wel?' antwoordde ze argeloos. 'Je beantwoordt mijn telefoontjes nooit en je pr-mensen weten minder over de zaak dan ik, dus wat moet ik anders?'

'Wegwezen.' Mark werd ongeduldig, maar als beloning kreeg hij een blik van diepe minachting.

'Ik wil het met je hebben over Peter Brightston,' ging Emilia door.

'Tragisch.'

'Vreemd dat hij zelfmoord pleegt zo snel na Bens ongeluk. Het wás toch een ongeluk?'

'Dat denken we.'

'Maar sommige collega's van zijn kantoor verspreiden het gerucht dat hij Ben heeft vermoord. Zou je daar commentaar op willen geven, inspecteur?'

'Mensen speculeren altijd, Emilia, dat weet je.' Helen weigerde het spel te spelen met de regels van iemand anders. 'Als er iets verandert zal ik je dat laten weten, maar het is geen actieve...'

'Waar hebben ze ruzie over gekregen? De liefde? Geld? Waren het homo's?'

Helen wrong zich langs haar.

'Je verknoeit mijn tijd, Emilia. En volgens mij is dat nog steeds een overtreding.'

Helen en Mark stapten in de burgerauto. Mark startte venijnig de motor en keek bits naar Emilia. Ze keek minachtend terug en liep toen langzaam naar haar auto. Helen was opgelucht en blij dat Anna en Marie niet in het gesprek waren voorgekomen. De zaak was in de media gebracht als een natuurlijke dood en daar leek nog niemand aan te twijfelen – voorlopig.

Toen ze wegreden, keek Helen in de achteruitkijkspiegel of Emilia hen niet volgde. Voor deze keer had Emilia besloten dat ze beter voorzichtig kon zijn en had ze het opgegeven. Helen slaakte een zucht van opluchting. Ze kon geen pottenkijkers gebruiken bij wat ze op het punt stond te gaan doen.

45

Hannah Mickery was bezig met de voorbereidingen voor een etentje toen Helen opeens voor de deur stond. Hannah was in het echt al net zo respectabel en aantrekkelijk als op haar website. Een goed voorbeeld van wat geld voor je kan doen. De flessen Clos Vougeot die waren gedecanteerd in afwachting van de komst van de gasten versterkten het algehele gevoel van weelde.

Ze had kennelijk veel te bieden en Helen nam aan dat ze erg populair moest zijn, maar toch woonde ze alleen. Dat was het eerste vreemde feit dat Helen trof. Later, in de verhoorkamer, zou Hannah Mickery beweren dat dat kwam door haar werk. Door de grote hoeveelheid cliënten had ze maar zelden tijd voor vrienden of dates. Het etentje dat Helen had verpest was al twee keer uitgesteld vanwege haar onvoorspelbare werktijden. Het gevoel van wrok jegens Helen omdat ze haar stoorde was duidelijk merkbaar.

Ze had haar advocaat bij zich. Ook hij was een dure. Mickery wachtte altijd of hij tussenbeide zou komen en pas als hij dat niet deed gaf ze antwoord. Ze vormden een sterk, doordacht, geloofwaardig team. Als het ooit tot een proces kwam, zouden ze moeilijk in diskrediet te brengen zijn.

Ze hield vol dat ze alleen maar op de plek van Peters overlijden was geweest vanwege haar link met Ben. Ze had Ben als therapeut geholpen na de gruwelijke gebeurtenissen in zijn kindertijd.

Moord was het zwaarst denkbare geval, zelfs erger dan zelfmoord – dat heeft in ieder geval nog het tragische aspect van zinloosheid en wanhoop. Maar hoe begeleid je een jongeman wiens vader zijn gezin heeft verwoest? Hoe ga je om met het feit dat iemand van wie je hield je leven heeft verscheurd en je alleen de wereld heeft achtergelaten?

Hannah had het gevoel dat ze vooruitgang boekte met de jonge Ben – of James, zoals hij toen nog heette. En toen hij drie jaar later ophield met de therapie, stond hij min of meer weer stevig in zijn schoenen. Hij functioneerde.

'Hebben jullie contact gehouden?' onderbrak Helen haar, nu al geïrriteerd door Hannahs al te zoetsappige toon.

'Nee, maar ik bleef zijn doen en laten volgen. Via Facebook en dergelijke.'

'Waarom?'

'Omdat ik hem graag mocht. Ik wilde dat hij het zou redden. Ik was blij toen ik hoorde dat hij ging trouwen.'

'En hoe voelde u zich toen u "ontdekte" dat hij was vermoord?'

'Ik was er kapot van. Lijkt me logisch.'

Ze zei het zonder gevoel, vond Helen.

'En toen ik van een vriend hoorde dat zijn moordenaar zelfmoord had gepleegd... Ik kon het gewoon niet geloven.'

'En dus wilde u het met eigen ogen zien.'

'Zoiets ja. Het is niet erg aardig, niet erg lovenswaardig, maar ik wilde het toch zien.'

'Klopt het dat u uw diensten aan Peter Brightston hebt aangeboden na zijn ontsnapping?'

Er viel een stilte. Een blik opzij naar haar advocaat, en toen een 'ja'.

'Ondanks het feit dat hij uw vriend Ben had vermoord?'

'Peter was er duidelijk slecht aan toe. En hij was vrijgelaten zonder dat hem iets ten laste...'

'Hoe weet u dat hij er slecht aan toe was? Hebt u hem na zijn vrijlating ontmoet?'

Een langere stilte deze keer. Een echt lange stilte. Toen zei ze: 'Ik ben een keer naar zijn huis gegaan. Ik heb aangebeld en gevraagd of ik hem kon spreken. Ik heb mijn diensten aangeboden, maar hij was niet geïnteresseerd.'

'Hoe wist u waar hij woonde?'

'Dat was niet zo moeilijk. Het stond in de kranten.'

'Dus u bent hem naar zijn huis gevolgd?'

'Ik geloof niet dat ik die term op prijs stel, inspecteur,' kwam de advocaat tussenbeide.

'Mijn excuus, Sandy. Ik wist niet dat je zo gevoelig was.' Helen richtte haar aandacht weer op de verdachte. 'Hoe lang hebt u Diane Anderson behandeld?'

'Een paar maanden. Een collega had me bij haar aanbevolen. Haar beste vriendin was plotseling gestorven en ze had hulp nodig. Maar om de waarheid te zeggen ging het niet van harte. Ik denk dat ze therapie als "zwak" beschouwde.'

'Hebt u Amy gedurende die tijd ontmoet?'

'Nee, hoewel ik uiteraard wel wist van haar bestaan.'

'Dus er is geen reden waarom Amy u zou herkennen?'

'Inspecteur...' kwam de advocaat tussenbeide. Hij zag waar ze heen wilde. Maar Helen liet haar de vraag toch beantwoorden.

'Nee, we hebben elkaar nooit ontmoet.'

Ze gingen verder met de alibi's. Hannah was thuis geweest op de avond van Amy's ontvoering. Geen getuigen, omdat ze in haar eentje met haar administratie bezig was geweest, maar ze beweerde dat ze bij een cliënt was geweest toen Ben vermist raakte. Ze had geen secretaresse of assistent, dus dat moest worden bevestigd of ontkend door haar cliënt.

'Vertel me eens over Marie Storey.'

Die vraag hadden ze niet verwacht.

'U hebt haar een paar jaar geleden behandeld, na de zelfmoord van haar echtgenoot.'

Dat had Mark ontdekt. Opmerkelijk hoe de teamleden langzaam beter op elkaar ingespeeld raakten in deze zaak. Er volgde weer enige discussie met de advocaat, en toen zei Hannah: 'Ik kreeg haar zaak toegewezen door de sociale dienst van Hampshire. Haar echtgenoot had zelfmoord gepleegd met bleekmiddel, meen ik me te herinneren. Hij kon het leven niet meer aan. Maar de moeder, Marie, was sterker. Dat moest ze ook wel zijn voor Anna.'

'U kent hun namen nog goed.'

'Ik heb een goed geheugen.'

Dat liet Helen passeren.

'Hebt u hen onlangs nog gezien?'

'Nee.'

'Gesproken?'

'Nee. Ik heb uiteraard over hun dood gelezen. Ik nam uiteindelijk aan dat het Anna te veel was geworden. De kranten waren nogal vaag over de details.'

'Waarom bent u gestopt met haar behandeling?'

'Bezuinigingen bij de gezondheidszorg. Het was niet mijn beslissing.'

'Hoe beschouwt u uw cliënten? Gewoon als cliënten? Of als patiënten? Vrienden?'

'Ik beschouw hen als cliënten. Mensen die ik kan helpen.'

'Merkt u ooit dat er mensen bij zijn aan wie u een hekel hebt?'

'Nooit. Ze kunnen frustrerend zijn, maar dat is te verwachten.'

'U heb nooit moeite met hun zwakheden, hun zelfmedelijden, hun "kijk mij toch eens lijden"-aanstellerij?'

'Nooit.'

Ze maakte zich goed van de vragen af, als een professional, en niet lang daarna beëindigde haar advocaat het gesprek. Ze moesten haar wel laten gaan, ze konden haar nergens van beschuldigen. Maar dat vond Helen niet erg. In de tijd dat zij Hannah had gehoord, had Mark met succes een huiszoekingsbevel aangevraagd voor haar woning en kantoor. Er waren meerdere wegen die naar Rome leidden.

Een vrouwelijke verdachte. Met links naar drie zeer verschillende slachtoffers. Iemand die hen – en hun kwetsbaarheden – van zeer dichtbij kende. Nu hadden ze alleen nog bewijs nodig. Voor de eerste keer sinds het begin van het onderzoek had Helen het gevoel dat ze resultaat begonnen te boeken.

46

Het was een vreemd feestje. Zij met een vruchtensapje in de hand en hij met een glas langzaam lauw wordende tonic. Niet erg rock-'n-roll. Maar toch voelde het goed. Ze waren geen van beiden ooit met zo'n zaak geconfronteerd. Seriemoorden waren zeldzaam, en als ze voorkwamen ging het meestal om een explosie van woede die alles verwoestte maar die ook snel uitdoofde. Het niveau van zorgvuldigheid en planning van deze moorden was ongekend. Hoewel geen enkele rechercheur het ooit zou toegeven, waren dit soort misdrijven uiterst zenuwslopend. Ze gaven je het gevoel dat je ervaring er niet meer toe deed, dat je intuïtie fout was, je training pijnlijk ontoereikend. Dit soort misdrijven knakte het systeem dat je vertrouwen intact hield.

Maar nu hadden ze een aanknopingspunt. Niet kant-en-klaar, maar een rechercheur is altijd blij als hij een goed spoor heeft. Iets of iemand om op te jagen. Mark bekeek zijn chef, die druk praatte over de zaak. Ze was altijd al aantrekkelijk geweest, maar nu was er iets meer. Een warmte, een gevoel van optimisme en hoop dat meestal niet zichtbaar was. Vooral haar glimlach was opmerkelijk. Zelden gezien, maar niet gauw vergeten.

Hij voelde zich in toenemende mate tot haar aangetrokken en was vastbesloten zich daartegen te verzetten. Hij zou nooit meer toelaten dat een vrouw hem zo in haar macht kreeg. En toch wilde hij haar pantser doorbreken en meer over haar te weten komen. Waar had ze van gedroomd toen ze nog klein was? Was ze populair geweest? Was ze rijk? Was ze geliefd geweest bij de jongens?

'Ben je in deze streek opgegroeid?'

Een armzalige openingszin, maar Mark was nooit goed geweest in gesprekjes over koetjes en kalfjes. Ze schudde haar hoofd.

'Zuid-Londen. Kun je dat niet horen?'

Zat ze met hem te flirten?

'Je hebt geen accent.'

'Dat heb ik weggepoetst. Een goede vriend van me bij de politie vertelde me algauw dat hoe bekakter je klinkt, hoe sneller je carrière maakt. Het is een vooroordeel, maar iedereen schat je intelligenter in dan je bent.'

'Daar moet ik het hebben laten liggen.'

'Jij kunt er best mee door.'

Ze zat inderdáád met hem te flirten.

'Ik heb nooit geweten dat je zo doortrapt was.'

'Nou ja, je kent me nog niet erg goed, hè?'

Was dat een uitnodiging of een schampere opmerking? Ik ben het echt verleerd, dacht Mark. Ze liep naar de bar en kwam terug met een halve liter bier. Mark sloeg haar gade, opgewonden, geprikkeld, in tweestrijd – zijn verlangen naar haar streed met zijn verlangen naar alcohol. Ze bood hem het glas aan.

'We hebben een goede dag achter de rug. Dus drink wat. Je kent de regels: zolang ik erbij ben, is het goed.'

Hij nam het glas van haar aan. En dronk. Even maar, hij wilde haar laten zien dat hij alles in de hand had, dat hij niet zwak was. Hij had zo lang een hekel gehad aan zichzelf en zijn leven. Nu hij uit de afgrond aan het klimmen was, zou hij kracht tonen. Hij gaf haar het glas terug. Ze glimlachte naar hem, warm en bemoedigend.

'Waarom ben jij bij de politie gegaan, Mark?'

Nu was het haar beurt om de vragen te stellen.

'Omdat niemand anders me wou hebben.'

Daar moest ze om lachen.

'Echt, ik maakte er een puinhoop van op school. Het was een goede school, maar het was niks voor mij. Kon me niet concentreren. Het enige wat ik wilde was zo snel mogelijk het klaslokaal uit.'

'Om achter de meiden aan te gaan?'

'En de rest. Na twee jaar lijm snuiven en telefooncellen in brand steken heeft mijn pa me het huis uit geschopt. Ik heb drie nachten bij mijn zus op de vloer geslapen en toen had ik er schoon genoeg van. En kwam ik bij de politie terecht.'

'Mijn held.'

'Mijn vader kreeg bijna een hartaanval. Dacht dat het een grap was. Maar iedereen keek ervan op. Ik vond het leuk. Vond het leuk dat elke dag anders was. Dat je nooit wist wat er op je af zou komen. En ik vond de sfeer met de mannen onder elkaar leuk. In die tijd hadden we nog geen vrouwelijke chefs.'

Ze trok een wenkbrauw op. En liep naar de bar voor een volgend rondje. Dus dit was duidelijk niet een snel drankje na het werk. Mark vroeg zich af hoe hij het moest aanpakken, maar tegen de tijd dat ze terugkwam was hij nog niets wijzer. Hij zag haar verleidelijke decolleté toen ze de drankjes op het tafeltje zette. Of ze dat per ongeluk liet zien of niet kon hij onmogelijk beoordelen.

'En jij? Waarom ben jij bij de politie gegaan?'

Een korte stilte, toen: 'Om mensen te helpen.'

Kort en bondig. Was dat alles? Even later zei ze: 'Toen ik het huis van Ben in liep. Het bloedbad zag. Ik heb geholpen te voorkomen dat die jongen een soortgelijk lot zou ondergaan. Dat was het voor mij. Ik kon niet meer ophouden. Daarna kon ik niet meer weglopen.'

'Je bent er goed in. Mensen redden, bedoel ik.'

Ze nam hem aandachtig op. Hij aarzelde en ging toen verder. ‘Ik zou allang ontslag hebben genomen als jij er niet was geweest. Ik heb het je niet verteld, maar ik had mijn ontslagbrief al geschreven. Stond op het punt hem in te dienen. Het op te geven. Maar jij hebt me gered. Gered van mezelf.’

Hij zei het vol hartstocht, recht uit zijn hart – even schaamde Mark zich voor zijn openheid, zijn naaktheid. Maar het was waar – wie weet wat er zonder haar van hem was geworden. Ze keek hem aan, plotseling ernstig. Had hij het verkloot? Toen boog ze zich over de tafel heen en kuste hem.

Buiten glimlachte hij terwijl hij de meest goedkope tekst uitsprak die hij kon bedenken. ‘Bij jou of bij…?’

‘Bij jou.’

47

Marks flat was een zwijnenstal. Hij was niet van plan geweest zijn chef die dag te verleiden, en de sporen van zijn maaltijd van de vorige avond waren nog duidelijk aanwezig. Maar goed, hij had die ochtend zijn bed verschoond en het voelde proper en fris toen ze zich erop lieten zakken.

Ze was niet het type om over koetjes en kalfjes te praten. En dat gold nu ook. Meestal bepaalt de man het tempo in dit soort dingen – of probeert dat althans – maar dat was hier niet het geval. Mark was verbaasd en geprikkeld door de kordate aanpak van zijn chef.

In de taxi onderweg naar zijn flat hadden ze gezwegen. De verwachting maakte conversatie overbodig. Ze raakten elkaar niet aan en hielden elkaars hand niet vast, maar de spanning hing in de lucht. Toen ze binnen waren, probeerde hij, als altijd (altijd? Wanneer had hij dit voor het laatst gedaan?) de nervositeit met humor te bestrijden.

'Ik zou je best iets te drinken willen aanbieden, maar…'

Ze nam niet de moeite antwoord te geven. Ze liep gewoon op hem af en kuste hem. Terwijl ze haar jas op de grond liet vallen vroeg ze waar de slaapkamer was. Daar aangekomen duwde ze hem op het bed en reikte naar zijn broekriem.

Mark had vele malen de liefde bedreven, maar hij besefte dat dit de eerste keer was dat hij de onderliggende partij was. Hij wilde zich niet zomaar overgeven en probeerde haar om te draaien. Nu hij opgewonden was wilde hij haar plotseling domineren – haar neuken, haar onderwerpen – maar ze duwde hem terug en ging stevig boven op hem zitten.

Beminde ze hem of ging het haar alleen maar om haar eigen genot? Mark besefte opeens dat dat belangrijk voor hem was. Zelfs nu, terwijl ze zich op hem liet zakken – wat een heerlijke huivering voor hen beiden opwekte – wilde hij dat dit iets zou betekenen, meer dan alleen een pleziertje. Mannen werden geacht seks dissociatief te benaderen. In staat te zijn om hun emoties uit te schakelen en te denken met hun pik. Maar Mark was nooit zo geweest.

Weer probeerde hij haar zodanig te manoeuvreren dat hij bovenop kon liggen, maar ze duwde hem fel terug. Ze was duidelijk nog niet van plan zich over te geven, dus Mark besloot te zwichten. Nu die strijd voorbij was werd hun liefdesspel ontspannener, tederder. Helen verlaagde het tempo en hun lichamen voegden zich eindelijk naar elkaar. Tot Marks verrassing leek Helen ervan te genieten. Van hém te genieten. Ze streelde zijn lippen met haar tepels en liet een hand tussen haar benen glijden, haar eigen genot zoekend terwijl ze op hem heen en weer bewoog.

Mark deed nu zijn uiterste best om zijn orgasme uit te stellen. Het is één ding om je baas te neuken, maar het is iets heel anders om haar slecht te neuken. Of te kort. Dus verzette hij zich uit alle macht en probeerde allerlei saaie en afgezaagde beelden op te roepen om zijn opwinding te onderdrukken, maar toen Helen het tempo weer verhoogde (ze voelde dat hij tegen een orgasme aan zat) kon het nog maar op één manier eindigen.

Hij wilde zich verontschuldigen. Maar hij wist niet zeker of dat wel gepast was. Ze schoot hem te hulp.

'Dat was lekker.'

Mark voelde al zijn twijfels weer verdwijnen. Hij hield haar stevig en warm vast en tot zijn verrassing verzette ze zich niet. Ze kroop tegen hem aan en genoot van het postcoïtale welbehagen.

Terwijl ze daar zo lagen, nauwelijks bedekt door het laken, liet Mark zijn ogen over haar lichaam glijden. Tijdens de worstelingen van de hartstocht had hij schrammen op haar rug gevoeld, maar daar had hij verder geen aandacht aan besteed. Nu, minder afgeleid en nieuwsgieriger, bekeek hij ze wat beter. Hij was geschokt. De rest van haar lichaam was zo zacht, zo schoon, zo... volmaakt.

Ze moest zijn gedachten hebben geraden, want ze trok het laken over haar rug. Het gesprek stokte voordat het feitelijk was begonnen. Een tijdje lagen ze in stilte naast elkaar. Toen draaide ze zich naar hem toe en zei: 'Dit is iets tussen ons en niemand anders. Oké?'

Het was geen bevel, en het klonk ook niet angstig. Nee, het was een dringend verzoek, bijna aarzelend. Opnieuw was Mark verrast, op deze toch al zo verrassende dag.

'Natuurlijk. Absoluut.'

Toen ging ze douchen, Mark vol vragen achterlatend.

48

Helen stak de straat over en liep naar haar motor. Ze wist dat Mark haar nakeek vanuit zijn slaapkamerraam, maar ze liet niets blijken. Ze speelde geen spelletjes, maar ze was er nog niet aan toe om vrolijk te zwaaien of kushandjes te geven. Toch voelde het goed om te weten dat zijn ogen op haar gericht waren, en ze vertraagde expres haar pas om er nog een paar seconden van te genieten.

Ze stapte op haar Kawasaki en startte de motor. Haar leren motorpak en helm waren voor Helen ook een soort pantser, een cocon waarin ze alleen en ongehinderd kon bestaan. Maar vandaag, voor het eerst sinds tijden, had ze het gevoel dat ze dat niet nodig had. Dat ze zich niet hoefde te verbergen voor de wereld. Wat er met Mark was gebeurd was niet gepland, onverwacht, wat waarschijnlijk de reden was dat het zo goed had gevoeld. Als Helen tijd had om na te denken, werden de dingen vaak te ingewikkeld en gebeurde er vervolgens niets meer, maar vandaag was precies goed. Ze vroeg zich af wat Mark ervan vond. Misschien vond hij haar vreemd – hij zou de eerste niet zijn. Of misschien vond hij haar boeiend. Dat was het beste waarop ze in dit stadium kon hopen en daar zou ze beslist tevreden mee zijn.

Het was tijd om te gaan. Die halvegare stond nog steeds naar haar te kijken, het gordijn verborg amper zijn naakte gestalte. Ze kon maar beter vertrekken, zowel voor hem als voor haar. Ze gaf gas en reed snel weg. Terwijl de wind haar lijf geselde werd ze zich ervan bewust dat ze iets zeer ongewoons voelde.

Ze was gelukkig.

49

Martina trok haar beha uit en bood het andere meisje haar blote borsten aan. Caroline – heette ze zo? – reageerde door met koortsige, theatrale wellust haar tepels te likken. Martina wierp haar hoofd kreunend in de nek – en meteen viel haar oog op een deukje in het dak van het bestelbusje. Hoe was dat daar gekomen?

Ze had dit zo vaak gedaan dat het onmogelijk was om haar gedachten bij het werk te houden. Terwijl het lichaam capriolen maakte voor het plezier van iemand anders maakten de hersenen zich los en merkte je dat je je zat af te vragen of je de pub nog zou halen vóór sluitingstijd, of je naar Egypte op vakantie moest gaan en hoeveel het andere meisje had betaald voor die borstvergroting. Het was verbazingwekkend hoe afgezaagd je gedachten konden zijn, vooral als het meisje – misschien was het Carol, niet Caroline – je begon te likken. Martina kreunde precies op het juiste moment. De klanten merken daar natuurlijk nooit iets van. Ze gaan zo op in wat ze zien – twee vrouwen met grote borsten die elkaar verslinden – dat ze de tekenen van verveling niet herkennen. Het zou haar trouwens ook niet uitmaken als ze die wel herkenden.

Toch was deze klus een beetje anders dan de meeste. Meestal werd dit spel opgevoerd voor een eenzame zakenman die masturbeerde terwijl zijn lesbische fantasie werkelijkheid werd of voor twee rijke kerels die niet konden wachten om mee te doen. Het lesbische gedoe was slechts de amuse voor hen: ze konden niet wachten om de meisjes te berijden, liefst met z'n tweeën tegelijk, terwijl ze zich in stilte feliciteerden met hun rijkdom, verbeeldingskracht en verdorvenheid. Zij waren niet meer dan speeltjes voor die mannen, maar ze betaalden goed, dus dat soort opdrachten was altijd welkom.

Het kwam veel minder vaak voor dat een vrouw twee meisjes inhuurde. Vooral zo'n goedgeklede vrouw als Cyn. En het was nog zeldzamer dat ze zelf niet mee wilde doen. De meeste vrouwen die prostituees inhuurden waren gelukkig getrouwd maar seksueel onbevredigd. Vrouwen die de status en routine van een normaal gezinsleven wilden, maar ernaar hunkerden door een andere vrouw te worden aangeraakt. Voor hen was de show niet belangrijk, maar het contact wel. Maar Cyn was anders. Dit was nu haar vierde keer en ze had hen nog met geen vinger aangeraakt. Ook zichzelf niet trouwens. Elke ontmoeting was hetzelfde: ze pikte de twee meiden op in haar busje, reed met hen naar het New Forest en keek toe hoe ze elkaar te lijf gingen met voorbinddildo's en dergelijke. Eerst waren ze een beetje argwanend geweest – had dit iets te maken met voyeurisme of seks in het openbaar? – maar in feite was ze volkomen onschuldig. Martina vroeg zich vaak af wat er in dat hoofd van Cyn omging. Wat had ze er zelf aan?

De laatste eigenaardigheid was de betaling. Cyn had al vroeg doorgehad dat Martina een feestbeest was, een bezoekster van danceclubs. En vanaf dat moment had ze haar nooit meer in contanten betaald. In plaats daarvan bood ze Martina drugs aan. Ze moest goede connecties hebben, want de straatwaarde van wat ze gaf was veel hoger dan het bedrag dat ze schuldig was. Ze kon er zeker goedkoop aankomen, of voor niks, de bofkont.

Ze maakten het af – een hevig gekreun van een geveinsd gezamenlijk orgasme – en een paar tellen later trokken ze hun kleren weer aan. Martina's lichaam was atletisch en sterk – ze was lang voor een meisje – en Cyn liet haar ogen over haar figuur glijden voordat ze zei: 'Iets speciaals voor jullie vandaag.'

Cyn hield een doorzichtig zakje pillen op. Martina pakte het aan om het eens beter te bekijken. Het zat vol met grote witte pillen met het logo van een adelaar erop.

'Net binnen uit Odense. Ik denk dat het wel iets voor jullie is. Na dit fijne spul heb je echt geen uppers meer nodig.'

Martina schudde de helft in Carolines gretige handen en beiden namen zonder aarzeling een pil in. Ongewone smaak – amandelachtig, zoet – en toen vroeg Caroline waar ze die avond heen zouden gaan.

Martina wilde haar net afpoeieren – ze moest nog op bezoek bij haar zus – maar de woorden wilden niet uit haar mond komen. Ze voelde zich plotseling licht in haar hoofd. Ze wankelde op haar benen alsof ze te snel was opgestaan, verloor haar evenwicht en kon niet meer samenhangend praten. Ze lachte en rechtte haar rug. Cyn sprak tegen haar, vroeg of alles oké was, maar haar stem klonk al gedempt en veraf. Er lag een hand op haar arm, die plotseling heel zwaar voelde, eigenlijk voelde haar hele lichaam plotseling zwaar aan. Wat was er aan de hand? En Caroline lag languit op de vloer van het busje. Hoe was ze daar terechtgekomen? Wat was...

Opeens werd alles zwart.

50

Helen zorgde ervoor dat ze als eerste op het bureau was. Nadat ze zich de vorige dag zo volledig had laten gaan met Mark, was ze toch gaan twijfelen. Ze werd weer bevangen door haar gebruikelijke omzichtigheid en geslotenheid. Ze vocht ertegen, vastbesloten deze keer niet toe te geven, maar ze wist niet goed hoe haar masker zich zou houden als ze Mark weer zag. Ze was vroeg gekomen om zichzelf voorbereidingstijd te geven.

Mark kwam al vrij snel na haar binnen en ging meteen aan de slag. Inmiddels was het grootste deel van het team binnen. Helen wierp een heimelijke blik op Mark. Ze vroeg zich af of iemand anders in het team had opgemerkt hoeveel beter hij er tegenwoordig uitzag. Hij was afgevallen, had wat meer kleur gekregen en die opgejaagde blik was volledig verdwenen. Helen was benieuwd of het een dag zou worden van beleefd op de tenen lopen rond de subtiele wijziging in hun relatie, maar Charlie onderbrak haar gepieker snel. Ze kwam vroeg bij Helen langs om haar op de hoogte te brengen van de laatste ontwikkelingen.

Helen had haar oude truc weer gebruikt – de verdachte lang genoeg vasthouden om intussen een huiszoekingsbevel te kunnen regelen – zodat Hannah Mickery geen tijd had gehad om zich te verzetten of zich van eventueel bewijsmateriaal te ontdoen. Ze hadden haar computer meegenomen – daar was ze woest om geworden – en een groot deel van haar agenda's, aantekeningen, enzovoort. Uiteraard konden ze niet aan haar cliëntdossiers komen – die waren vertrouwelijk – maar er waren manieren om informatie over patiënten te krijgen als je daar je zinnen op had gezet. Maar dat kwam later wel.

Eén ding was meteen duidelijk. Ze wist heel veel van de moorden. Ze had alle knipsels over de dood van Sam, Ben, Marie en Anna, maar ook foto's. En niet alleen geselecteerd uit lokale kranten (foto's die op hun beurt afkomstig waren van Facebook, schoolalbums enzovoort). Nee, dit waren foto's die ze had genomen van Amy en Peter ná hun beproeving. Helen trof ook het telefoonnummer van Amy aan in haar agenda. Waarom had ze dat nummer, terwijl ze Amy nooit had ontmoet en volgens haar verklaring ook nooit toestemming had gekregen om met haar te praten?

Ze had gegevens van Peters werk, e-mailadressen en, het meest intrigerend, zijn werkschema, hoewel het irritante was dat dit betrekking had op de periode toen Peter weer aan de slag was gegaan, dus het kon op geen enkele manier gekoppeld zijn aan zijn ontvoering.

De computer was een hardere noot om te kraken. Hannah was gevraagd vrijwillig haar wachtwoord te geven, maar had geweigerd, dus het moest op de ingewikkelde manier. Mensen denken dat computers veilig zijn, maar dat is niet zo. Hoewel ze eigenlijk hadden moeten wachten tot ze officieel toestemming hadden, had Helen besloten door te drukken en de IT-medewerkers hadden Hannahs systeem al snel gekraakt.

Charlie had het meeste voorbereidende werk gedaan, en daarom zat zij erbij toen Helen de bestanden van Hannahs MacBook Air bekeek. Het meeste was niet van belang – zakelijke en persoonlijke administratie – maar ergens lag een schat verborgen. Onzichtbaar in de navigatiekolom zat een beveiligd bestand, eenvoudigweg 'B' genaamd. Dat wekte verwachtingen... en het duurde niet lang voor ze het open kregen.

Helen schoot overeind toen ze zag wat erin zat. Een woordelijke transcriptie van de officiële verklaring die Amy tegenover Helen had afgelegd in de verhoorkamer. Helen veerde op. Ze kon haar ogen niet geloven. Ze klikte op het icoontje van RealPlayer dat ook in het 'B'-bestand zat en haar ergste angsten werden werkelijkheid. Daar, in hoge resolutie, waren de videobeelden van de getraumatiseerde Amy die haar verklaring aflegde aan Helen. Wie ze ook was en wat ze ook was, Hannah moest contact hebben met iemand van de politie. Een mol die haar die beelden had gegeven. Maar met welk doel?

Charlie zuchtte diep. Het onderzoek was een belangrijke maar mogelijk vernietigende stap gevorderd. Was dit corruptie? Een samenzwering? Of was er op de een of andere manier een smeris bij die moorden betrokken?

'Zet dat ding uit. En praat er met niemand over.'

Charlie knikte. Helen stond op en liep stil en discreet naar haar chef.

51

Ze had een zwaar hoofd. Ze kwam wankel overeind en huiverde. Ze zag nog steeds wazig, maar ze rook de vochtige lucht en de kilte trok dwars door haar heen. Waar was ze?

Langzaam kwamen er beelden in haar op, maar elke herinnering stak als de pijn van een zware kater en ze moest weer gaan zitten. De vloer was genadeloos hard. Ze herinnerde zich het busje, Cyn, Caroline... Ze keek op haar horloge en wist niet wat ze zag. Had ze echt meer dan vierentwintig uur geslapen?

Ze hoorde gekokhals en keek op. En daar was Caroline. Ze had zojuist overgegeven en zat nu te huilen boven haar eigen braaksel.

Ze moest zich vermannen. Wakker worden. Maar dit was geen droom. Dit was zo vreemd, zoiets kon je niet verzinnen. Had Cyn haar hierheen gebracht? Waar was Cyn trouwens? Martina schreeuwde, maar de enige respons was een zwakke echo. Ze zaten in een soort kelder – een bakstenen gewelf dat zwak werd verlicht door een oude lantaarn. Benauwd en schimmelig, de vergeten voorraadkamer van een groot huis wellicht. Het was niet te bevatten. Ze begreep er helemaal niets van.

De deur was van buitenaf afgesloten. Zwaar metaal, maar toch beukte ze ertegenaan tot haar handen bonsden en haar hoofdpijn niet meer te verdragen was. Verslagen liet ze zich op de vloer zakken.

‘Caroline?’ riep ze, maar ze kreeg geen antwoord. Ze krabbelde overeind en baande zich een weg naar haar toe. Wat hier ook gaande was, ze waren tenminste samen. Onderweg stootte ze haar voet tegen iets hards, dat wegschoot over de vloer. Ze schreeuwde het uit van de pijn en toen drong het tot haar door dat ze met haar voet bijna op iets anders stond: een mobiele telefoon.

Martina pakte hem op. Het was niet de hare en ze dacht ook niet dat hij van Caroline was. Ze drukte op een toets en het scherm lichtte gifgroen op. *U hebt één nieuw bericht.*

Werktuiglijk drukte Martina op OK.

Naast deze telefoon ligt een pistool. Er zit één kogel in. Voor Martina of voor Caroline. Jullie moeten samen beslissen wie blijft leven en wie sterft. Alleen als er iemand sterft wordt de ander vrijgelaten. Er is geen overwinning zonder opofferingen.

En dat was het. Martina’s ogen schoten naar het voorwerp dat ze over de vloer had geschopt. Een pistool. Het was verdomme een echt pistool.

‘Heb jij dit gedaan?’ vroeg ze op barse toon aan Caroline. ‘Is dit grappig bedoeld of zo?’

Maar Caroline jammerde alleen maar en schudde haar hoofd. ‘Wat bedoel je? Ik weet niet wat...’

Op dat moment smeet Martina de telefoon naar haar toe.

‘Dat.’

Zenuwachtig pakte Caroline het toestel op. Haar handen trilden terwijl ze het bericht las. Toen viel het toestel uit haar hand en kletterde het op de vloer. Ze liet haar kin op haar borst zakken en snikte. Martina voelde zich beroerd; het was duidelijk dat ze nergens van wist.

Martina zag haar adem voor haar neus bevriezen. Zou het nog kouder worden in deze grafkelder? Zouden ze doodvriezen voordat ze werden gevonden?

Haar leven kon toch niet op deze manier eindigen? Ze had te

veel meegemaakt om in dit donkere hol te sterven.

In het sombere halfduister liet Martina haar ogen op het pistool rusten.

52

Ze werd in de gaten gehouden.

Een bestelbusje stond nu al dagenlang op dezelfde plek geparkeerd. Maar er was geen enkel teken van leven te zien. Op de zijkant stond het logo van een loodgieter, maar er waren nooit loodgieters te zien en bovendien had ze de bedrijfsnaam online opgezocht: hij bestond niet. Dat had ze met haar nieuwe smartphone moeten doen, want de politie had nog steeds haar computer.

Hannah Mickery begluurde het busje door een spleet tussen de gordijnen. Keken ze op dit moment naar haar door het getinte glas? Namen ze foto's? Of was ze gewoon paranoïde?

Er waren zo veel mensen geweest tijdens de huiszoeking dat het lastig was geweest om iedereen in de gaten te houden. Hadden ze tijd gehad om afluisterapparatuur te installeren? Toen ze weg waren, had Hannah elke mogelijke verstopplek gecontroleerd. Ze had niets gevonden. Misschien was ze te achterdochtig; het was tenslotte maar een routineonderzoek en het was geen Koude Oorlog meer.

Maar het loont om voorzichtig te zijn als er zo veel op het spel staat.

Ondertussen zou die verwaande trut van een Grace haar computer wel hebben geplunderd. Ze had hun misschien beter het wachtwoord kunnen geven, maar waarom zou je ze niet een beetje harder laten werken? Hoe dan ook, inmiddels zouden ze het wel weten. Het zou moeilijk zijn om het af te doen als beroepsmatige belangstelling of morbide voyeurisme. Maar konden ze haar ergens van beschuldigen? Natuurlijk niet.

Maar ze moest oppassen. Er stond nu veel op het spel en één fout kon alles verpesten. Hier zat zo ontzettend veel voorbereiding en planning in. Het zou misdadig zijn om het nu te verknallen.

De avond viel. Het zou nu niet lang meer duren. Zouden ze haar mobiele telefoontjes kunnen afluisteren? Als het goed genoeg was voor *News of the World*, dan…

Ze hoopte dat ze geluisterd hadden. Dat zou het haar gemakkelijker maken. Makkelijker om te ontsnappen. Hannah voelde een huivering van opwinding: als alles op het spel stond, was elke stap opwindend.

53

Caroline trok haar knieën op tegen haar borst tegen de kou, maar ze bleef rillen. Kwam het door de kou? Of was het de angst? Caroline wist het niet meer. Ze had haar grip verloren op... alles. Ze had geen idee of het dag of nacht was. Geen idee hoe lang ze al gevangenzaten. Ze wist niet wat ze fout had gedaan of waarom ze hier waren. Ze wist alleen maar dat het een lijdensweg was.

Haar maag schreeuwde om voedsel, haar keel was gortdroog, haar botten waren verkild tot op het merg. Als ze haar ogen sloot, dansten er vreemde vormen in het donker: veelkleurige patronen die veranderden in vlinders, vogels, zelfs regenbogen. Ze begon te hallucineren. Gaf haar lichaam het op? Als ze geluk had. Misschien was het haar geest die instortte, het begin van een langzame afdaling naar paranoia en krankzinnigheid. Alstublieft God, dat niet.

Aanvankelijk hadden ze geprobeerd hun honger te bestrijden door mieren te eten. Caroline was ongesteld geweest, het bloed stolde op de vloer in de verste hoek van de ruimte. De weeïge smurrie had insecten aangetrokken en Martina en zij hadden elkaar verdrongen om ze op te slurpen. Een dag of wat geleden had ze een kakkerlak gevangen en genoten van de knapperigheid toen ze hem stukbeet. Maar het eten was nu op. Ze hadden alleen nog de stank. De vreselijke kou. En de eenzaamheid.

Was er iemand naar hen op zoek? Niemand zou een paar escortdames missen. Martina was erg op zichzelf en had weinig of geen vrienden. Caroline had een huisgenote, ene Sharon die uit Macclesfield kwam, maar dat was niet echt een vriendin. Zou ze zo snugger zijn om de politie te bellen of zou ze alleen maar een advertentie zetten voor een nieuwe huisgenote? Het laatste waarschijnlijk – Sharon keurde het niet goed wat Caroline deed om de kost te verdienen en zou blij zijn dat ze haar kwijt was. Waarschijnlijk was ze Carolines kamer al aan het leegruimen. De bitch.

Martina had een zus, maar hadden ze een hechte band? Caroline had geen idee. Voor het eerst in jaren merkte ze dat ze haar ouders miste. Ze had goede redenen gehad om van huis weg te lopen – hoewel niemand dat ooit had erkend – maar nu had ze er bittere spijt van. Haar moeder was een slechte moeder, maar niet gemeen en haar vader – hij was eigenlijk niet geschikt voor het vaderschap of als echtgenoot – zou haar niets kwaads toewensen. Waarom had ze nooit meer contact opgenomen? Hun beider zestigste verjaardag was voorbijgegaan, Kerstmis, Pasen; er waren talloze gelegenheden geweest om de kloof te overbruggen en een verzoening tot stand te brengen, maar ze had nooit de moeite genomen. Zouden ze haar gevraagd hebben waarom ze met de noorderzon was vertrokken? Zouden ze haar huidige leven verafschuwen?

Er steeg woede op in haar binnenste en Caroline wist precies waarom ze nooit meer contact had opgenomen. Omdat ze hun van alles kwalijk nam. Omdat ze niets hadden gemerkt. Haar niet hadden beschermd. Ze was nog steeds razend om hun nalatigheid en daarom was ze alleen op de wereld. Dat was de reden dat niemand nu naar haar op zoek was. Had zij of Martina iets of iemand om voor te leven? Hoe hecht was Martina's band met haar zus? Ze wilde het haar vragen, maar wat had het voor zin? Het was geen wedstrijd.

Of toch?

54

Zoals te verwachten was, nam hoofdinspecteur Whittaker het nieuws niet goed op.

'Wat zullen we nou krijgen, verdomme? Wil je beweren dat iemand van de politie haar dat materiaal heeft gegeven?'

Door de macabere aard van de moorden was het van groot belang dat er absoluut geen informatie uitlekte. De *Evening News* en een paar landelijke kranten hadden lucht gekregen van de moorden en probeerden meer nieuws boven tafel te krijgen, maar niemand besefte nog dat er een onbekende was die deze gruwelijke misdrijven in scène zette. De technische recherche en ander ondersteunend personeel wisten niets van de dodelijke ultimatums van de slachtoffers. Toegang tot die informatie – de telefoons, de verhoorbeelden en de transcripties – was zeer goed beveiligd. Uiteraard waren Whittaker en Helen op de hoogte, net als Mark en Charlie en een paar andere leden van het kernteam, maar dat was het zo'n beetje. Dus tenzij een ICT-medewerker een tip had ontvangen over de inhoud of er zelf toevallig op was gestuit, zouden ze het lek dicht bij huis moeten zoeken. Whittaker had er niet omheen gedraaid. Elk lid van het team zou worden onderzocht op mogelijke corruptie of samenzwering. Het moest snel en in alle stilte gebeuren.

Helen boekte snelle voortgang. Tegenwoordig waren er geen

tapes met opnamen van verhoorgesprekken of minidisks meer. Al dat ouderwetse spul was allang verdwenen. De camerabeelden van het verhoor werden nu rechtstreeks opgeslagen op een beveiligd digitaal netwerk. Als het verhoor voorbij was, werd het digitale bestand versleuteld en naar de beveiligde server geüpload. Opgeslagen beelden en transcripties konden alleen worden ingezien door gebruikers die daar toestemming voor hadden. Er was maar één bron – de server – en iedereen die toegang wilde krijgen zou een spoor achterlaten.

De beelden van de verhoren waren ontelbare keren bekeken in het kader van het onderzoek. Toen Helen de zoekgeschiedenis onderzocht kreeg ze een lange lijst van mensen die de opnamen hadden gezien. Maar bij slechts drie gelegenheden waren de feitelijke beelden gedownload, of op schijf of geheugenstick gezet. En bij twee daarvan was Helen zelf aanwezig geweest. Bovendien had ze de downloads nog steeds in haar bezit. Dan bleef er één ongeautoriseerde download over. Het was onmogelijk je sporen te wissen zonder de hele server te vernietigen en het stond er zwart op wit: 'Woe 11 januari 16.15 uur'.

Het was onwaarschijnlijk dat het de ICT-medewerkers waren geweest, want die hadden het die bewuste dag druk gehad met een staking, maar misschien was dat de reden dat de dief juist die dag had gekozen. Whittaker had verlof gehad, en Helen had de hele middag in het forensisch lab gezeten. De junior teamleden waren die dag langs de deuren gegaan (Helen moest dat nog een keer natrekken) en dan bleven er dus twee rechercheurs over die wisten wie er in het gebouw waren en die toegang hadden tot de beveiligde server: Mark en Charlie.

Helen kon zichzelf wel voor haar kop slaan. Ze had haar etentje met Mark moeten afzeggen, een of ander smoesje moeten verzinnen, maar zijn verzoek had haar overvallen. Ze kon er niet onderuit zonder hem te beledigen of zijn argwaan op te wekken, dus had ze ingestemd. Hij had grapjes gemaakt over de moeite die hij had gedaan om indruk op haar te maken, wat de reden was dat ze nu vrijwel zwijgend hun *bucatini* met garnalen wegwerkten. Helen was zich volledig bewust van Marks teleurstelling en onbegrip – zijn hoop op een nacht vol passie lag in duigen – maar ze kon het onmogelijk uit haar hoofd zetten. Tenzij ze er faliekant naast zat, was het waarschijnlijk dat óf Charlie óf Mark het team op een grove manier had verraden en het onderzoek aan een buitenstaander had geopenbaard. Als een corrupte politieman geld nodig had, zou hij lekken naar de pers. Dus dit moest iets anders zijn. Chantage. Seks. Of iets nog onheilspellenders.

Helen was in tweestrijd. Ze wilde eerlijk tegen hem zijn, maar dan zou ze zelf risico's lopen. Dit was nu een intern onderzoek en als ze informatie deelde met een 'verdachte' zou zij zich ook corrupt gedragen. Dus verbeet ze zich en voerde een beleefd gesprek.

Ze lieten het eten al vrij snel voor wat het was en gingen naar de woonkamer. Helen liep naar de schoorsteenmantel. De foto's van het gelukkige gezinnetje en de ex-vrouw waren allang verdwenen. Er stonden nu alleen nog talloze foto's van een klein meisje, met een leuke blonde bob en een brede glimlach.

'Dat is Elsie.'

'Hoe oud is ze?'

'Zeven. Woont bij haar moeder. Niet ver hiervandaan.'

Maar duidelijk te ver naar Marks zin. Helen stelde nog wat geïnteresseerde vragen en Mark gaf antwoord zoals alleen een trotse ouder dat kan. Een geschiedenis van Elsies prestaties en hobby's. Anekdotes over haar eigenaardigheden en gekkigheden. Het was lastig om aan te horen: zijn wanhoop over het feit dat hij gescheiden leefde van zijn dochter was overduidelijk. Een jaar geleden was hij nog een succesvol politieman geweest met een liefhebbende echtgenote en een engeltje dat alleen oog voor hem had. Nu was hij alles kwijtgeraakt aan een andere man, Stephen, de nieuwe vriend van zijn vrouw. Hun verhouding had een einde gemaakt aan het huwelijk, en toch was het Mark die in de kou was gezet. Hij was gekwetst – diep, diep gekwetst – door iemand die achteloos was omgesprongen met hun huwelijksgeloften. Zij had alles mogen houden. Hij was terechtgekomen in een huurflatje, met een bezoekregeling van om de week een weekend.

Helen deed haar best hem te troosten, maar al die tijd zei een stemmetje in haar binnenste dat ze moest vertrekken. Weg van deze man die overduidelijk verliefd op haar begon te worden. Uiteindelijk hervond Mark zijn kalmte. Hij bedankte haar voor het luisteren naar zijn oeverloze geklets door haar over de wang te strelen: een teder bedankje zonder woorden. Toen probeerde hij haar te zoenen.

Helen liep werktuiglijk naar de voordeur. Mark snelde achter haar aan, zich verontschuldigend. Terwijl ze de deur opendeed, greep hij haar arm en trok haar terug. Helen reageerde als door een wesp gestoken.

'Toe, Helen, als ik je heb beledigd…' stotterde Mark.

'Niet smeken, Mark. Daar ben je te goed voor.'

'Ik begrijp niet wat er hier aan de hand is.'

'Er is niets aan de hand.'

'Ik dacht dat jij en ik… dat we…'

'Dat heb je verkeerd gedacht. We hebben seks gehad. Dat is alles.'

'Dump je me nou?'

'Doe niet zo kinderachtig.'

'Nou, wat dan? Ik dacht dat je me leuk vond.'

Helen zweeg, probeerde haar woorden zorgvuldig te kiezen.

'Mark, ik zeg dit maar één keer, dus luister goed. Word níét verliefd op me, oké? Ik wil het niet en jij evenmin.'

'Maar waarom niet?'

‘Gewoon niet doen.’

En weg was Helen. Op de trap naar beneden was ze boos op zichzelf omdat ze zo stom was geweest. Ze had naar haar eerste ingeving moeten luisteren: ze had hier nooit moeten komen.

55

Charlie Brooks gaapte en rekte zich uit. Haar gewrichten kraakten luid, ze had te lang in dezelfde houding gezeten. Ze nam zich voor om meer rond te lopen, te rekken, te bewegen… en prompt stootte ze haar hoofd tegen het lage metalen dak.

Charlie had een bloedhekel aan observatie. De kleine ruimte, het dieet van junkfood en de nabijheid van mannelijke collega's die op haar vielen of zich niet goed wasten, of beide. Soms leverde het resultaat op, maar je had altijd het gevoel dat het leuke werk, het echte speurwerk, zich ergens anders afspeelde. Had Helen geen andere sukkel voor deze taak kunnen kiezen? Haar stemming daalde nog verder toen ze naar Grounds keek, die zonder enige gêne een puistje zat uit te knijpen.

Charlie had sterk de indruk dat ze werd gestraft – hoewel ze niet zou weten waarvoor. Helen deed de laatste tijd erg afstandelijk tegen haar. Charlie was een paar keer in de verleiding gekomen haar rechtstreeks te vragen wat er aan de hand was, maar had er op het laatste ogenblik van afgezien uit angst paranoïde over te komen. Maar het gevoel bleef. Op de een of andere manier had ze Helen geïrriteerd en misschien was deze observatieklus bij Mickery's huis haar straf.

Hannah Mickery was nauwelijks de deur uit geweest sinds haar vrijlating. Een paar keer naar de kruidenier, de krantenkiosk, maar verder weinig. Ze had haar vaste telefoonlijn helemaal niet gebruikt en haar mobiele telefoontjes waren kort en alledaags geweest. Het was duidelijk dat ze haar werk niet wilde laten verstoren door de verdenkingen, vandaar het bezoek van een cliënt. Die zat nu al een uur binnen; Charlie vroeg zich onwillekeurig af welke obsessie, onzekerheid of kleine zonde er werd besproken.

Plotseling was er beweging. Charlie rechtte haar rug en zwaaide haar camera in positie. Maar ze werd teleurgesteld. Het was de cliënt maar die uit haar sessie kwam, schuilend voor de stromende regen onder een 'vrolijke' gele paraplu. Charlie leunde achterover, misnoegd, en keek haar na.

Je moest echt gestoord zijn om zo'n outfit te dragen, dacht Charlie weinig meevoelend. De paarse baret en de rode regenjas – dacht ze dat ze uit een video van Prince was gestapt? En die hoge hakken. Het waren de palen van een stripper, heel duidelijk...

Op dat moment zag Charlie dat de vrouw die het huis net had verlaten geen hoge hakken droeg. Ze droeg platte schoenen.

Charlie was in een oogwenk het busje uit, en ze riep Grounds op om naar het huis te komen terwijl zij achter de cliënt aan ging. Ze liep lichtvoetig maar snel en haalde de vrouw in, maar toen, met nog maar veertig meter te gaan, draaide de vrouw zich half om. Het was maar een glimp, maar genoeg voor Charlie om zeker te weten dat het Mickery was, in de kleren van haar cliënt. Mickery zette het onmiddellijk op een lopen en Charlie rende achter haar aan. De gedachte aan wat Helen zou zeggen als ze haar uit het oog verloor dreef haar voort.

Charlie dacht dat de achtervolging makkelijk zou zijn, maar Mickery was goed. Ze stak zonder aarzeling de drukke straat over en baande zich op de een of andere manier een weg door het voorbijrazende verkeer. Charlie rende achter haar aan, vastbesloten het niet op te geven, maar de auto's hinderden haar continu.

Ze doken een zijstraat in. De afstand tussen hen was nu zo'n honderd meter en zonder het menselijk verkeer in deze stille straat begon Charlie in te lopen op haar prooi. Tachtig meter, zestig meter, vijftig. Dichter- en dichterbij.

De drukke straat doemde voor haar op. Hannah Mickery bereikte hem als eerste en rende verder. Haar baret was nu afgewaaid en haar lange kastanjebruine haar wapperde achter haar aan. Ze bereikte de overkant en dook zonder aarzeling de ingang van Marlands Shopping Centre in. Charlie kwam vlak achter haar aan.

Een zee van schoolkinderen, verveeld en zeurderig. Een bewaker die tussen zijn tanden peuterde. Een paar slungelige jongens in Saints-shirts. Maar geen spoor van Mickery.

Toen een flits kastanjebruin. Op een roltrap in de verte. Charlie zette de achtervolging weer in en botste tegen plantenbakken en wandelaars op terwijl ze vaart maakte. Ze sprintte harder en harder, met longen die brandden van de inspanning. Ze duwde een slome van middelbare leeftijd opzij en liep naar de hogere etage.

De rode jas. Hij verdween in de Topshop. Daar was geen uitgang. Charlie rende naar binnen, met haar penning al in de aanslag, terwijl de beveiligingsmedewerkers wakker werden. Eindelijk zou Helen trots op haar zijn en kon ze haar een trofee aanbieden.

Maar... dit was de verkeerde rode jas. De goede kleur, maar de verkeerde drager. Een vrouw alleen die iets leuks zocht voor een date en ietwat verbaasd reageerde toen ze ruw werd beetgepakt door een zwetende politievrouw.

'Wat moet je, mens?'

'Shit!' Charlie liep alweer weg van haar verbijsterde slachtoffer. Ze klampte de eerste de beste beveiligingsmedewerker aan.

'Heb je hier een vrouw in een rode jas voorbij zien rennen? Heeft íémand een vrouw in een rode jas gezien?'

Charlie keek naar de zee van uitdrukkingsloze gezichten en wist dat het hopeloos was.

Mickery was ontsnapt.

56

Ze hadden zich al dagen niet meer verroerd. Ze waren verslagen, verlamd van radeloosheid. Hun enige uitweg was de hongerdood; het was duidelijk dat er geen ontsnapping mogelijk was.

Caroline was al magertjes geweest, maar nu zag ze eruit als een hongersnoodslachtoffer, met ribben die ieder moment door haar vel dreigden te prikken. Martina was gespierder en ondanks al die dagen van uithongering kwam ze nu moeizaam overeind.

'Laten we het nog een keer proberen.'

Martina deed haar best om het energiek en hoopvol te laten klinken, maar Caroline kreunde alleen maar.

'Toe, Caroline, we moeten het nog een keer proberen.'

Caroline hief haar hoofd om te zien of Martina het serieus meende. Het was hopeloos, dus waarom zouden ze zichzelf kwellen? Ondanks al hun gebons had de deur nog geen centimeter meegegeven. Hun schouders waren bont en blauw, hun nagels gebroken. Ze konden verder niets meer doen.

'Iemand zou ons kunnen horen.'

'Er is daar niemand.'

'We moeten het proberen. Toe, Caroline, ik wil nog niet dood.'

Een lange stilte, en toen kwam Caroline langzaam en met tegenzin overeind. Wanhoop was gemakkelijker dan hoop. Hoop was wreed: die beloofde Caroline dingen waarvan ze vreesde dat ze die nooit meer zou ervaren. Liefde, warmte, troost, geluk. Die dingen waren onmogelijk – het waren dromen – zolang zij hier levend was begraven in deze grafkelder. Caroline wilde slechts alleen zijn met haar wanhoop. Als beuken tegen de deur Martina een tijdje tot zwijgen kon brengen, dan moest het maar.

Ze gaf zich helemaal, rende in volle vaart naar de deur en beukte ertegenaan. De pijn was hevig – een verzengend, brandend gevoel in haar schouder dat langzaam veranderde in een sadistische, doffe pijn. Ze draaide zich kwaad om.

'Ga je me nog helpen, of...'

Haar stem stierf weg toen ze zag dat Martina haar onder schot hield. Ze was in de val gelokt. Dat sluwe kreng had haar een loer gedraaid.

'Het spijt me echt,' zei Martina zacht, en toen haalde ze de trekker over, met haar ogen dicht om de gruwel niet te hoeven zien. Het pistoolschot weerkaatste tegen de bakstenen muren.

Maar er kwam geen schreeuw. Geen geluid van een openspattend lichaam. Alleen maar de doffe plof van de kogel die zich in de deur drong. Ze had gemist.

Ze haalde de trekker keer op keer over, maar ze wist dat er maar één kogel in zat. Eén schot voor de verlossing.

Caroline vloog door de lucht en gooide Martina tegen de grond. Ze vochten hevig in het vuil, maar Martina was in het nadeel en al snel zat Caroline boven op haar. Haar knieën drukten zwaar op Martina's borst, en daarna ging ze in spreidstand zitten en knelde Martina's armen vast met haar benen. En nu wikkelden Carolines bloederige, rauwe vingers zich om Martina's keel.

Ze was wild, buiten zichzelf. Maar ze triomfeerde. En ze schreeuwde en gilde van vreugde terwijl ze de jonge prostituee wurgde.

Ze had gewonnen.

57

'Waar is ze?' schreeuwde Charlie. Martha Reeves zat kalm op een stoel in de woonkamer, gekleed in een ochtendjas van Mickery. Ze leek totaal geen spijt te hebben, al dreigde er een aanklacht van de politie. Haar standpunt leek te zijn dat de politie het mis had en onterecht een onschuldige vrouw lastigviel, dus als zij haar kon helpen, waarom niet?

'Ze wordt verdacht van moord. En wat jij hebt gedaan maakt jou tot medeplichtige. Weet je wat voor straf daar op staat? Tien jaar. Tien jaar tussen die manwijven in Holloway.'

Een koele, minachtende blik.

'Waar kom je hier trouwens voor?'

'Ach, schei toch uit, je denkt toch niet...'

'Ben je een seksmaniak? Verslaafd? Welke tekortkoming moet jij hier opbiechten dat je driehonderd pond per uur betaalt aan die kwakzalver?'

Rechercheur Grounds koos dit moment om even naar buiten te lopen. Hij hield niet van scènes en Brooks leek haar boekje ver te buiten te gaan. Hij wist niet wie daar baat bij kon hebben. Waar het ook over ging, het zou toch nergens toe leiden, dus nam hij de gelegenheid te baat om via de mobilofoon te vragen of iemand anders nog succes had gehad.

De oproep was gedaan, alle beschikbare wagens hadden het

gebied afgezocht, maar er was geen enkel teken van Mickery. Een stadswacht met een scherpe blik had een afgedankte rode jas gevonden in een kliko net buiten winkelcentrum Marlands, maar dat was alles. Ze was spoorloos verdwenen. Vloekend kwam Grounds terug het huis in.

'Mag ze dit doen?' snauwde Martha tegen Grounds toen hij binnenkwam. Charlie was haar handtas aan het doorzoeken.

'Jazeker. Als ze zo'n bui heeft, kun je je maar beter gedeisd houden.'

Beide vrouwen keken hem nijdig aan. Mobiele telefoon, lippenstift, BlackBerry, een condoom, tissues, sleutels met een hanger van een glimlachend gezinnetje in een goedkoop plastic hoesje, snoepjes, nog een condoom...

'Getrouwd?'

Voor het eerst een moment van aarzeling bij Martha. Maar Charlie scrolde al door de lijst van contactpersonen op Martha's telefoon.

'Adam? Nee? Chris dan? Colin? David? Graham? Laten we Graham eens proberen...'

En ze drukte op 'Bellen'.

'Tom. Hij heet... Tom.'

'Weet hij dat je hier bent?'

Martha keek naar haar schoenen.

'Dat dacht ik al. Goed, ik zal hem bellen zodat hij je kan ophalen en naar huis kan...'

'Genoeg.'

'Hij gaat over.'

'Genóég, zei ik!'

'Kom op, Tom, neem op!'

'De Valley.'

'Pardon?'

'Ze zei dat ze naar... de Valley ging.'

Toms verbaasde stem klonk uit de telefoon, maar Charlie verbrak de verbinding.

'Ga door.'

'Ik weet niet waar precies, maar ze zei dat ze naar Bevois Valley ging, alleen even op en neer. Ze zou hooguit een uur wegblijven.'

Charlie rende al naar haar auto. Grounds mocht haar methoden dan afkeuren, niemand kon zeggen dat ze niet effectief waren. De jacht was weer begonnen en naderde zijn climax. Mickery was naar Bevois Valley gegaan: het gebied van Empress Road, de beruchte rosse buurt van Southampton.

58

Caroline zonk dieper en dieper weg in de hel. En Martina's levenloze lichaam was haar eigen demon die haar de weg wees. Wat Caroline ook probeerde, haar ogen dichtknijpen, zich afwenden, gillen, schreeuwen, huilen en jammeren, het geluid van Martina's stille beschuldiging viel onmogelijk buiten te sluiten.

Erger nog was het gelach. Het gelach van die boze heks die dit allemaal had opgezet. Ze had hun een belofte gedaan. Ze had gezegd dat als een van hen... Caroline huilde weer, maar het waren nu droge tranen. Ze had niets meer te geven.

Het was allemaal bedrog geweest. Die vrouw was allang verdwenen. En Caroline? Caroline had een meisje vermoord. Een onschuldig meisje, en wat was haar beloning? De dood.

Misschien moest ze zelfmoord plegen? Een vreemde opwinding maakte zich van haar meester. Ze sloop de kelder rond op zoek naar een geschikt middel. Ze zou zich kunnen ophangen met Martina's kleren, maar... er was niets om zich aan op te knopen. Het plafond was egaal, de ruimte ongemeubileerd. Er waren geen scherpe randen en niets waar ze een wapen van kon maken. Ze krabde maniakaal aan het kogelgat – kom eruit, ellendig rotding! – voordat ze het opgaf en weer in wanhoop verzonk.

Toen, zonder enige waarschuwing, werd er een sleutel in het slot omgedraaid en zwaaide de deur open.

'Goed gedaan, Caroline.'

Ze kon haar horen, maar niet zien. Even stond Caroline als aan de grond genageld. Haar kwelgeest was weer opgedoken en ze sidderde van angst.

Maar er gebeurde niets. Was die vrouw er nog? Het leek er niet op en ze hoorde haar niet. Caroline stond op en liep naar de deur. Als die vrouw er nog was, zou ze haar de nek omdraaien. Kom maar op! Maar toen, halverwege haar weg naar de vrijheid, bleef Caroline staan. En draaide zich om.

Martina. Daar lag ze, levenloos en roerloos. Ze waren met z'n tweeën gekomen en nu ging er slechts één van hen weg. Caroline aarzelde. Zolang ze binnen bleef, was ze een slachtoffer. Zodra ze naar buiten ging, zou ze een moordenaar zijn.

Maar wat had ze voor keus? Om te overleven moest ze haar misdrijf erkennen. En dus strompelde ze de drempel over.

Ze stond onder aan een trap. Door een soort luik boven haar viel licht. Het verblindde haar tijdelijk. Weer aarzelde ze. Stond haar ontvoerder boven te wachten? Langzaam maar gestaag liep ze de krakende trap op, een zee van licht in.

Ze was alleen. Alleen in het staketsel van een vervallen huis. Een groot huis. Ongeliefd en ongewenst, zoals Caroline altijd was geweest. En toch hield ze op dat moment van het huis. Het licht, de leegte, haar vrijheid. Ze kon gaan en staan waar ze wilde, zonder angst, zonder dwang. Ze had haar lot weer in eigen hand.

Ze begon te giechelen. Binnen de kortste keren bulderde ze van het lachen: wild, schor, krankzinnig gelach. Ze had het overleefd!

Nog steeds lachend liep ze naar de voordeur. Ze wrikte hem open en strompelde over het korte tuinpad, het hek door, terug naar de drukke straten van de stad.

59

Charlie deed er precies een kwartier over om in Bevois Valley te komen. Ze hadden het in tien minuten kunnen doen met zwaailicht en sirene, maar daar was geen sprake van. Ze wilden Mickery niet opschrikken. Grounds had de taak gekregen om op de uiterst gepikeerde Martha Reeves te passen. Ze moesten rekening houden met de mogelijkheid dat ze contact zou opnemen met Mickery, om haar te waarschuwen.

Er was een signalement uitgegaan naar de agenten op straat en Charlie begon de acties meteen te coördineren. Bevois Valley is een armoedige buurt met goedkope supermarkten, bedrijven en pakhuizen. Het is klein, en veel van de plaatselijke politiemensen kennen de hoeren en junkies die daar verblijven, profiterend van de vele kraakpanden en leegstaande huizen die de straten ontsieren. Nieuws kan zich verrassend snel verspreiden in zo'n gesloten gemeenschap en het bericht over Mickery ging als een lopend vuurtje rond. Een goede tip zou de zaak nu kunnen openbreken. Konden ze Mickery op heterdaad betrappen? Charlie voelde haar hartslag versnellen: de spanning van de jacht was altijd weer opwindend. Maar deze keer was er meer. Dit was persoonlijk; ze zou Mickery niet twee keer laten ontsnappen.

Vijf minuten. Tien minuten. Een kwartier. En nog steeds geen teken van leven. Garages en plaatwerkerijen in en uit. De supermarkten en kantoren. Maar overal hetzelfde: een blik op de foto en een beleefd nee-schudden van het hoofd.

Toen beroering op straat. Geroep om hulp. Een vrouw die languit op de grond lag. Charlie overbrugde de afstand in een paar tellen en trof een jonge vrouw aan die er zeer slecht aan toe was. Verwilderde blik, bloed dat uit sneeën in haar gezicht liep. Maar dit was haar zaak niet. Een bezopen buurtbewoonster die klappen had gehad van haar gewelddadige vriendje. Terwijl een agent de protesterende overtreder wegvoerde, richtte Charlie zich weer op de jacht.

Twintig minuten. Een half uur. En nog steeds radiostilte. Charlie vervloekte haar pech. Hoe speelde die vrouw het klaar om steeds in het niets te verdwijnen? Ze wist zeker dat Reeves niet tegen haar had gelogen over de locatie – die informatie had ze met veel moeite uit haar losgekregen – dus waar was ze dan? Ze zou het nog een half uur geven, misschien iets meer. Er moest toch íéts opduiken.

Het begon te regenen. Eerst zacht, toen dikkere druppels, en toen een plotselinge hagelbui. Terwijl het ijs van Charlies doorweekte haar sprong, vervloekte ze opnieuw haar pech. Maar het zou nog veel erger worden.

'Annuleer de zoektocht.'

Charlie draaide zich om. Helen was er. En ze keek niet erg blij.

Ze zeiden geen woord op de terugweg naar het politiebureau. Geen uitleg over waarom de zoektocht was afgelast, noch de verwachte berisping voor het kwijtraken van de hoofdverdachte (twee keer). Charlie wist niet wat er aan de hand was en het stond haar niet aan. Voor de eerste keer in haar leven besefte ze hoe het voelde om opgepakt te worden door de politie. Om verdachte te zijn. Charlie wilde niets liever dan praten, om haar zenuwen te bedwingen en om erachter te komen wat er aan de hand was.

Maar dat was duidelijk geen optie. Dus zat ze daar maar en leed in stilte terwijl ze zich duizend duistere scenario's voor de geest haalde.

Ze liepen in stilte door het bureau. Helen reserveerde een verhoorkamer en zette haar mobiel uit. De twee vrouwen staarden elkaar aan.

'Waarom ben je bij de politie gegaan, Charlie?'

Verdomme, het was erg. Als dat de openingsvraag was, zat ze kennelijk dik in de problemen.

'Om een bijdrage te leveren. De slechteriken oppakken.'

'En vind je dat je een goede politievrouw bent?'

'Natuurlijk.'

Een lange stilte, toen: 'Vertel me eens over Hannah Mickery. En hoe je haar hebt laten gaan.'

Charlie was niet van plan zich uit haar tent te laten lokken. Wat ze ook te horen kreeg, ze moest kalm blijven. Daar kon alles van afhangen. Dus vertelde ze hoe Hannah haar te slim af was geweest. Hoe ze haar was kwijtgeraakt. Het had geen zin de zaken mooier voor te doen als ze toch al ernstig in de problemen zat.

'Hoe lang ken je Hannah Mickery al?'

'Kennen?'

'Hoe lang?'

'Ik ken haar niet. We hebben haar opgepakt en verhoord, haar computer doorzocht... dat is alles. Ik ken haar even goed als jij.'

Weer stilzwijgen.

'Vind je haar misdrijven opwindend?'

Het werd steeds gekker.

'Natuurlijk niet. Die misdrijven zijn verachtelijk. Weerzinwekkend. Als Mickery schuldig is, hoop ik dat ze de sleutel weggooien.'

'We zullen haar eerst moeten vinden.'

Onder de gordel. Maar misschien wel verdiend. Charlie had

het verpest met Mickery, daar was geen twijfel over mogelijk. Zouden er nog meer doden vallen? En zouden die deze keer op háár geweten drukken?

'Wat ging er door je heen toen je hoorde dat Peter Brightston zelfmoord had gepleegd?'

'Wat er door me heen ging?'

'Vond je het zwak van hem?'

'Nee. Natuurlijk niet. Ik had medelijden met hem. We hadden allemaal meer moeten doe...'

'En Anna en Marie? Vond je het erg voor hen? Of hadden ze het verdiend? Ze waren in ieder geval zwak. Hoe noemden de straatjochies daar in de buurt hen ook alweer? Mongolen?'

'Nee. Absoluut niet. Niemand verdient het zo te sterven. En met alle respect...'

'Heb je geld nodig, Charlie? Heb je schulden?'

'Nee.'

'Heb je een groter huis nodig? Een betere auto?'

'Nee, ik hoef niet meer geld.'

'Iedereen heeft geld nodig, Charlie. Waarom zou jij anders zijn? Gok je? Drink je? Heb je geld geleend van de verkeerde mensen?'

'Nee! Honderd keer nee.'

'Waarom heb je het dan gedaan?'

Verslagen keek Charlie eindelijk op. 'Wat gedaan?'

'Als je het me nu vertelt, kan ik je helpen.'

'Kom op, ik weet niet wat je wilt horen...'

'Ik pretendeer niet dat ik begrijp waarom je je zo door haar hebt laten gebruiken. Het beste scenario is dat ze iets van je wist. In het ergste geval ben je net zo gek als zij. Maar begrijp me goed, Charlie, als je me nu niet de waarheid vertelt – tot in de kleinste details – dan ga je voor de rest van je leven de bak in. Weet je wat er in de gevangenis gebeurt met corrupte politiemensen?'

En toen viel het kwartje.

'Ik heb het niet gedaan.'

Stilte.

'Ik weet dat je denkt dat iemand haar helpt. Iemand van dit bureau. Iemand van het team. Maar ik ben het niet.'

'Maar ik weet al dat jij het bent.'

'Dat kun je niet weten. Ik heb een alibi. Je weet dat ik een alibi heb. Ja, ik was op het bureau, maar ik sprak op dat moment met Jackie Tyler van Vermiste Personen. Ik ben daar minstens veertig minuten geweest, bezig met vermiste...'

'Zij zegt van niet.'

'Nee, nee, nee, dat klopt niet. Ze heeft een verklaring afgelegd waarin...'

'Die heeft ze ingetrokken. Ze had zich in de tijden vergist.'

Een zware, verbijsterde stilte. Voor de eerste keer sprongen Charlie de tranen in de ogen. Helen vervolgde: 'Ze dacht eerst niet dat het belangrijk was, maar ze herinnert zich nu dat jij vroeg in de middag bij haar bent geweest...'

'Nee, nee, ze liegt. Ik was daar, ik ben een hele tijd bij haar geweest. Ik kan je de naam noemen van elk stel dat we hebben bekeken...'

'Je stelt me teleur, Charlie. En je hebt ons allemaal verraden. Als je nog een greintje fatsoen of oprechtheid had, had ik je kunnen helpen, maar nu is het in handen van Anticorruptie. Ze zijn hier over vijf minuten, dus zorg dat je verhaal klopt...'

Charlies hand schoot uit en pakte die van Helen.

'Ik ben het niet.'

Een lange stilte.

'Ik weet dat je me niet mag. Ik weet dat je een lage dunk van me hebt. Maar ik zwéér je dat ik het niet ben. Ik...'

Nu rolden er dikke tranen over haar wangen.

'Ik zou nooit... ik zou het niet kunnen. Hoe kun je denken dat ik ooit zoiets zou doen?'

Het kwam er hartstochtelijk uit. Toen brak ze – snikken die diep uit haar keel kwamen.

'Ik ben het niet.'

Helen keek haar aan en zei toen: 'Het is goed, Charlie, ik geloof je.'

Charlie keek ongelovig op. 'Maar...'

'De afdeling Anticorruptie komt niet. En Jackie heeft haar verklaring helemaal niet ingetrokken – ze heeft je een waterdicht alibi gegeven. Het spijt me dat het op deze manier moest, maar het kon niet anders. Ik moet weten wie dit doet.'

'En dus?'

'Jij bent vrijgepleit, Charlie. Niemand hoeft ooit te weten dat we dit gesprek hebben gehad en het komt niet in je dossier. Ga je even opfrissen en ga weer aan het werk.'

En weg was ze. Charlie begroef haar hoofd in haar handen. Opluchting en uitputting vermengden zich met afkeer: ze had nog nooit zo'n hekel aan Helen Grace gehad als op dit moment.

Buiten haalde Helen diep adem. Ze was misselijk. Niet vanwege hetgeen ze Charlie had laten doormaken, maar om wat haar onschuld betekende. Er was nu nog maar één mogelijke schuldige over: Mark.

60

Carolines hele lichaam was stijf en ze spitste haar oren. Het was vier dagen geleden dat ze was bevrijd en ze had sindsdien nauwelijks een oog dichtgedaan. Visioenen van Martina speelden door haar hoofd: het snakken naar adem, de uitpuilende ogen. Maar wat haar werkelijk uit de slaap hield was angst. De euforie omdat ze het had overleefd had langzaam plaatsgemaakt voor een knagende paniek. Waarom was ze vrijgelaten? Welk verschrikkelijk lot wachtte haar nu ze had bewezen dat ze een moordenares was?

Caroline was vertrokken uit het ziekenhuis zodra ze daar toestemming voor kreeg en had zich teruggehaast naar haar flat. Ze wilde op een bekende plek zijn, ergens waar ze zich veilig voelde. Maar Sharon had één blik op haar geworpen en was naar haar ouders gevlucht, hoewel Caroline haar had gesmeekt te blijven. Toen ze later in de spiegel keek begreep Caroline waarom haar huisgenote was gevlucht. Ze zag er verdwaasd en onmenselijk uit, als een levende dode. Al het leven was uit haar weggezogen: ze zag eruit als een geest, spierwit, en praatte onsamenhangend. Ze had geen woorden om haar kwelling te beschrijven: de eindeloze stroom obsceniteiten en onlogische uitspraken was onbegrijpelijk.

Toen ze alleen was, vermeerderden haar twijfels en angsten zich. Ze pijnigde haar hersenen en herinnerde zich uiteindelijk een jongen die alles kon regelen wat je wilde. Ze haastte zich naar zijn kraakpand, waarbij ze om de vijf tellen een blik over haar schouder wierp. Haar hand trilde bij de geldautomaat, maar ze had nu wat ze nodig had: vijfhonderd pond was genoeg om een pistool en zes kogels te kopen. Toen ze naar huis liep met het pistool in haar tas, voelde ze zich opgelucht. Ze zou in ieder geval gewapend en voorbereid zijn als – wanneer – de crisis kwam.

De dagen vergleden langzaam zonder dat er iets gebeurde en het duurde niet lang voordat ze zo gek werd van zichzelf dat ze probeerde weer aan het werk te gaan. Haar klanten schrokken zichtbaar van haar uiterlijk en wilden weten waar ze was geweest, waarom ze zo mager was, zo verward, maar ze loog hen voor. Vertelde hun wat leugentjes om bestwil en probeerde zich te concentreren op haar werk. En ze dronk onophoudelijk. Wodka, whisky, bier, alles. Het is moeilijk iemand af te trekken als je handen trillen.

Ze voelde zich niet heel erg schuldig meer, ze was alleen bang. Cyn liep nog steeds ergens rond. De almachtige Cyn die met haar leven had gespeeld, haar tot een moordenaar had gemaakt, was er nog steeds. Elke krakende vloerplank, elke deur die werd dichtgeslagen maakte dat Caroline opschrok. Gisteravond was ze zo van streek geraakt van een voetzoeker die afging dat ze was gaan huilen waar een klant bij was. De verbijsterde uitdrukking op zijn gezicht toen hij zich naar buiten haastte was voor Caroline de druppel en ze maakte zich uit de voeten. Het was een vergissing geweest om weer zo snel te gaan werken.

En daarom zat ze nu weer in haar flat, met de dekens tot aan haar hals toe opgetrokken, haar hand uitgestoken naar het pistool dat op de tafel naast haar lag. Iemand probeerde binnen te komen. Het was vijf uur ’s nachts en nog pikdonker buiten. Was dit Cyns plan? Haar ongezien in het duister te grazen nemen? Caroline glipte uit bed – blijven liggen was enger dan actie ondernemen. Ze deed de slaapkamerdeur open, half in de verwachting dat

Cyn aan de andere kant zou staan, maar de gang was leeg.

Ze kroop naar buiten, elke krakende vloerplank vervloekend. Niemand in de woonkamer, in de hal... maar daar was het weer. Een zacht gekras, alsof iemand probeerde een slot te forceren of binnen te komen. Caroline greep het pistool nog wat steviger beet. Het geluid kwam uit de keuken. Ze vermande zich, liep op haar tenen naar de keuken en duwde de deur zachtjes open met haar voet.

Er was niemand, maar toen hoorde ze een geluid bij het raam. *Pang.* Caroline vuurde zonder aarzeling. Een, twee, drie keer. Toen rende ze werktuiglijk naar het kapotgeschoten raam. Ze keek naar de straat beneden, vastbesloten haar kwelgeest voor eens en altijd uit te schakelen... maar alles wat ze zag was de kat van de buren die er met een noodvaart vandoor ging. Het was een kat geweest. Een stomme rotkat.

Caroline stortte in elkaar op de vloer, haar borst ging hevig op en neer toen de hopeloosheid en de wanhoop van haar situatie tot haar doordrongen. Ze leefde alleen nog in naam: haar leven was niet langer van haar. Ze kwam in de ban van een verschrikkelijke angst die haar overwinning op Martina leeg en waardeloos maakte. Ze gooide het pistool in de vuilnisbak, belde de politie en biechtte haar misdrijf op.

Helen keek Caroline vanaf de andere kant van de tafel aan terwijl ze met horten en stoten haar formele bekentenis aflegde. Caroline verwachtte dat ze gestraft zou worden. Ze wilde gestraft worden. En dus leek ze bijna teleurgesteld toen Helen haar verzekerde dat het onwaarschijnlijk was dat ze in staat van beschuldiging gesteld zou worden, mits haar verhaal werd bevestigd, uiteraard, en mits ze beloofde haar mond te houden over wat ze had meegemaakt.

Ze nam hen mee naar het huis waar het was gebeurd. Het was

gekocht door een ondernemer die vervolgens failliet was gegaan tijdens de recessie, en het huis stond daar weg te rotten. Net zoals Martina wegrotte; ze had al de aandacht van ratten en vliegen getrokken. De stank – een ontbindend lichaam in een vochtige kelder – was om te kokhalzen, maar Helen moest het lijk zien.

Wat had ze verwacht? Een teken uit de hemel? Ze hoopte dat ze het slachtoffer zou kennen, hoewel ze daar tegelijk ook bang voor was. Ze zou graag meer bevestiging willen voor die richting van het onderzoek, maar ze had het jonge meisje nooit eerder gezien. Eerlijk gezegd leek ze op alle andere prostituees met siliconenborsten die in de goot eindigen. Waarom had de moordenaar haar gekozen?

Caroline vertelde meer over Cyn. Ze had nu kennelijk kastanjebruin haar. Caroline legde in detail uit welke seksuele handelingen Martina en zij hadden uitgevoerd voor haar plezier. Er was nooit enig fysiek contact geweest en hun afspraakjes hadden plaatsgevonden in het busje van de moordenaar.

'Hoe nam ze contact met jullie op?'

'Online. Martina had een website. Ze mailde haar daar.'

Dat zouden ze natrekken. Kijken of de e-mail kon worden herleid naar een IP-adres. Maar Helen had daar weinig hoop op. Het pantser van deze vrouw was te sterk om zo'n fout toe te laten. Dus richtte ze haar aandacht weer op de slachtoffers.

Caroline was op zich niet zo bijzonder. Ze was op haar zestiende weggelopen van huis om te ontsnappen aan de aandacht van een opdringerige grootvader. Ze begon met het beroven van goedgelovige klanten zonder de diensten te leveren – totdat ze stuitte op iemand die harder kon lopen dan zij. Ze kon daarna dagen niet lopen, maar toen dat weer lukte keerde ze Manchester de rug toe en trok naar het zuiden. Eerst naar Birmingham en toen Londen. En uiteindelijk naar Southampton. Triest genoeg was ze niet meer dan een huis-tuin-en-keukenprostituee. In de steek gelaten door haar familie, beschadigd door het leven, hield het hoofd boven water met haar gezonde verstand. Het was een deprimerend maar onopmerkelijk verhaal.

Was Martina dan belangrijk voor het spel? Of waren ze willekeurig gekozen? Van de twee was Martina de interessantste. Tenminste, als ze meer over haar hadden geweten. Ze was pas twee maanden geleden in Southampton aangekomen. Ze had geen vrienden, geen familie, geen burgerservicenummer. Ze was een onbeschreven blad. Wat op zichzelf interessant was.

Helen deed de verhoren alleen. Volgens de regels moest er iemand bij aanwezig zijn, maar daar besteedde ze nu geen aandacht aan. Ze kon zich niet nog meer lekken veroorloven. Maar net toen ze bijna klaar was, kwam er nieuws binnen waardoor alles veranderde. Eindelijk een kans om erachter te komen wie hen had bedrogen.

Mickery was weer opgedoken.

61

Hij had echt behoefte aan drank. De laatste paar dagen waren een hel geweest en zijn lichaam, zijn hersenen, zijn ziel hunkerden naar de bevrijdende werking van alcohol. De eerste slok was altijd het lekkerst: je hoefde geen alcoholist te zijn om dat te weten, en hij moest nu al zijn spieren spannen om te voorkomen dat hij naar de nabijgelegen slijter zou lopen.

Hij was aan zijn lot overgelaten en had geen idee waarom. Kwam het doordat hij zwak was? Toen hij in aanwezigheid van Helen in huilen was uitgebarsten, leek hem dat heel natuurlijk – open, oprecht, echt, maar misschien verachtte ze hem nu om zijn kwetsbaarheid. Had ze er spijt van dat ze met hem naar bed was geweest? Of was het iets anders?

Hij had Charlie en Helen al dagenlang niet meer gezien. Ze waren steeds op pad of hadden samen opgesloten gezeten in verhoorkamers. De sfeer tussen hen was nu nog slechter dan gewoonlijk. Helen deed altijd nogal kortaf tegen Charlie. Er was iets aan de hand. Maar Charlie bestond tenminste nog in Helens wereld, wat je van Mark niet kon zeggen.

Het was al laat, maar Mark wist dat Charlie nooit een boksles in de politiesportschool miste. Ze was er altijd, en daarom hing hij rond op het parkeerterrein van de sportschool. Voorbijgangers keken hem onderzoekend aan.

En daar was ze. Mark haastte zich naar haar toe, riep haar naam. Charlie – die een paar tellen eerder met vastberaden tred over het parkeerterrein naar de sportschool was gelopen – leek haar pas iets te vertragen. Reageerde ze paniekerig, wilde ze een paar tellen de tijd om na denken hoe ze hem moest behandelen? Wat kan het schelen, dacht Mark en hij sprong in het diepe.

'Ik wil je niet in een lastige positie brengen, maar ik moet weten wat er gaande is, Charlie. Wat heb ik misdaan?'

Een korte stilte, toen: 'Dat weet ik niet, Mark. Ze is op dit moment tegen ons allemaal een bitch. Als ik het wist, zou ik het zeggen, echt waar.'

Ze zette het gesprek voort maar zei weinig van belang.

Mark wist dat ze loog. Ze was nooit een erg goede actrice geweest. Maar waarom? Ze hadden altijd goed met elkaar kunnen opschieten. Wat had Helen tegen haar gezegd?

'Kom op, Charlie. Hoe gênant het ook is, of hoe erg, ik moet weten wat ik heb misdaan. Deze baan is alles wat ik heb. Als ik die kwijtraak, krijg ik Elsie nooit meer te zien, en verlies ik alles wat goed is in mijn leven, dus als je ook maar iets weet...'

Ze loog weer tegen hem, beweerde niets te weten, waarbij ze haar ogen afwendde van zijn ongelovige blik. Mark liet haar gaan. Zijn verstand won het deze keer van zijn stijgende woede. Hij ging met het lood in zijn schoenen terug naar het bureau. Overal waar hij nu heen zou gaan liep hij onder een donkere wolk, maar op het bureau was het veiliger voor hem. Minder verleidingen. En terwijl hij op zijn werkplek zat en in gedachten al een cv aan het opstellen was, kwam het telefoontje. Het was Jim Grieves.

'Ik vond dat je moest weten dat zij een hij was.'

'Pardon?'

'Martina, de prostituee. Ze zag er dan misschien uit als een vrouw, er is geen twijfel over mogelijk dat ze een vent was. Waarschijnlijk is ze de afgelopen jaren geopereerd, en te zien aan zijn anus is het heel goed mogelijk dat hij al langer in het vak zat, maar dan voor een andere clientèle. Ik zou daar beginnen met zoeken als ik jou was.'

Dus Martina was als jongen geboren. Mark kreeg onmiddellijk nieuwe energie. Elke kruimel die iets opleverde zou Helen kunnen ontdooien. Plotseling had Mark weer het gevoel dat hij meetelde.

62

'Twintig Marlboro Gold, alstublieft.'

Helen rookte te veel, dat wist ze best. Maar ze wilde haar gedachten op een rijtje zetten voordat ze tegenover Mickery ging zitten, en roken had altijd een rustgevend effect op haar. Dus was ze even weggeglipt naar de buurtkiosk. De eigenaar had het geruststellende wit-met-gouden pakje achter zich uit de kast getrokken. Hij gooide het op de toonbank en noemde met een uitgestreken gezicht de schandalig hoge prijs.

'Laat mij die maar betalen.'

Emilia Garanita. Weer een hinderlaag. Ik moet echt beter opletten, dacht Helen, als ze me zo vaak te pakken krijgt moedigt haar dat alleen maar aan.

'Hoeft niet,' zei Helen terwijl ze een biljet van tien pond in de uitgestoken hand legde. De eigenaar staarde Emilia onbeschaamd aan. Was dat omdat hij haar herkende van de krant of vanwege haar gehavende gezicht? Even voelde Helen een beetje sympathie voor haar tegenstandster.

'Hoe gaat het met je, Emilia? Je ziet er goed uit.'

'Prima. Ik maak me meer zorgen om jou. Hoe red je het als je dríé moorden tegelijk moet onderzoeken?'

'Zoals ik al eerder heb gezegd was de dood van Ben Holland een ongeluk…'

'Sam Fisher, Ben Holland, Martina Robbins. Allemaal vermoord. Dit is ongekend voor Southampton. Het waren steeds afgelegen locaties, de moorden waren atypisch. Waar hebben we hier mee te maken?'

Het opnameapparaat was zichtbaar in Emilia's hand, ze hoopte duidelijk Helens ongemak vast te leggen. Of wilde ze haar vernederen? Helen sloeg haar gade en genoot van de spanning voordat ze antwoord gaf.

'Speculatie, Emilia. Maar ik hoop je binnenkort meer te kunnen vertellen. We hebben iemand aangehouden die ons helpt met ons onderzoek. Dat kun je in de krant zetten als je wilt. Dat is geen speculatie, dat is een feit. Jullie drukken toch nog steeds feiten af, nietwaar?'

En ze vertrok. Op weg naar het bureau had Helen iets veerkrachtigs in haar tred. Het was fijn om voor deze keer eens de overhand te hebben. Ze nam een stevige trek van haar sigaret en genoot van de gedachte aan wat er te gebeuren stond.

63

Mickery zei niets. Zij en Helen zaten nu meer dan een uur naar elkaar te staren aan de verhoortafel, maar ze wilde nog steeds niet zeggen waar ze was geweest.

'Het was allemaal volkomen onschuldig,' zei Mickery, die er nog net in slaagde een glimlach te onderdrukken.

'Waarom dan die vermomming? Die vlucht? Een politievrouw heeft je gesommeerd te blijven staan en dat heb je niet gedaan. Alleen al daarvoor kan ik je in de cel stoppen.'

'Ik had een afspraak met een cliënt,' antwoordde Mickery, 'en het leek me niet juist om hem de lokale politie op zijn dak te sturen. Die persoon heeft al problemen genoeg, neem dat maar van me aan.'

'Maar dat is het juist: dat doe ik niet.'

Mickery haalde slechts haar schouders op. Het kon haar duidelijk geen zier schelen wat Helen dacht. Ze werd geflankeerd door haar advocaat, die al even zelfvoldaan keek. De klok tikte. Een minuut stilte. Twee minuten. Toen:

'Laten we nog eens bij het begin beginnen. Waar was je gistermiddag? Met wie had je een afspraak en waarom?' vroeg Helen bars.

'Ik heb alles gezegd wat ik wil zeggen. Ik kan en zal het door cliënten in mij gestelde vertrouwen niet beschamen.'

Nu was Helen pas echt pissig. 'Heb je enig idee hoe ernstig dit is?'

De twee vrouwen staarden elkaar aan.

'Je bent de hoofdverdachte in een moordzaak. Als ik je arresteer en je in staat van beschuldiging stel, eis ik vijf keer levenslang. Zonder voorwaardelijke vrijlating en zonder kans op strafvermindering. Je zult de rest van je leven in de gevangenis doorbrengen en eventuele tegemoetkomingen zijn afhankelijk van wat je nu doet. Hier in deze kamer. Als je me vertelt waarom je het hebt gedaan, waarom je Martina en al die anderen hebt vermoord, dan kan ik je helpen.'

'Martina?' vroeg Mickery.

'Geen geintjes nu. Ik wil antwoorden, geen vragen. En als je me binnen vijf seconden geen antwoord geeft, ga ik je arresteren en voorleiden wegens een vijfvoudige moord.'

'Nee, dat doe je niet.'

'Pardon?'

'Je gaat me niet arresteren. Je gaat me nergens van beschuldigen. En dat is de reden dat ik je absoluut niks ga vertellen.'

Helen staarde haar aan. Meende die vrouw het echt? 'Er is niemand anders in beeld, Hannah. Je bent de hoofdverdachte. En je wordt in staat van beschuldiging gesteld. Deze keer valt er niet meer aan te ontsnappen.'

'Ik vermoed dat jij geen poker speelt, inspecteur, anders zou je wel beter kunnen bluffen. Ik zal je helpen.'

Helen had zin om haar een dreun tussen de ogen te geven en Mickery wist dat. Ze ging verder: 'Je bent op dit moment op jacht naar een seriemoordenaar. Laten we niet doen alsof het om iets anders gaat. Maar bovendien ben je op zoek naar een zeer zeldzame soort seriemoordenaar. Een vrouw. Hoeveel vrouwelijke seriemoordenaars kun je noemen? Eileen Wournos, Rose West, Myra Hindley. Het is geen lange lijst. En daarom staan ze zo in de belangstelling. Iedereen is gek op vrouwelijke seriemoordenaars. De sensatiepers, filmmakers, Jan met de pet, iedereen wordt gefascineerd door vrouwelijke seriemoordenaars. Maar deze…' Ze liet even een dramatische stilte vallen. '… deze wint echt de hoofdprijs. Waarom? Omdat ze zo sluw is, zo georganiseerd en toch zo onvatbaar. Hoe kiest ze haar slachtoffers? En waarom? Haat ze beide personen die ze ontvoert of slechts een van hen? Hoe kan ze de uitkomst voorspellen? Kan het haar iets schelen wie het overleeft en wie sterft? En waarom uitgerekend die mensen? Wat hebben ze haar misdaan? Is zij de eerste seriemoordenaar in de geschiedenis die kickt op de mensen die haar misdrijf overleven in plaats van degenen die sterven? Ze is ongekend, uniek. En een enorme sensatie.'

Helen zei niets. Ze wist dat Mickery haar probeerde te provoceren en ze wilde haar niet de genoegdoening van een reactie geven. Mickery glimlachte en ging door.

'Dit buitengewone verhaal kan op verschillende manieren eindigen. Maar de beste – wat iedere sensatiekrant en lezer wil – is dat de vasthoudende politie haar uiteindelijk te pakken krijgt. En dan kunnen we allemaal genieten van haar arrestatiefoto en de speciale bijlage van twaalf pagina's vol gruwelijke details, opinies van "experts" en nauw verholen wellust.'

Mickery kwam op dreef.

'De afloop waar niemand op zit te wachten – vooral jij niet – begint met een blunder. De arrestatie van een onschuldige, gerespecteerde professional' – ze legde de nadruk op dat woord – 'die erin resulteert dat het verhaal bekend wordt voordat de dader is gepakt. De sensatiekranten schreeuwen moord en brand, de gewone man is bang en plotseling verdenkt iedereen elkaar en verdwijnt de dader ondergronds terwijl je bureau wordt overstelpt met duizend valse aanknopingspunten. De dader is verdwenen, jij krijgt de schuld en ik krijg een mooie geldelijke compensatie, waarmee ik die boot kan kopen die ik altijd al heb gewild.'

Ze liet weer een theatrale stilte vallen.

'Dus de vraag die je jezelf moet stellen, inspecteur,' ging ze verder, 'is of je er absoluut zeker van bent dat ik het heb gedaan. En kun je het bewijzen? Want als dat niet het geval is, als je inziet dat je op het punt staat een enorme blunder te begaan, dan is er nog tijd om te stoppen. Om de juiste beslissing te nemen. Om mij vrij te laten en terug te keren naar je onderzoek. Ik ben onschuldig, Helen.'

Zo had haar naam nog nooit geklonken. Het leek wel of ze 'fuck you' zei. Het was een goed betoog, geen twijfel over mogelijk. En het riep relevante vragen op. Kon Mickery zo pathologisch in de war zijn en tegelijkertijd zo overtuigend en welbespraakt? Kon iemand met zo'n diep begrip van de menselijke ziel toch een psychopaat zijn?

'Mag ik gaan?' Mickery kon het niet laten om het haar nog eens in te wrijven. Helen sloeg haar een minuut lang gade en zei toen: 'Ik zal je nog niet in staat van beschuldiging stellen over de zaken die we hier hebben besproken. Zaken die vertrouwelijk moeten blijven terwijl het onderzoek loopt, dat zul je begrijpen.'

Mickery glimlachte en pakte haar spullen.

'Maar je bent wel doorgelopen toen een agent je opdroeg halt te houden en volgens mij is dat minstens wel een nachtje cel waard, denk je ook niet?'

En daarop vertrok Helen en liet ze Mickery eindelijk een keer sprakeloos achter.

64

Helen werd bestookt door duizend vragen. Sprak Mickery de waarheid? Misschien was Mickery inderdaad de moordenaar niet. Misschien draaide haar obsessie met deze moorden om iets heel anders: geld. Mickery wist dat dit verhaal een wereldwijde sensatie zou worden als het bekend werd en misschien deed ze een wanhopige poging om haar kennis van de zaak te gebruiken om die als eerste te gelde te kunnen maken.

Hoe meer Helen erover nadacht, hoe logischer het leek. Ze was waarschijnlijk al een toonaangevend verslag van de moorden aan het opstellen, compleet met psychologische achtergrondverhalen over de moordenaar en bonafide bewijsmateriaal van het politieonderzoek. Haar toevallige connectie met twee van de slachtoffers had haar op het spoor gezet, maar ze was een ambitieuze vrouw en wilde meer. Wanneer had ze Mark voor het eerst benaderd? En waarom hem? En waar kreeg ze het geld vandaan om een rechercheur om te kopen die haar de details van het lopende onderzoek verschafte? Als ooit kon worden aangetoond dat haar corrumperende invloed het politieonderzoek had belemmerd, kon ze een celstraf verwachten. Dat was tenminste enige troost, dacht Helen grimmig.

Nu Hannah in een cel zat duimen te draaien, kon Helen even haar eigen gang gaan. Maar ze moest voorzichtig en volgens de regels handelen. Dus haar eerste stap was een afspraak met Whittaker. Terwijl ze hem de zaak voorlegde, zat hij daar met een bars gezicht. Het sprak vanzelf dat ze Mark van de zaak moesten halen, maar konden ze dat doen zonder dat hij en anderen argwaan kregen? Nee, natuurlijk niet. Dus moesten ze hem schorsen en hem beschuldigen. Het was natuurlijk mogelijk dat hij rechtstreeks naar de pers zou lopen, uit wraak en voor het geld. Maar Whittaker dacht dat een forse afkoopsom, misschien zelfs met behoud van zijn politiepensioen en premies, hem wel stil zou houden. Het had eerder gewerkt en Mark kwam niet bepaald uit een rijke familie. Hoewel het Helen tegen de borst stuitte om Marks verraad op deze manier te belonen, was Whittaker pragmatischer ingesteld.

'Zal ik het afhandelen?' vroeg hij.

'Nee, ik doe het wel.'

'Het is gebruikelijk dat de directe superieur ingrijpt bij disciplinaire...'

'Ja, en ik begrijp waarom dat zo is, maar ik moet weten wat hij heeft gelekt en aan wie. Ik denk dat ik meer kans heb om die informatie te krijgen als ik hem alleen aanspreek.'

Whittaker staarde haar aan. 'Heb je iets speciaals met hem?'

'Nee, maar hij respecteert me,' zei Helen vlug. 'Hij weet dat ik geen flauwekul verkoop en dat een eventuele deal gemeend en in goed vertrouwen wordt aangeboden.'

Whittaker leek er genoegen mee te nemen. Helen vertrok. Ze was nog nooit zo blij geweest dat ze zijn kantoor kon verlaten. Maar toch was dit pas het gemakkelijke gedeelte. Het moeilijkste was Mark onder ogen komen.

Helen stapte in haar auto en trok het portier dicht. Even was het geluid van de wereld met al zijn zorgen gedempt. Een moment van respijt in een samenleving die haar met stenen bleef bekogelen. Waarom had ze Mark zo dichtbij laten komen? Waarom had ze hem als klankbord gekozen, terwijl het duidelijk was dat hij alle details van het onderzoek lekte? Ze kromp ineen terwijl ze terugdacht aan hun gesprekjes in de pub, in de recherchekamer, theorieën doornamen en mogelijke verdachten overwogen. Wie weet, misschien was er al een vreselijke karikatuur van haar – de stuntelende, ongeschikte politiefunctionaris – in de maak in het boek van Mickery. Een briljante ongrijpbare moordenaar, zonder succes achtervolgd door onkundige politiemensen.

Helen slaakte een kreet van pijn en zag dat ze haar vingernagels in haar handpalmen had begraven. Uit frustratie en woede had ze zichzelf tot bloedens toe verwond. Ze vervloekte haar stommiteit en probeerde haar concentratie te herwinnen. Dit was niet het moment om zich te laten afleiden door wat er allemaal zou kunnen gebeuren. Het had geen zin denkbeeldige gevechten te leveren. Dat had ze in het verleden genoeg gedaan. Op dit moment kwam het erop aan kalm, sterk en doortastend te zijn. Tijd om te handelen.

65

Zijn eerste gevoel was opluchting. Mark had de hele dag geprobeerd Helen te pakken te krijgen om haar te vertellen over de ontwikkelingen rond Martina, maar zonder succes. Nu stond ze hier tegen zijn voordeur geleund. De tevredenheid groeide aan tot iets meer – hoop? opwinding? – omdat ze hier naar hem was teruggekomen, in plaats van hem op het bureau op te halen. Misschien deed ze graag mysterieus, lief en afstandelijk, moeilijk te peilen. Maar iets aan haar gezichtsuitdrukking zei hem dat dat niet het geval was.

Ze zei niets toen hij de deur opendeed en haar binnenliet. Hij kon niet anders dan meedoen. Zien hoe erg het was. Dus trok hij een stoel bij en ging tegenover haar zitten. Wie zou de eerste stap zetten?

‘Dit kan de laatste keer zijn dat we elkaar op deze manier treffen. We zijn vrienden geweest, en meer, dus laten we niet schreeuwen of gillen of elkaar beschuldigen of liegen of dit nog pijnlijker maken dan nodig is.’

Terwijl ze sprak nam Helen Mark nauwkeurig op, zijn reactie nauwkeurig peilend.

‘Je hebt ons verraden, Mark. Er is geen ander woord voor. Je hebt mij verraden, het team, en het korps dat je heeft gemaakt tot wat je nu bent. En wat nog erger is, je hebt de onschuldige mannen en vrouwen verraden die zijn vermoord door dat valse...'

'Ik begrijp niet...'

'Ik heb Whittaker gesproken,' viel Helen hem in de rede, 'dus je hoeft niet te proberen je hieruit te liegen. We staan op het punt een officiële procedure in gang te zetten, die naar alle waarschijnlijkheid zal eindigen met jouw ontslag. Je bureau is al leeggehaald, je krijgt geen toegang meer tot vertrouwelijke afdelingen en ik moet je penning innemen als dit gesprek achter de rug is.'

Mark staarde haar aan.

'Je hebt anderen hetzelfde zien ondergaan, je weet hoe erg het kan zijn. Maar je kunt het jezelf gemakkelijker maken, Mark. Ik geloof niet dat je kwaadaardig bent, ik geloof niet dat je rot bent vanbinnen en ik weet zeker dat er redenen moeten zijn – goede redenen – waarom je zoiets vreselijks hebt gedaan. Als je bereid bent me die redenen te geven en alle medewerking te verlenen, kunnen we een deal sluiten. Je hoeft hier niet met lege handen uit te komen.'

Een lange stilte, toen: 'Waarom hier?'

Marks antwoord verraste Helen volledig. Geen vurige ontkenning, alleen een zet in het spel. Hij zei het met echte bitterheid, maar er was hier nog iets anders gaande. Wat was zijn opzet?

'Kom je me dit hier vertellen? Waarom?' Het laatste woord werd uitgespuwd. Een uitdaging.

Helen nam hem van top tot teen op en antwoordde toen: 'Omdat ik het met eigen oren wil horen voordat iemand anders het hoort. Ik wil dat je me vertelt waarom je het hebt gedaan, voordat je verklaring wordt opgenomen. Ik wil dat jíj het tegen míj zegt.'

Haar stem klonk plotseling emotioneel; het gevoel dat ze echt persoonlijk was bedrogen kreeg nu de overhand. Mark staarde haar alleen maar aan. Hij leek onthutst, alsof ze Grieks sprak.

'Wat denk je dat ik heb gedaan, Helen?' Zijn toon was neutraal, maar het klonk spottend.

'Niet doen, Mark. Niet nu. Haal jezelf niet omlaag.'

'Zeg op. Vertel me wat ik heb gedaan.'

Helens gezicht verhardde en haar woede kwam terug. Waarom had ze die arrogante klootzak ooit zo dichtbij laten komen?

'Je hebt onze onderzoeksgegevens aan Mickery gegeven. Je hebt verraad gepleegd.'

Zo. Eindelijk lag het open en bloot op tafel.

'En ik wil weten waarom.'

'Fuck you.'

Helen grijnsde, al wist ze niet waarom. Een golf van woede bij Mark en hij kwam overeind alsof hij op haar af wilde stormen. Helen kromp ineen, maar Mark had zich al van haar afgewend en ijsbeerde nu zwijgend door de kamer. Helen had er geen moment rekening mee gehouden dat hij gewelddadig zou kunnen reageren, dat hij gevaarlijk zou kunnen zijn. Hoe gestoord was die vent? Misschien kende ze hem helemaal niet.

Toen Mark weer het woord nam deed hij zichtbaar zijn uiterste best om zijn woede te onderdrukken. 'Waarom denk je dat ik zoiets zou doen?'

'Omdat het niemand anders kan zijn, Mark.'

'Jij had ook toegang tot die gegevens, net als Whittaker, Charlie, de lui van de technische recherche...'

'Alleen Charlie en jij waren op het bureau toen die gegevens werden gejat. De technische recherche was in staking, Whittaker had verlof en ik was op pad.'

'En dus moest ik het zijn? En Charlie dan? Heb je er ooit aan gedacht dat het...'

'Zij is het niet.'

'Hoe wéét je dat?'

'Omdat ze een alibi heeft. En omdat ze me oprecht in de ogen heeft gekeken en me heeft verteld dat zij het niet was. Waarom heb jij dat niet gedaan, Mark? In plaats van je in allerlei bochten te wringen? Waarom kijk je me niet recht aan en zeg je me niet dat je het niet hebt gedaan?'

Een korte stilte, en vervolgens: 'Omdat je me toch niet zou geloven.'

De droefheid in zijn stem was verpletterend. Gek genoeg wilde Helen opstaan en hem troosten – ze verzette zich tegen die neiging, begroef haar nagels in haar gewonde hand. De pijn vloeide door haar heen en kalmeerde haar.

Toen ze opkeek schonk Mark voor zichzelf een groot glas wijn in.

'Waarom ook niet, hè?' Hij dronk het glas leeg en zette het met een klap op tafel voor haar. Hij keek haar aan en zette het glas nogmaals hardhandig neer. En weer, en opnieuw totdat de steel uiteindelijk knapte en het glas versplinterde. Hij smeet de scherven door de kamer en kamde met zijn bloedende hand door zijn haar. Zijn woede leek nu te zakken.

'Waarom heb je het me niet eerst gevráágd voordat je dit alles in gang zette?'

'Je weet best waarom. Als ik ook maar de schijn zou wekken dat ik jou een voorkeursbehandeling had gegeven omdat ik… omdat wij…'

'Je denkt eerst aan jezelf, hè?'

'Zo is het niet, en dat weet je best.'

'Weet je, ik heb lange tijd echt gedacht dat ik iets verkeerds had gedaan. Dat ik je had beledigd. Een of andere verschrikkelijke romantische faux pas had begaan. Toen vroeg ik me af of het lag aan het verschil in rang. Of je bedenkingen had gekregen. Maar dat geloofde ik niet echt, dus dacht ik dat je misschien gewoon een idioot was. Een mooie, onvoorspelbare idioot. En zal ik je eens wat zeggen? Ik zou daar blij mee zijn geweest. Daar zou ik nog wat mee kunnen.'

Tot Helens verrassing lachte hij, kort en bitter. Ze wilde antwoord geven, maar hij was haar voor.

'Maar ik had nooit gedacht dat het zó zou gaan. Dat dit de reden was waarom je me buitensloot. Godsamme, wat maakt jou er zo zeker van dat ik mijn baan, mijn toekomst, mijn kansen om een goede vader te zijn, om weer verliefd te worden, op het spel zou zetten voor smeergeld?'

'Wie heeft er iets gezegd over smeergeld?'

'Doe niet zo onnozel.'

'Ik heb niks gezegd over betaling.'

Mark zuchtte diep. Toen keek hij omlaag naar zijn bloedende hand.

'Heeft ze je betaald, Mark?'

Er viel een lange stilte. Toen: 'Je maakt een grote fout.'

'Heeft ze je betaald?'

'Ik zou hier de hele dag en ook nog de hele nacht kunnen blijven zitten en je precies vertellen waarom ik haar nooit heb gesproken, waarom ik nooit met haar heb samengespannen, nooit door haar ben gechanteerd, waarom ik nooit ook maar één ding fout heb gedaan, maar het heeft geen zin, hè? De trein heeft het station verlaten en er is geen weg terug meer mogelijk. En ik zal waarschijnlijk nooit precies weten waarom je me dit hebt aangedaan, zonder dat je concrete bewijzen hebt, of het een interne politiekwestie is, of een idee in je hoofd, of een... ik weet niet wat. Maar één ding zal ik je vertellen. Ik laat me door jou in mijn eigen huis niet aan een kruisverhoor onderwerpen zonder een advocaat erbij. Jij hebt dit volgens de regels gedaan. Natuurlijk heb je het volgens de regels gedaan. Dus je zult wel naar Whittaker zijn gegaan, en met Charlie hebben gesproken en het gevreesde gele formulier naar Anticorruptie hebben opgestuurd. Dus ga ik óók alles volgens de regels doen. Ik laat me niet onder druk zetten als een of andere... crimineel. Ik ga in de verhoorkamer zitten met mijn advocaat en de vertegenwoordiger van mijn vakbond erbij en dan zal ik de zaak die jij tegen me denkt te hebben langzaam maar zorgvuldig uitpluizen, zodat ik word vrijgepleit en jij eruit komt als een godverdomde idioot.'

Hij schoof zijn stoel hard achteruit, beende naar de voordeur en zwaaide die open. Helen had geen andere keus dan te gehoorzamen – dat ze hier was, was toch al riskant genoeg.

'Moet ik tegen ze zeggen dat we hebben geneukt?' beet Mark haar toe. 'Zou dat een goed "sfeerbeeld" geven? Zou dat kunnen verklaren waarom je mijn carrière verwoest? Misschien was ik niet goed in bed. Misschien was je teleurgesteld. Dacht je dat je er nadeel van zou kunnen ondervinden. Nou, daar kun je nu wel op rekenen.'

Helen had de deur bereikt. Ze wilde niets liever dan hier weg, maar Mark was nog niet klaar.

'Ik zou je moeten haten, weet je dat? Maar dat doe ik niet. Ik heb medelijden met je.'

Helen wrong zich ruw langs hem heen en haastte zich de trap af. Waarom deed zijn medelijden haar pijn? Hij is een corrupte smeris, een rotte appel – wat kan mij het godverdomme schelen wat hij zegt? Zo sprak ze tegen zichzelf, maar het baatte niet. Zelfs in haar woede en gekwetstheid wist ze dat Mark haar van haar stuk had gebracht. Hij leek zo verontwaardigd, zo razend, zo zeker van zijn onschuld. Al het bewijsmateriaal wees naar hem. Ze kon er toch niet zó ver naast zitten?

Of wel?

66

Ik herinner me die dag zo glashelder. Alles wat daarna kwam – de ellende, het geweld, de droefenis – valt terug te voeren op die dag. De situatie was daarvoor ook al grimmig geweest, maar dat had ik verwacht. Dit niet.

Er was een soort feest bij ons geweest, de verjaardag van mijn oom Jimmy. Er werd de hele dag drank geschonken – iemand had gewonnen bij het wedden – en iedereen was nog bezopener dan anders. De buren waren al twee keer langs geweest, scheldend en tierend over het lawaai, maar mijn ouders gaven daar geen reet om. Ze deden er nog een schepje bovenop – 'Enjoy Yourself' van de Specials met de volumeknop open. Wij bleven in de buurt om te kijken of we een peuk of een blikje konden bietsen, maar we waren niet welkom. Uiteindelijk is er niets deprimerenders dan een stelletje middelbare eikels die staan te dansen en te heupwiegen, dus ik ging naar bed. Mijn ma was tegen die tijd al compleet van de wereld en pa en zijn 'maten' profiteerden vaak van haar bedwelming door rotgeintjes met haar uit te halen. Hij had een keer op haar gepist toen ze sliep – zij allemaal – en ik vond het niet leuk daarnaar te kijken, dus ik kon maar beter vertrekken.

Aanvankelijk dacht ik dat hij de verkeerde kamer had genomen. Dat hij zo lam was dat hij niet meer wist waar wat was. Toen werd ik kwaad – ik had toch al zo kort geslapen. Hoe zou ik nu nog de slaap kunnen vatten, met hem laveloos naast me? Maar hij sliep niet. En hij was ook niet geïnteresseerd in slapen.

Eerst verroerde ik me niet. Ik was gewoon te geschokt. Zijn rechterhand zat om mijn rechtertiet geklemd. Toen probeerde ik zijn hand weg te slaan, maar dat lukte me niet. Hij verstevigde zijn greep. Ik weet nog dat het echt pijn deed toen hij harder kneep. Nu begon ik me te verzetten. Ik hoopte dat dit gewoon een stomme grap was, maar ik denk dat ik al wist dat dat niet het geval was. Nu klom hij boven op me en drukte me tegen het smalle bed.

Ik geloof dat ik toen begon te smeken, hem vroeg te stoppen, maar zijn vingers waren al onder mijn nachthemd, zoekend naar een opening. Zijn handen waren ruw en behaard en ik weet nog dat ik ineenkromp van de pijn toen hij zijn vuist bij me naar binnen duwde. Ik was nog maagd – dertien pas – en ik was niet gebouwd voor iemand als hij. Zijn andere hand duwde mijn hoofd in het kussen. Ik sloot mijn ogen en hoopte dat ik doood zou gaan. Dat het zou ophouden. Maar dat gebeurde niet: hij bleef maar doorgaan, meedogenloos, de hele tijd grommend.

Uiteindelijk begon het hem te vervelen of werd hij moe. Hij veegde zijn handen af aan zijn spijkerbroek en liep terug naar de deuropening. Ik draaide me om om te kijken of hij echt wegging en pas toen besefte ik dat we toeschouwers hadden. Jimmy en een paar vrienden stonden te kijken en samen te lachen en te ginnegappen. Mijn vader stommelde langs hen heen de gang op. Jimmy liet hem gaan en begon zijn riem los te maken.

En ik wist dat het nu zijn beurt was en dat dit nog maar het begin was.

67

'Het spijt me, ik had niet zo tegen je moeten uitvallen. Ik meende het niet, het was niet mijn bedoeling je te kwetsen en het spijt me dat ik dat wel heb gedaan.'

Het was een stortvloed van woorden en Jake accepteerde haar verontschuldigingen ruimhartig met een beleefd knikje om aan te geven dat hij het haar vergaf. Toen ze was opgedoken had hij wel twee keer nagedacht voor hij haar binnenliet, maar na een korte aarzeling had hij zich gewonnen gegeven. Het is allemaal goed en wel om in principe te zeggen dat je iemand uit je leven verbant, maar als diegene op je stoep staat en om je hulp vraagt is het moeilijk om hem of haar weg te sturen.

'Kunnen we weer normaal tegen elkaar doen?'

Het was niet erg goed geformuleerd, maar oprecht gemeend. Het trof Jake op dat moment dat iedereen zijn eigen idee had van wat 'normaal' was. De definitie ervan was voor iedereen even vreemd en warrig. Hij had er verkeerd aan gedaan haar zo snel te veroordelen, zelfs al waren haar woede en scheldpartijen boosaardig en niet te rechtvaardigen geweest. Ze had duidelijk ergens onder geleden – hij wist niet wanneer of waarom – maar als hij haar kon oppeppen was dat prima. Hij had zelf ook een onvoorspelbaar en eigenaardig leven achter de rug. Jake was geboren uit ouders die eigenlijk nooit kinderen hadden gewild, en hij was uitbesteed aan talloze oma's en tantes – allemaal even ongeïnteresseerd, tot hij uiteindelijk was beland in de draaimolen van pleegouders. Hij had het nodige te lijden gehad – niet heel erg dramatisch – maar het is moeilijk om de pijn van ongeliefd te zijn niet te voelen. Leren om die pijn te beheersen en te gebruiken was zijn leven geworden, een manier om zijn angsten in de hand te houden en zijn demonen uit te drijven op een wijze die hem en anderen opwond. Hij had de onderdanige route geprobeerd, en nadat hij zijn aanvankelijke angst had overwonnen, had hij er best van genoten, maar diep in zijn hart hield hij toch graag de touwtjes in handen. Hij wist dat zijn handelingen werden bepaald door diepe onzekerheid, maar daar kon hij mee leven. Hij was nu de baas en dat was belangrijk.

Hij had een positie bereikt in het leven waarin de zaken geordend en goed waren. En daarom wist hij dat hij haar terug zou nemen. Ze had hem gekwetst, maar nu had ze berouw. Had ze een ander? Jake dacht van niet en besefte voor het eerst dat ze hem nodig had. Haar afwijzen zou wreed en gevaarlijk zijn.

'Ja, we kunnen weer gewoon doen. Maar ik heb om vijf uur een cliënt, dus...'

Ze snapte de hint en vertrok, maar niet voordat ze de kamer was doorgelopen en hem had omhelsd. Weer een overtreding van het protocol, maar Jake liet het toe omdat hij het prettig vond. Hij keek haar na, verbaasd dat hij zo opgelucht was. Ze had hem beslist nodig, maar hij begon nu te beseffen dat hij háár ook nodig had.

68

Hannah Mickery had geen fijne nacht gehad. Ze was beroepsmatig vele malen in gevangenissen geweest en die ervaring had haar steeds weer met afschuw vervuld. Dus was ze met angst en beven haar nacht in de cel tegemoet gegaan. En oké, er was niets ergs met haar gebeurd. Maar het was een lange, koude, deprimerende nacht geweest, met alleen een zeventien jaar jonge junk als gezelschap, een junk die midden in de nacht in haar broek had gepist van angst. De urine was een hoek van de cel in gelopen en had daar de hele nacht liggen stinken.

Ze wilde naar huis, douchen en dan slapen. Ze was al die tijd rustig gebleven, maar nu voelde ze zich uitgeput en onrechtvaardig behandeld. Dus toen haar advocaat, Sandy, haar kwam ophalen, slaakte ze een diepe zucht van verlichting. Ze kuste hem – iets wat ze nog nooit eerder had gedaan – en vroeg of hij haar naar huis wilde brengen. Sandy had echter andere ideeën.

'Er is iemand die je moet ontmoeten.'

'Nou, wie het ook is, hij zal moeten wachten. Ik ga naar huis en meteen naar bed.'

'Het is een eenmalig aanbod, Hannah. Ik denk dat je dit keer naar mijn advies moet luisteren.'

Hannah vertraagde haar pas en draaide zich om naar Sandy.

'Een uur van je tijd, dat is alles wat ik vraag. Ik heb bij jou thuis kleren opgehaald. Je kunt bij mij douchen als je snel bent. De afspraak is over een klein uurtje. Geloof me, Hannah, hier heb je op gewacht.'

Bij Sandy thuis onder de douche voelde Hannah zich meteen een stuk energieker. Het had een rustgevende ervaring moeten zijn, maar daar was Hannah te gespannen voor. Ze zat vol vragen, maar haar overheersende emotie was er een van meisjesachtige opwinding. Ze had de jackpot gewonnen. Sandy en zij hadden het klaargespeeld.

Onderweg naar hun afspraak beschreef hij het aanbod. Het was meer dan ze ooit had durven hopen. Ze moest er natuurlijk veel voor doen, maar ze had alles zorgvuldig voorbereid en ze had al het materiaal dat ze nodig had. Na de deal met de krant zouden ze een contract met een uitgever sluiten, wat weer zou leiden tot tv-optredens en nog meer publiciteit. Ze zou naam maken, rijk worden en daarna, wie weet? Misschien zou ze verhuizen naar Amerika. Er werden daar genoeg abnormale misdaden gepleegd om haar voor de rest van haar leven bezig te houden.

Ze had niet verwacht dat het een vrouw zou zijn. En vooral niet zo'n glamourtype. Eigenlijk een vooroordeel: je verwachtte dat iedere roddeljournalist een vent was. Maar ze leek ongelofelijk goed op de hoogte, en ze maakte indruk op Hannah met haar speurwerk en haar onverschrokken brutaliteit. Alles draaide om het voorblijven van de concurrentie. De deal werd snel en ruimhartig gesloten en gedrieën schudden ze elkaar de hand. Waarop ze een fles champagne tevoorschijn haalde die ze had meegebracht – voor het geval dat. Opnieuw verbaasde Hannah zich over haar lef.

Het was goed spul. En het werkte meteen. Hannah kon vrij goed tegen drank, dus het moest de adrenaline van het succes zijn waardoor ze zich opeens zo licht in haar hoofd voelde. En zo te zien gold dat ook voor Sandy.

69

Helen stond voor het bureau van Whittaker als een stout schoolmeisje. Ze wist waarom ze was ontboden. Hij wist dat zij het wist. Maar toch nam hij de tijd, bladerend door de pagina's van de *Evening News*, voordat hij de krant opvouwde en hem zorgvuldig op tafel legde, met de voorpagina naar boven.

'RADELOOS!'

De kop schreeuwde haar toe. Ze had het artikel van Emilia Garanita vanochtend vroeg al gelezen en wist onmiddellijk dat het voor rumoer in de gelederen zou zorgen. Er stonden een paar sappige details in over Amy en Sam en over Ben en Peter, en wat vluchtige suggesties over Martina. Maar het ging door met de vrijlating van Mickery en de schorsing van een 'gerespecteerd rechercheur die aan het lopende onderzoek werkte'. Het zag er slecht uit. Helen vermoedde dat Whittaker al het nodige te horen had gekregen van zijn superieuren, zo bars had hij haar aangekeken toen ze binnenkwam.

'Ik zal haar bellen,' zei Helen afwezig. 'Proberen of ze haar toon wat wil matigen.'

'Beetje laat, nietwaar? Bovendien hoeft het niet meer. Ik heb haar zelf al gebeld. Ze is over vijf minuten hier.'

Emilia kwam de kamer binnen. Ze zag eruit alsof ze de hoofdprijs had gewonnen. Ze nam haar tijd voor de keuze tussen koffie en thee, sprak over koetjes en kalfjes. Ze was persoonlijk benaderd, voelde zich bijzonder en was duidelijk van plan ervan te genieten.

'Hebt u nog iets toe te voegen, hoofdinspecteur? Hebt u nog vertrouwen in inspecteur Grace als hoofd van het onderzoek? Zijn er nog nieuwe ontwikkelingen?'

'Ik ben hier niet om over de zaak te praten. Ik ben hier om over jou te praten,' antwoordde Whittaker bruusk.

'Ik snap niet...'

'Het wordt tijd dat je gas terugneemt. Je interventies zijn misleidend en hinderlijk en ik wil dat je ermee ophoudt. Geen artikelen meer totdat er echt nieuws is. Begrepen?'

Helen was geamuseerd door zijn doortastende houding. Niemand kwam tussen Whittaker en zijn promotie.

'Ik hoop dat u niet probeert de pers de wet voor te...'

'Dat doe ik dus wel. En als ik jou was zou ik mijn waarschuwing niet in de wind slaan.'

Emilia was even uit het veld geslagen, maar ze hernam zich al snel. 'Met alle respect...'

'Wat weet jij van respect?' beet Whittaker haar toe. 'Welk respect heb jij de familie Anderson betoond in de tijd dat zij het zo moeilijk hadden? Door de brievenbus roepen, dag en nacht aan de telefoon hangen, uur in uur uit voor hun huis zitten wachten, hun vuilniszakken doorspitten.'

'U overdrijft. Het is mijn plicht...'

'O, ja? Ik heb hier een overzicht van elke keer dat jouw rode Fiat met kenteken BD 50 JKR voor hun huis is gesignaleerd. Dat overzicht is samengesteld door Amy's vader en beslaat twee pagina's. Je bent daar gezien om middernacht, om twee uur en om drie uur. Het gaat maar door. Het is hinderlijk lastigvallen. Het is stalken. Moet ik je herinneren aan het Leveson-rapport over zelfregulering van de pers? En de gedragscode waar alle journalisten, of ze nou landelijk of regionaal werken' – dat laatste zei hij met grote minachting – 'zich aan zouden houden?'

Voor deze keer had Emilia daar niet van terug. Dus vervolgde Whittaker: 'Ik kan een excuus aan de familie op de voorpagina eisen. Ik kan je een boete geven. Verdomme, ik zou je waarschijnlijk kunnen laten ontslaan als ik dat echt wilde. Maar ik ben een aardig mens, dus ik zal genadig zijn. Maar je houdt je slecht geïnformeerde meningen vóór je of je wordt de lokale journalistiek uit gejaagd en dan is er geen weg terug, of wel soms?'

Emilia vertrok kort daarna, woedend maar machteloos. Helen was sprakeloos – en onder de indruk.

'Hebt u echt een overzicht van haar bezoekjes?' vroeg ze.

'Natuurlijk niet,' luidde het antwoord. 'En nu weer aan de slag, Helen, boek eens wat vooruitgang. Ik heb je extra tijd bezorgd. Maak er gebruik van.'

En met die woorden kon ze gaan. Helen genoot van zijn lef en was onder de indruk van zijn loyaliteit aan het team, en aan haar. Maar toen ze door de gang terugliep, kon ze het gevoel niet onderdrukken dat deze frontale aanval op een journalist die zo grimmig en vastberaden was, een averechts effect zou hebben. Emilia had veel ergere dingen overleefd dan dit en vocht zich altijd terug.

70

Zodra Charlie de recherchekamer binnenkwam, viel de sfeer haar op. Als een onderzoek in volle gang is, zijn recherchekamers rumoerig, ondernemend en druk. Maar vandaag was het er stil, somber zelfs en het was niet moeilijk te begrijpen waarom. Het bureau van Mark was leeg, de persoonlijke foto's en herinneringen van zijn prikbord waren weggehaald. Het was alsof hij nooit had bestaan.

Maar Mark was altijd een populair lid van het team geweest en iedereen voelde zijn afwezigheid. Hij mocht dan kwetsbaar zijn, iemand die alles verknalde, maar dat was onderdeel van zijn charme, vooral voor de vrouwen. Het verdwaalde jongetje. Hij was ook slim en grappig en als hij zijn best deed was hij een goede politieman. Maar nu vroeg iedereen zich af of de Mark die ze gekend hadden wel de echte was. Kon hij hen hebben verraden? Was al hun werk gelekt en voor niets geweest? Was zijn financiële nood zo hoog dat hij hen op deze manier had verlinkt? Charlie zat ermee in haar maag – ze had Mark altijd wel gemogen – en ze nam zich voor uit te zoeken wat er met zijn persoonlijke spullen was gebeurd. Ze ging door met haar werk, maar zag zijn lege stoel voortdurend uit haar ooghoek.

Helen arriveerde even na negen uur en iedereen deed zijn uiterste best om vrolijk te doen, alsof er niets aan de hand was.

Ze verspilde, zoals gewoonlijk, geen tijd en riep Charlie om haar op de hoogte te brengen van de laatste ontwikkelingen. Ze leek gespannen en wachtte ongeduldig op nieuwe feiten.

'Vertel me eens over Martina.'

'Nou, ze is geboren als man en is waarschijnlijk ergens in de afgelopen drie tot vijf jaar geopereerd. Het littekenweefsel suggereert dat het niet langer geleden kan zijn.'

'Adverteerde ze als transseksueel na haar operatie?'

'Nee. Ze zei altijd meer dat ze een feestbeest was en wist hoe ze iemand een pleziertje moest bezorgen. Lekker hoerig, zoiets.'

'Waarom? Je kunt als transseksueel altijd meer geld krijgen van hoerenlopers. Exotischer, gespecialiseerder. Waarom zou je daar niet mee adverteren?'

'Misschien hield ze niet van de mensen die daar op afkomen?'

'Of had ze soms iets te verbergen?'

De vraag bleef in de lucht hangen.

'Kwam ze hier uit de buurt?' vroeg Helen.

'Daar lijkt het niet op. De andere meiden zeggen dat ze een paar maanden geleden hier is komen werken. Haar website bevestigt dat: ze heeft een lokaal IP-adres, dat is acht weken geleden ingesteld.'

'En haar echte adres?'

Charlie schudde haar hoofd.

'Tot dusver niets. Ze was een beetje een raadsel voor de andere meisjes, was erg op zichzelf.'

'Is er een financieel spoor?'

'We zijn in gesprek met de plaatselijke banken, maar tot nu toe is er geen rekening op haar naam gevonden.'

Helen zuchtte. Niets in deze zaak was eenvoudig.

'Nou, dan kunnen we maar het beste de klinieken afgaan. Hoeveel regionale klinieken zijn er die dit soort operaties doen?'

'Vijftien. We praten met allemaal, hoewel de meeste een beetje huiverig zijn om informatie te geven over hun patiënten.'

'Nou, haal ze dan maar over. Vertel wat er met Martina is gebeurd, laat de foto's zien. We moeten weten wie ze was. Wie hij was.'

Charlie kon een wrang glimlachje niet onderdrukken, en Helen bij uitzondering ook niet. Vergiste Charlie zich of was hun relatie verbeterd sinds Helen haar had beschuldigd? Charlie was woedend geweest na die confrontatie – haar integriteit die op die manier in twijfel werd getrokken – en ze had zelfs overwogen om overplaatsing aan te vragen. En toch wilde ze nog steeds dat Helen haar aardig vond, wilde ze haar respect. De waarheid was dat de meeste vrouwen in het korps wilden zijn zoals zij. Ze was de jongste vrouwelijke inspecteur in Hampshire en ze had razendsnel carrière gemaakt. Ze had geen man, geen gezin – wat haar in de ogen van veel vrouwen een oneerlijke voorsprong gaf – maar ze had het toch maar verdomd goed gedaan. Ze was een voorbeeld voor iedereen.

Helen richtte zich tot het team. 'Rechercheur Brooks heeft de leiding vandaag. Topprioriteit: de klinieken. Ik weet dat we nu een man tekortkomen en dat jullie daar allemaal vragen over hebben. Als de tijd rijp is zal ik jullie meer vertellen. Maar nu wil ik jullie volledige inzet. We moeten een moordenaar oppakken.'

En weg was ze. Charlie begon onmiddellijk taken uit te delen aan Sanderson, McAndrew en de rest, taken die ze zonder morren aanvaardden, hoewel velen dezelfde rang hadden als Charlie. Charlie wilde serieus en professioneel overkomen en ze handelde kordaat en zakelijk, maar inwendig moest ze grijnzen. Dit was de eerste keer in de geschiedenis dat Helen Grace het roer aan iemand anders had overgegeven.

71

Uiteindelijk had ze de politie moeten bellen – ze had het liever niet gedaan, maar ze had geen keus. Ze was eerst bang geweest: Stephen was die avond niet thuis en ze was als de dood voor de dronken herrieschoppers die op haar deur beukten – maar toen ze doorkreeg wat er echt aan de hand was, werd ze eerder beroerd dan bang.

Ze had Mark al in geen maanden meer dronken gezien. Hij had zijn leven gebeterd, dacht ze, had zich herpakt. Maar nu bood hij een meelijwekkende aanblik. Zijn kleren zaten vol vlekken, zijn haar zat in de war en hij praatte met dubbele tong. Hij schold en ging tekeer over zijn malheur terwijl hij de hele straat liet weten dat Christina haar benen niet bij elkaar kon houden, dat Stephen een hersenloze, wandelende dildo was. Zijn gebons werd steeds luider, het zou niet lang meer duren voordat hij Elsie ermee wakker zou maken, dus Christina moest iets doen.

Ze opende de deur op een kiertje op de ketting, in een poging hem tot rede te brengen. Ze wilde een gesprek beginnen, maar dat maakte hem alleen maar woedender. Met welk recht versperde ze hem de toegang, schreeuwde hij. Terwijl hij alleen maar zijn dochter wilde zien. De dochter die ze van hem had afgepakt. Christina probeerde de deur dicht te duwen, maar hij had zijn arm naar binnen gestoken, duwde haar weg en trok de ketting los.

Hij wrong zich naar binnen en beende de trap op naar de kamer van Elsie. Christina greep de telefoon en belde het alarmnummer. Ze had gelezen over gestoorde kerels die hun kinderen vermoordden na de scheiding. Was Mark daartoe in staat? Ze dacht van niet, maar ze wilde geen risico nemen. Ze vertelde de meldkamer wat er aan de hand was, gaf haar adres en sprintte de trap op.

Ze wist niet wat ze aan zou treffen toen ze de kamer binnenkwam en in veel opzichten was het erger dan ze had verwacht. Elsie stond rechtop in haar bed. Ze trilde van angst en huilde geluidloos van de schrik. Mark lag te snikken op de vloer. Wat Christina was begonnen had Elsie afgemaakt. De aanblik van de verschrikking op haar gezicht was genoeg om alle moed te verliezen. De drank had hem eindelijk verslagen, had al het goede van hem afgenomen.

Hij was het toonbeeld van een gebroken man, met als vooruitzicht een leven vol zelfmedelijden en verwijten. En voor het eerst in lange tijd voelde Christina een emotie die ze liever niet toeliet.

Schuldgevoel.

72

Ze moest het zeker weten. Ze had Marks carrière al verwoest en waarschijnlijk nog meer, en logisch gezien waren er genoeg bewijzen tegen hem, maar… Helen zat vol twijfels. Hij was zo gekwetst geweest, zo uitzinnig van woede, zo opstandig – dat kon toch niet allemaal gespeeld zijn geweest?

Aanvankelijk was Helen verbijsterd dat er een mol binnen het team bestond, maar later was ze gaan hopen dat dat onderkruipsel hen rechtstreeks naar de moordenaar zou leiden. In plaats daarvan had het verraad hen op een andere koers gebracht, en afgeleid van het hoofddoel. Helen was geneigd om het erbij te laten zitten. Ze wilde zich omdraaien en teruggaan naar de recherchekamer, maar daar was het nu te laat voor. Ze had de executiepapieren naar de veroordeelde gebracht en er zou een proces volgen. Maar terwijl de bijl al in de lucht hing, moest Helen het zeker weten.

En bij het bekijken van de personeelsbestanden trof ze iets intrigerends aan. Helen was op het forensisch lab geweest op de dag dat Amy's getuigenverklaring stiekem was gedownload, Whittaker was zeilen in Poole en ook Charlies gangen waren voldoende nagegaan, in ieder geval naar Helens mening. Bleven over Mark en het technisch personeel: Peter Johnson, Simon Ashworth en Jeremy Laing. Ze hadden die dag allemaal gestaakt, dus het kon niet een van hen zijn geweest... maar er was iets vreemds met Simon Ashworth. Iets wat Helen eerder over het hoofd had gezien. Hij was bij het korps van Hampshire gekomen vanaf de National Crime Unit in Londen, waar hij had geholpen met het opzetten van de nieuwe database. Hij was hierheen gepromoveerd. Hij was een harde werker, maar nu werd hij weer overgeplaatst, terug naar Londen. Terwijl hij hier maar vier maanden was geweest. Het was een vreemde zet, vooral omdat hij een huurcontract voor een jaar had getekend voor een flat in Portsmouth. Er was iets gebeurd. Maar niet officieel. Iets onbekends en onduidelijks had ervoor gezorgd dat hij terug naar Londen snelde.

Helen was iets op het spoor, en ze kreeg nog meer argwaan door het feit dat Ashworth nergens te vinden was. Ziekteverlof, hoewel niemand leek te weten wat hem scheelde. Nee, dat was het niet helemaal. Ze wisten wél wat hem scheelde, ze wisten alleen niet of hij ziek was of niet. Het had Helen heel wat tijd gekost om Peter Johnson aan het praten te krijgen over zijn collega's, maar toen dat lukte ontdekte ze al snel dat Simon Ashworth geen populaire man was.

Hij had zich aan de staking onttrokken. Helen voelde haar nekhaartjes overeind komen toen hij het zei. Ashworth was geen vakbondsman, maar toch werd er verwacht dat hij zijn baas en collega's zou steunen bij die eendaagse staking. Hij was van nature een eenling, niet erg sociaal en hij zorgde voor ergernis. Het maakte hem tot een slechte teamspeler en een potentieel gemakkelijk slachtoffer voor iemand als Mickery. Peter Johnson stak zijn antipathie jegens Ashworth niet onder stoelen of banken, maar hij ontkende hem te hebben overgeplaatst. Hij en zijn collega's hadden hem misschien links laten liggen – de gebruikelijke behandeling voor een stakingsbreker – maar meer kon hij niet zeggen, uit angst voor een aanklacht wegens pesterij of zelfs intimidatie. De overplaatsing moest Asworths eigen idee zijn geweest.

‘Maar dat zou u hem zelf moeten vragen,’ zei Johnson tot slot.

Dat zou Helen zeker doen. Maar ze zou hem eerst moeten vinden. Hij was al weken in geen velden of wegen te bekennen.

73

Ze proefde alleen maar braaksel. Braaksel en opgedroogd bloed. Haar mond voelde kurkdroog, haar keel rauw en in haar hoofd bonsde een doffe, zeurende pijn. Ze had dagenlang niet gegeten en ze kon de maagzweren voelen ontstaan. Maar dat was niet het ergste: wat ze echt wilde, wat ze nodig had, was water. Gewoonlijk dronk ze liters per dag. Ze werd altijd een beetje trillerig als ze niet aan haar dagelijkse hoeveelheid kwam. Wat een lachertje waren die kleine ontberingen vergeleken met nu, nu ze letterlijk stierf van de dorst. Ze had nooit eerder over die uitdrukking nagedacht, maar nu wist ze wat het betekende, hoe het voelde. De wanhoop kwam opzetten; ze wist intuïtief dat er geen ontsnapping mogelijk was.

Sandy lag slap op de grond, misschien hoopte hij dat hij zou wegglijden in zijn slaap. Een vredige dood om een einde te maken aan deze nachtmerrie. Wat een hoop. Ze zaten in de val. Zo was het, en niet anders. Mickery's ogen flitsten naar links en zagen de vliegen die rond de uitwerpselen in de hoek gonsden. Die vliegen waren hier eerst niet geweest, hoe hadden die binnen kunnen komen? Door welk spleetje in deze metalen doos waren ze gekropen? Die kleine ellendelingen konden waarschijnlijk naar believen komen en gaan.

Toen ze voor het eerst bijkwam, was Mickery verdwaasd geweest, verward. Het was zo donker dat ze niet kon zien welk uur van de dag het was, waar ze was en wat er met haar was gebeurd. Ze was zich doodgeschrokken toen ze Sandy hoorde bewegen. Tot op dat moment had ze gedacht dat het allemaal een droom was, maar Sandy's hevige ontzetting doordrong haar van de grimmige realiteit van hun situatie.

Ze begonnen onmiddellijk hun omgeving te verkennen, beukten op de muren, voelden hoe de naden in het metaal liepen en kwamen langzaam tot de verpletterende conclusie dat ze in een soort grote metalen doos zaten. Was het een vrachtcontainer? Waarschijnlijk, maar wat maakte het uit? Het materiaal was dik en stevig en je kon er niet uit. Meer hoefden ze niet te weten. Kort daarna vonden ze het pistool en de telefoon. En toen kon Mickery de harde realiteit niet langer ontkennen.

'Ze heeft ons te pakken, Sandy.'

'Nee. Nee, nee, nee, nee. Er moet een andere verklaring zijn. Dat móét gewoon.'

'Lees het bericht op die fucking telefoon. Ze heeft ons te pakken.'

Sandy wilde niet naar de telefoon kijken. Wilde zich er helemaal niet mee bezighouden. Maar goed, wat viel er nog te zeggen? Het was duidelijk dat er geen gemakkelijke uitweg was: de keuze was verhongering of moord. Het was Mickery die deze vreselijke opties op tafel legde. Sandy bleek een lafaard te zijn, zwak, niet bereid om hun situatie onder ogen te zien. Maar Mickery had een besluit genomen.

Ze hadden ervoor gekozen actie te ondernemen. Het wachten was te zwaar. De wanhoop te verpletterend. Hun leven was nu een langzame martelgang geworden en het was tijd om er iets aan te doen. Dus hadden ze besloten strootjes te trekken – of beter gezegd vliegen, aangezien ze niets anders konden vinden. Dus Mickery zat nu met uitgestoken armen tegenover Sandy. In één hand zat een dode vlieg. De andere hand was leeg. Als Sandy de vlieg koos, zou hij in leven mogen blijven. Zo niet, dan werd hij vermoord.

Sandy weifelde. Hij zou willen dat hij met zijn ogen haar huid kon doorboren en de schat in Mickery's handpalmen kon onthullen. Links of rechts? Dood of leven?

'Kom op, Sandy. Doe iets, dan is het maar gebeurd.'

Mickery's stem klonk wanhopig, smekend. Maar Sandy voelde geen medelijden, hij kon geen medelijden voelen. Hij was helemaal verstard, niet in staat een spier te bewegen.

'Ik kan het niet.'

'Doe het nu, Sandy. Anders neem ik de beslissing voor je, daar kun je op rekenen.'

Mickery's toon was meedogenloos en Sandy schrok op. Het Onzevader mompelend stak hij langzaam zijn arm uit en tikte Mickery stevig op de linkerhand.

Een lang, verschrikkelijk moment. Toen draaide Mickery langzaam haar hand om en opende hem.

74

Het was een hoogst eigenaardige dag geweest. Een fijne en een vreselijke dag. Charlie lag in bed en probeerde alles op een rijtje te zetten.

Na Helens vertrek was het hele team op de zaak gedoken, gedreven door Charlies energie en ijver. Ze had haar collega's aangespoord stevig druk uit te oefenen op directeuren van klinieken die ontwijkende antwoorden gaven en zich verscholen achter hun beroepsgeheim. Ze hadden goede voortgang gemaakt en gestaag de lijst afgewerkt, op jacht naar alle chirurgen in de regio Hampshire die de expertise hadden om een geslachtsverandering uit te voeren. Maar uiteindelijk had het allemaal niets opgeleverd. Iedereen was ondervraagd, maar niemand herkende Martina of kon enig licht werpen op de vraag wie ze geweest kon zijn toen ze nog een hij was.

Dus was het tijd om de zoektocht te verbreden. Er waren tientallen klinieken verspreid over het hele land die dit soort operaties uitvoerden en ze zouden met allemaal contact moeten opnemen. Ze hoopten maar dat Martina de operatie niet in het buitenland had laten doen, dat zou te ver gaan voor hun beperkte middelen, en ze zochten vertwijfeld naar een aanwijzing, iets wat hen weer op het juiste spoor zou zetten. Charlie liet het werk aan de mannen over. Ze was misselijk van vermoeidheid en had even rust nodig. Terwijl ze naar huis reed, kreeg ze een beter humeur bij het vooruitzicht van een paar waardevolle momenten met haar vriend en haar kat, lekker eten en, het liefst van alles, slaap.

Wegwerkzaamheden. En een omleiding. Irritant, maar niet meer dan dat. Maar het betekende wel dat Charlie een ongewone weg naar huis moest nemen. Een route die haar pal langs de flat van Mark zou voeren. Met een plotselinge steek van schuldgevoel besefte ze dat ze hem even was vergeten. Ze was te druk bezig geweest om voor zichzelf (en Helen natuurlijk) te bewijzen dat zij het team kon leiden. En zo had ze zich een slechte leider en een onwaardige vriendin getoond – je moet de gewonden op het slagveld niet vergeten.

Kwaad op zichzelf vanwege haar ongevoeligheid parkeerde ze de auto en stapte uit. Was dit een goed idee? Waarschijnlijk niet, maar ze wilde vannacht kunnen slapen en de enige manier om haar geweten te sussen was door even bij Mark langs te gaan. Niemand anders van de collega's zou dat doen, dat was wel duidelijk.

Waar had ze op gehoopt? Dat het verrassend goed met hem zou gaan? Hij zag er niet uit; hij stonk naar zweet en naar drank.

'Geloof je haar?'

De botte vraag verraste Charlie.

'Geloof ik wie?'

'Haar. Geloof je dat ik jullie heb verraden?'

Er viel een lange stilte. Je had het officiële antwoord en het oprechte antwoord. Uiteindelijk won het laatste.

'Nee.'

Mark zuchtte diep, alsof hij zijn adem had ingehouden. Hij keek naar de vloer om zijn emotie te verbergen.

'Dank je,' mompelde hij zonder op te kijken, maar zijn stem verried de hevigheid van zijn gevoelens. Intuïtief liep Charlie naar hem toe. Ze ging naast hem zitten en sloeg een arm om hem heen. Hij leunde tegen haar aan, blij met de steun.

‘Het treurige ervan is dat ik dacht dat ik verliefd op haar aan het worden was.’

Wauw. Dat had Charlie niet zien aankomen.

‘Hebben jullie…?’

Mark knikte.

‘En ik dacht stom genoeg dat het iets goeds kon zijn. En nu dit…’

‘Misschien kon ze niet anders. Misschien dacht ze echt…’

Charlie aarzelde. Er was geen aardige manier om die laatste zin af te maken. Corruptie is het ergste wat je een politieman kunt verwijten.

‘Ik kan wel raden wat ze hierover zeggen op het bureau. Maar ik ben onschuldig, Charlie. Ik heb niets verkeerds gedaan. En ik wil terug. Ik wil echt heel graag terugkomen. Dus… als er iets is wat je kunt doen… een manier om haar te beïnvloeden en haar hiermee te laten stoppen…’

Marks stem stierf weg. Charlie wist niet wat ze moest zeggen. Ze wisten beiden dat er nu geen weg terug meer was. Zelfs als hij vrijgepleit zou worden, wie zou hem dan nog willen, met zijn besmette geschiedenis en problemen? In een tijdperk met weinig banen nam je geen risico’s met kandidaten, vooral niet als er een geur van onbetrouwbaarheid en oneerlijkheid om hen heen hing. Wat kon Charlie zeggen dat behalve troostrijk ook waar was?

‘Je slaat je er wel doorheen, Mark. Dat weet ik zeker.’

Ze wist niet of ze haar eigen woorden wel geloofde. En ze wist ook niet of Mark ze geloofde.

Toen ze wegging, beloofde ze snel weer langs te komen. Mark reageerde nauwelijks op haar vertrek en werd weer door zijn eigen gedachten in beslag genomen.

Onderweg naar huis was Charlie vervuld van twijfels. Mark was toch niet het type dat domme dingen deed? Ze dacht van niet, maar je wist het nooit. Hij was duidelijk kapot. Geen vrouw of kind thuis, geen baan om naartoe te gaan, de neiging om te veel te drinken... Plotseling werd Charlie bestormd door al die gedachten. Ze had hoofdpijn, haar maag draaide om. Een golf van misselijkheid overviel haar. Ze reed naar een parkeerhaven en kon het portier nog net op tijd openen om haar lunch op het asfalt uit te braken. Ze kokhalsde een, twee keer en toen was het voorbij.

Later, thuis, in de warme omhelzing van haar vriend Steve, werd ze bevangen door twijfels van andere aard. Ze maakte zich zachtjes los uit zijn slaperige omhelzing, liep op haar tenen naar de badkamer en opende het medicijnkastje. Hoop en vrees wisselden elkaar af terwijl ze de langwerpige kartonnen verpakking openmaakte.

Vijf minuten later had ze haar antwoord. Ze was zwanger. Ze probeerden het al een eeuwigheid zonder enige vreugde, maar nu was het zover. Een blauw kruisje. Een tweede test gaf hetzelfde resultaat. Zulke kleine dingen die je leven zo ingrijpend veranderen. Steve sliep door, zich nergens van bewust, terwijl Charlie op de wc-bril bleef zitten, nog steeds een beetje geschokt. Niet voor het eerst die dag welden er tranen in haar ogen op. Maar dit waren geen tranen van droefheid, maar van vreugde.

75

Even kreeg ze zijn oog in het vizier. En toen was het weg. Helen had Simon Ashworths appartement in het centrum opgespoord en ze had netjes aangebeld, wat blijk gaf van de nodige zelfbeheersing, want eigenlijk had ze meer zin om op de deur te beuken. Een lange stilte, geen teken van beweging. Dus belde ze opnieuw. En nogmaals. Ze hield zich stil en luisterde. Was dat het kraken van een plank, hoorde ze voetstappen? Toen verscheen het oog achter het kijkgaatje. Helen had het verwacht en gehoopt, daarom keek ze zelf ook al door het kijkgaatje. Het oog schrok onmiddellijk en verdween uit het zicht. De geluiden van wegsluipende voetstappen deden Helen glimlachen; hij was erbij, dus waarom nog de moeite nemen op je tenen te lopen?

In dit soort situaties kun je een paar dingen doen. Je kunt de officiële weg bewandelen, een huiszoekingsbevel aanvragen enzovoort, maar als je alleen werkt, betekent dat bijna altijd dat je prooi ontsnapt terwijl jij ergens formulieren zit in te vullen. Je kunt de geduldige weg kiezen, doen alsof je weggaat om vervolgens vanaf de straat het huis te blijven observeren. Dat werkt meestal wel, omdat de verdachte niets liever wil dan zijn flat verlaten. Meestal gaat hij binnen het uur de straat op. Maar Helen was nooit erg geduldig geweest. En daarom liep ze het kantoortje van de huismeester binnen – die verrast opkeek van zijn elfuurtje – en eiste dat hij flat 21 zou openmaken.

Hij had het volste recht om een huiszoekingsbevel te vragen, maar het is opmerkelijk hoe de hersenen van veel mensen ophouden te werken zodra ze politie zien. Uit angst voor straf of uit opwinding door het drama van het moment stemmen ze meestal in. En zo ging het nu ook. De zenuwachtige huismeester opende flat 21 zonder aarzeling. Hij leek ietwat verrast en teleurgesteld te zijn dat Helen de deur voor zijn neus dichtsloeg; een korte glimlach was alles wat hij kreeg voor zijn moeite.

Ashworth was zijn vlucht aan het voorbereiden. De gepakte tassen, de autosleutels: hij stond op het punt te vertrekken. Maar hij bleef doodstil staan toen Helen naar hem toe liep. Hij leek bang en tierde dat Helen de wet overtrad, maar hij kwam niet overtuigend of dreigend over. Helen stopte haar penning weg en wees naar een metalen stoel. Na een korte stilte, waarin Ashworth zowel Helen als de situatie leek in te schatten, stemde hij in.

'Waarom heb je het gedaan, Simon?'

Helen was er nooit goed in geweest om de hete brij heen te draaien, dus koos ze voor de frontale aanval. Ze legde hem de beschuldigingen klip-en-klaar voor: het illegaal downloaden van vertrouwelijke informatie, het schaden van een lopend onderzoek voor financieel gewin. Ze wilde niet dat Ashworth de tijd zou krijgen om excuses of uitvluchten te verzinnen. Tot haar verbazing verdedigde hij zich met verve.

'Ik kan het niet zijn geweest.'

'Waarom niet?'

'Omdat elke IT-medewerker die bij een zaak als deze betrokken is zijn eigen toegangscode heeft. Het is voor ons de enige manier om binnen of buiten te komen en je kunt altijd zien wanneer we het systeem hebben gebruikt of wat we hebben gedaan.'

'Dat moet te omzeilen zijn.'

'Niet voor ons. Technisch personeel is veel op pad, soms binnen het korps, soms erbuiten. Om een onderzoek niet te schaden en omdat er veel verloop is onder het technisch personeel, is het toegangssysteem gecreëerd. Als je het natrekt...'

'Waarom heb je dan gelogen?' onderbrak Helen hem. Ze was niet van plan zich de les te laten lezen.

'Hoezo "gelogen"?'

'Ik heb iedereen die toegang had tot het onderzoek gevraagd om hun werkzaamheden van die dag op te geven, en jij, samen met de andere technische mensen, beweerde dat jullie aan het staken waren. Maar jij niet. Jij hebt niet deelgenomen aan de staking.'

'Nou en? Ik was het niet eens met de staking, dus ben ik kort naar mijn werk gegaan. Ik ben er niet lang geweest en toen ernaar gevraagd werd, leek het me beter een smoesje te vertellen zodat de anderen er niet achter kwamen.'

'Maar dat werkte niet erg goed, hè? Wie heeft het hun verteld?'

Voor het eerst leek Ashworth van slag te zijn. Eindelijk, we boeken vooruitgang, dacht Helen.

'Ik weet niet hoe ze erachter zijn gekomen,' mompelde hij, naar zijn schoenen starend.

'Ben je ambitieus, Simon?'

'Dat denk ik wel.'

'Denk je? Je bent nog heel jong voor het salaris dat je verdient, je hebt geweldige beoordelingen. Je kunt echt iets bereiken. Sterker nog, je overplaatsing naar de politie van Hampshire was een grote promotie, of niet?'

Ashworth knikte.

'En toch, al na vier maanden in je nieuwe dikke baan keer je terug naar je vorige werkgever. Als we je sollicitatiebrief voor die post in Hampshire mogen geloven had je het gevoel dat je daar klaar was en verveelde je je daar.'

'Dat soort dingen zegt toch iedereen bij sollicitatiegesprekken.' Hij bleef naar zijn schoenen staren.

'Wat is er gebeurd?'

Een lange stilte. Toen: 'Ik ben van gedachten veranderd. Ik voelde me niet echt thuis in Southampton, had niet echt vrienden en toen… toen de collega's me buitensloten omdat ik geen stroman van de vakbond was, dacht ik dat ik maar beter kon gaan.'

'Maar je hebt je overplaatsingsverzoek al ingediend voordat de collega's ontdekten dat je de boel verraden had. De anderen waren daar heel duidelijk over. Het was tijdens een afdelingsborrel in de Lamb and Flag op de achttiende dat je werd gedwongen toe te geven dat je een stakingsbreker was. Maar je verzoek om terug te keren naar je vorige baan was al op de zestiende.'

'Dat moet een vergissing zijn…'

'Er zijn verschillende getuigen van het gesprek in de pub. Ze kunnen niet allemaal liegen.'

Een langere stilte.

'De waarheid is… de waarheid is dat ik het hier gewoon niet leuk vind. Ik vind de mensen niet leuk, het werk niet. Ik wil weg.'

'Dat is vreemd, Simon. Want bij je functioneringsgesprek na drie maanden heb je nog gezegd hoe blij je was. Dat je genoot van de grotere verantwoordelijkheid. En je kreeg een topbeoordeling voor je werk, zelfs de hint dat je in aanmerking zou komen voor promotie als je dit een jaar of langer volhield. Ik heb een kopie van het gesprek bij me, als je het wilt lezen.'

Helen bood hem het document aan, maar Ashworth zei niets. Hij maakte een diep, diep trieste indruk. Daar was Helen blij mee. De scheurtjes werden zichtbaar. Ze besloot hem nog iets meer onder druk te zetten.

'Je hebt de politieacademie gevolgd, Simon, dus ik ga je niet belerend toespreken over de mogelijke gevolgen voor je carrière als je moet toegeven dat je hebt gelogen tegen een inspecteur die een moordonderzoek doet. Als je moet bekennen dat je je hebt laten betalen voor het lekken van vertrouwelijk politiemateriaal.'

Ashworth zat doodstil, maar zijn handen trilden.

'Je carrière zou voorbij zijn. Afgelopen. En ik weet hoe belangrijk die voor je is.'

Helen verzachtte nu haar toon. 'Ik weet dat je begaafd bent, Simon. Ik weet dat je veel kunt bereiken. Maar als je nu tegen me liegt, wordt dat je ondergang. Dan is er geen weg terug meer.'

Ashworth liet zijn schouders hangen en begon te trillen. Huilde hij? 'Waarom doe je dit?'

'Omdat ik de waarheid moet weten. Heb jij die informatie naar Mickery gelekt? En zo ja, waarom? Ik kan je alleen maar helpen als jij mij helpt.'

Een lange stilte, toen: 'Ik dacht dat je het wist.' Zijn stem klonk verstikt, schor. 'Hij zei dat je het wist.'

'Wie zei dat?'

'Whittaker.'

Whittaker. De naam bleef in de lucht hangen, maar Helen kon het nog steeds niet helemaal geloven.

'Wat heeft hij je verteld? Wat zou ik geweten moeten hebben?'

Ashworth schudde zijn hoofd, maar Helen liet niet meer los.

'Vertel op. Nu meteen, of ik arresteer je wegens samenzwering om...'

'Whittaker heeft het verhoor gedownload.'

'Maar hij had die dag verlof.'

'Ik heb hem gezien. Ik liep het kantoor in. Vanwege de staking was er niemand. Maar Whittaker was er wel. In eigen persoon. Hij zei dat hij het dossier wilde bestuderen en toen ik later keek, zag ik dat hij het verhoor had gedownload. Ik zocht er verder niks achter. Hij heeft de leiding, dus waarom niet? Maar toen ik later ontdekte dat jij ieders gangen natrok, begreep ik dat Whittaker een fout had gemaakt. Dat hij de dagen door elkaar haalde. Ik ben naar hem toe gegaan. Ik wilde niet dat hij een regen van kritiek over zich heen zou krijgen voor een eenvoudige vergissing.'

'Je probeerde bij hem in de gunst te komen.'

'Zoiets. Whittaker mocht me wel, zag een toekomst voor me. Dus ik zei het gewoon, voor de zekerheid, snap je. Nou, hij vond het maar niks. Helemaal niks. Zei dat ik me had vergist, maar ik wist dat dat niet zo was.'

Hij zweeg even, bang om nog meer te zeggen.

'Ga door. Wat gebeurde er toen?'

'Hij zei dat hij mijn carrière met één telefoontje kon verwoesten. Dat ik niet begreep waar ik in verzeild was geraakt. We... Hij besloot ter plekke dat ik zo snel mogelijk terug moest worden overgeplaatst naar Londen. Ik denk dat hij degene is die heeft rondgebazuind dat ik de staking had gebroken. Als reden voor mijn vertrek. Hij zei dat jij van dit alles op de hoogte was. Dat het jouw idee was.'

De woede laaide op in Helen, maar ze beheerste zich. Ze moest kalm blijven, geconcentreerd. Was dit allemaal echt waar?

'Hij zei dat ik erbij betrokken was?'

'Ja, dat jij het afhandelde en dat er dus geen reden was iets tegen jou te zeggen.'

'Wat heb je daarna gedaan?'

'Ik probeerde gewoon verder te gaan, maar dat hield ik niet vol, nu ik ook nog mijn collega's tegen had. Dus heb ik me ziek gemeld. Heb me al die tijd hier schuilgehouden, in afwachting van mijn overplaatsing...'

Zijn stem stierf weg toen de realiteit van de situatie tot hem doordrong. Voor het eerst die dag voelde Helen zich verzoeningsgezind.

'Dit hoeft niet slecht af te lopen, Simon. Als dit verhaal waar is, kan ik zorgen dat het goed komt voor je. Je kunt die overplaatsing aanvaarden, je les leren en opnieuw beginnen zonder een negatieve aantekening in je dossier. Je kunt de dingen doen waarvoor je bestemd was en bereiken wat je wilde bereiken.'

Ashworth keek op, ongeloof en hoop streden met elkaar.

'Maar ik wil dat je in ruil daarvoor iets voor mij doet. Je gaat nu met me mee naar mijn flat. En als we daar zijn, schrijf je een verklaring, alles wat je zojuist hebt verteld. Daarna wacht je af. Je neemt je telefoon niet meer op, je belt zelf niet meer. Je gaat niet meer mailen, sms'en of twitteren. Je houdt je gedeisd en de rest van de wereld hoeft nooit te weten dat wij elkaar hebben gesproken, totdat ik zeg dat het juiste moment is gekomen. Begrepen?'

Ashworth knikte. Op dit moment zou hij alles doen wat ze vroeg.

'Goed. Kom mee.'

76

Er was nu geen weg terug. De deal was gesloten. Leuk of niet, het was tijd om door te pakken.

Toen Mickery haar linkerhand had geopend, in het besef dat die leeg was, was Sandy kreunend op de grond in elkaar gezakt. Mickery had in grote emotionele verwarring toegekeken. Ze voelde vreugde, deels afschuw, maar vooral… opluchting. Ze zou blijven leven.

Kort daarna begon Sandy te smeken. Hij zei dat hij niet serieus was geweest, dat het idioot was, dat ze solidair moesten blijven, dat ze háár niet moesten laten winnen.

'Wat zou je gedaan hebben als jij had gewonnen? Zou jij me gespaard hebben?' was de reactie van Mickery. Sandy kon geen antwoord geven, en dat zei genoeg. Hij zou de trekker hebben overgehaald en zichzelf van de dood hebben gered. In wezen was hij een egoïstische klootzak.

'Toe, Hannah. Ik heb een vrouw. Ik heb twee dochters. Je kent ze, je hebt ze ontmoet. Doe ze dit alsjeblieft niet aan.'

'We hebben geen keus, Sandy.'

'Natuurlijk wel. We hebben altijd een keus.'

'Om te verhongeren? Wil je dat soms?'

'Misschien kunnen we ontsnappen. De deur forceren…'

'Godsamme, Sandy, maak het niet erger dan het al is. Er is geen ontsnapping mogelijk. Dit is het. Er is geen andere mogelijkheid.'

Waarop hij begon te snotteren. Maar Mickery voelde nu geen medelijden meer. Als Sandy had gewonnen, zou ze nu ongetwijfeld al dood zijn geweest. Plotseling kwam de haat in haar naar boven: hoe durfde hij te smeken om genade die hij zelf niet gegeven zou hebben. Toen hij haar probeerde te grijpen, duwde ze hem ruw weg. Hij struikelde en belandde met een smak op de vuile metalen vloer.

'Ik smeek je, Hannah, doe dit alsjeblieft niet...'

Maar Mickery had het pistool al opgepakt. Ze had er nog nooit een afgevuurd, het was nooit bij haar opgekomen iemand iets aan te doen, maar ze voelde zich nu kalm en vastberaden terwijl ze zich voorbereidde om iemand te executeren die ze ooit een vriend had genoemd.

'Het spijt me zeer, Sandy.'

En ze haalde de trekker over.

Klik.

Een lege kamer. Shit. Sandy, die net nog een wild afwerend gebaar had gemaakt in een nutteloze poging zich te beschermen tegen de komende pijn, liet zijn armen zakken. Hij stond abrupt op.

Klik. Klik.

Nog twee lege kamers; er moest iets mis zijn met het pistool. Nu dook Sandy op haar af.

Klik. Klik. Hij botste tegen haar op en sloeg het koude pistool uit haar hand. Mickery vloog achteruit en sloeg met haar hoofd tegen de harde vloer. Toen ze opkeek, had Sandy het pistool in zijn hand. Ze verwachtte haat te zien, maar zijn gezicht was een en al ongeloof.

'Het is ongeladen. Het is verdomme niet geladen.' Hij wierp het pistool naar haar toe. Wat had hij gezegd? Haar hersenen konden de ontwikkelingen niet bijhouden. Maar hij had gelijk. Het magazijn was leeg. Er had nooit een kogel in gezeten.

Geschater links van haar deed Mickery opschrikken. Het was Sandy maar, die over de vloer rolde terwijl de tranen van het lachen over zijn wangen stroomden. Hij klonk krankzinnig. Krankzinnig gelukkig. Wat een verdomd goede grap was het allemaal.

Mickery schreeuwde. Een bloedstollende, doordringende gil. Lang, luid en gepijnigd. Alles voor niets. Ze had hen voor de gek gehouden, hen tot beesten gemaakt, maar vervolgens Mickery haar triomf onthouden. Zo werkte het spel niet. Zo was het niet bedoeld. Ze was voorbestemd om te blijven leven. Ze wilde blijven leven.

Mickery knielde op de vloer en alle energie vloeide uit haar weg. Ze was verslagen, gebroken. Sandy's afgrijselijke, spottende geschater klonk als een doodsklok.

77

Helen had de leiding weer genomen toen Charlie de volgende ochtend de recherchekamer betrad. Charlie voelde een lichte irritatie; haar rol als teamleider had niet langer dan een dag geduurd. Maar ze merkte onmiddellijk dat er een gevoel van opwinding in de kamer hing en alle verontwaardiging verdween. Er was iets gebeurd.

Twee dingen zelfs. Eén positief, één negatief. Ze hadden 'Martina' gevonden – een kliniek voor genderoperaties in Essex beweerde haar te hebben geïdentificeerd. Maar ze waren Hannah Mickery kwijt. Zij en haar advocaat Sandy Morten werden nu al een aantal dagen vermist.

'Waarom is mij dat niet verteld?' vroeg Helen streng.

'We wisten het niet,' antwoordde Charlie. 'Morten is een paar dagen geleden als vermist opgegeven, maar niemand heeft Mickery's verdwijning gemeld. Pas toen we Mortens e-mails doornamen, beseften we dat hij een afspraak had gemaakt voor drie personen: hemzelf, Mickery en een zekere Katherine Constable. Ze gaf zich uit voor een journaliste van de *Sunday Sun*, maar dat hebben we nagevraagd en er staat niemand met die naam op hun loonlijst.'

'Constable? Alsof ze van de politie is? Ze drijft de spot met ons.'

Helen was razend. Op zichzelf en op de situatie. Ze had zich zo gericht op het vinden van de mol, op het opsporen van het lek, dat ze Mickery was vergeten. Als ze zich op haar was blijven concentreren had ze misschien eindelijk de moordenaar kunnen vinden.

Ze stuurde Charlie en de rest van het team naar het huis van Morten. Het was waarschijnlijk overdreven, maar dat was de plek waar 'Katherine' Mickery en Morten had getroffen. Misschien konden ze daar een aanwijzing vinden, een spoor, een getuigenverklaring, wat dan ook. Ondertussen haastte Helen zich in oostelijke richting, naar Essex.

Het was goed om weer op jacht te zijn. Goed om even weg te zijn van het bureau in Southampton; ze had tijd nodig om na te denken. Ashworth zat nu in haar flat, buiten gevaar, en zijn verklaring was geschreven en ondertekend. Sinds hun uitputtende verhoor had ze het een en ander nagetrokken. Ze had niet eerder getwijfeld aan Whittakers alibi en nu nam ze zichzelf dat kwalijk, want bij nader inzien hield het geen stand. Hoewel de omstandigheden om uit te varen vanuit Poole die dag gunstig waren geweest – het weer was goed en de meeste plezierboten hadden de haven verlaten – waren sommige boten blijven liggen, waaronder de Green Pepper, Whittakers negen meter lange zeilboot waar hij zo veel zorg en aandacht aan besteedde.

Whittaker had dus tegen haar gelogen over zijn verblijfplaats en een andere politieman had hem op de plaats delict gezien. Bovendien had Ashworth Whittaker beschuldigd van intimidatie, dwang en het belemmeren van de rechtsgang. Al die tijd had Whittaker zijn eigen belangen beschermd. Zijn donderpreek tegenover Garanita was bedoeld om te voorkomen dat ze het nieuws over de seriemoordenaar bracht – het had niets te maken met het beschermen van Helen of het team.

Het was een hachelijke situatie, iets waar Helen heel omzichtig mee om moest gaan. Het succes van het onderzoek – om maar te zwijgen van de toekomst van Helens carrière – hing af van de juiste aanpak.

De Porterhouse Clinic in Loughton was chic en professioneel. De lobby was onberispelijk, evenals het personeel, en alles voelde buitengewoon geruststellend. De kliniek voerde allerlei soorten operaties uit, maar had zich gespecialiseerd in genderdysforie. De therapie was de eerste fase van een reis die negen van de tien keer eindigde in een operatie en een volledige geslachtsverandering.

Het team had gedetailleerde informatie verstuurd tijdens de zoektocht naar Martina. Het was zo'n lange periode dat het moeilijk zoeken was – ze meenden dat de operatie drie tot vijf jaar geleden had plaatsgevonden, zodat er talloze klinieken in aanmerking kwamen. Maar geslachtsverandering kwam niet zo heel veel voor. En gegeven het feit dat ze wisten wat de lengte, de bloedgroep, de kleur ogen en 'haar' medische achtergrond waren, waren de kansen op een positief resultaat goed. Desalniettemin voelde Helen zich zenuwachtig toen ze bij de directeur van de kliniek binnenliep. Hier hing veel van af.

De directeur, een gewiekste chirurg met verbazingwekkend harige handen, wilde zeker weten dat de kliniek geen negatieve publiciteit zou krijgen in verband met 'de moord op die prostituee', zoals hij het noemde, en Helen moest erg haar best doen om zijn medewerking te krijgen. Maar toen ze hem er voorzichtig op wees dat hij in een ernstige zaak als deze gedwongen kon worden mee te werken, veranderde zijn houding.

'Ik denk wel dat we kunnen helpen,' zei hij, en hij haalde een dossier tevoorschijn. 'Vijf jaar geleden kwam er een man van rond de vijfentwintig bij ons. Hij had duidelijk een zware tijd achter de rug, zowel fysiek als mentaal. We adviseerden therapie voordat hij de geslachtsverandering zou ondergaan en stelden voor dat hij ten minste zijn lijst van aanvullende behandelingen zou reduceren. Uiteindelijk kregen we hem zo ver dat hij een paar van de procedures liet vallen, maar dat was alles. Hij was vastbesloten een uitgebreide ombouw te ondergaan. Naast de verandering van geslacht hebben we zijn billen vergroot, zijn benen en armen strakker gemaakt en heel veel aan zijn gezicht gedaan.'

'Wat precies?'

'Aangepaste jukbeenderen, vollere lippen, een gestroomlijnde neus, huidpigmentatie, fillers...'

'Hoeveel heeft hem dat gekost?'

'Veel.'

'Enig idee waarom hij zo veel moeite deed om zijn uiterlijk te veranderen?'

'Dat hebben we hem natuurlijk ook gevraagd. We bespreken altijd elke procedure om te bepalen of het... nodig is. Maar hij wilde niet praten. En we konden hem niet dwingen.'

Er was nu iets defensiefs in zijn stem gekropen, dus Helen besloot het niet op de spits te drijven. Ze gebaarde naar het dossier.

'Mag ik?'

Hij overhandigde het. Zodra ze zijn naam zag, voelde Helen een knoop in haar maag. Zijn foto, jong, hoopvol, levendig, bevestigde het. Haar ergste angst bewaarheid.

Dit ging om háár. Het had al die tijd om haar gedraaid.

78

Ze was dood. Ze moest wel dood zijn. Er was hier niet eens genoeg zuurstof voor een vlieg, laat staan voor een mens. Er zat geen energie, geen leven meer in haar lichaam en ze was zich nauwelijks nog bewust van haar omgeving. Ze werd omringd door duisternis. De hitte was ondraaglijk. Er was geen lucht.

Hannah probeerde zich ervan te overtuigen, maar ze wist dat ze niet dood was… nog niet. De dood zou een zoete verlossing zijn uit deze langzame martelgang. En er was geen verlichting, geen vermindering van haar lijden. Ze was gereduceerd tot het niveau van een dier, zich wentelend in haar eigen ellende en vuiligheid.

Hoe lang was het geleden dat ze Sandy voor het laatst had gehoord? Ze wist het niet meer. Goeie god, hoe zou het hier gaan ruiken als hij stierf? Rottende uitwerpselen waren tot daaraan toe, maar een ontbindend lijk? Als Mickery nog tranen over had gehad, zou ze die nu hebben laten stromen. Maar ze waren al lang op. Ze was niet meer dan een omhulsel. En dus lag ze daar, hopend dat de dood haar zou halen.

Toen gebeurde het plotseling. Zonder enige waarschuwing was er een verblindend licht dat Mickery's ogen trof. Ze schreeuwde het uit van de pijn; het was alsof laserstralen haar hersenen binnendrongen. Ze sloeg haar handen voor haar gezicht. Een plotselinge luchtstroom, koud maar heerlijk, streek over haar lichaam. Maar het respijt was tijdelijk.

Ze werd voortgesleept. Het kostte haar een tijdje om erachter te komen wat er gebeurde, maar ze werd beslist voortgesleept. Iemand had haar arm stevig beet en sleepte haar over de vloer naar buiten, het licht in. Werd ze gered? Was dit Grace?

Ze botste tegen iets metaligs en gilde. Nu waren de handen onder haar en tilden haar op. Intuïtief wist ze dat dit geen redding was, dat dit niet de verlossing zou zijn. Ze landde met een dreun in een kleine, besloten ruimte. Haar handen tastten om zich heen en langzaam, voorzichtig deed ze haar ogen open.

Het licht was nog steeds pijnlijk fel, maar ze lag nu in iemands schaduw, dus een enkele glimp kon ze nu wel verdragen. Ze lag in de kofferbak van een auto. Hulpeloos dubbelgevouwen in de kofferbak van een auto.

'Hallo, Hannah. Verbaasd me te zien?'

Het was de stem van Katherine – haar plaaggeest en gevangenbewaarder.

'Dat hoeft niet. Ik ben geen sadistisch type, dus heb ik besloten je te sparen.'

Mickery keek naar haar op, niet in staat te verwerken wat ze hoorde.

'Maar ik wil eerst dat je iets voor me doet.'

Hannah wachtte af. Hoe duizelig ze ook was, ze wist meteen dat ze alles zou doen wat Katherine vroeg. Haar verlangen om te blijven leven was sterker dan alles waar ze ooit naar had verlangd.

Terwijl de auto wegreed merkte Hannah dat ze glimlachte. Er was iets gebeurd, ze wist niet wat. En ze was bevrijd uit het vagevuur. Daar wilde ze iedere prijs – íédere prijs – voor betalen.

Het kwam niet eens bij haar op om zich af te vragen wat er met Sandy was gebeurd. Wat haar betrof bestond hij niet meer.

79

Zou ze ooit ophouden hen te bespotten? Mickery en Morten waren al de vijfde ontvoering en nog steeds had de dader geen enkele fout gemaakt. Sanderson, Grounds en McAndrew hadden ijverig huis aan huis inlichtingen ingewonnen, in de hoop een getuige te vinden van deze laatste ontvoering. Whittaker had hun extra mensen toegewezen, maar alles zonder succes. Charlie en Bridges hadden de dag doorgebracht in het huis van de familie Morten om de plaats delict te onderzoeken, maar er was geen enkele technische aanwijzing gevonden. Het trio had kennelijk champagne gedronken – twee flûtes met sporen van een slaapmiddel waren op de vloer gevallen en de afdruk van een ander glas werd met behulp van vingerafdrukpoeder gevonden op de salontafel, maar het derde glas en de fles waren verdwenen. Charlie handelde een boos telefoontje van Whittaker af en moest toegeven dat ze hem geen positieve ontwikkelingen kon melden.

Brutaal om het in het huis van het slachtoffer te doen. Sandy's vrouw was in het buitenland geweest, op familiebezoek, maar toch. Was de moordenaar onaantastbaar? Het begon erop te lijken.

Het huis van de familie Morten was een lawaaierige, stressvolle plek – het forensische circus was er, met op de achtergrond de echtgenote, Sheila, die weigerde weg te gaan en bij vrienden te gaan logeren. Ze had ongetwijfeld het gevoel dat haar aanwezigheid daar, of in ieder geval haar weigering om het huis te verlaten, op de een of andere manier de veilige terugkeer van Sandy zou garanderen. Dat was niet zo, wist Charlie, hoewel ze dat natuurlijk niet tegen de echtgenote kon zeggen. Sandy zou terugkeren in een lijkzak of als een getraumatiseerd, brabbelend wrak. De hele sfeer was drukkend, en toen ze werd getroffen door weer een golf van misselijkheid haastte Charlie zich naar buiten.

Ze was net uit het zicht toen ze moest kotsen. Met grote kracht kwam haar ontbijt naar boven. Charlie was al de hele dag beroerd, in meer dan één opzicht. Het had iets heel vreemds en onrustbarends om in deze duistere wereld nieuw leven te brengen. Zij en Steve hadden erg uitgekeken naar een eigen gezin, maar nu was Charlie vervuld van twijfels. Welk recht had ze om een baby op deze wereld te zetten? Met zo veel geweld, wreedheid en boosaardigheid. Het was een zeer deprimerende gedachte en Charlie moest er opnieuw van kokhalzen.

Toen ze haar mond aan het afvegen was, ging de telefoon. Een vrolijk, ongepast deuntje. Ze nam haastig op.

'Charlene Brooks.'

'Help.'

'Met wie spreek ik?'

Een lange stilte, een inademing alsof de beller alle energie moest verzamelen om te praten, toen: 'Met... Hannah Mickery.'

Charlie vloog overeind. Ze klonk inderdaad een beetje zoals zij. Kon het echt waar zijn?

'Waar ben je, Hannah?'

'Buiten bij de Fire Station Diner in Sutton Street. Kom alsjeblieft meteen.'

En daarna hing ze op.

Charlie was binnen een paar minuten op weg. Bridges, Sanderson en Grounds waren ook onderweg, meteen gevolgd door de afdeling Tactische Ondersteuning. Het was iedereen duidelijk dat het een val kon zijn. Maar zwanger of niet, Charlie liep erin. Toen ze Sutton Street naderden, zetten ze de sirene en het zwaailicht uit, en de anderen glipten naar de achterkant van het gebouw om alles zoals gebruikelijk discreet in de gaten te houden.

Mickery zag eruit alsof ze bijna niet meer op haar benen kon staan. Haar haar zat vol klitten, haar rode jas stak fel af tegen de dodelijke bleekheid van haar huid en ze leek steun te zoeken tegen de muur. Charlie was geschokt door haar metamorfose. Ze rende naar haar toe; haar ogen schoten naar links en naar rechts, beducht op tekenen van gevaar. Vreemd genoeg voelde ze zich nu tegenover Mickery kwetsbaarder dan ze had verwacht. Visioenen van de baby die in haar buik groeide flitsten op in haar hoofd en werden vervolgens onderdrukt. Ze moest zich concentreren.

Mickery viel in haar armen. Charlie hield haar even vast en bekeek haar. Ze was er erbarmelijk aan toe. Wat had ze doorgemaakt dat ze er zo slecht uitzag?

Charlie belde een ambulance, en terwijl ze daarop wachtten probeerde ze zo veel mogelijk informatie van de doodsbange therapeute te vergaren. Maar Mickery wilde niet met haar praten.

Het leek alsof ze instructies had gehad en van plan was die tot op de letter te volgen. Mickery, die zich ooit zo aanmatigend had gedragen, zag er nu bang uit.

'Grace.' Mickery's stem klonk schor en zacht.

'Wat zeg je?'

'Ik praat alleen met Helen Grace.'

En dat was het einde van het gesprek.

80

Haar telefoon stond uit, de deur zat op slot, ze was volkomen alleen. Het was geen standaardprotocol voor een leidinggevende om al het contact met haar team te verbreken tijdens zo'n belangrijk onderzoek, maar Helen had tijd voor zichzelf nodig. Ze moest nadenken.

Ze had haar eigen dossier opgehaald bij Personeelszaken en bladerde door de gegevens over haar arbeidsverleden, terwijl ze tegelijkertijd de online archieven bekeek van zowel de *Southampton Evening News* als *Frontline*, een maandelijkse publicatie van de politie van Hampshire. Ze was op zoek naar de ontbrekende schakel, de aanwijzing die onomstotelijk zou bewijzen dat de moordenaar het op háár had gemunt.

Er kon geen twijfel meer over bestaan dat de moordenaar zich in haar keuze van de slachtoffers liet leiden door de successen die Helen in het verleden als politievrouw had geboekt. Ze had James Hawker (later Ben Holland) van een zekere dood gered toen ze zijn krankzinnige vader had uitgeschakeld. De moordenaar had er echter voor gezorgd dat James/Ben ongelukkig aan zijn eind kwam. Helen had Anna en Marie gered van brandstichtende tieners, maar de moordenaar had ook hen te grazen genomen. Martina was geboren als Matty Armstrong en werkte als gigolo in Brighton toen zijn leven verkeerd liep. Hij was in de val gelokt, gemarteld en misbruikt door een bende mannen in een souterrain van een flat, totdat Helen en een collega toevallig zijn geschreeuw hadden gehoord, de deur hadden ingetrapt en een einde hadden gemaakt aan zijn lijdensweg. En weer had de moordenaar ervoor gezorgd dat hij het niet had overleefd. Mickery was waarschijnlijk gewoon een bonus, een grapje ten koste van Helen – de tijd zou het leren – en dan bleven alleen nog Amy en Sam over. Zij waren de ontbrekende schakel. Wat was hun link met Helen? Wat hadden zij gedaan om de aandacht van de moordenaar op zich te vestigen?

Helen had officiële onderscheidingen gekregen voor haar optreden bij James en Martina. In een oud exemplaar van *Frontline* stond een foto van haar terwijl ze het certificaat in ontvangst nam – eenvoudig toegankelijk voor iedereen met een computer. Er was geen officiële onderscheiding voor haar hulp aan Anna en Marie, maar het verhaal had de *Echo* gehaald, de krant van Southampton, en Helen werd er met name in genoemd. Wederom gemakkelijk online te vinden voor iedereen. Maar waar waren Amy en Sam? Helen kon zich geen incident in haar carrière herinneren dat met mensen van hun leeftijd te maken had. Het was een raadsel.

Helen had nog enkele andere onderscheidingen ontvangen, en de meest opmerkelijke daarvan was het resultaat van haar resolute optreden bij een groot verkeersongeluk. Maar dat was meer dan twintig jaar geleden, voordat Amy en Sam waren geboren. Gefrustreerd bladerde Helen terug naar de uitgaven van *Frontline* van dat jaar. De details stonden haar nog levendig voor de geest, maar ze zoog alle informatie nog eens grondig op. Op de terugweg van Thorpe Park was een buschauffeur achter het stuur in slaap gevallen. Zijn bus was door de vangrail van een tweebaansweg bij Portsmouth gereden en op de baan van het tegemoetkomende verkeer terechtgekomen. De chauffeur was op slag dood, evenals verschillende bestuurders en passagiers van andere auto's. In de puinhoop daarna was brand ontstaan, en er zouden veel meer van de gewonde weggebruikers zijn omgekomen als een paar verkeersagenten die als eersten ter plekke waren niet zo heldhaftig hadden opgetreden. Een van die agenten was een jonge Helen. Ze deed dat werk toen drie maanden en wilde graag hogerop komen, maar regels waren regels en ze moest het gebruikelijke carrièrepad volgen. Dus deed ze haar werk zo goed mogelijk, maakte vreselijke dingen mee, en nergens kwamen haar vaardigheden en haar moed beter aan het licht dan tijdens dat ongeluk. Samen met haar collega Louise Tanner had ze vele geschokte en gewonde slachtoffers uit de wrakken getrokken terwijl het vuur zich verspreidde. Kort daarna had de brandweer de brand geblust. Maar het was voor iedereen duidelijk dat het snelle handelen van Helen en haar collega Louise tientallen levens had gered.

Helen en Louise werden genoemd in *Frontline* en de namen van de plaatselijke slachtoffers stonden in de *Southampton Evening News* en de *Portsmouth Echo*, maar er werden geen details vermeld van degenen die het hadden overleefd. Iedereen was meer geïnteresseerd in de tragedie van degenen die waren omgekomen. Helen liet zich achteroverzakken in haar stoel. Weer een doodlopend spoor. Waren Amy en Sam willekeurige slachtoffers? Misschien wel, maar de moordenaar had de anderen zo nauwgezet opgespoord dat er een verband moest zijn.

Helen besloot de archieven van de landelijke kranten door te nemen. Veel van de betrokken slachtoffers waren veerbootpassagiers die vanuit Portsmouth op vakantie hadden willen gaan. Ze bladerde door de *Guardian, The Times*, de *Mail*, de *Express*, de *Sun, Mirror, Star*... niets van enig belang.

Ze stond op het punt het op te geven toen ze besloot nog één keer een gooi te doen. De krant *Today* was nogal een sensatieblaadje geweest en was dol geweest op dit soort zaken tijdens zijn kortdurende bestaan als landelijke krant, dus besloot ze te kijken hoe de krant die vreselijke dag had verslagen.

En toen vond ze het. Bij het verslag van twee pagina's dat aan het bloedbad was besteed, stond een foto van een jonge verkeersagente die een vrouw in veiligheid bracht. De foto moest genomen zijn door een toeschouwer en verkocht zijn aan de krant, want er stond geen bronvermelding bij. Dat was de reden dat geen enkele andere krant hem had geplaatst en waarom Helen hem tot dusver had gemist.

Het was een goede foto en hij maakte alles een stuk duidelijker voor Helen. Haar gezicht was goed zichtbaar, net als dat van de vrouw die ze uit het wrak hielp. Plotseling begreep ze hoe het in elkaar zat.

81

Helen drukte op de bel en hield hem ingedrukt. Het was laat en ze zou niet vriendelijk worden ontvangen, maar ze moest volhouden. Diane Anderson, aanvankelijk vijandig, liet Helen binnen toen het tot haar doordrong dat ze zich niet zou laten wegsturen. Zij – het hele gezin – had genoeg van de buren die zich vergaapten aan de vreemde gebeurtenissen rond hun huis. Ze had geen zin om hun nog meer vermaak te bieden.

'Ik ga Richard halen,' zei Diane, en ze keek om terwijl ze naar de trap liep. Ze kon een nieuwe vragenronde niet in haar eentje aan.

'Voordat je dat doet, wil ik dat je hiernaar kijkt.'

Helen liet haar een kopie zien van de foto uit *Today* die ze eerder op het bureau had geprint. Diane bleef staan, geïrriteerd, en kwam terug de woonkamer in. Ze griste het papier uit Helens hand. Terwijl ze ernaar keek veranderde haar irritatie in ontzetting.

'Herken je de mensen op die foto?' vroeg Helen. Er was nu geen tijd om om de zaken heen te draaien.

Geen reactie van Diane. De ontzetting ging over in angst. Richard was boven en kon elk moment beneden komen.

'Nou?'

'Dat ben ik,' mompelde ze.

'Dus wij hebben elkaar wél eerder ontmoet?'

Diane knikte, maar keek naar de vloer.

'Wist je het? Toen ik je ontmoette nadat Amy... nadat Sam was gestorven, besefte je toen dat we elkaar eerder hadden ontmoet?'

'In het begin niet. Er gebeurde te veel. Maar later... vroeg ik me af... ik wist het niet zeker.'

'Waarom heb je verdomme niks gezegd?' Helens woede kreeg nu de overhand.

'Wat doet het er in godsnaam toe? Waarom zou dat van belang zijn?'

'Het is van belang omdat het jou koppelt aan het korps... en aan mij in het bijzonder. Waarom heb je niks gezegd?'

Diane schudde haar hoofd. Ze wilde er niet over praten.

'Ik moet het weten, Diane. Als je me nu helpt, beloof ik je dat we Sams moordenaar zullen vinden, maar als je dat niet doet...'

Diane onderdrukte een snik en wierp een blik op de trap. Geen teken van Richard – nog niet.

'Ik was die dag niet met Richard. Ik kwam uit Salisbury terug met iemand anders.'

Nu begon Helen het te snappen.

'Je minnaar?'

Diane knikte en de tranen biggelden in grote druppels over haar wangen.

'Ik was bij hem geweest... omdat ik zwanger was. Het was zijn kind. Amy was... is van hem. Hij wilde dat ik weg zou gaan bij Richard en met hem verder zou gaan... maar... op de terugweg kregen we een ongeluk. Hij kwam om. Ik kon eerst niet uit de auto komen, mijn voeten zaten vast, ik dacht dat ik levend zou verbranden, maar...'

'Ik heb je eruit getrokken.'

Helen wierp een blik op de foto. Als je goed keek, zag je een zwelling rond haar middenrif. Helen had het leven van Diane gered, maar nog belangrijker, ze had Amy's leven gered. De gedachte maakte haar misselijk: hun moordenaar was nog sluwer en gestoorder dan ze had verwacht.

'Waar gaat dit over? Waarom wil je het over die dag hebben?'

De hamvraag.

'Dat kan ik nu nog niet zeggen, Diane, maar we begrijpen nu veel beter waarom Amy is ontvoerd. Ik zal het je zo gauw mogelijk vertellen. Maar ik moet je vragen dit gesprek voorlopig onder ons te houden.'

Diane knikte. Daar had ze geen moeite mee.

'We zullen de moordenaar van Sam oppakken,' ging Helen verder, 'en Amy krijgt haar gerechtigheid. Dat beloof ik je. De rest moet je zelf bepalen. Ik heb er geen belang bij om iemands huwelijk stuk te maken.'

Diane liet haar uit. Helen pakte meteen haar telefoon. Er waren verschillende berichten van Charlie. Toen Helen haar aan de lijn had, werd ze op de hoogte gebracht van de situatie rond Mickery. Elke nieuwe ontwikkeling maakte het spel vreemder en Helen had het akelige gevoel dat alles zou eindigen in een volmaakt geplande climax. Helen had in haar tijd als agent heel wat onaangename mensen ontmoet en in gedachten liep ze de lijst nu af, wanhopig op zoek naar de boosdoener.

'Ik kom eraan, Charlie, maar je moet eerst nog iets voor me doen.'

'Ja, chef?'

'Ik wil dat je het adres van Louise Tanner voor me traceert.'

82

Hannah Mickery was nooit een nagelbijter geweest, maar nu waren haar vingers helemaal afgekloven. Het was eigenlijk ironisch. Een groot deel van haar werk had erin bestaan haaruittrekkers en nagelbijters te veranderen in rationele, stabiele mensen. Maar moest je haar nu eens zien. Een stamelend wrak, alle gevoel van zelfbeheersing geërodeerd door die vreselijke kwelling.

Waar zat Grace? Dit wachten was een langzame marteling. Toen ze die afspraak met haar ontvoerder had gemaakt, leek het allemaal zo eenvoudig. Ze zou doen wat ze moest en dan zou ze vrijkomen. Het was eigenlijk grappig dat ze in de korte, onstuimige momenten na de deal even had gedacht dat een leven zonder angst en wanhoop mogelijk zou zijn. Een leven waarin ze gebruik zou kunnen maken van haar beproeving, en in het bijzonder van haar herstel ervan. Om anderen te helpen. Om zichzelf te helpen.

Nu leek dat allemaal klinkklare onzin. Een vluchtige fantasie, het product van een gestoorde geest. Misschien zou ze Grace niet te zien krijgen? Misschien zou alles mislukken? De martelgang was nog niet voorbij.

Plotseling stond Grace in de kamer. Mickery leefde helemaal op, hoewel Grace zichtbaar schrok van haar voorkomen. Ze probeerde een sympathiek gezicht op te zetten, maar Mickery voelde zich een weerzinwekkend exotisch dier dat werd aangegaapt in het reptielenhuis.

Helen op haar beurt was ontzet door de aanblik. Mickery, een koele kikker tijdens eerdere verhoren, zag eruit als een van de gekke oude vrouwtjes die je elke dag bij de gaarkeukens ziet. Dakloze vrouwen die zo geteisterd zijn door het leven dat ze volledig de kluts kwijt zijn.

'Ik wil haar er niet bij,' snauwde Mickery met een beschuldigende blik op Charlie.

'Rechercheur Brooks moet erbij zijn vanwege de proced…'

'Dat kan niet. Kom op, zeg.'

Nu was er een klaaglijke toon in haar verzoek geslopen en er dreigden tranen. Haar hele lichaam leek te trillen. Na een knikje van Helen verliet Charlie het vertrek.

'Wat is er met je gebeurd, Hannah? Kun je me dat vertellen?'

'Je weet best wat er met me is gebeurd.'

'Ik kan het wel raden, maar ik wil het uit jouw mond horen.'

Mickery schudde haar hoofd en keek naar de vloer.

'Je staat niet onder arrest en ik ben niet van plan je te beschuldigen van zaken waartoe je bent gedwongen. Als je Sandy hebt vermoord… vertel me dan waar…'

'Sandy is niet dood,' viel Mickery haar in de rede. 'Althans, dat vermoed ik. En ik heb hem niets aangedaan.'

'Waar is hij dan? Als we kunnen helpen hem te vinden…'

'Dat weet ik niet. We zaten in een metalen container, een vrachtcontainer bij de haven denk ik. Ik kon de zee ruiken toen ik naar buiten werd gesleept.'

'Wie heeft je naar buiten gesleept?'

'Zij. Katherine.'

'Even voor alle duidelijkheid: zij sleepte je naar buiten en spaarde je, ondanks het feit dat Sandy nog leefde en ongedeerd was?'

Mickery knikte.

'Het pistool was leeg. Het was nooit haar bedoeling dat we zouden sterven. Het was één grote, stomme grap.'

Helen leunde achterover in haar stoel en liet deze nieuwe ontwikkeling op zich inwerken. 'Waarom, Hannah? Waarom heeft ze je gespaard?'

'Omdat ze wilde dat ik iets aan jou doorgaf.'

'Aan mij?'

'Ik moest contact opnemen met Brooks, maar met jou gaan praten. Alleen met jou.'

'En wat moest je doorgeven?'

'"Ik geef je op voor een onderscheiding".'

Helen wachtte af, maar er kwam verder niets meer.

'Is dat alles?'

Mickery knikte. 'Ik geef je op voor een onderscheiding,' herhaalde ze. Het moest haar kennelijk van het hart. Ze wilde deze boodschap absoluut overbrengen, dacht Helen bij zichzelf.

'Wat betekent het?' Hannah Mickery's vraag was wanhopig. Alsof Helens antwoord zin kon geven aan haar verschrikkelijke ervaring.

'Het betekent dat we dichter bij de moordenaar komen.'

'Wie is ze?'

Helen zweeg. Wat moest ze zeggen?

'Ik weet nog niets zeker, Hannah. Nog niet.'

Hannah snoof – het ongeloof was van haar gezicht te lezen.

'En wat moet ik doen terwijl jij doorgaat met boeven vangen?'

'We kunnen je een veilig onderkomen bieden en persoonlijke beveiliging geven als je dat wilt…'

'Laat maar.'

'Ik meen het, Hannah, we kunnen voor je…'

'Denk je dat ook maar iets haar kan tegenhouden? Ze is niet te verslaan. Ze gaat winnen. Snap je dat dan niet?'

Mickery's ogen schoten vuur. Ze leek volledig gestoord.

'Laat me een dokter voor je bellen, Hannah. Ik denk echt...'

'Ik hoop dat jij 's nachts kunt slapen.'

Mickery greep haar arm, kneep gemeen in haar vel.

'Wat het ook mag zijn dat je hebt gedaan, ik hoop dat je 's nachts kunt slapen.'

Helen liep de kamer uit om de arts te zoeken, met de woorden van Mickery nog in haar hoofd. Haar beschuldiging was profetisch en zorgwekkend. Helen ging zo op in haar gedachten dat ze aanvankelijk niet hoorde dat iemand haar naam riep.

Whittaker. Ze had het kunnen weten. Inwendig vervloekte Helen zichzelf dat ze geen strategie klaar had voor deze netelige situatie.

'Hoe gaat het met haar? Heb je nog iets uit haar kunnen krijgen?'

Zijn toon was zakelijk, maar Helen kon horen dat hij gespannen was. Hij was een goede politicus, een goede acteur, maar hij was van streek. Hij had geen idee in wat voor toestand Mickery verkeerde en wat ze had gezegd. Ze kon zijn carrière in een paar zinnen om zeep helpen.

'Ze is er slecht aan toe. Maar ze houdt zich goed en ze werkt mee.'

'Goed, goed.' Niet erg overtuigend, vond Helen.

'Hoe zit het met die advocaat?' ging Whittaker verder. 'Is hij...'

'Dat weten we nu nog niet precies. Het lijkt erop dat ze hen beiden heeft laten gaan.'

Dit maakte hem duidelijk zenuwachtig. 'Nou, hou me op de hoogte. We kunnen dit niet veel langer stilhouden, dus...'

En weg was hij. Wat nu? Helen wist dat ze weinig keus had. Het was moeilijk om een rustig plekje te vinden in het bureau, ergens waar je vrij kon praten. Maar achter de vuilnisbakken van de kantine was zo'n plek. Dus daar ging ze heen om de afdeling Anticorruptie te bellen.

'Wat ik jullie ga vertellen blijft onder ons, oké?'

Helen was terug in de recherchekamer. Charlie, Bridges, Grounds, Sanderson en McAndrew waren opgeroepen voor een teambespreking en luisterden, gespannen en verwachtingsvol. Ze knikten gezamenlijk na Helens verzoek en wachtten af.

'Tot dusver heeft onze moordenaar vijf stellen als doelwit gekozen. Er was telkens iemand bij die op de een of andere manier aan mij is gekoppeld.'

Een zichtbare reactie van het team, maar niemand wilde Helen in deze stemming onderbreken, dus ze ging verder.

'Marie en Anna Storey. Ik heb geholpen toen ze werden bedreigd door een stel klojo's. Ben Holland, geboren als James Hawker, stond op het punt vermoord te worden door zijn gestoorde vader toen ik tussenbeide kwam. Martina, onze prostituee, was feitelijk Matty Armstrong, een gigolo die werd gemarteld en misbruikt door een bende mannen totdat een collega en ik hem hebben gered.'

Weer gemompel in het team.

'Diane Anderson, destijds zwanger, was betrokken bij een ernstig ongeluk in de buurt van Portsmouth. Louise Tanner en ik werkten toen bij de verkeersdienst en we hebben geholpen haar en haar ongeboren baby, Amy, te redden. Diane heeft daar altijd over gezwegen omdat ze op dat moment niet met haar echtgenoot reisde... maar ze heeft het inmiddels toegegeven.'

'En Mickery?' Eindelijk waagde iemand het een vraag te stellen. McAndrew durfde deze keer wel.

'Mickery en Sandy waren een bonus. Een grapje ten koste van ons en van hen. De moordenaar vond kennelijk dat we het niet snel genoeg begrepen en besloot ons een boodschap te sturen.

Mickery is losgelaten op voorwaarde dat ze me het volgende bericht zou overbrengen: "Ik geef je op voor een onderscheiding."'

De uitdrukking hing zwaar in de lucht. Niemand durfde een reactie te geven.

'Ik heb officiële onderscheidingen gekregen voor alle incidenten die ik net heb genoemd, op één na. Onze moordenaar heeft met opzet mensen gekozen die ik heb geholpen en heeft geprobeerd hen te verwoesten. Het doet er voor haar niet toe of ze worden vermoord of de ander vermoorden. Ze zijn sowieso geruïneerd. Ze geniet van die onbekende uitkomst, het geeft de hele voorstelling voor haar een element van verrassing.'

De voor de hand liggende vraag was: 'Wie is de moordenaar?', dus Helen was onder de indruk van Charlies vraag. 'Heb je nog andere onderscheidingen gekregen?'

Er klonk gemompel in het team. Helen antwoordde: 'Ja, één. Een jonge Australische, Stephanie Bines. Ze werkte in een bar in Southampton. Ze was getuige van een schietpartij in de haven, koos ervoor om een verklaring af te leggen en toen werd er een aanslag op haar leven gepleegd. Wij hebben haar die dag beschermd, en door de arrestaties die we verrichtten is een hele bende achter de tralies gezet. Ik heb al mensen naar haar laatst bekende adres gestuurd, maar ik wil er ook een paar van jullie op afsturen. Jij niet, Charlie.'

Charlie ging zitten en Helen wees twee andere leden van het team aan. Toen nam Helen haar even apart.

'Ik wil dat je iets anders voor me doet, zo onopgemerkt en omzichtig mogelijk. Begrepen?'

Charlie knikte.

'Louise Tanner werkte met me samen op de dag dat we dus Amy en de andere kinderen redden bij dat ongeluk.'

Helen aarzelde kort – was dit de juiste zet? – en ging toen verder.

'Ze... Achteraf bleek dat ze alles niet zo goed kon verwerken. Ze is nooit meer in volledige dienst geweest en is korte tijd later helemaal van de radar verdwenen. Ik wil dat je alles opzoekt wat je over haar kunt vinden; waar ze heeft gezeten en wat ze heeft gedaan. En dat vertel je uitsluitend aan mij, oké?'

'Natuurlijk, chef. Ik begin er meteen aan.'

'Maar voordat je gaat, moet ik het even met je over iets anders hebben. Binnenkort breekt hier de hel los en ik heb jou nodig om het in goede banen te leiden.'

'Wat bedoel je?'

'Mark is onschuldig. Hij heeft ons niet verraden.'

Charlie keek haar met grote ogen aan. Ze had zijn leven dus ten onrechte verwoest?

'Ik weet wie ons wel heeft verraden. En dat gaat hier voor een hoop rotzooi zorgen. Ik heb jou naast me nodig om iedereen kalm en scherp te houden. Corruptie is één ding, maar we moeten hier een moordenaar zien op te pakken. Wat er ook gebeurt, ik wil dat we door blijven werken totdat de taak erop zit. Kan ik op je rekenen?'

'Honderd procent.'

En Helen wist dat dat zo was. Dit onderzoek was een nachtmerrie en het ergste moest nog komen. Maar Charlie had zich gaandeweg het onderzoek bewezen en Helen was blij dat ze erbij zou zijn als de ontknoping naderde.

En daarom voelde ze zich zo schuldig over het feit dat ze haar nu doelbewust had misleid.

83

De zweep zwiepte door de lucht en sneed in het stevige vrouwenvlees toen hij doel trof. Ze strekte en boog haar lichaam terwijl ze de pijn opving en door zich heen liet stromen. De onvermijdelijke scherpe tinteling volgde, waarna haar lichaam zich ontspande. Ze had al vijftien slagen achter de rug en begon moe te worden, maar toch zei ze: 'Nog een keer.'

Jake deed wat hem werd opgedragen, maar wist dat hij de sessie weldra zou moeten beëindigen. Het was een plezierige bijeenkomst geweest, bijna net als vroeger, en als ze verstandig waren zouden ze stoppen op hun hoogtepunt.

'Nog één keer.'

Jake hief opgelucht de zweep en sloeg met iets meer snelheid en kracht dan gewoonlijk. Ze kreunde, een verzadigde, tevreden kreun. Jake vroeg zich af of er een verandering gaande was. Begon ze seksueel plezier te beleven aan haar bestraffing? Veel van de vrouwen die hij sloeg maakten het klusje zelf af, voor zijn neus, zonder enige schaamte, nadat ze bijna tot het punt van een orgasme waren gebracht door de wrede, maar heerlijke slagen die hij uitdeelde. Zou zij zichzelf dat ook toestaan? Kon hij haar zover krijgen?

Jake had de laatste tijd steeds vaker aan haar gedacht. Hij was altijd nieuwsgierig geweest, maar sinds hun ruzie en de daaropvolgende verzoening had hij onophoudelijk geprobeerd haar te doorgronden. Waarom haatte ze zichzelf zo hevig? In zijn gedachten had hij al tientallen keren geoefend om het onderwerp ter sprake te brengen, maar uiteindelijk flapte de vraag er zomaar uit – waarmee hij hen beiden verraste.

'Is er iets waarover je wilt praten voordat je gaat?'

Ze zweeg en nam hem nieuwsgierig op.

'Ik bedoel... je weet dat alles wat hier gebeurt privé en discreet blijft, dus als je wilt praten hoef je je nergens zorgen over te maken. Wat hier wordt gezegd blijft binnenskamers.'

'Waar zou ik over willen praten?' Haar reactie was verwonderd maar neutraal.

'Over jezelf, neem ik aan.'

'Waarom zou ik dat doen?'

'Misschien omdat je het wilt. Omdat je je hier op je gemak voelt. Misschien is dit voor jou de ideale plek om mij te vertellen hoe je je voelt.'

'Hoe ik me vóél?'

'Ja. Hoe voel je je als je hier komt? En hoe voel je je als je weer weggaat?'

Ze keek hem bevreemd aan, pakte toen haar spullen en zei: 'Sorry, ik heb hier geen tijd voor.'

En ze liep naar de deur. Jake stapte naar voren en versperde haar de weg op een zachtaardige maar besliste manier.

'Begrijp me alsjeblieft niet verkeerd. Ik wil niet bemoeizuchtig overkomen en ik wil je zeker niet kwetsen. Ik wil alleen weten hoe ik je kan helpen.'

'Mij helpen?'

'Ja, helpen. Je bent een goede, sterke vrouw die veel te bieden heeft, maar je haat jezelf en dat slaat nergens op. Dus laat me je alsjeblieft helpen. Het is helemaal niet nodig jezelf zo te laten slaan, en misschien als je met me zou praten...'

Zijn stem stierf weg, zo woest was de blik die ze hem nu toezond. Het was een giftig mengsel van woede, zwartgalligheid en teleurstelling.

'Fuck you, Jake.'

En met die woorden duwde ze hem opzij en verdween. Jake liet zich op de stoel vallen. Hij had het helemaal verkeerd aangepakt en moest daar nu de prijs voor betalen. Hij wist met absolute zekerheid dat hij Helen Grace nooit meer terug zou zien.

84

Iedereen heeft een kantelpunt. Een grens die niet overschreden mag worden. Ik was niet anders. Als die stomme klootzak verstandig was geweest, dan zou dit allemaal niet zijn gebeurd. Maar hij was dom en hebzuchtig en daarom besloot ik hem te vermoorden.

Ik was op dat moment een wrak. Ik had alle hoop laten varen – ik wist dat het mijn lot was om beschadigd en verworpen te worden. Ik had daar vrede mee – zo ging het nu eenmaal met meisjes die ik kende. Geen van hen slaagde erin om uit de misère te komen. Neem nu mijn moeder; een meelijwekkend persoon. Ze was een voetveeg, een boksbal, maar erger nog: ze was medeplichtig. Ze wist wat hij me aandeed. Wat Jimmy en de anderen met me deden. Maar ze deed niets. Ze negeerde het en ging gewoon door. Als hij haar eruit schopte, zou ze waarschijnlijk sterven op straat, niemand anders zou haar willen hebben. Dus koos ze voor de weg van de minste weerstand. Eigenlijk haatte ik haar nog meer dan hem.

Tenminste, dat dacht ik, tot die ene dag. Toen ik hem onze slaapkamer binnen zag komen en hij aarzelde. Normaal gesproken drong hij gewoon binnen en nam wat hij wilde – hij hield ervan het kort en bruut te houden. Maar die dag bleef hij even staan en voor het eerst dwaalde zijn blik naar het bovenste bed.

Ik wist wat die blik betekende, welke foute gedachten er door zijn hoofd gingen. Vreemd genoeg deinsde hij terug en ging weg. Mis-

schien was hij er nog niet helemaal klaar voor. Maar ik wist dat dat slechts een kwestie van tijd was. En op dat moment had ik mijn beslissing genomen.

Ik besloot ter plekke dat ik die klootzak zou vermoorden.

En bovendien zou ik er nog van genieten ook.

85

'Het is niet moeilijk. Zal ik het voordoen?'

Simon Ashworth had voor het eerst sinds dagen weer wat kleur op de wangen. Hij had zich verborgen gehouden in Helens flat. Hij voelde zich voortdurend zenuwachtig en onrustig en hij at weinig en rookte veel. Maar nu had Helen een klusje voor hem – echt recherchewerk nog wel – en was hij opgekikkerd. Hij toonde maar wat graag zijn technische expertise en Helen had hem die mogelijkheid zojuist op een presenteerblaadje aangeboden.

Hij was verrast door haar plotselinge komst. Ze viel binnen en begon vragen op hem af te vuren zonder te informeren hoe het met hem ging en zonder hem bij te praten over de situatie met Whittaker. Ze leek geagiteerd en afwezig en toen ze hem op de hoogte bracht van de details van het onderzoek, snapte hij ook waarom. Hij nam alles in zich op, maar het bleef verbijsterend. Er was in ieder geval vooruitgang geboekt. Inspecteur Grace had ontdekt waarom de slachtoffers als doelwit werden gekozen, en nu wilde ze weten hoe de moordenaar het deed. Hoe kon de moordenaar zo precies op de hoogte zijn van de handel en wandel van de slachtoffers, zo goed dat ze hun precies op het juiste moment een lift kon aanbieden, om hen vervolgens te ontvoeren?

Sommige routines, zoals Ben Hollands wekelijkse vergaderingen, waren gemakkelijk te hanteren voor een stalker. En Marie en

Anna verlieten de flat nooit. Maar hoe zat het met Amy? Of Martina? Hun gedrag was impulsief en onvoorspelbaar. Hoe kon je in hun hoofd kijken?

'Aangenomen dat ze hun plannen niet van tevoren bekendmaken op sociale media, enzovoort, zijn ze het best in de gaten te houden door hun communicatiekanalen te hacken,' begon Simon. Helen hield deze keer haar mond en Simon genoot van de korte verschuiving van machtspositie.

'Hun telefoon hacken is moeilijk, want dan moet je hun toestel in handen krijgen en er een chip in stoppen. Mogelijk, maar riskant. Het is veel gemakkelijker om hun e-mailaccount te hacken.'

'Hoe?'

'De eerste stap is naar hun Facebooksite te gaan, of iets dergelijks dat persoonlijke gegevens bevat. Normaal gesproken kun je daar hun e-mailadres vinden; gmail, hotmail, wat dan ook, plus allerlei informatie over hun familie, geboortedatum, favoriete vakantiebestemmingen, enzovoort. Dan bel je hun e-mailprovider en zeg je dat je je mail niet meer kunt bereiken omdat je je wachtwoord bent vergeten. Ze zullen je een aantal tamelijk voorspelbare vragen stellen – de meisjesnaam van je moeder, naam van een huisdier, belangrijke datum, favoriete plaats. De meeste van die vragen kun je vrij gemakkelijk beantwoorden als je je huiswerk goed hebt gedaan. Dan krijg je je oude wachtwoord en vragen ze of je dat wilt behouden of wijzigen. Je zegt dat je het zo wilt houden, zodat de echte accounthouder niks merkt. Maar het betekent wel dat je nu toegang hebt tot al hun e-mail op je eigen computer. Simpel.'

'En kunnen wij nagaan of iemands account wordt benaderd door meer dan één computer?'

'Zeker. Zijn of haar accountprovider zou dat kunnen vertellen, als je die zo ver kunt krijgen. Ze doen daar een beetje moeilijk over, maar als je zegt dat het om een moordonderzoek gaat, zullen ze waarschijnlijk wel instemmen.'

Helen bedankte Simon en ging terug naar het bureau. Hij was van essentieel belang geweest voor de zaak, op een manier die ze nooit had kunnen voorzien. Amy had haar moeder gemaild met het exacte tijdstip waarop ze naar huis zou gaan liften. Had de moordenaar die e-mail gezien en op de loer gelegen? Martina had mails gestuurd naar haar zus – de enige uit haar vroegere leven met wie ze nog steeds contact had – waarin ze had gevraagd of ze bij haar langs kon komen, om even weg te zijn uit Southampton. Was dit de manier waarop de moordenaar Matty had opgespoord? En was dat de reden waarom 'Cyn' hen had ontvoerd, omdat ze vreesde dat de gelegenheid voorbij zou gaan wanneer Matty/Martina naar haar zus in Londen ging?

Meer vragen dan antwoorden, maar Helen had in ieder geval het gevoel dat ze dichter bij de waarheid kwam.

86

'Sodemieter op.'

Mickery siste hem de woorden toe, maar Whittaker negeerde haar en kwam op haar af.

'Als je me met één vinger aanraakt, schreeuw ik hier de hele tent bij elkaar.'

Ze was voor de nacht in de ziekenboeg van het bureau opgenomen. Daar kon ze uitrusten, terwijl ze continu werd bewaakt. De onervaren agent die nachtdienst had, had het niet ongewoon gevonden dat hij een sigaretje mocht gaan roken van de chef. Het was gewoon een teken dat hij een toffe peer was. Whittaker wist dat hij maximaal vijf minuten had en was van plan die zo goed mogelijk te gebruiken.

'Ik moet weten wat je gaat doen.'

'Ik meen het. Kom niet dichterbij.'

'Godallemachtig, Hannah, ik doe je niets. Ik ben het, Michael.'

Hij probeerde haar aan te raken, haar te troosten, maar ze trok zich fel los.

'Dit is jouw schuld. Dit is allemaal jouw...'

'Doe niet zo belachelijk. Jij bent naar mij toe gekomen.'

'Waarom heb je me niet gevonden?'

De kwetsbaarheid in haar stem schokte hem.

'Ik ben door een hel gegaan, Mike. Waarom heb je me niet gevonden?'

Plotseling was al zijn woede verdwenen en werd hij vervuld van medelijden. Hij kreeg een brok in zijn keel, een plotselinge opwelling van treurnis. Hij had Hannah voor het eerst ontmoet in de nasleep van een uit de hand gelopen schietpartij die zijn carrière in de frontlinie had beëindigd. Zij had hem begeleid, hem genezen en ze waren verliefd op elkaar geworden. Hij had haar bestaan verborgen gehouden, omdat hij niet wilde dat de buitenwereld zou weten dat hij een psychiater had, maar zijn gevoelens voor haar waren oprecht.

'We hebben alles uit de kast gehaald, Hannah, echt alles. We hebben ons uiterste best gedaan. Iedereen die ik kon missen zonder dat het verdacht...'

Hannah keek scherp op.

'Zonder zelf verdacht over te komen?'

Ze zei het met grote bitterheid.

'Ik heb het geprobeerd. Ik heb het echt, echt geprobeerd. Maar je was spoorloos. Net als Sandy. Jullie waren van de aardbodem verdwenen. Ik weet niet of die moordenaar een mens is... of een spookverschijning. Als ik met je van plaats had kunnen ruilen had ik het gedaan, geloof me...'

'Hou je mond. Waag het niet om dat te zeggen.'

'Wat wil je dan dat ik zeg?'

De vraag bleef in de lucht hangen. Whittaker wist dat hij nog maar heel even had – hij moest zo snel mogelijk vertrekken.

'Ik wou dat je me vertelde dat het nooit is gebeurd. Ik wou dat ik je nooit had ontmoet. Dat ik nooit verliefd op je was geworden. Ik zou willen dat je die moordenaar voor jezelf had gehouden. Dat alles wegging. Dat ik hier niet meer was. Ik zou willen dat ik niet meer bestond.'

Whittaker staarde haar aan. Hij wist niets meer te zeggen na haar wanhopige woordenvloed.

'Maar je hoeft niet bang te zijn. Ik ga ze niks vertellen over jou.

Ik zal mijn mond houden. Ik doe wat me is gezegd en misschien overleef ik het dan.'

Ze draaide zich met haar gezicht naar de muur.

'Bedankt, Hannah.'

Het was ontoereikend, volkomen ontoereikend, maar de tijd drong, dus Whittaker glipte naar buiten. Even later kwam de jonge agent terug. Hij stonk naar goedkope sigaretten. Whittaker gaf hem een schouderklopje en vertrok. Terug in zijn kantoor zuchtte Whittaker diep. Het oorspronkelijke plan was geweest om samen te stoppen met werken met miljoenen op de bank. Dat was nu verpest, maar hem konden ze tenminste niets maken. Het was allemaal afschuwelijk, afschuwelijk misgelopen, maar hij zou het er in ieder geval goed vanaf brengen. Hij was de hele nacht op geweest en was kapot, maar toen de zon opkwam voelde Whittaker een golf van energie en optimisme.

Op dat moment werd er stevig op de deur geklopt. Voordat hij de kans kreeg om te reageren kwam Helen binnen, geflankeerd door twee medewerkers van de afdeling Anticorruptie.

87

Stephanie Bines was nergens te vinden. Jobhoppers zijn erg moeilijk te lokaliseren, vooral als ze in de horeca werken. Het is een promiscue beroep, waarbij mensen voor de belofte van wat meer geld voortdurend overlopen naar een andere werkgever. Stephanie Bines had in vrijwel alle bars van Southampton gewerkt. Ze was aantrekkelijk en geestig, maar ook wispelturig en humeurig – en ze was al een tijdje door niemand meer gezien.

Na de rechtszaak had ze overwogen terug naar huis te gaan, maar ze was niet voor niets uit Australië weggevlucht en het idee om daar terug te keren met de staart tussen de benen – nog steeds platzak en zonder relatie – sprak haar niet aan. Dus was ze van Southampton naar Portsmouth gegaan en had ze gedaan wat ze altijd had gedaan: werken, drinken, neuken en slapen. Ze was een stuk drijfhout dat aan de zuidkust was aangespoeld.

Op haar laatst bekende adres werd niet opengedaan. Sanderson was er langs geweest, maar het was een plek waar mensen kwamen en gingen en waar je per week betaalde. Stephanie was daar al tijdenlang niet gezien. De eigenaar, argwanend ten opzichte van de politie en bang voor wie of wat ontdekt zou kunnen worden in zijn goedkope kamers, stond niet te springen om te helpen. Hij eiste een huiszoekingsbevel voordat hij zijn deuren zou openen. Het team vroeg er onmiddellijk een aan, maar dat zou tijd kosten. Dus hervatten ze hun zoektocht in de clubs en bars in het centrum, de plaatselijke ziekenhuizen, bij taxibedrijven en op andere plekken. Maar nog steeds geen spoor.

Ze was verdwenen.

88

Whittaker keek Helen vijandig aan. Niemand zei iets – de mensen van Anticorruptie lazen een formele beschuldiging voor – maar toch had Helen het gevoel dat ze werd ondervraagd. Whittakers woeste blik doorboorde haar alsof hij probeerde haar gedachten te lezen.

'Ik moet zeggen dat ik verbaasd over je ben, Helen. Ik dacht dat je verstandiger was.'

Brigadier Lethbridge van Anticorruptie hield abrupt zijn mond, verbaasd door de plotselinge interruptie.

'Ik dacht dat de zaak was opgehelderd,' ging Whittaker door, 'en nu krijg ik hem op mijn bord. Ik hoef je er niet aan te herinneren dat er een lopend onderzoek gaande is dat je volledige aandacht vereist.'

Helen weigerde haar ogen neer te slaan, weigerde zich te laten intimideren. Lethbridge wilde weer beginnen, maar Whittaker praatte dwars door hem heen.

'Ik kan alleen maar aannemen dat dit een kwestie van ambitie is. Misschien had je het gevoel dat je niet snel genoeg promotie maakte. Misschien was het niet genoeg voor je dat ik je heb bevorderd tot de jongste vrouwelijke inspecteur die dit bureau ooit heeft gehad. Maar ik zal je één ding vertellen: meerderen op slinkse wijze een dolk in de rug steken is niet de manier om hogerop te komen. Zoals je snel genoeg zult ontdekken.'

Zijn blik liet haar niet los. Helen verbrak het oogcontact als eerste – een opspelend geweten, schuldgevoel, hoewel ze niet wist waarover ze zich schuldig zou moeten voelen. Dit was typisch Whittaker; haar eraan herinneren wat ze aan hem te danken had, en tegelijkertijd een nauwelijks verholen dreigement uitspreken. Hij was er erg handig in iedereen die zijn positie bedreigde te intimideren en uit te schakelen zonder de grens te overschrijden. Het was waar dat Whittaker haar had 'ontdekt', dat hij haar als veelbelovende agente uit de groep had geplukt en haar had geholpen zich op te werken tot inspecteur. En toen had ze zich tegen hem gekeerd. Maar wat hij had gedaan was zo erg – niet alleen zijn relatie met Mickery en het lekken van cruciale informatie, maar ook het feit dat hij Mark en Simon Ashworth tot zondebok had gemaakt – dat ze feitelijk niets dan minachting voor hem zou moeten voelen.

Helen was blij dat het gesprek al na twintig minuten werd beëindigd. Ze zouden opnieuw bijeen moeten komen met Whittakers vakbondsvertegenwoordiger en zijn advocaat en vanaf nu zou Helen van het proces worden uitgesloten. Zoals te verwachten viel had Whittaker weinig gezegd en alle beschuldigingen ontkend. Zou hij doorslaan?

Er was simpelweg te veel rook; er moest ook vuur zijn. Charlie leek onschuldig. Ook Mark had, met zijn hand op zijn hart, zich overtuigend verdedigd. En Simon Ashworths verhaal was waterdicht. Alles wees erop dat Whittaker de schuldige was, maar Helen wist dat hoge politiefunctionarissen zelden aan de schandpaal werden genageld. En in dit geval was dat zelfs nog minder waarschijnlijk, omdat het onderzoek dat hij in gevaar had gebracht zo sensationeel was. Dit soort corruptiezaken sleepte zich vaak maanden, soms zelfs jaren, voort achter gesloten deuren. En de kans was groot dat hij uiteindelijk met pensioen gestuurd zou worden zonder echte berisping of straf. Helen had de pest aan dat soort realpolitik.

Het proces zou tijd kosten, maar twee zaken waren onmiddellijk duidelijk. Ten eerste dat Helen de rol van Whittaker zou overnemen, en ten tweede dat ze Mark terug in het team wilde.

Helen haalde diep adem en drukte op zijn bel. Dit zou niet gemakkelijk worden, maar ze kon het niet uitstellen. Charlie was nog steeds op zoek naar Louise Tanner, er was geen spoor van Stephanie Bines en ze waren nog altijd niet dichter bij het einde van deze nachtmerrie. Ze had al haar beste mensen nodig.

'Kom op, kom op,' mompelde Helen terwijl ze luisterde naar tekenen van leven. Een minuut tikte voorbij. Toen nog een. Ze wilde net haar verlies accepteren en gaan toen ze iemand aan het slot hoorde morrelen. Ze draaide zich om op het moment dat de deur openzwaaide en daar stond Mark. Of wat er van hem over was.

Hij zag er niet best uit. Ongeschoren, met rode ogen en wankel op zijn benen. Iemand die overdag dronk met niets of niemand om hem tegen te houden. Hij droeg een trainingspak, maar dat betekende niet dat hij aan sport deed. Hij was kapot. Helen voelde een steek van spijt. Ze had aangeboden Mark te redden, en toen had ze hem nogmaals aan de drank geholpen. Hij staarde haar aan met een mengeling van verbazing en minachting. Helen begon zonder omhaal.

'Mark, we hebben samen veel meegemaakt, dus ik zal er niet omheen draaien of proberen de dingen mooier te maken dan ze zijn. Ik zeg het recht voor z'n raap. Ik weet dat je onschuldig bent aan alles wat ik je voor de voeten heb geworpen. Ik weet dat ik er een puinhoop van heb gemaakt. En ik wil je meteen terug in het team. Als je de energie daar niet voor hebt of het niet kunt opbrengen met mij in dezelfde ruimte te zitten zou ik dat begrijpen, maar ik wil een manier vinden om je terug te krijgen. Je bent een te getalenteerde politieman om zomaar op de schroothoop gegooid te worden. Ik had het mis. Maar ik heb nu de juiste te pakken en ik wil het goed maken.'

Een lange stilte. Mark keek haar verbijsterd aan. Toen vroeg hij: 'Wie?'

'Whittaker.'

Mark floot en lachte toen. Hij was sceptisch.

'We weten nog niet of het een financiële relatie met Mickery was of een romantische, maar ik ben er volledig van overtuigd dat hij het was. Hij heeft gelogen over zijn alibi, heeft andere medewerkers onder druk gezet om te liegen… het is één grote puinhoop.'

'En wie neemt het dan over?'

'Ik.'

'Nou, gefeliciteerd.'

Tot nu toe was hij beleefd geweest, maar de eerste sporen van sarcasme begonnen door te klinken.

'Ik weet dat ik je kwaad heb gemaakt, Mark, ik weet dat ik verraad heb gepleegd aan onze… vriendschap. Het was niet mijn bedoeling je te kwetsen, maar ik heb het wel om de juiste redenen gedaan. Ik zat alleen fout. Heel erg fout.'

Ze haalde adem en ging meteen verder. 'Maar er zijn ontwikkelingen en ik heb je weer nodig. Ik weet dat de moordenaar wordt gedreven door een persoonlijke haat jegens mij. We komen dichterbij, Mark, maar ik heb jouw hulp nodig.'

Ze legde de situatie snel uit – de slachtoffers, de onderscheidingen. Mark nam alles in zich op, eerst passief, maar toen begon hij langzamerhand vragen te stellen, en hij ging steeds meer op in het verhaal. De oude instincten kwamen terug, dacht Helen bij zichzelf.

'Heb je het tegen de rest van het team gezegd? Dat ik onschuldig ben?' wilde Mark weten, het initiatief van Helen overnemend.

'Charlie weet het. Ik zal het de anderen straks vertellen.'

'Dat is wel het minste wat er moet gebeuren voordat ik zelfs maar wil nadenken over wat je zojuist hebt gevraagd.'

'Natuurlijk.'

'En ik wil dat je je excuses aanbiedt. Ik weet dat je daar niet erg goed in bent...'

'Het spijt me, Mark. Het spijt me echt heel erg. Ik had nooit aan je mogen twijfelen. Ik had naar mijn intuïtie moeten luisteren. Maar dat heb ik niet gedaan.'

Mark staarde haar aan, verrast door haar uitgebreide verontschuldiging.

'Ik weet dat ik je hiertoe heb aangezet, maar ik zal het goedmaken. Ga je opfrissen en help ons haar op te pakken. Alsjeblieft.'

Hij wilde nog niet meteen toegeven. Helen wist dat hij dat niet kon opbrengen, hoewel ze eigenlijk hoopte dat hij het wel zou doen. Onmiddellijke vergiffenis is altijd wenselijk, hoewel niet erg waarschijnlijk. Dus liet ze hem peinzend achter en ging weer aan het werk. Had ze te lang gewacht met het herstellen van de brokken? De tijd zou het leren.

89

Charlie Brooks hield niet van alcohol. Ze had er nooit van gehouden. En kroegen die om negen uur 's ochtends opengingen waren niet haar natuurlijke habitat. Maar vandaag kamde ze ze uit, een stap in een andere, duisterder wereld. Er zijn cafés waar je heen gaat om je geliefde het hof te maken. Er zijn andere waar je op de tafels gaat staan zingen. En er zijn weer andere waar je heen gaat om je dood te drinken. Het was nog vroeg in de ochtend en toch zat de Anchor al aardig vol, met gepensioneerden, alcoholisten en mensen die overal liever waren dan in hun eentje thuis.

Ondanks het rookverbod hing er een sterke lucht van sigaretten. Charlie vroeg zich af welke geboden ze nog meer veronachtzaamden in dit ongezonde etablissement. Jarenlang had de gemeente geprobeerd deze havenpubs te sluiten, maar de macht van de brouwerijen was groot en bars die sterk bier verkopen voor £ 1,99 per halve liter zullen altijd populair blijven bij klanten.

Het was al een uitputtende zoektocht geweest. Er waren veel louche dranklokalen in de havenbuurten van Southampton, en Charlie zou ze allemaal moeten bezoeken. Zodra ze binnenstapte gingen de blikken haar kant op en spitste men de oren. Ondanks het feit dat ze haar kledingkeus had aangepast, was ze nog steeds te aantrekkelijk, te fris voor dit soort oorden, en de clientèle was onmiddellijk geïntrigeerd of in sommige gevallen op zijn hoede. Niemand gaf haar een warm welkom en ze begon de moed al te verliezen, toen ze eindelijk een meevaller had.

Louise Tanner, of Louie zoals ze plaatselijk bekendstond, was een vaste klant in de Anchor. Ze zou hier op een bepaald moment opduiken. Je hoefde alleen maar af te wachten.

Bood dit kans op succes? Het was beter dan niets, dus Charlie nam wat te drinken en ging in een hoekje achterin zitten. Zo had ze goed zicht op de ingang zonder dat ze zelf te veel opviel, en het was een goede uitkijkpost.

Ze probeerde zich voor te stellen hoe Louise eruit zou zien. Ze hadden alleen haar officiële politiefoto en die was jaren oud. Toen was ze nog een gespierde agente geweest, met blond haar dat strak in een paardenstaart was gebonden en een spleetje tussen haar voortanden. Niet zozeer aantrekkelijk, maar wel een imposante en indrukwekkende verschijning. Haar fysieke kracht kwam goed van pas toen zij en Helen die mensen uit hun auto's hadden getrokken, maar in de nasleep ervan bleek ze over opvallend weinig mentale kracht te beschikken. Je kunt nooit voorspellen hoe je zult reageren op traumatische ervaringen, maar terwijl Helen Grace erin was geslaagd de hare op te kroppen, weg te stoppen of er op haar eigen manier mee om te gaan, was Louise Tanner dat niet gelukt. Kwam het door de brandwonden die sommige van de jonge slachtoffers hadden gehad? Kwam het door de chauffeur die tussen de bus en een pilaar was verpletterd? Wat het ook was, Louise had moeite met de nasleep. Ze kreeg therapie, halveerde haar uren en kreeg alle steun die je maar kunt bedenken, maar een jaar later nam ze ontslag.

Collega's en vrienden probeerden met haar in contact te blijven, maar Louise werd steeds agressiever en verbitterder. Mensen zeiden dat ze te veel dronk, speculeerden zelfs dat ze betrokken zou zijn bij kleinschalige misdaad. En een voor een verbraken ze het contact met haar, totdat op het einde niemand meer, zelfs haar familie niet, wist waar ze was. Haar leven had niet in groter contrast kunnen staan met dat van Helen, die tot de top van haar beroepsgroep was doorgedrongen en nu genoot van het geld en de status die hoorden bij de rang van inspecteur bij de recherche. Tanner gaf Helen op een of andere manier de schuld van haar problemen, vandaar de hatemail die ze af en toe naar het bureau in Southampton stuurde. Helen had er niets mee gedaan, maar het bleek nu van pas te komen. Het poststempel van Southampton toonde aan dat Tanner nog steeds in de buurt woonde. Ze was af en toe gezien in Southampton en Helens intuïtie zei dat Louise zich niet ver van de haar bekende plekken zou begeven. En daarom zat Charlie nu met een glas lauwe jus achter in een van de ergste kroegen die ze ooit had bezocht.

De tijd kroop voorbij. Charlie begon zich langzamerhand af te vragen of dit een zorgvuldig voorbereide grap was. Had de eigenaar Louise op de een of andere manier getipt? Misschien zaten ze nu te gniffelen over die stomme agente die haar tijd verspilde aan een nutteloze surveillance.

Maar toen was er beweging bij de ingang. Een vrouw in een zwart donsjack en een ordinaire trainingsbroek stapte naar binnen. Duidelijk een vaste klant. Een glimp van haar gezicht en een lok sluik blond haar. Was het Louise?

Ze paradeerde naar de bar en maakte een grapje met de eigenaar. Een paar woorden als antwoord en ze draaide zich onmiddellijk om naar Charlie. De eigenaar had kennelijk iets gezegd en er was geen twijfel mogelijk: de vrouw die naar de donkere hoek achter in de bar keek was Louise. Haar blik ontmoette die van Charlie, in een fractie van een seconde schatte ze de situatie in en toen draaide Louise Tanner zich om en ging ervandoor.

Charlie rende achter haar aan. Louise lag dertig meter voor en rende voor haar leven. Door de smalle straatjes die kriskras door dit ooit middeleeuwse gebied liepen, vervolgens over de hoofdstraat naar de pakhuizen aan de Western Docks. Charlie verdubbelde haar inspanningen; haar longen begonnen al te branden. Louise was duidelijk niet erg fit – ze had een vreemd, zwalkend loopje dat je deed vermoeden dat ze een blessure had – maar ondanks dat was ze verrassend snel, gedreven door wanhoop.

Charlie lag nog maar tien meter achter toen Louise plotseling rechts afsloeg en loods 24 in dook, een opslagplaats voor Poolse vracht waar de containers torenhoog waren opgestapeld. Charlie veranderde van koers en rende naar binnen. Maar Louise was nergens te zien.

Charlie vloekte. Ze moest bijna binnen handbereik zijn, maar met zo veel smalle gangetjes tussen de containers en zo veel hoekjes waar je je kon verstoppen wist ze bij god niet waar ze moest beginnen. Ze dook naar links en bleef plotseling staan. Ze luisterde. Ja, daar was het weer. Een gedempt gekuch. Louise was een zware roker en die sprint zou haar rokershoest geen goed hebben gedaan. Ze kroop om de dichtstbijzijnde container heen en liep zachtjes verder, geleid door het ingehouden maar voortdurende gehoest. En daar stond ze, met haar rug naar haar toe, in de val, als Charlie maar bij haar kon komen.

Charlie was nog tien meter bij haar vandaan toen Louise zich omdraaide, een verwilderde blik in haar wanhopige ogen. En toen zag Charlie het mes – een kort maar vervaarlijk uitziend ding waarmee Louise naar haar uithaalde. Charlie stapte werktuiglijk achteruit; ze besefte voor het eerst in welke gevaarlijke situatie zij en haar ongeboren baby waren beland.

Nu kwam Louise op haar af. Charlie liep sneller achteruit en probeerde haar tot kalmte te manen.

'Ik wil alleen maar met je praten, Louise.'

Maar de prooi zei niets, trok de capuchon weer over haar hoofd alsof ze haar identiteit wilde verbergen voor haar achtervolger.

Ze kwam dichter- en dichterbij. Charlies ogen bleven op het naderende mes gericht.

Bang! Charlie botste tegen de metalen wand van een container. Ze draaide zich om en besefte te laat dat ze in een doodlopend gangpad was beland. Ze had nog net tijd om zich om te draaien en haar handen omhoog te steken ten teken van overgave terwijl Louise haar bij de kraag greep en haar terugduwde. Met het mes op Charlies keel begon Louise haar te fouilleren op waardevolle spullen. Een blik van woede veranderde in walging toen ze de politiepenning en portofoon vond. Ze smeet ze op de vloer en spuugde erop.

'Wie heeft je gestuurd?' brieste Louise.

'We zijn bezig met een onderzoek...'

'Wíé heeft je gestuurd?'

'Helen Grace... inspecteur Grace.'

Een moment stilte, en toen grijnsde Louise haar gehavende gebit bloot.

'Wil je haar een boodschap van mij geven?'

'Natuurlijk.'

Op dat moment haalde Louise het mes over Charlies borst, waarbij ze haar keel op een haar na miste. Bloed sijpelde uit de langgerekte wond net boven haar borsten. Charlie stond als aan de grond genageld, in shock, voordat ze weer bij zinnen kwam door het akelige geluid van Louises gegrinnik.

'Heb je nog niet genoeg gehad?'

Plotseling klonk er gekraak uit Charlies weggesmeten portofoon. Louise wierp een blik opzij, bang voor interventie, en Charlie liet haar linkerarm scherp omhoogschieten en sloeg het mes uit Louises hand. Charlie wierp zich naar voren, maar terwijl ze dat deed landde Louises woest zwaaiende linkervuist op haar keel. Het voelde even alsof haar strottenhoofd werd verbrijzeld. Ze snakte naar adem, had het gevoel dat ze stikte, en ze moest steun zoeken tegen de wand van de container. Toen ze opkeek was Louise al de deur uit, de vrijheid tegemoet. Charlie zette de achtervolging in, maar moest meteen stoppen en overgeven. Ze kon geen voet meer verzetten.

Charlie vroeg via de portofoon om versterking en liep toen langzaam naar de uitgang. De shock was voelbaar en ze had frisse lucht nodig. Ze ademde diep in, vulde haar longen met zeelucht en voelde zich even wat beter. Toen ze opkeek, zag ze tot haar verbazing dat er al agenten op haar toe snelden. Achter hen ving ze nu een glimp op van commotie in de buurt van loods 1. Die was in jaren niet gebruikt, althans dat hadden ze gedacht. Er was daar iets niet in de haak en terwijl de agenten zich om Charlie bekommerden, brachten ze haar op de hoogte. Spijbelende schoolkinderen hadden eerder die ochtend een man van middelbare leeftijd gevonden – niet dood, maar het scheelde niet veel – die in comateuze toestand in een container met afval lag.

Ze hadden Sandy Morten gevonden.

90

De reclassering was gehuisvest in een voormalige school in Southam Street. Sarah Miles, een oud-collega van de politieopleiding in Netley, werkte daar en Helen spoedde zich nu naar haar toe. Ze had er een hekel aan om een goede vriendin voor te liegen, maar het kon niet anders. Ze kon pas openhartig zijn over haar verdenkingen als ze het absoluut zeker wist. Er zou later nog genoeg tijd zijn voor verklaringen. Als er een later was.

Ze had gevraagd wat voor informatie ze hadden over Lee Jarrot, een kleine draaideurcrimineel van wie Helen het deed voorkomen alsof hij zich niet aan de voorwaarden van zijn proeftijd had gehouden. Het was een gemene truc tegenover Sarah om haar zo voor de gek te houden en waarschijnlijk ook tegenover Lee, want naar Helens beste weten had hij absoluut niets verkeerds gedaan, maar het moest nu even zo. Sarah ging naar het archief in het souterrain en Helen liep achter haar aan. Het was buitenstaanders niet toegestaan om daar te komen, maar Helen liep vaak met Sarah mee voor een roddel en een praatje. Ze waren halverwege op weg naar de letter J en liepen steeds maar door langs de eindeloze rijen met dossiers, toen Helen deed alsof ze haar mobieltje in de auto had laten liggen.

'Ik heb beloofd dat ik steeds bereikbaar zou zijn, vind je het erg om het dossier mee naar boven te nemen?'

Sarah sloeg haar ogen ten hemel en bleef doorlopen. Ze was een kordate dame die er niet van hield tijd te verspillen.

Wat betekende dat Helen snel moest zijn. Ze liep terug naar de ingang en nam een scherpe bocht naar links. Haar ogen schoten koortsachtig langs de dossiers – waar stond verdomme de C? Ze hoorde Sarahs tikkende hakken vertragen. Ze moest in de buurt zijn van Jarrots dossier.

C. Daar dus. Sneller, steeds sneller bladerde Helen door de dossiers. Casper, Cottrill, Crawley... Sarah was inmiddels al weer op de terugweg. Helen had nog maar een paar tellen, en... daar was het. In andere omstandigheden zou ze het niet zomaar aangeraakt hebben, de gedachte alleen al was traumatisch. Maar nu greep Helen het dossier en stopte het in haar tas.

Toen Sarah terugkwam bij de ingang, stond Helen al op haar te wachten.

'Ik had hem al die tijd in mijn tas. Echt, ik zou mijn hoofd nog vergeten als het niet vastzat.'

Sarah Miles sloeg haar ogen nogmaals ten hemel en ze gingen naar buiten. Helen slaakte een korte, heimelijke zucht van opluchting.

91

Charlies wond bleek maar oppervlakkig te zijn, maar omdat ze zwanger was hadden de artsen haar langer gehouden dan gewoonlijk, om haar goed te kunnen behandelen. Als gevolg daarvan wist het grootste deel van het bureau nu dat ze in verwachting was. Toen ze de recherchekamer betrad, kwam het hele team om haar heen staan; ze vroegen hoe ze zich voelde, stelden voor dat ze naar huis zou gaan. Maar Charlie was vastbesloten om te blijven en het team te helpen.

De anderen waren onder de indruk van haar stoïcijnse houding, maar in werkelijkheid was ze hevig van slag door de aanval van Tanner. Haar enige angst was de baby geweest, die ze zo nonchalant in levensgevaar had gebracht. Hoe had ze Steve ooit nog onder ogen kunnen komen als ze de baby had verloren waar ze beiden zo lang naar hadden verlangd? Het enige wat ze wilde was naar huis gaan, tegen Steve aan kruipen en eens flink uithuilen. En toch wist Charlie dat de politie nog altijd een behoorlijk vrouwonvriendelijke organisatie was en dat het minste teken van zwakheid van een vrouw – hoe gerechtvaardigd ook – kritiek zou opleveren van haar mannelijke collega's. Je zou het etiket opgeplakt krijgen een zwakke vrouw te zijn en ook als zodanig behandeld worden. En o wee als je je baby belangrijker vond dan het werk. Zo gauw je te boek stond als moederkloek, werd je afgeschreven.

Als je ouderschapsverlof aanvroeg of parttime wilde gaan werken, kon je net zo goed meteen overplaatsing aanvragen naar een administratieve afdeling. Parttimers waren niet populair in de frontlinie.

Er was geen ruimte voor sentiment – het was alles of niets. Dat was de reden waarom iedereen Helen Grace respecteerde: zij nam nooit vrij, liet haar privéleven nooit haar werk beïnvloeden, ze was de ideale politievrouw. Ze maakte het de rest verdomd moeilijk, legde de lat te hoog, maar zo was het nu eenmaal. Dus Charlie bleef. Ze was behoorlijk van haar stuk, maar ze was niet van plan zich te laten afschrijven nadat ze zo hard had gewerkt voor haar positie.

Mark hield zich op de achtergrond en wachtte tot de hele groep weg was voordat hij de kamer door liep en Charlie een stevige omhelzing gaf. Ze wist waarom hij zo terughoudend was; er waren twijfelaars, mensen die Mark voorlopig nog niet zouden vertrouwen, dus het paste hem niet om vooraan in de rij te gaan staan. Ze kunnen doodvallen, dacht Charlie, terwijl ze Mark langer vasthield dan strikt noodzakelijk was. Ze wilde een punt maken tegenover de rest van het team. Misschien zou een deel van haar bezieling op hem overgaan en zijn redding versnellen.

Ze zouden hun argwaan ten opzichte van Mark snel moeten inslikken en moeten ophouden met hun insinuaties: Mickery was gaan praten. Charlie zou dat eigenlijk niet mogen weten, maar de muren hebben oren en Mickery was nauwelijks de ziekenboeg uit geweest sinds ze was opgehaald. Het was haar veilige haven en ze had al haar gesprekken met de afdeling Anticorruptie daar gehad. Charlie had genoeg vriendinnen onder de verveelde en roddelzieke vrouwelijke agenten die Mickery in de gaten hadden gehouden. Ze gaven door wat ze hadden opgevangen en het gerucht ging dat Mickery een verhouding had gehad met Whittaker nadat hij haar eerst voor zijn werk had gebruikt. Deelden ze nog steeds het bed toen de moorden waren begonnen? En wie had hun plan om zichzelf te verrijken bedacht? Het deed er niet echt toe. Mark was niet langer verdachte, dat was het belangrijkste.

De grote vraag was hoe Mark zou reageren als Helen aanwezig was. Als ze een manier konden vinden om goed samen te werken zou zijn wederopstanding voltooid zijn. Als dat niet lukte, zat hij in grote problemen.

Precies op dat moment kwam Helen binnen. Ze zei niets over de terugkeer van Mark, maar riep iedereen bij elkaar om de taken te verdelen.

'We weten nu dus dat Sandy Morten een beroerte heeft gehad,' begon ze. 'Mickery heeft hem niets aangedaan – zijn lichaam kon de omstandigheden gewoon niet aan. Hij ligt nu op de intensive care en vecht voor zijn leven, maar echt, hij heeft geluk gehad. Als die jongens hem niet hadden gevonden, hadden we nu weer met een lijk opgezadeld gezeten. De artsen denken dat hij het wel zal redden. Wat kunnen we hieruit opmaken?'

'Dat hij geen onderdeel uitmaakte van het plan,' antwoordde Bridges.

'Precies. Ze spaarde Mickery en Morten. Was nooit echt van plan hen te vermoorden. Het was gewoon een grap. Haar manier om het spel vaart te geven.'

Helen bekeek haar teamleden en zag tot haar genoegen woede die zich vermengde met vastberadenheid. Politiemensen houden er niet van voor de gek gehouden te worden.

'Dus het wordt tijd dat we een tandje bijzetten, dat we haar een stap voor zijn, voor de verandering. De hoogste prioriteit is het vinden van Stephanie Bines. Ze is duidelijk het volgende slachtoffer en ik wil niet dat wij haar dood straks op ons geweten hebben. Charlie, kun je de taken op dat gebied coördineren? Gebruik alles wat je nodig hebt, we moeten haar vinden. Mark, ik wil dat jij je concentreert op het vinden van Louise Tanner. Ze is zeer gevaarlijk, heeft een bijzondere hekel aan mij en heeft al geprobeerd een van ons te vermoorden. Dus stel een team samen en zorg dat je haar vindt, oké?'

Mark knikte, met de blikken van het team op zich gericht. Hij deed het helemaal goed, dacht Helen – beheerst, niet timide, vastbesloten. Hij deed zijn uiterste best, met zijn collega's, met zijn voorkomen (oké, hij zag er nog steeds belabberd uit, maar hij was schoon en nuchter) en met haar. Ze voelde een grote dankbaarheid jegens hem en was blij dat hij had besloten haar toch weer te vertrouwen.

Het team kwam tot leven. Nu Helen als commandant optrad, waren haar medewerkers nog vastbeslotener om haar goedkeuring te winnen, en er heerste een gevoel dat degene die de moordenaar zou pakken een grote kans had om Helen op te volgen als inspecteur. Dus iedereen verdubbelde zijn inspanningen, op jacht naar glorie.

Helen trok zich terug in het kantoor van Whittaker. Ook al was hij op dit moment geschorst en zou hij nooit meer terugkeren op dit bureau, het voelde nog steeds als zijn kantoor. Helen vermeed voorlopig zijn stoel en bleef naast zijn bureau staan terwijl ze nogmaals door het dossier bladerde dat ze zojuist had gestolen.

Ze pakte de telefoon, belde de sociale dienst en had al snel het adres dat ze nodig had.

De rest van het team was op jacht naar Bines en Tanner, dus Helen had een paar uur de tijd. Maar dat was niet genoeg en ze moest een heel eind rijden, dus ze draaide het gas open en ging snel op weg. De M25 zat weer behoorlijk dicht. Opgelucht nam ze de afslag naar de M11. Algauw was ze op de A11 en reed ze in de richting van Norfolk.

Ze volgde de borden naar Bury St Edmunds en kwam al snel

terecht in onbekend gebied. Naarmate ze haar bestemming naderde, besefte ze dat ze zenuwachtig was. Dit was een ongemakkelijke plek voor haar en ernaar terugkeren voelde als het openen van de doos van Pandora.

Het was een mooi huis met een erker en een goed onderhouden tuin. Strikt genomen was het een reclasseringsinstelling, maar het zag er veel mooier uit. De plaatselijke bewoners waren ervoor op hun hoede, maar een voorbijganger zou denken dat het een aantrekkelijk, gastvrij oord was.

Helen had vooraf gebeld en werd snel binnengelaten voor een onderhoud met de manager. Ze liet haar papieren zien, gaf de meest recente foto en bracht haar verhaal zelfverzekerd. Ze had wel geweten dat het een gok was, maar toch was het een teleurstelling toen de manager haar vertelde dat ze Suzanne Cook al langer dan een jaar niet meer had gezien. Ze had nooit goed in de groep gepast, vertelde de manager, ze leek nooit geïnteresseerd in het volgen van hun programma's. Nadat ze was verdwenen hadden ze de reclasseringsdiensten natuurlijk ingeseind, maar met al die bezuinigingen en reorganisaties hadden ze nooit twee keer dezelfde persoon te spreken gekregen en haar zaak had verder geen aandacht gekregen.

'We zouden graag meer doen, maar we kunnen geen ijzer met handen breken. We hebben het verschrikkelijk druk,' zei de manager ter afronding.

'Ik begrijp het. Het is moeilijk. Vertelt u me eens wat meer over Suzanne. Wat deed ze toen ze hier was? Had ze vrienden? Iemand die ze vertrouwde?'

'Niet dat ik weet. Ze mengde zich niet in de groep. Bleef erg op zichzelf. Ze was goed gebouwd, gespierd, atletisch. Ze deed veel aan bodybuilding en als ze niet in de sportschool zat, hielp ze mee met het wegslepen van afgeschoten dieren. Ze zeiden dat ze sterker was dan de meeste kerels.'

‘Afgeschoten dieren?’

‘In Thetford Forest. Het is maar een paar kilometer hiervandaan, en elk jaar laten we sommige van onze bewoners meehelpen met het opruimen van de jachtbuit als ze willen. Het is uiteraard onder strenge supervisie vanwege de vuurwapens, maar sommige mensen houden ervan; het is hard werk en je bent de hele dag buiten in de frisse lucht.’

‘Hoezo?’

‘Het gaat vooral om herten in Thetford. Ze worden vroeg op de dag geschoten, meestal in afgelegen delen van het bos. Het is bijna ontoegankelijk voor voertuigen, dus slepers moeten die beesten naar het dichtstbijzijnde pad trekken zodat ze kunnen worden opgeladen.’

‘Hoe gaat dat?’

‘Met behulp van een hertentuig. Je bindt de poten van het hert samen en bevestigt daar een touw aan. Het koord zit vast aan een tuig, een beetje als het harnas van een bergbeklimmer, dat je rond je schouders aantrekt. Dan sleep je het hert achter je aan. Veel gemakkelijker dan proberen het te dragen.’

Weer was een stukje van de legpuzzel op zijn plaats gevallen.

92

Charlie staarde met een knoop in haar maag van de spanning naar het computerscherm. Skype liet zijn muziekje horen en Charlie hoopte dat er iemand zou reageren. Het lot van Stephanie Bines stond op het spel.

Het was een uitputtende zoektocht geweest, maar Charlie had het nooit opgegeven. Vergezeld door Bridges en Grounds had ze elke louche pub, elk café en iedere nachtclub in Southampton en verder bezocht. Het gesprek liep altijd hetzelfde: 'Ja, we kennen Stephanie. Die heeft hier een paar maanden geleden gewerkt. Erg populair, vooral bij de kerels.'

'En weet u waar ze nu is?'

'Geen idee. Op een dag is ze gewoon niet meer op haar werk verschenen.'

Aanvankelijk had dit Charlie buitengewoon nerveus gemaakt. Het was logisch dat elke melding van een plotselinge verdwijning dat effect had in deze zaak, maar langzaam vormde Charlie zich een beeld van een jonge vrouw in wier aard het lag om rond te reizen, een vrouw die niet goed in haar vel zat, die geen sterke banden aanknoopte met mensen of plaatsen. Ze was een reiziger die haar anker had laten zakken aan de zuidkust, maar iets zei Charlie dat dit slechts een tijdelijke ligplaats was. Dus was ze opgehouden met het straatonderzoek en keerde ze terug naar de recherchekamer om het internationale reisverkeer onder de loep te nemen. Het laatste spoor van haar in Southampton was in september, dus begon ze daar. Geholpen door haar agenten belde ze met Qantas, British Airways en Emirates voordat ze uiteindelijk succes had bij Singapore Airlines. 16 oktober, één enkel ticket op naam van Stephanie Bines naar Melbourne. Verdere navraag leerde dat Stephanie een zus had die in een buitenwijk van Melbourne woonde en Stephanie was inmiddels opgespoord – kennelijk levend en wel – in haar huis daar.

Maar Charlie nam geen risico, vandaar de Skypeverbinding. Het vermogen van de moordenaar om te misleiden en bedriegen was zodanig dat Charlie geen rust zou hebben voordat ze Stephanie met eigen ogen had gezien.

En daar was ze. Bruiner dan voorheen, blonder dan voorheen, maar beslist Stephanie. Een kleine overwinning voor Charlie, Helen en het team. Ze hadden eindelijk iemand gered. Had Stephanies plotselinge beslissing om terug te keren naar huis de plannen van de moordenaar gedwarsboomd?

Stephanie had niet veel aansporing nodig om weer te gaan reizen. Ze was maar een paar weken thuis geweest, maar ze voelde zich nu al verstikt en betutteld. Charlie moest improviseren, en ze verzon iets over een klein veiligheidsrisico dat te maken had met het proces tegen de gangsters waarbij Stephanie had geholpen. Ze was kalm en geruststellend, maar opperde dat het beter voor Stephanie en haar familie was als ze een reisje zouden maken; naar Queensland, het Red Centre, of waar dan ook – terwijl zij ondertussen hier alles tot op de bodem zouden uitzoeken.

Charlie beëindigde hun Skypesessie met een gevoel van optimisme; misschien was de moordenaar toch niet zo onoverwinnelijk.

Haar aandacht werd plotseling getrokken door Mark, die naar

haar gebaarde vanuit de andere kant van de recherchekamer. Ze haastte zich naar hem toe.

'We hebben net een telefoontje gekregen. Tanner is gezien terwijl ze bedelde bij het kinderziekenhuis in Spire Street.'

'Wanneer?'

'Vijf minuten geleden. Een moeder met buggy heeft gebeld. Ze heeft Tanner een pond gegeven en is daarbij bijna haar hele tas kwijtgeraakt.'

In een mum van tijd waren ze op weg naar het centrum. Was Tanner hun moordenaar? Daar zouden ze snel achter komen. Charlie voelde haar hartslag versnellen terwijl zij en Mark zich naar de betreffende plek spoedden. Het was goed om weer samen in het zadel te zitten en de vijand in het nauw te drijven.

93

Een gemiddeld leven kent talloze momenten waarop je moet beslissen of je je blootgeeft of diep wegkruipt. In de liefde, op het werk, bij je familie, met vrienden; er zijn momenten waarop je moet beslissen of je bereid bent je ware zelf te onthullen.

Helen had zich doelbewust tot een raadsel gemaakt. Ze had een dik pantser dat ze aan de wereld presenteerde en dat maakte haar tot wie ze was: hard, veerkrachtig, niet in staat tot twijfel of spijt. Ze wist dat dat verre van de waarheid was, maar het was verbazingwekkend hoeveel mensen het geloofden. We twijfelen altijd meer aan onszelf dan aan anderen en de meeste van haar collega's en incidentele minnaars leken te geloven in het beeld van een harde, toegewijde carrièrevrouw die zich door niets liet choqueren, bang maken of intimideren. Hoe langer ze dat beeld in stand hield, hoe meer mensen het geloofden. Vooral de lagere rangen hadden het idee dat ze uit een andere wereld kwam.

Helen wist dat allemaal en kwam even op adem terwijl ze op het punt stond het ideaalbeeld dat ze had gecreëerd te gronde te richten. Anderen toelaten was nu de juiste beslissing en kon levens redden, maar het kostte Helen grote moeite en haalde gebeurtenissen en keuzes naar boven die ze diep had weggestopt.

Bridges kwam binnen en verbrak Helens overpeinzingen. Hij had de dossiers bij zich waarom ze had gevraagd. Terwijl ze zich samen over de pagina's bogen, discreet weggedoken in haar kantoor, evalueerde Helen voortdurend elke schakel in de keten, en ze trok al haar veronderstellingen twee tot drie keer na. Er mocht geen ruimte zijn voor twijfel.

Plotseling leek het of haar hart stilstond.

'Ga eens terug.'

'Naar persoonlijke bezittingen? Of...'

'Het forensisch rapport. Van Mortens huis.'

Na de verdwijning van Sandy Morten had de technische recherche zijn huis doorzocht. Ze wisten dat de ontvoerder daar was geweest, dat ze champagne had gedronken met Morten en Mickery, dus ze hadden lang en hard naar eventuele sporen van haar gezocht.

'Er was niets, chef. De technische recherche heeft veel DNA gevonden van Mickery, Morten, zijn vrouw, alle belangrijke...'

'De tweede pagina.'

'Alleen de onvolledige monsters, waarvan de meeste onbruikbaar waren...'

Helen griste het rapport uit zijn handen en staarde ernaar. Er was nu geen twijfel meer mogelijk. Ze wist wie de moordenaar was en waarom ze moordde.

Tanner was nergens te zien. Maar een weggegooide handtas in de buurt van het dichtgespijkerde kinderziekenhuis deed vermoeden dat ze daar onlangs nog was geweest en dat ze misschien had gevonden wat ze zocht. Ze stonden op het punt te vertrekken toen ze iets hoorden waardoor ze doodstil bleven staan. Een scherpe metalen klap binnen het verwaarloosde gebouw, alsof er iets was gevallen.

Mark gebaarde naar Charlie. Werktuiglijk zetten beiden hun portofoon en telefoon uit en ze slopen naar het gebouw. Een van de planken voor het raam zat los; dit kon de perfecte schuilplaats zijn voor iemand die ongezien wilde komen en gaan.

Charlie en Mark klommen zo geruisloos mogelijk over de rottende kozijnen naar binnen. Daar was alles vervallen en verlaten, een schim van de drukke, levendige plek die het ooit was geweest voordat het nieuwe stadsziekenhuis zijn lot had bezegeld. Charlie trok haar wapenstok uit haar riem en maakte zich gereed voor actie. Haar hand trilde – was ze hier klaar voor? Te laat nu. Ze slopen voorwaarts en verwachtten dat er elk moment iemand zou opduiken.

Toen plotseling beweging. Tanner, in een hoodie en trainingsbroek, stormde uit haar schuilplaats en vloog een stel klapdeuren door. Mark en Charlie zetten de achtervolging in. Ze renden zich de longen uit het lijf om in de gang te komen en hun prooi te achtervolgen. Beng! Ze denderden de deuren door, maar lagen al twintig meter achter op Tanner.

Ze kwamen in een trappenhuis, keken omhoog en zagen Tanner met drie treden tegelijk de trap nemen. Ze sprintten achter haar aan, Mark voorop, vastbesloten haar te pakken te krijgen. Omhoog, omhoog, omhoog. Toen weer een klap. Algauw waren ze op de vierde verdieping. Was ze naar links of naar rechts gegaan? De klapdeuren aan de linkerkant zwaaiden lichtjes heen en weer. Naar links dus. Mark deed de deuren voorzichtig open en ze glipten naar binnen.

Niemand. Maar er waren deuren aan de andere kant – geen ervan bewoog – en vier kamers. Ze kon in elk daarvan zitten. Als dat zo was, zat ze in de val. Ze probeerden er een, toen een andere. Toen nog een. Nog eentje over.

Beng! Het gebeurde zo snel dat Charlies brein het niet kon verwerken. Een metalen pijp knalde van achteren op Marks hoofd en hij zakte in elkaar op de vloer. Charlie haalde hard met haar wapenstok uit naar Tanner, en de knuppel raakte de metalen pijp met een scherpe klap. Ze bleef naar haar uithalen terwijl Tanner de slagen pareerde.

Maar het was Tanner niet. Dat had al moeten blijken uit de manier waarop ze de trap op was gevlogen tijdens de achtervolging. En uit de sluwheid waarmee ze hen de verkeerde gang in had gelokt, om daarna achter hen op te duiken. Als het Tanner niet was, moest het hun moordenaar zijn en Charlie stond nu oog in oog met haar.

Het was tijd om de confrontatie met de dader aan te gaan. Helen gaf een verbaasde Bridges opdracht om het team bijeen te roepen. Ze haalde haar mobiele telefoon tevoorschijn en toetste Charlies nummer in. Voicemail. Vloekend probeerde ze Mark. Weer de voicemail. Waar waren ze in godsnaam mee bezig? Helen liet een haastig bericht achter en snelde naar de recherchekamer.

Het stond haar niet aan om te beginnen zonder haar twee beste medewerkers, maar ze moest wel. Zelfs zonder hen was het team twintig man sterk en ze kon erop vertrouwen dat McAndrew, Sanderson en Bridges de teaminspanningen effectief zouden bundelen.

Helen wilde alles zo snel mogelijk boven tafel hebben, dus ze ging haastig aan de slag.

'De vrouw die we zoeken heet Suzanne Cooke.'

Het team gaf de foto's van Suzanne door totdat iedereen er een had.

'Op de achterkant vind je een lijst met haar misdrijven. Ze is veroordeeld wegens dubbele moord en heeft vijfentwintig jaar vastgezeten. Ze is twaalf maanden geleden zonder toestemming uit haar reclasseringsinstelling verdwenen. Ze zat in de regio Norfolk, maar ik geloof dat ze nu in Hampshire is en ze kan wel eens verantwoordelijk zijn voor deze moorden.'

Er ging gemompel rond in de recherchekamer. Helen zweeg even en vervolgde toen: 'Ik geloof dat ze het doelbewust op mij heeft gemunt via de keuze van haar slachtoffers. Stephanie Bines lijkt voorlopig veilig, maar ik wil de volledige medewerking van onze Australische collega's zodat we haar kunnen beschermen. Ze is de laatst mogelijke persoon op de lijst, maar zoals de ontvoering van Mickery laat zien, heeft Suzanne de nodige verbeeldingskracht en is ze in staat van haar plannen af te wijken. Ik handel de pers af; concentreren jullie je op je inspanningen om haar te vinden. Bridges, kun jij de agenten informeren, ik wil iedereen de straat op om vragen te stellen. Suzanne Cooke is nu onze hoofdverdachte en ik wil dat iedereen in de regio naar haar uitkijkt. Begrepen?'

'Waarom u, chef?' Dat was Grounds, die de vraag stelde die iedereen bezighield. 'Waarom heeft ze nou uitgerekend u als doelwit uitgekozen?'

Helen aarzelde. De tijd voor geheimzinnigheid was voorbij, maar zelfs nu haalde ze eerst diep adem voordat ze antwoordde: 'Omdat ze mijn zus is.'

Charlie zette zich schrap voor een gevecht op leven en dood. Maar haar tegenstandster deed niets en liet de metalen pijp los. Hij kletterde op de vloer en het geluid galmde rond in het verlaten gebouw. Charlie bleef stokstijf staan; ze verwachtte een truc. Maar de moordenaar sloeg gewoon haar capuchon terug en toonde een hard maar aantrekkelijk gezicht. Even had Charlie een vreemd gevoel van herkenning. Maar dat verdween even snel als het was opgekomen. Wie was deze vrouw? Ze was goed gebouwd, met prominente schouderspieren, maar ze had een slank, aantrekkelijk gezicht, ook al droeg ze geen spoortje make-up. Waarschijnlijk was het de bedoeling dat ze zo veel mogelijk op Tanner zou lijken.

'Ik weet niet waarom je ons hierheen hebt gehaald, maar we kunnen dit op een vreedzame manier beëindigen. Draai je om en zet je handen tegen de muur.'

'Ik ga me niet tegen je verzetten, Charlie. Dat is niet waarom we hier zijn.'

Haar naam te horen uit de mond van een moordenaar was zwaar verontrustend. Maar het werd nog erger. Glimlachend haalde de moordenaar nu nonchalant een pistool uit haar zak en richtte het op Charlie.

'Je weet wat je hiermee kunt doen, nietwaar? Als ik het me goed herinner, heb jij getraind met een Smith & Wesson, klopt dat?'

Eigenaardig genoeg knikte Charlie. Deze vrouw had een vreemde macht – was het haar persoonlijkheid of eenvoudig het feit dat ze alles over je wist?

'Dus leg je knuppel neer en doe je riem af. Als je je collega naar beneden wilt halen, zul je met weinig bagage moeten reizen.'

De moordenaar wierp haar een tuigje toe en gebaarde dat ze het aan moest trekken. Charlie staarde haar alleen maar aan. Ze kon zich niet verroeren.

'Nu!' brulde de moordenaar. Haar gezichtsuitdrukking veranderde van vriendelijk in woedend.

Charlie liet de wapenstok op de grond vallen. Ze waren gigantisch in de val gelopen. Vermoedelijk had zij zelf het bureau gebeld met de mededeling dat Tanner was gezien. En ze waren erin getrapt. Tanner onder ogen komen was al erg geweest, maar dit was oneindig veel erger.

Het team bestookte Helen met vragen – sommige boos, sommige nieuwsgierig – en Helen hield goed stand en gaf zo oprecht en rustig mogelijk antwoord.

'Hoe lang vermoedde je het al?'

'Hoe lang wéét je het al?'

'Wat wil ze?'

'Gaat ze rechtstreeks op jou af?'

Maar er was nog steeds zo veel wat Helen niet wist. Speculeren leidde nergens toe. Dus na een chaotisch half uur maakte ze een einde aan de discussie. Ze had hen nodig om naar Suzanne te zoeken.

Toen ze door de gang naar de wachtende pers liep, merkte Helen dat haar hand trilde. Ze had haar verleden zo lang weggestopt dat het onthullen ervan nu leek op het openhalen van een oude wond. Zou het team achter haar blijven staan? In haar blijven geloven? Helen hoopte het van harte – ze had het akelige gevoel dat het ergste nog moest komen.

94

'Loopt het publiek gevaar, inspecteur?' Emilia Garanita had ervoor gezorgd dat ze haar vraag als eerste kon stellen. Met journalisten van de landelijke sensatiekranten en de kwaliteitspers erbij wilde ze deze gelegenheid om de doodsteek te geven niet missen. Whittakers aanval op haar stond nog vers in haar geheugen gegrift.

'We geloven niet dat het grote publiek gevaar loopt, maar we willen de mensen verzoeken de verdachte niet te benaderen. Ze kan gewapend zijn en haar gedrag is onvoorspelbaar. Als iemand Suzanne Cooke ziet, moet diegene onmiddellijk het alarmnummer bellen.'

'Wat is haar connectie met de recente doden in Southampton?' Een dodelijke vraag van *The Times*.

'We zijn nog bezig met het verzamelen van alle feiten,' antwoordde Helen. Ze zag dat Emilia cynisch een wenkbrauw optrok als reactie. 'Maar we menen dat ze actief betrokken is geweest bij het aansporen tot de moord op Sam Fisher en die op Martina Robins.'

De spanning bij Helen nam toe. Het was een moeilijke beslissing geweest om te bepalen of ze Martina wel of niet zouden noemen tijdens de briefing. Als de pers hier lucht van kreeg en Caroline wist op te sporen, zou het spel uit zijn. Ze zou er op geen enkele manier omheen kunnen hun tot in de puntjes te vertellen over Suzannes duivelse rol bij deze moorden.

'Is het waar dat u bent bevorderd, inspecteur?' mengde Garanita zich weer in het gesprek. 'Volgens de geruchten is hoofdinspecteur Whittaker geschorst en krijgt hij mogelijk te maken met beschuldigingen van corruptie.'

Op dat moment ontstond er groot rumoer – vraag na vraag werd Helen toegeschreeuwd. Het was een aanhoudend vragenvuur, maar Helen had geen andere keus dan het te doorstaan, hoe beschadigend of provocatief de vragen ook waren. Ze wilde dat het publiek waakzaam zou zijn en dus had ze de pers nodig. Het was een bittere pil, maar de situatie was nu kritiek. Soms moet je je vijanden te vriend houden in het leven.

95

De pijn vlamde door hem heen. Mark sloot zijn ogen terwijl het zwart voor zijn ogen werd en hij zakte in elkaar op de grond. Wat was er in godsnaam met hem gebeurd? Werktuiglijk ging zijn hand naar zijn achterhoofd en hij kromp ineen toen zijn vingers de diepe, bloederige wond betastten. Zijn hoofd deed vreselijk pijn, maar de rest van zijn lijf ook. Het voelde aan alsof hij een hevig en langdurig pak slaag had gehad.

Langzaam begon het hem te dagen. De jacht op Tanner, de achtervolging door het ziekenhuis en toen… niets meer. Hij herinnerde zich vaag een milliseconde van schrik, het gevoel dat er iemand of iets achter hem opdook. Stomkop – hij moest Tanner zijn rug hebben toegekeerd en daar moest hij dus voor boeten.

Hij bekeek vluchtig zijn omgeving. Het rook er antiseptisch, maar ook schimmelig. Hij probeerde zijn hoofd weer te heffen, en zijn ogen aan het duister te laten wennen. Hij was in een of ander ketelhuis. Was dit het souterrain van het ziekenhuis? En zo ja, hoe waren ze hier dan beland?

'Mark.'

Charlie. Godzijdank. Mark draaide langzaam zijn hoofd, de pijnscheuten negerend die elke beweging begeleidden, en zag Charlie in elkaar gedoken in de hoek zitten.

Ze hield een oude kampeerlamp in haar handen, hun enige lichtbron.

En terwijl hij dit vreemde beeld in zich opnam, begonnen er in zijn hoofd alarmbellen te rinkelen.

'Ze heeft ons te pakken, Mark.'

'Tanner?'

Maar Charlie schudde slechts haar hoofd en begroef het in haar handen. Uiteindelijk mompelde ze: 'Het was een valstrik. Zij heeft ons te pakken.'

Plotseling kwam Mark wankel overeind en hij keek om zich heen. Maar hij was te snel opgestaan, zag sterretjes en voelde hoe hij met een dreun op de grond viel.

Toen hij bijkwam, lag hij met zijn hoofd in Charlies schoot en blies ze in zijn gezicht. Hij had het warm en koud tegelijk, was bezweet, en zijn keel voelde rauw aan. Hij was blij met de troost van Charlies aanraking. Hij keek op om haar te bedanken, maar hij zag dat ze huilde.

'Ze heeft ons te pakken, Mark.'

Het was een illusie geweest. Er was hier geen troost.

96

De Glock lag lekker in haar hand. Het was een tijdje geleden dat Helen een pistool had vastgehad, maar het gaf haar een sterk en geruststellend gevoel om er nu een in de hand te hebben. Ze tekende voor ontvangst en liep verder om haar munitie op te halen. Op het verzoekschrift had ze ingevuld dat het voor haar persoonlijke veiligheid was, gezien de mogelijke bedreiging van haar leven. Maar was dat wel zo? Of was er een duisterder noodzaak om zich nu te bewapenen?

Het protocol vereiste dat ze vanwege het dreigingsniveau niet langer alleen werkte, maar dit was geen ervaring die ze met een ander kon delen, dus loog ze en zei dat ze op het regionale hoofdkwartier moest zijn om de mensen daar op de hoogte te brengen van de laatste ontwikkelingen. Het team geloofde het, maar anderen lieten zich niet zo gemakkelijk voor de gek houden; terwijl Helen naar het noorden reed, zag ze dat Garanita's rode Fiat achter haar aan reed. Niet al te opzichtig – ze was geen amateur – maar duidelijk genoeg. Helen voelde woede opwellen en ze draaide het gas ver open. Ze schoot met honderdtien kilometer per uur door de zestigkilometerzone, haar achtervolger uitdagend haar bij te houden. Gelukkig zag Emilia hoe hopeloos het was om de wet te overtreden bij de achtervolging van een politiefunctionaris en ze gaf het op. Eenmaal uit het zicht maakte Helen rechtsomkeert. Ze reed terug naar de ringweg en vandaar in de richting van Londen.

De lijst met plekken waar Helen in haar jeugd had rondgehangen was kort, en toen ze had ontdekt dat Chatham Tower op de nominatie stond om gesloopt te worden, had ze besloten daar eerst heen te gaan. Gezien Suzannes werkwijze was dit de ideale plek. Hij moest een speciale betekenis hebben. Gek dat ze haar bleef zien als Suzanne, alsof dat iets minder pijnlijk was dan het gebruiken van haar echte naam. Overigens was Helen zelf inmiddels helemaal gewend aan haar nieuwe naam. Ze had de naam Grace gekozen vanwege de associaties met verlossing en Helen vanwege haar oma van moederskant – en het zou heel vreemd en verontrustend zijn als iemand haar nu bij haar echte naam zou noemen.

Helen besefte dat ze honderdvijftig kilometer per uur reed en nam gas terug. Ze moest proberen kalm te blijven. Helen had geen idee hoe dit spel zou aflopen, maar ze moest haar kop erbij houden als ze het op haar eigen manier wilde beëindigen.

Ze besefte nu dat ze lange tijd in een ontkenningsfase had gezeten. Ze had de gedachte dat haar zus bij de moorden betrokken zou kunnen zijn herhaaldelijk onderdrukt. Ze had haar meer dan vijfentwintig jaar niet meer gesproken en dat vond ze prima. Uit het oog, uit het hart. Maar toen ze het forensisch rapport van Sandy Mortens huis had gezien, kon ze het niet langer ontkennen. De technische recherche had een aangetast stukje DNA gevonden, een deel van een vingerafdruk. Ze waren erin geslaagd het te gebruiken en het leek overeen te komen met Helens DNA, dus hadden ze het aan haar toegeschreven. Dat gaat altijd zo om te voorkomen dat de onvoorzichtigheid van politiemensen op een plaats delict wilde klopjachten veroorzaakt. Maar er was een probleem. Helen was nooit in het huis van Sandy Morten geweest. Deze tegenstrijdigheid was over het hoofd gezien, maar Helen had het onmiddellijk opgemerkt en het had al haar ergste angsten bevestigd.

Ze bevond zich nu in de haveloze buitenwijken van Zuid-Londen. Het duurde niet lang voordat Chatham Tower in zicht kwam. De toren was ontworpen als een soort utopie in de jaren zestig, maar stond nu op de slooplijst. De droom was in duigen gevallen. Arrow Security, het bedrijf dat de flat bewaakte, was op de hoogte, maar toch moest Helen wachten tot iemand de sleutel ging halen. De chagrijnige bewaker maakte de houten deur van het terrein open terwijl Helen hem ondervroeg over eventuele beschadigingen in de houten omheining rond het verlaten gebouw. Hij beweerde dat er geen verstoringen waren geweest – de jongeren hadden het te druk met knokpartijen in het plaatselijke winkelcentrum en namen niet meer de moeite hier te komen – maar toch maakte Helen een volledige ronde langs de buitenzijde om te controleren of er gaten of zwakke plekken in zaten. Uiteindelijk kwam ze tot de conclusie dat het veilig was en gingen ze naar binnen. Kon iemand met een ladder over de planken klimmen? Mogelijk.

De lift was buiten werking, dus liepen ze naar de elfde verdieping, Helen in snel tempo, haar metgezel achter haar aan sukkelend. Voordat ze het wist stond Helen voor nummer 112. Ze zocht met één hand steun tegen de muur terwijl de bewaker de deur probeerde. Die zat niet op slot en zwaaide zachtjes open. Hij wilde net naar binnen gaan toen Helen hem tegenhield. 'Wacht hier.'

De bewaker keek verrast, maar liet zich vermurwen.

'Zoek het zelf dan maar uit.'

En zonder nog een woord te zeggen stapte Helen de flat in en verdween uit het zicht, opgeslokt door de duisternis daarbinnen.

97

'We moeten sterk blijven, Mark. Als we sterk blijven, als we samen blijven, zal ze niet winnen.'

Mark knikte.

'Ze zal ons niet verslaan. Dat laat ik niet gebeuren,' ging Charlie verder.

Mark krabbelde overeind, geholpen door Charlie, en samen speurden ze de omgeving af. Als ze daadwerkelijk in het oude ziekenhuis waren, zou niemand hen kunnen horen. De gemeenteraad had jarenlang geprobeerd het gebouw te slijten aan projectontwikkelaars, maar zonder succes. Het stond afgezonderd in een vervallen, vergeten deel van de stad.

Ze werden ingesloten door betonnen muren. Er waren geen ramen en de deur was onlangs nog uitgebreid verstevigd – een renovatie die vreemd afstak bij de verder verwaarloosde ruimte. Ze probeerden bij de scharnieren te komen, maar zonder enig gereedschap was het moeilijk iets te doen. Maar het gaf hun in ieder geval iets omhanden. Als ze de scharnieren op de een of andere manier los konden krijgen, dan...

Mark negeerde zijn bonzende hoofd en de stijgende temperatuur en prutste aan de scharnieren terwijl Charlie met haar vuisten op de deur beukte. Ze bleef maar volhouden, harder en harder, al die tijd zo hard schreeuwend als ze kon, smekend om hulp.

Ze maakte genoeg herrie om de doden tot leven te wekken – maar luisterde er iemand?

Er wervelde veel stof op dat hen beiden omhulde, in hun oren kroop, hun ogen, hun keel. Charlies stem sloeg over, maar ze gaf niet op. Ze gingen maar door, elkaar aansporend niet op te geven, maar na meer dan een uur van vruchteloze pogingen lieten ze zich uitgeput op de grond vallen.

Charlie weigerde te huilen. Ze zaten midden in de ergste nachtmerrie die ze zich konden voorstellen, maar ze moesten moed houden. Dat was van cruciaal belang als ze een kans wilden hebben om dit te overleven.

'Ken je Andy Founding nog?' vroeg Charlie zo opgewekt als ze kon, hoewel haar schorre stem haar luchtige toon logenstrafte.

'Natuurlijk,' zei Mark, verbaasd.

'Kennelijk heeft hij de politie van Hampshire aangeklaagd. Hij beweert dat hij het slachtoffer is van seksuele intimidatie door politievrouwen.'

Mark stootte een kort lachje uit. Andy de Friemelaar, zoals hij spottend werd genoemd, was een bureaubrigadier in Portsmouth wiens losse handjes legendarisch waren, vooral als het ging om jonge vrouwelijke collega's. Charlie vervolgde haar anekdote, en hoewel Mark snakte naar slaap en rust reageerde hij op Charlies verhalen; hij besefte maar al te goed dat ze de wanhoop op afstand moesten houden.

Terwijl ze verhalen uitwisselden, had geen van beiden het over het pistool dat tussen hen in op de vloer lag.

98

Ik wist zeker dat ze zouden bijkomen en me van mijn pleziertje zouden beroven, maar het is verbazingwekkend wat zeven grote glazen cider doen. Mijn vader was altijd een zware drinker geweest: bier, cider, alles waar hij de hand op kon leggen, en ma had zijn voorbeeld gevolgd. Het maakte de slaag dragelijker en voorkwam dat ze ging piekeren. Als ze lang genoeg nuchter was gebleven, zou ze beseft hebben wat een beerput haar leven was en had ze haar hoofd in de oven gestoken. Ergens zou ik willen dat ze dat had gedaan.

Ik had dit moment op vele verschillende manieren gepland. In mijn dromen gebruikte ik altijd een mes. Ik hield van het idee van doorgesneden aderen, van bloed dat op de muren spatte, maar in werkelijkheid had ik daar de moed niet voor. Ik was bang dat ik het zou verknoeien. Niet hard genoeg steken, een ader missen. Als ik het deed, moest ik het goed doen of het zou mijn dood worden. Die ellendeling zou er nog de tijd voor nemen ook – god mag weten wat hij me zou aandoen – dus het moest in één keer goed gaan.

Ik vond wat klustape in een hoek van het kantoortje van de huismeester en pakte drie rollen. Uiteindelijk gebruikte ik er maar één, maar ik was zenuwachtig en wilde zeker weten dat ik niet tekort zou komen. Ik deed eerst hem. Ik pakte zijn pols en wikkelde de tape er voorzichtig omheen. Het voelde bijna liefdevol, alsof ik een wond verbond. Steeds maar weer wikkelde ik verder, toen tilde ik zijn arm op, legde die naast het ijzeren hoofdeinde en haalde de tape rond de metalen stang tot zijn arm er stevig aan vast zat. Toen deed ik hetzelfde met de andere arm.

Mijn hart ging zo snel dat het bijna knapte. Mijn vader begon zich al te verroeren omdat hij zo ongemakkelijk lag. Ik moest opschieten.

Ik deed de linkerarm van mijn ma snel, maar terwijl ik bezig was met haar rechterarm werd ze wakker. Dat geloof ik tenminste. Ze deed haar ogen open en keek me recht aan. Ik wil graag geloven dat ze zag wat er gebeurde en zich eraan overgaf. Ermee instemde. Hoe dan ook, ze sloot snel weer haar ogen en ik had verder geen problemen met haar.

Ze lagen nu beiden goed vast en ik rende naar de keuken. Het deed er niet meer toe of ik lawaai maakte. Het ging om de snelheid. Ik greep de huishoudfolie en rende terug naar de slaapkamer. Ik had dit in een film gezien en had me altijd afgevraagd of het echt zou werken. Ik scheurde een lange reep af, en versterkte die met twee tot drie lagen. Toen klom ik op bed, ging schrijlings op de borstkas van mijn vader zitten en tilde voorzichtig zijn hoofd op. Ik trok de folie over zijn gezicht en wikkelde die toen vlug langs zijn achterhoofd, steeds opnieuw tot zijn ogen, neus en mond compleet waren ingepakt in het elastische, strakgetrokken plastic.

En nu begon hij als een gek te spartelen. Hij opende zijn ogen en staarde me aan alsof ik krankzinnig was. Hij probeerde te schreeuwen, probeerde zijn handen los te wrikken. Ik moest hard mijn best doen om op hem te blijven zitten terwijl zijn lichaam schokkerige bewegingen maakte, maar ik liet me mijn triomf niet ontnemen. Ik verstevigde mijn greep. Zijn ogen begonnen nu uit te puilen, zijn gezicht werd paarsbruin. Naast hem werd mijn moeder langzaam wakker, humeurig en slaperig.

Nu begon zijn vechtlust te doven. Ik duwde nog harder. Ik greep de randen zo hard vast dat mijn handen er pijn van deden. Maar ik moest zeker weten dat het geen truc was. Ik moest die ouwe afmaken.

Plotseling lag hij roerloos. Mijn moeder was nu wakker en keek me aan met een blik van complete verbijstering. Ik glimlachte naar haar en drukte toen de folie op haar gezicht. Slechts één laagje deze keer. Ik verwachtte geen groot verzet van haar.

Het was allemaal vrij snel voorbij. Ik stond op en voelde dat ik kletsnat was van het zweet. Ik begon te rillen. Ik voelde me niet blij, en dat was een teleurstelling. Ik had verwacht dat ik opgelucht zou zijn. Maar het was achter de rug en dat was het belangrijkste.

99

Ze stond in de slaapkamer en keek naar de verwoesting om haar heen. De aftandse posters en de tweedehands meubels van vroeger waren al lang verdwenen. Nu was er nog slechts het puin dat was achtergelaten door de zwervers en junkies die er verbleven hadden sinds het gebouw op de slooplijst stond.

Er waren zo veel herinneringen in deze kamer. Goed, slecht, afschuwelijk. Elke keer dat ze zich deze kamer voor de geest haalde, herinnerde Helen zich haar angst, haar verwarring, haar gevoel van hulpeloosheid terwijl ze roerloos lag te luisteren hoe haar zus werd verkracht op het bed onder haar. Die gedachten kolkten door Helen heen. Ze was als kind zo lang machteloos en hulpeloos geweest dat het uiterst vreemd voelde om hier nu als volwassen vrouw te staan – een volwassen vrouw met een pistool in haar hand. Wat had ze haar oudere zelf tóén goed kunnen gebruiken. Iemand die orde kon creëren, die lijden kon verlichten en voor gerechtigheid kon zorgen. Misschien had dit allemaal vermeden kunnen worden als iemand – wie dan ook – had geluisterd naar haar roep om hulp.

Het stapelbed was in een hoek geschoven. Er was verder niets meer, alleen een verschoten poster van Britney Spears, onlangs op schunnige wijze beklad met een viltstift. Helen liep als vanzelf door de kamer en scheurde de poster van de muur. Ze streek met haar hand over het ruwe pleisterwerk erachter en vond wat ze had gezocht. 'J.H.' Haar initialen. Ze had ze in de muur gekrast met een passer van school, al die jaren geleden. Het was een teken van de vreselijke wanhoop van haar kindertijd dat ze dat had gedaan, in de hoop dat de letters haar zouden overleven voor het geval zij het zelf niet zou redden.

Deprimerende gedachten drongen zich aan Helen op en ze haastte zich de slaapkamer uit. Ze dook de andere slaapkamer in, de stinkende keuken en de schimmelige zitkamer. Maar het was al duidelijk dat er hier voor haar niets te halen was. Ze had zo zeker geweten dat haar bezoek resultaat zou opleveren, maar ze bleef met lege handen achter.

Dit zou de laatste keer zijn dat ze dit oord zag. Ze bleef even staan om alles in zich op te nemen. Vreemd dat ze nooit moeite hadden gehad om het te verhuren, zelfs na alles wat er was gebeurd. Als je arm bent kun je je niet veroorloven om kieskeurig of bijgelovig te zijn. Binnen een week zat er een nieuw gezin in. En in de loop der jaren was het huis langzaam in verval geraakt, totdat het alleen nog geschikt was voor beesten. Misschien wel een passend einde.

Helen liep snel bij het flatgebouw vandaan. De bewaker sjokte mopperend terug naar zijn koude kop thee. Ze bleef even op haar motor zitten, terwijl ze zich afvroeg wat ze nu moest doen. Haar intuïtie had haar nooit in de steek gelaten, maar nu wel. Er zat niets anders op dan de andere mogelijkheden te proberen. Elke mogelijke link najagen.

Ze zette haar telefoon aan en schrok onmiddellijk van het aantal gemiste oproepen. Schrik veranderde in afschuw toen ze het eerste van de vele berichten van Bridges las.

Mark en Charlie waren verdwenen.

100

Even was ze vrij. Ze was in een winkelcentrum en rende naar de roltrap. Haar moeder stond bovenaan en sprak met een beveiliger. Ze wees hem op zijn verantwoordelijkheid. Ze was nog nooit zo blij geweest om haar moeder te zien en rende op haar af. Toen ze naderde, draaide de beveiliger zich naar haar toe, maar vreemd genoeg kon hij niet praten, hij staarde haar alleen maar aan, kreunend, kreunend, kreunend...

Charlie schrok wakker. De grimmige realiteit overrompelde haar. Mark lag op de vloer naast haar, kreunend, kreunend, kreunend... Charlie onderdrukte een vlaag van woede; hij kon er niets aan doen. Hij had een nare hoofdwond die ze niet hadden kunnen behandelen. Aanvankelijk had Charlie spuug en de mouw van haar blouse gebruikt om de wond schoon te maken, maar ze was nu bang dat ze er alleen maar meer vuil in had gewreven. Mark was er al slecht aan toe geweest voor ze waren ontvoerd – te veel drank, te veel slapeloze nachten – en het bloedverlies had hem nog verder verzwakt. Nu had hij een akelige wond die in de eerste stadia van een regelrechte infectie verkeerde. Hij leek al koorts te hebben. Wat zou ze doen als hij ernstig ziek werd?

Charlie onderdrukte die gedachte en keek op haar horloge. Hoe lang had ze geslapen? Niet lang genoeg. De tijd gaat zo langzaam als je alle hoop hebt opgegeven. Die eerste ochtend waren ze beiden actief geweest, zelfs hoopvol, vast van plan een uitweg uit deze graftombe te vinden. Ze besloten 's nachts te slapen en overdag te werken. De tweede morgen zouden ze de gesp van hun broekriem gebruiken om de zware scharnieren van de deur te bewerken. Maar het valt zwaar om door te gaan als je pogingen geen enkel nut hebben. Uiteindelijk braken de gespen doormidden en de tweede middag van hun gevangenschap kregen de lusteloosheid en wanhoop al vat op hen.

Nog nooit had Charlie zich zo vies, zo walgelijk, zo totaal hulpeloos gevoeld. De krappe ruimte die hun gevangenis vormde begon weerzinwekkend te worden. Ze hadden afgesproken om zich te ontlasten en (in haar geval) te braken in een verre hoek van de ruimte en daar had Charlie zich strikt aan gehouden. Steeds snelde ze naar de hoek om haar maag te legen op de stinkende vloer als haar ochtendmisselijkheid toesloeg. Mark leek al te zwak of te onverschillig om zich aan hun afspraak te houden. Hij had zichzelf gewoon bevuild en de stank vulde Charlies neusgaten.

Onmiddellijk werd ze misselijk en ze haastte zich naar haar smerige hoekje. Ze spuwde een lange straal bittere gal uit. Haar maag trok zich weer samen, en nogmaals, om daarna eindelijk tot rust te komen. Plotseling voelde ze haar kurkdroge keel – een alles overheersende, duivelse dorst. Charlie keek de ruimte rond op zoek naar een bron van vocht, en al die tijd kneep ze haar ogen tot spleetjes en probeerde ze te huilen, zodat ze de zoute tranen zou kunnen oplikken. Maar er kwam niets – ze was al uitgehuild. Alles was verlo...

Beweging. Vanuit een ooghoek zag ze beweging. Ze was doodsbang voor wat het zou kunnen zijn, maar ze draaide centimeter voor centimeter haar hoofd. En daar zat hij: een grote, dikke rat.

Hij was uit het niets opgedoken. Voor Charlie was het een wonderbaarlijk beeld van hoop, als een oase in de woestijn. Eten. In gedachten zette ze haar tanden er al in en scheurde ze het vlees van zijn botten om het knagende gevoel in haar knorrende maag te stillen. En gezien de grootte van het beest kon het wel eens genoeg zijn voor twee.

Voorzichtig zijn. Niet te snel. Dit kon het verschil betekenen tussen leven en dood. Charlie liet haar jasje van haar schouders glijden – het was geen fantastisch vangnet, maar het moest genoeg zijn.

Eén stap naar voren. De rat keek plotseling op, turend in het duister. Charlie bleef stokstijf staan. Toen, na een snel snufje, ging de rat door met knagen. De hebzucht won het.

Nog een stap voorwaarts. Deze keer bewoog de rat niet.

Nog een stap. Charlie was nu dichtbij.

Nog een. Nu zat ze er bijna bovenop.

Charlie sprong naar voren en gooide de jas over zijn lijf. De rat vocht hevig terwijl Charlie een regen van klappen op de spartelende bult liet neerdalen. Uiteindelijk bewoog hij niet meer. Had ze het klaargespeeld? Ze gaf voor de zekerheid nog een mep en opende haar hand een beetje om te kijken. De rat schoot de jas uit in een wanhopige poging om te ontsnappen. Charlie greep naar zijn staart, had hem bijna te pakken, maar hij glipte door haar handen en was weg. Door een spleet in de muur de veiligheid tegemoet.

Charlie hees zich overeind. Het was zo wanhopig dat het bijna grappig was. Haar maag snakte naar voedsel, haar keel stond in brand. Ze moest iets hebben. Iets wat verlichting gaf. Iets met enige voedingswaarde.

Ze gaf eraan toe en deed iets waartoe ze zich nooit had willen verlagen. Ze trok haar onderbroek uit, urineerde in haar holle hand en dronk de warme vloeistof in één teug op.

101

Beeldde ze het zich in of namen ze het haar kwalijk? Charlie en Mark werden nu meer dan achtenveertig uur vermist en de ongerustheid van het team veranderde in shock en angst. Nu Helen leiding gaf aan de klopjacht op hun vermiste collega's zag ze ineens overal beschuldigende blikken, alsof ze collectief hadden besloten dat het allemaal haar schuld was.

Uit getraceerde telefoongegevens konden ze opmaken dat Mark en Charlie voor het laatst waren gesignaleerd op Spire Street. Dit kwam overeen met de anonieme tip over Tanner die hen naar dat gebied had geleid. Maar daarna liep het spoor dood. Ze hadden hun mobieltje en portofoon uitgeschakeld en hadden geen contact meer opgenomen met hun collega's van de politie. Aanvankelijk had het team gehoopt dat de signalering van Tanner echt was geweest en dat Charlie en Mark nog op de een of andere manier ergens aan de zaak werkten. Maar langzaam was het voor iedereen duidelijk geworden dat het telefoontje vals was geweest. De zogenaamde overval was verzonnen; Mark en Charlie waren doelbewust naar die locatie gelokt. Het rook sterk naar een valstrik. Iedereen dacht hetzelfde: had zíj hen te pakken?

Uitwaaierend vanuit Spire Street onderzochten ze elk pand, spraken met iedere winkeleigenaar en voorbijganger en op de tweede verdieping van het voormalig kinderziekenhuis had een oplettende wijkagent een losse plank voor een van de ramen gezien. Er zat verse modder op het kozijn, alsof iemand er onlangs naar binnen was geklommen. Helen wilde er meteen mensen op afsturen, maar haar meerderen hadden haar verboden dat zonder tactische ondersteuning te doen.

Het had frustrerend lang geduurd om een bewapende eenheid samen te stellen, maar Helen had mensen onder druk gezet en haastte zich nu naar het oude ziekenhuis, met het arrestatieteam in haar kielzog. Het was een groot gebouw met vele uitgangen en ze wilde niet dat Suzanne hun door de vingers zou glippen. Als ze er al was, uiteraard.

Ze gingen zo zorgvuldig en stil mogelijk naar binnen. Het arrestatieteam nam de leiding, met Helen, Bridges en een tiental agenten pal achter hen. Het was een groot gebied, maar als ze zich verspreidden konden ze het vrij snel bestrijken, voortdurend contact houdend per portofoon.

Helens hele lichaam was gespannen. Ze wist dat ze moest proberen haar zenuwen onder controle te houden – overdreven nervositeit leidde tot slechte beslissingen, vooral als je een Glock in je handen had. Het was een stormachtige dag en de wind die door de gebarsten ramen floot gaf de plek iets engs, zelfs iets spookachtigs. Beheers je, zei ze tegen zichzelf – ze moest geen schaduwen of spoken zien waar ze niet waren.

Maar het was moeilijk om rustig te blijven als er zo veel op het spel stond. Dit was allemaal haar schuld. Niet alleen omdat ze de inspiratiebron voor de moorden was geweest, maar omdat ze Mark had overgehaald terug te keren naar zijn werk. Had ze hem maar met rust gelaten, dan was hij nu wel een triest geval geweest, maar in ieder geval in veiligheid. Hij was zonder een greintje wrok of boosheid naar zijn werk teruggekeerd. Omdat hij geloofde in wat hij deed en omdat hij – ondanks alles – in haar geloofde. En wat een bittere beloning had hij gekregen voor zijn toewijding.

Ze sloop de trap op en doorbrak het protocol door er in haar eentje vandoor te gaan. Ze tuurde de eerste kamer in. Die was eenzaam en vergeten, een donkere, stoffige plek. Helen ontgrendelde haar wapen. Haar intuïtie vertelde haar dat haar zus niet zo onvoorzichtig zou zijn om tegen een arrestatieteam aan te lopen. Helen was degene naar wie ze op jacht was. Ze hief haar pistool terwijl ze haar hoofd om de volgende deur stak – ervan overtuigd dat ze weldra oog in oog zou staan met haar Nemesis.

Plotseling een snerpend geluid over de portofoon. Het was Bridges. Hij klonk eerder opgewonden dan gealarmeerd. Hij had geluiden gehoord. Ze kwamen van beneden. Hij was daar nu naar op weg. Helen draaide onmiddellijk om en sprintte de trap af.

Bridges was snel in de richting van het gebons gerend, maar tot zijn verbazing zag hij dat Helen er eerder was. Hij was altijd trots geweest op zijn snelheid, maar zijn inspecteur was een vrouw die van de duivel bezeten was. Ze probeerde zich te beheersen, maar Bridges kon zien dat ze zo gespannen was als een veer. Nu, gedreven door angst, vrees en woede, zou ze dit verhaal tot het hare maken. Zij wilde degene zijn die een einde maakte aan de nachtmerrie.

Toen ze onder aan de trap kwamen, zagen ze dat de gangen zich in vier richtingen uitstrekten. De portofoon maakte nogmaals een snerpend geluid en na een giftige blik van Helen zette Bridges hem zachter. Ze spitsten hun oren.

Recht vooruit. Het geluid kwam beslist uit de gang recht voor hen. Ze sprintten naar voren. De eerste deur zat op slot, maar het geluid kwam van verderop. Ze waren weer op weg. Daar was het geluid, herhaaldelijk en aanhoudend – beng, beng, beng. Vanuit de volgende kamer. De deur zat op slot. Maar ze zouden binnen komen. Dat moest.

Terwijl Helen door de deur heen schreeuwde, hopend op een reactie, ging de agent een koevoet halen. Hij was binnen een minuut terug, met extra agenten. Hij ramde met zijn schouder tegen het slot van de zware metalen deur. Heen en weer, heen en weer, tot de deur het eindelijk met een protesterend gekraak begaf. Helen en Bridges duwden hem opzij en stormden naar binnen.

En troffen een lege kamer aan.

Een kapot raam, half uit de scharnieren, sloeg met een onophoudelijk ritme tegen de metalen kozijnen terwijl het woest in de wind klapperde.

102

Hij wilde dood.

Voor Mark zou de dood nu een zegen zijn, een verlichting van de pijn die door zijn lichaam sneed. Hij had geprobeerd zich tegen de koorts te verzetten, zich te concentreren op het hier en nu, om een of andere manier uit te denken waarop Charlie en hij konden ontsnappen, maar dat maakte zijn hoofdpijn nog erger en dus had hij zich overgegeven aan de lethargie.

Hoe lang duurt het voordat je omkomt van de honger? Te lang. Hij had geen besef van tijd meer, maar hij wist zeker dat ze nu bijna drie dagen in hun gevangenis hadden doorgebracht. Hij had voortdurend kramp in zijn maag, zijn keel was gezwollen en rauw, hij had nog nauwelijks de energie om zichzelf op te hijsen. Om de tijd door te komen had hij geprobeerd herinneringen uit zijn kindertijd op te halen, maar de gedachten aan school vloeiden over in gedachten aan *Paradise Lost*, het gedicht dat hij bestudeerd had (met grote tegenzin) op de middelbare school. Hij voelde zich nu als een personage in dat nachtmerrieachtige visioen, eindeloos gefolterd door de vrieskou 's nachts en de vreselijke hitte die hem kwelde overdag en waaraan geen einde leek te komen. Er was geen ontsnapping mogelijk.

Hij wist dat zijn koorts ernstiger werd. Hij had goede en slechte momenten. Momenten waarop hij helder was en met Charlie kon praten, en andere momenten waarop hij wist dat hij onsamenhangend brabbelde. Zou hij zijn verstand op een bepaald moment helemaal verliezen? Hij onderdrukte dat idee.

Hij had zijn handen naar zijn achterhoofd gebracht om aan zijn wond te voelen. De jaap was breed en diep en hij voelde erin met zijn vieze vingers.

'Blijf nou af, Mark.' Charlies stem galmde door de hele ruimte heen. Zelfs na drie dagen in het vagevuur zorgde ze nog steeds voor hem. 'Je maakt het alleen maar erger.'

Maar Mark negeerde haar, want er bewoog iets tegen zijn vinger. Zijn wond leefde. Hij trok zijn vingers eruit en hield ze onder zijn neus. Maden. Zijn wond was vergeven van de maden.

Hij bracht zijn vingers naar zijn mond en likte de wormpjes op met zijn tong. Het voelde vreemd toen ze door zijn keel gleden. Vreemd maar lekker. Hij plukte er nog een paar uit zijn wond en propte ze in zijn mond.

Charlie kwam al naderbij. Ze hurkte laag bij de grond naast hem. Mark hield zich even stil – hun vriendschap en het fatsoen deden zich weer even gelden. Met een krachtsinspanning draaide hij zijn hoofd en bood zichzelf aan haar aan. Aarzelend plukte ze twee vingers vol maden uit zijn wond en liet ze in haar mond vallen. Ze genoot ervan, liet ze oplossen op haar tong en peuterde toen een volgend hapje los.

Het was te snel voorbij. Het maal van maden was op. Nu rammelde hun maag van de honger; de kleine stukjes die ze hadden geconsumeerd herinnerden hun ingewanden eraan hoe totaal leeg ze waren. Meer. Meer. Meer. Hun maag wilde meer. Hun maag had meer nódig.

Maar er was niets meer.

103

Ze hadden elke centimeter grond binnen een straal van drie kilometer rond het ziekenhuis uitgekamd, maar er was nog steeds geen teken van Mark of Charlie. Ze hadden vers bloed gevonden, in een gang op de vierde verdieping van het ziekenhuis. Testen hadden uitgewezen dat het bloed van Mark was. McAndrew was in tranen, en zij was niet het enige teamlid dat zichtbaar ontsteld was. Helen had zich tot nu toe niet gerealiseerd hoe populair Mark was binnen het team. Geen wonder dat ze haar haatten.

Dus Mark en Charlie waren met een list naar het ziekenhuis gelokt, overmeesterd en ergens anders naartoe gebracht. Er waren geen bewakingscamera's in de onmiddellijke omgeving van het ziekenhuis. Camera's in de drukke straten in de buurt hadden rond die tijd talloze bestelbusjes in het gebied vastgelegd, maar welke moesten ze hebben? Waar had ze hen heen gebracht? Er waren genoeg verlaten gebouwen en pakhuizen in de buurt. Agenten waren al bezig die na te trekken, met behulp van de honden die Helen had geëist. Ze ondervroegen elke mogelijke getuige en voorbijganger en ze gingen de deuren langs. Bij iedereen die zich verdacht gedroeg werd het huis van boven tot onder doorzocht, en als het moest overhoopgehaald. Ze móésten hen vinden.

Helen gokte erop dat ze nog in de buurt waren. Suzanne had ze misschien ergens anders naartoe gebracht, maar dit waren politiemensen die op hun hoede waren, veel lastiger te hanteren dan haar andere slachtoffers. Ze zou er geen puinhoop van willen maken, dus ongetwijfeld speelde ze nu op zeker. Ze hadden ogen en oren nodig, zo veel mogelijk, om Southampton, Portsmouth en omstreken te bestrijken. Helen had al gevraagd om extra mensen uit naburige districten, ze had vrijwilligers ingezet en alle verloven op Southampton Central ingetrokken. Maar nog steeds was het niet genoeg.

Ze konden nog één ding doen. Emilia Garanita had lucht gekregen van de beëindigde actie bij het voormalige kinderziekenhuis. Geërgerd dat ze niet op tijd was getipt, had ze Helen bestookt met telefoontjes. Ze wilde per se weten waarom die manoeuvre had plaatsgevonden en waarom er sindsdien zo veel activiteit was. Zochten ze naar Suzanne? Of naar meer slachtoffers?

Het was een riskante zet, maar Helen had geen keus. Het was al de vierde dag van hun zoektocht en ze hadden nog steeds niets. Dus pakte ze de telefoon en toetste haar nummer in.

104

Emilia Garanita hield van haar werk. Ze maakte lange dagen, het betaalde slecht en veel gezagsdragers waren openlijk bot tegen de verslaggevers van het plaatselijke sufferdje, maar dat deed Emilia allemaal niets. Ze was verslaafd aan de adrenaline, de onvoorspelbaarheid en de opwinding die haar werk dagelijks met zich meebracht.

En dan was er nog de macht. Hoe neerbuigend politici, politiemensen en raadsleden ook deden, ze waren allemaal doodsbang voor verslaggevers. Ze waren volkomen afhankelijk van de goedwillendheid van het publiek voor hun carrière. En het waren verslaggevers als Emilia die het publiek beïnvloedden. Emilia voelde die macht nu terwijl ze tegenover Helen Grace zat. Emilia had de locatie gekozen, niet Grace, en zij was degene die nu de agenda bepaalde. Grace had haar hulp nodig, dus geen leugens of vaag gedoe meer.

'Twee van onze mensen worden vermist,' begon Grace resoluut. 'Charlie Brooks en Mark Fuller, ik geloof dat je hen kent. Het is mogelijk dat ze zijn ontvoerd en we hebben je hulp nodig – de hulp van je lezers – om hen terug te vinden.'

Terwijl Grace verder vertelde, voelde Emilia weer die bekende tinteling. Dit was het andere fijne aspect van verslaggever zijn: op elk willekeurig moment kon er een sappig verhaal, een echte sensatie in je schoot vallen. Dat waren de dagen waar je zo hard voor buffelde. Al die loze uren voor het verslaan van zaken bij de rechtbank – vandalisme, gevechten, inbraken – waren de prijs die je moest betalen om een echt verhaal te verdienen. En als er zich een aandiende, kon je maar beter voorbereid zijn. Dit waren de verhalen waarmee je naam kon maken.

Emilia kon niet snel genoeg schrijven, ondanks het feit dat ze steno gebruikte. De ontwikkelingen in dit verhaal waren opzienbarend, ze zag de koppen al voor zich. En om de landelijke kranten bij zoiets groots voor te zijn, dat was echt goud waard.

Emilia beloofde al het mogelijke te doen en Grace vertrok. De inspecteur zei dat ze blij was met de uitkomst van hun 'gesprek', maar ze zag er vrij beroerd uit, vond Emilia. Niet iemand die graag om hulp vroeg of die gewend was de tweede viool te spelen bij een andere vrouw. Solidariteit tussen vrouwen was ook niet meer wat het geweest was.

Emilia haastte zich terug naar kantoor. De nerveuze opwinding die ze eerder had gevoeld was nu verdwenen en ze voelde zich vreemd kalm. Ze wist precies wat ze moest doen.

In haar hele werkzame leven had ze de journalistiek als wapen gebruikt: om degenen die het verdienden aan de kaak te stellen, te beschadigen of te vernietigen.

Deze keer zou het niet anders gaan.

105

Het was half zeven in de ochtend en de zon weigerde op te komen. Southampton was gehuld in een dikke, vochtige mist – de volmaakte belichaming van Helens stemming. Ze sloeg de voordeur achter zich dicht, stapte op haar motor en racete naar het stadscentrum, met de gashendel onnodig ver open.

Er waren nog eens zesendertig uur voorbijgegaan en nog steeds geen nieuws. Nee, dat was niet waar, er was genoeg 'nieuws' geweest, maar niets waar ze wat aan hadden. Sinds ze bij Emilia was vertrokken had Helen zichzelf verwijten gemaakt, uit angst dat ze een ernstige fout had gemaakt. Ze had niet echt veel keus gehad, de pers moest geïnformeerd worden, maar toch had ze de zaak alleen maar erger gemaakt. Ze had Emilia laat op de avond gesproken, dus het artikel van de volgende ochtend was sensationeel, maar bevatte niet erg veel details. De *Evening News* van vandaag beloofde een ander verhaal te worden.

Er lag al een exemplaar van de krant op Helens bureau toen ze aankwam. Een teamlid dat behulpzaam wilde zijn of iemand die iets duidelijk wilde maken? Helen sloeg de schreeuwende koppen over en ging meteen naar de details op de binnenpagina's. Het was vreselijk. Haast martelporno. In uitputtende, wellustige details werden de lezers door de diverse stadia van uithongering en uitdroging gevoerd, met speculaties over de vraag welke politiemedewerker het het langste vol zou houden en wat de mogelijke doodsoorzaken zouden kunnen zijn. Voor de onnozele lezer hadden ze zelfs een behulpzame afbeelding geplaatst: een schema van fysieke en mentale aftakeling waarin werd omschreven hoe Charlie en Mark zich zouden voelen op dag 1. En dag 2. 3. 4. 5. Een groot vraagteken hing boven de dagen daarna, maar dat betekende maar één ding.

Tussen al die opgeklopte verhalen stond het nummer van een hulpdienst van de politie, het zogenaamde doel van de uitgebreide artikelen. Zoals je kon verwachten stond de telefoon roodgloeiend. Het gevoel van opwinding dat werd opgewekt door dit buitengewone verhaal had daar wel voor gezorgd. De meerderheid van de gesprekken was wanhopig, aandachtzoekend gedoe. Helen werd er woest van.

Toen ze om de tafel ging zitten met Charlies vriend en Marks ouders, had Helen hun weinig troost te bieden. De sensationele verslagen in de *Evening News* hadden hen gek gemaakt van ongerustheid en ze reageerden hun woede af op Helen. Ze moest openhartig tegen hen zijn over de overlevingskansen van hun dierbaren, terwijl ze beloofde al het mogelijke te doen om hen thuis te brengen. Ze waren in shock, konden het niet echt bevatten, alsof dit een grimmige nachtmerrie was waaruit ze spoedig zouden ontwaken.

Helen wilde hun dolgraag iets geven, een sprankje goed nieuws om een einde te maken aan hun ellende, maar het had geen zin om te liegen. Ze wist dat Mark en Charlie sterk zouden zijn, maar ze waren nu al bijna een week door niemand meer gezien. Wie wist in welke toestand ze zich bevonden? Of hoe lang ze het konden volhouden? Het waren tenslotte ook maar mensen.

De klok tikte en elke minuut telde.

106

Charlie probeerde op te staan. Maar toen ze zich omhooghees werd ze duizelig. Ze voelde zich licht in haar hoofd, dronken en viel terug op haar billen. Ze wendde haar hoofd af en kokhalsde nogmaals. Maar er was niets meer om uit te braken – al een paar dagen niet meer.

Ze stierf van de honger. Het was een zin die ze zo vaak nonchalant had gebruikt, maar nu wist ze wat het écht betekende. Herhaalde aanvallen van diarree, krampen, rode vlekken over haar hele bovenlichaam en gekmakende gebarsten huid rond haar mond, ellebogen en knieën. Het was alsof ze aan het vervellen was, alsof ze uit elkaar viel. Over een tijdje zou ze weinig meer dan een skelet zijn. De maden waren al lang op. Mark zou waarschijnlijk dood zijn voordat ze terugkwamen.

Aan de andere kant van de ruimte begon Mark 'I had a little nut tree' te mompelen als begeleiding. Hij was al een paar dagen kinderrijmpjes aan het verhaspelen – misschien had zijn moeder die voor hem gezongen, of misschien zong hij ze voor zijn dochter.

Hoe dan ook, de tekst was helemaal verkeerd, de melodieën allemaal door elkaar gehaald. Eigenlijk maakte hij alleen maar geluid om zichzelf te bewijzen dat hij nog leefde. Wie hield hij voor de gek?

Charlie bekeek hun gevangenis voor de zoveelste keer. En dezelfde vier wanden staarden terug. De lucht was nu niet meer te harden, zes dagen van uitwerpselen, zweet en kots, samengevoegd tot een afgrijselijke cocktail. En ze kregen het vreselijk koud. Charlie had geprobeerd Mark in isolatiemateriaal van de boiler te wikkelen, maar het kraste en irriteerde hem en schoof sowieso steeds van hem af.

Charlie had overwogen het spul op te eten, maar ze wist dat ze het toch niet zou binnenhouden en ze kon niet meer onnodig gekots verdragen. Daarom bleef ze maar gewoon zitten met haar sombere gedachten.

Ze liet haar hoofd tegen de harde, koude muur rusten. Even troostte de koelheid van de stenen haar. Dit zou dus haar graf worden. Ze zou Steve nooit terugzien. Ze zou haar ouders nooit meer terugzien. En het ergste van alles, ze zou haar baby nooit zien.

Er was deze keer geen redding. Ze verwachtte niet langer dat ze gered zouden worden. Het enige wat ze nu nog konden doen was op de dood wachten.

Tenzij... Charlie hield haar hoofd strak tegen de muur gedrukt, haar ogen stevig dichtgeknepen. Ze wist dat het pistool vlakbij lag, maar ze weigerde ernaar te kijken. Het zou zo eenvoudig zijn om ernaartoe te lopen en het op te pakken. Mark zou haar niet kunnen tegenhouden, en het zou allemaal zo voorbij zijn.

Ze beet hard op haar lip. Daar wilde ze niet aan denken. Ze zou het niet doen. Ze kon het niet.

Maar plotseling kon ze nergens anders meer aan denken.

107

Het was vernietigend. Andere politiemensen zouden misschien voor de taak zijn teruggeschrokken en zouden een zondebok gestuurd hebben om de ellende op te vangen. Maar Helen wist dat ze deze situatie zelf had veroorzaakt, dus ze kon niet anders dan zichzelf op het offerblok leggen.

Geflankeerd door twee reusachtige close-ups van Mark en Charlie gaf Helen een persconferentie, waarin ze erop aandrong dat iedereen die iets vermoedde contact zou opnemen. Emilia's artikel in de *Evening News* had een stormloop ontketend. Elke belangrijke krant uit het Verenigd Koninkrijk was vertegenwoordigd in de volgepakte voorlichtingszaal, en ook journalisten uit Europa, de Verenigde Staten en van nog verder weg.

Ze konden het niet langer verbergen. Ze waren op jacht naar een seriemoordenaar. Dit was de publieke erkenning waar Emilia Garanita op had gewacht. Ze deed er nu een schepje bovenop en eiste dat Helen ontslag zou nemen. Ze eiste een officieel onderzoek naar Helens leiderschap gedurende deze zaak. De *Evening News* kwam met een ander groot artikel, met een opsomming van de leugens, halve waarheden, ontwijkende antwoorden en onbekwaamheden die het onderzoek in hun ogen tot dusver hadden gekarakteriseerd. Helen liet de aanval over zich heen komen – zolang ze de boodschap kon overbrengen, was de professionele schade van weinig belang.

Ze was van plan geweest de hele nacht op de werkvloer te blijven om haar woede en frustratie kwijt te raken, maar haar bezorgde team wist haar uiteindelijk over te halen naar huis te gaan, minstens voor een uur of twee. Ze hadden zich allemaal uit de naad gewerkt, maar zij was helemaal kapot.

Helen reed op de motor naar huis en hield haar snelheid onder controle. Ze was nog steeds trillerig en emotioneel. Eenmaal thuis nam ze een douche en trok ze andere kleren aan. Het was fijn om zich schoon te voelen en onmiddellijk bespeurde ze een golf van energie en, belachelijk genoeg, hoop.

Een kort, opbeurend moment wist ze zeker dat ze hen levend en wel terug zou vinden.

Maar toen ze uit het raam naar het sombere landschap staarde, vervaagde die korte opwelling van optimisme al snel. Ze hadden óveral gezocht en waren met lege handen blijven zitten. Terwijl het korps van Hampshire heel Southampton op z'n kop had gezet bij de zoektocht naar de vermiste medewerkers, had Helen contact opgenomen met haar collega's bij de Londense politie. Misschien had de keuze van haar zus voor bepaalde locaties iets persoonlijks? Misschien wilde ze nog een keer op een speciale plek laten zien wie de touwtjes in handen had? Je had de verlaten pakhuizen waar ze vroeger ramen ingooiden, het kerkhof waar ze altijd dronken werden, de scholen waarvan ze spijbelden, de onderdoorgangen waar ze naar skatende jongens keken. Ze had gevraagd of al die plekken nagelopen konden worden.

Maar tot nu toe had dat niets opgeleverd. Nog steeds dezelfde afmattende frustratie. Mark en Charlie moesten ergens zijn en er was niets wat Helen kon doen om hen te helpen.

Ze bleef tien minuten in haar flat voordat ze naar buiten liep en zich terug naar de recherchekamer spoedde. Er moest ergens een aanwijzing te vinden zijn. En Helen wilde die vinden.

108

De baby wilde niet ophouden met schreeuwen.

Charlie had haar voortdurend voor ogen, in haar buik. Op de een of andere manier wist ze dat het een meisje was. En als ze zich haar baby voorstelde, was ze al echt een mensje met een persoonlijkheid en behoeften, en niet slechts een hoopje cellen. Ze stelde zich voor hoe haar baby schreeuwde om eten, verward en van streek omdat ze niet snapte waarom ze dat niet meer van haar moeder kreeg. Zo had het niet moeten gaan. Had ze net zo'n buikpijn van de honger als Charlie? Misschien had ze nog niet eens een maagje, dacht Charlie, maar het was een beeld dat ze niet uit haar hoofd kon krijgen. Ik laat mijn baby verhongeren. Ik laat mijn baby verhongeren.

Mark en Charlie waren zelf in deze situatie terechtgekomen. Het was hun schuld. Maar haar baby was onschuldig. Puur en onschuldig. Waarom zou haar baby ervoor moeten boeten? Haar woede om hun stommiteit spoorde haar aan. In ieder geval was haar wil nog niet verzwakt, in tegenstelling tot haar uitgemergelde, nutteloze lichaam.

Ze probeerde haar razernij te onderdrukken. Ze probeerde te slapen. Maar de nacht was lang. En koud. En stil. Charlie probeerde te slapen, maar haar baby wilde niet ophouden met schreeuwen.

Schreeuwde dat ze het pistool moest pakken.

109

Het team was na de bespreking uiteengegaan. Terwijl Bridges, Sanderson en de rest van het team zich over de regio en verder verspreidden, bleef Helen achter in de recherchekamer. Iemand moest de enorme zoektocht coördineren en bovendien had Helen het akelige gevoel dat ze iets over het hoofd zag en wilde ze nog een keer al het bewijsmateriaal doornemen.

Ze had elke kleine aanwijzing nagetrokken. Met elke gemeente in Zuid-Engeland was contact opgenomen en de ambtenaren bogen zich nu over de lijst met verlaten gebouwen die wachtten op renovatie of sloop. Ook de havenautoriteiten waren gewaarschuwd: er werd een lijst samengesteld van de pakhuizen en schepen die niet langer werden gebruikt. Huurappartementen werden bezocht, maar ze konden alleen de meest recente bekijken en misschien had Suzanne al weken geleden een pand gehuurd.

De zoektocht was massaal en allesomvattend, maar desalniettemin werd Helen overmand door het gevoel dat het allemaal niks voorstelde. Als de locatie waar ze werden vastgehouden willekeurig was gekozen, hoe groot was dan de kans dat ze die zouden vinden? Aangespoord door de angst te falen en het gevoel dat het antwoord pal onder haar neus lag, dacht Helen terug aan alle belangrijke plekken die ze met haar zus in hun kindertijd had gedeeld. Ze had altijd opgekeken tegen Marianne, die de sterkste van de twee was, en had haar gevolgd als een schaduw. Als je Marianne kon vinden, kon je ook Jodie vinden, werd er altijd gezegd. Door haar naam te veranderen en een ander leven te beginnen had Helen geprobeerd uit die schaduw te stappen, maar hij viel nu weer over haar heen en bracht duisternis en wanhoop met zich mee.

Het was tijdens het lezen van haar dossier over Arrow Security dat Helen die eerste huivering van opwinding en vreugde had gevoeld, de huivering die een nieuw aanknopingspunt inluidt. In dit tijdperk van gelijke rechten had de aanwezigheid van een vrouwelijke beveiliger niet mogen opvallen. Maar hoeveel vrouwelijke bewakers kwam je in werkelijkheid tegen? En wat belangrijker was, deze vrouwelijke beveiliger was pas twee maanden geleden bij Arrow komen werken. Ze was ingehuurd om te helpen een oogje in het zeil te houden op de domeinen rond Croydon en Bromley, omdat ze in die buurt woonde. Maar haar referenties leken wankel – vervalst – en een snelle controle van de administratieafdeling leerde dat haar adres vals was.

Helen faxte Mariannes oorspronkelijke politiefoto en het door de computer gegenereerde beeld van een 'oudere' Marianne naar Arrow. Het gealarmeerde bedrijf had prompt gereageerd. De vrouw op de afbeeldingen kon best eens hun nieuwe werknemer zijn, die zichzelf Grace Shields noemde.

Grace. Er kon geen twijfel over bestaan. Maar betekende het 'fuck you' of 'kom hierheen'? Helen koos voor het laatste en reed nu weer met grote snelheid naar Chatham Tower. Ze wist niet zeker of – of wanneer – haar zus had gewild dat ze de connectie zou ontdekken, maar haar besluit stond vast. Of Marianne was ergens in Chatham Tower of Mark en Charlie zaten daar en ze zou ze vinden.

Helen voelde een golf van hoop terwijl ze naar het noorden jakkerde. Het eindspel was begonnen.

110

Het regende toen ze me kwamen halen.

Ik had het niet gemerkt toen ze me naar de politieauto toe sleepten, maar eenmaal achterin, als een ordinaire crimineel, zag ik de weerspiegeling van het blauwe zwaailicht in een plas op straat.

Ik voelde me als verdoofd. De psychologen zouden zeggen dat het door de shock na de moorden kwam, maar dat heb ik nooit geloofd. Ik was wel geschokt, maar niet daardoor. Ze hadden geprobeerd me aan het praten te krijgen, maar ik wilde of kon niets zeggen. Ik sloot me al af. Het was voor mij het begin van het einde.

Ik keek op en zag haar vanuit de deuropening naar me staren. Ze was in een deken gewikkeld en er liep een geagiteerde sociaal werker naast haar, maar ze staarde alleen maar strak voor zich uit, alsof ze niet kon geloven wat er gebeurde. Maar het gebeurde en zij had het veroorzaakt. Zij was degene die de familie had verscheurd, niet ik.

Ik kreeg de negatieve pers, de gevangenisstraf, ik werd bespuwd en te schande gemaakt. Maar zij had de echte misdaad begaan en dat wist ze.

Ik zag het in haar ogen terwijl ze me afvoerden. Ze was een judas, nee, ze was erger dan Judas. Hij had alleen zijn vriend verraden. Zij haar zus.

111

Doe het snel nu. Dan is het voorbij.

Mark dwong zichzelf om in beweging te komen, om zijn laatste krachten op te roepen en de daad te verrichten. Maar zijn koorts was hoog, zijn lijf deed zeer en hij kon zijn benen maar met moeite bewegen. Maar het moest en hij dwong zich tot actie.

Charlie lag languit op de grond. Ze huilde en schreeuwde nu. Begon ze haar verstand te verliezen? Normaal gesproken was ze zo rustig, zo hartelijk en nu was ze vervuld van razernij en geweld, een blazende harpij die krankzinnig begon te worden. Wie wist wat er door haar hoofd ging?

Het pistool lag op gelijke afstand van beiden vandaan. Mark kon zijn ogen er niet van afhouden. Nu alle pogingen om te ontsnappen op niets waren uitgelopen, was het pistool de enige oplossing.

Hij kwam overeind op zijn ellebogen. Ze zakten onmiddellijk weer onder hem weg en hij viel op de vloer. Zijn kin kwam scherp op het koude beton terecht. Woedend probeerde hij het opnieuw, elke spier gespannen om zijn magere skelet van de grond te tillen. Deze keer lukte het hem. Hij profiteerde ervan door zijn knieën onder zijn borst op te trekken. Een scherpe pijn rond zijn borst, zijn benen, zijn armen – zijn lichaam verzette zich tegen hem, maar hij zou het niet laten winnen.

Hij wierp nog een heimelijke blik op het pistool. Rustig aan nu, geen plotselinge bewegingen. Hij ging langzaam op zijn achterste zitten, nu weer rechtop. Die houding maakte dat zijn hoofd begon te bonzen, en plotseling werd hij overvallen door een onverhoedse herinnering: Elsie die een koude doek op zijn hoofd legde om een kater op nieuwjaarsdag te verzachten. Ze was altijd een engeltje geweest. Zijn engeltje.

Het pistool lag anderhalve meter bij hem vandaan. Hoe snel kon hij die afstand overbruggen? Als hij eenmaal had besloten dat hij het zou doen, mocht er geen twijfel meer zijn. Eén moment van uitstel en zijn besluit zou aan het wankelen worden gebracht. Een moment van besluiteloosheid en zijn lichaam zou hem wel eens in de steek kunnen laten. Hij had zijn besluit nu genomen en hij moest zich niet laten weerhouden door twijfels op het laatste moment.

Op handen en knieën kroop hij over de vloer. De pijn was verschrikkelijk, maar hij slaagde erin naar voren te komen. Charlie hoorde hem en draaide zich snel om, maar het was te laat. Mark was er. Hij greep het pistool en spande de haan. Het was tijd om te doden.

112

Het regende nu hard – er was noodweer losgebarsten en het vallende water striemde op Helen neer terwijl ze naar de toren scheurde. Het was alsof het weer was bevangen door dezelfde razernij die Helen voorwaarts dreef.

Het water dat van haar vizier stroomde maakte haar zicht wazig, dus toen Helen haar voor het eerst zag leek ze net een spook, als een visioen. Eerst dacht ze dat het de Arrow-vertegenwoordiger was die haar tegemoet kwam, maar toen besefte ze dat het een vrouw was. Ze verstarde onmiddellijk, nam gas terug en reikte naar haar pistool.

Plotseling kreeg ze geen lucht meer. Ze kneep haar ogen dicht en opende ze opnieuw in een poging zichzelf ervan te overtuigen dat ze zich vergiste. Maar ze vergiste zich niet. Ze kwam slippend tot stilstand, sprong van de motor en rende naar de doornatte en halfnaakte gestalte.

Charlie zwalkte langs haar heen alsof ze haar niet herkende. Helen greep haar bij de arm, trok haar terug naar zich toe. Charlie draaide zich om, en met een verwilderde blik in haar ogen probeerde ze Helen in het gezicht te bijten. Helen duwde haar weg en sloeg haar hard. De klap leek Charlie te verdoven. Ze zonk neer op haar knieën. Verfomfaaid en haveloos, een nachtmerrieachtig slap aftreksel van de stoere politievrouw die Helen ooit had gekend.

‘Waar?’ Helens vraag was ongezouten en gevoelloos.

Charlie kon haar niet aankijken.

‘Hij heeft het gedaan. Ik niet. Hij heeft het gedaan om mij te redden...’

‘Wáár?’ brulde Helen.

De tranen stroomden nu over Charlies gezicht. Ze hief haar rechterarm en wees naar Chatham Tower.

‘Het souterrain,’ zei ze, en haar stem konk schor en zwak.

Helen liet haar achter op haar knieën en sprintte naar de toren. Ze verschoof de veiligheidspal van haar pistool terwijl ze door de onafgesloten ingang naar binnen rende. Er was nu geen ruimte voor strategie of voorzichtigheid. Ze moest Mark vinden.

Ze zette de mogelijkheid dat hij al dood was van zich af – er was toch vast nog wel tijd om hem te redden? Dat moest gewoon. In een oogwenk begreep Helen dat ze wel degelijk gevoelens voor Mark had. Nog geen liefde, maar iets warms en goeds dat had kunnen groeien. Misschien waren ze samengebracht met een reden. Misschien waren ze voorbestemd elkaar te redden en de schade van het verleden te herstellen.

Ze denderde de deur door en keek verwilderd om zich heen. Toen sprintte ze door de hal en schopte de deur naast de liften open. Naar beneden, naar beneden, met drie treden tegelijk.

Nu was ze in het souterrain. Ze schopte de eerste deur open en trof... een lege kast aan. Nee, dat kon niet, de deur was niet stevig genoeg om iemand binnen te houden, ze had iets zwaarders nodig... Toen zag Helen het: de versterkte metalen deur die openhing. Ze rende de gang door en schoot naar binnen.

Toen ze binnenkwam, begaven haar knieën het en viel ze op de grond. Ze had Mark gezien. En ze had het ergste gezien. Langzaam hief ze haar hoofd, maar de tweede aanblik was niet beter. Mark lag in een plas van zijn eigen bloed. Mark was dood, het pistool dat hem had gedood lag nog in zijn hand. Helen kroop over de vuile vloer naar hem toe, wiegde zijn hoofd in haar armen. Maar hij was koud en roerloos.

Een harde klap en Helen keek op. Wie had ze verwacht? Charlie? Bridges? Het was Marianne, zoals ze al die tijd had geweten.

'Hallo, Jodie.'

Ze glimlachte en sloot de deur achter zich.

'Lang niet gezien.'

113

Er was geen overwinning. Geen blijdschap. Er was zelfs niet eens een gevoel van opluchting. Charlie had het overleefd. Ze bleef leven. Haar baby bleef leven. Maar de oude Charlie was dood en begraven. Hier zou ze nooit overheen komen.

Ze lag op het asfalt, de regen stroomde op haar neer. Het duizelde haar. Shock vermengd met afschuw. Langzaam overviel de uitputting haar. Ze sloot haar ogen en opende haar mond. De regen belandde in haar verdroogde, bloedende mond. Een kort gevoel van opluchting, van leven dat door haar heen stroomde, en toen vergetelheid. Haar ogen vielen dicht, haar gedachten werden wazig en ze voelde hoe ze onder water werd getrokken, in een duisternis die zowel troostend als uitputtend was.

Toen een stem. Een vreemde, verre, mechanische stem. Charlie probeerde zich uit de afgrond omhoog te werken, maar de uitputting hield haar in haar greep. Toen klonk hij opnieuw. De stem; dringend, hardnekkig. Ze slaagde erin één oog te openen. Maar er was niemand.

'Waar ben je? Geef alsjeblieft antwoord.' De wanhopige stem werd nu duidelijker.

Charlie opende haar andere oog en slaagde erin haar hoofd iets van de grond te tillen.

Helens portofoon, op de grond naast haar achtergelaten motorfiets. En toen de stem… de stem was van Bridges. Hij zocht haar.

Misschien was het nog niet voorbij. Misschien had Charlie toch nog een kans op verlossing. Ze wist dat ze het moest proberen. Ze hees zich overeind en liet zich weer op haar knieën vallen. Haar lichaam trilde, haar tanden klapperden. Ze zag alles dubbel. Maar ze moest op de een of andere manier bij die portofoon zien te komen.

114

'Hoe kón je?'

Marianne lachte. Jodies vraag bevatte een schitterende ironie. Het was precies wat Marianne tegen haar had gezegd, al die jaren geleden. Een brede grijns brak door op Mariannes gezicht: wie had kunnen voorspellen dat het allemaal zo volmaakt zou uitpakken?

'Het was makkelijker dan je zou denken. De mannen waren een makkie – je weet hoe die vallen voor een knap gezicht. En de meisjes, nou, die waren erg... goed van vertrouwen. Ik moet zeggen dat het hard werken was, maar zoals je ziet heb ik anderen gevonden om het zware werk te doen.'

Ze wierp een blik op het lichaam van Mark.

'Heb je Charlie trouwens nog gezien?' ging ze verder. 'Hoe gaat het met haar? Ze liep pal langs me heen toen ik de deur opendeed, dus ik heb haar niet goed kunnen bekijken.'

'Je hebt haar kapotgemaakt...'

'Ach, doe niet zo melodramatisch. Ze redt zich wel. Ze wordt beter, gaat naar haar vriend, krijgt haar baby. Of ze in staat zal zijn dat kind in de ogen te kijken is een andere zaak, maar ze heeft gewonnen. Ze heeft het overleefd. Ik dacht dat zij het zou doen, maar Mark heeft het haar uit handen genomen.'

'Waarom ben je niet rechtstreeks achter mij aan gekomen?' wilde Helen weten.

'Omdat ik wilde dat je zou lijden.'

Daar had je het, keihard en onomwonden.

'Ik heb het juiste gedaan, ik zou het weer doen.' Helens stem werd luider terwijl haar razernij aanzwol. En voor het eerst was er een flits van iets – was het woede? – te zien in de ogen van Marianne.

'Het heeft je nooit kunnen schelen hoe zwaar ik het had, of wel?' schreeuwde ze terug.

'Dat is niet waar.'

'Het was niet zo dat je wílde dat ik zo leed, het kon je alleen niets schelen, en dat is erger.'

'Nee, zo heb ik het nooit ervaren of gewild...'

'Ik heb vijfentwintig jaar vastgezeten. Ze probeerden me te breken in de jeugdgevangenis en daarna nog eens in Holloway. Ik heb je geschreven, dus doe niet alsof je niet weet waarover ik het heb. Het geweld, het misbruik, de mishandeling. Ik heb je precies verteld hoe ik ze ervoor heb laten boeten. In Holloway heb ik het oog van een meisje uit haar hoofd gerukt, weet je dat nog? Natuurlijk weet je dat. Maar je hebt me nooit geschreven, bent nooit op bezoek geweest. Je hebt me helemaal niet geholpen, omdat je wilde dat ik zou wegrotten. Zou wegteren en omkomen. Je eigen zus.'

'Je bent al jaren mijn zus niet meer.'

'Vanwege die dubbele moord? Ik had tenminste nog lef, jij ondankbaar rotwijf.'

Eindelijk begon het venijn door te sijpelen.

'Ik heb je geréd. Jij was de volgende die aan de beurt was. Ze zouden een klein meisje als jij kapotgemaakt hebben.'

De waarheid van Mariannes beschuldiging sneed zich een weg in Helens geweten.

'Dat weet ik. Ik weet dat je dacht dat je mij hielp...'

'We hadden gelukkig kunnen zijn samen, jij en ik. We hadden weg kunnen gaan, op straat kunnen leven, iets kunnen opzetten.

Ze zouden ons nooit gevonden hebben. Als we solidair waren geweest, zou het nu nog steeds prima met ons zijn gegaan.'

'Geloof je dat echt, Marianne? Want als dat zo is, ben je verder heen dan ik dacht...'

Plotseling liep Marianne de kamer door naar Helen, met vuur in haar ogen. Helen hief onmiddellijk haar Glock en Marianne bleef staan. Er was nog maar een meter ruimte tussen hen beiden.

Helen keek naar het gezicht van haar zus. Zo bekend van vorm, maar zo wezensvreemd in uitdrukking. Alsof een monster in haar binnenste zich een weg naar buiten vrat.

'Waag het niet op me neer te kijken,' snauwde Marianne. 'Waag het niet me... te veroordelen. Jij staat hier terecht, niet ik.'

'Omdat ik het juiste heb gedaan? Op het rechte pad ben gebleven? Jij hebt onze ouders vermoord, Marianne. Je hebt ze in koelen bloede vermoord.'

'En heb je ze gemist? Daarna? Heb je die verkrachters gemist?'

Even wist Helen niet wat ze moest zeggen. Ze had zichzelf die vraag nooit gesteld. Ze was zo met Marianne bezig geweest in de nasleep, zo opgegaan in haar eigen verbijsterde tocht langs pleegtehuizen en jeugdzorg dat ze nooit echt de ruimte had genomen om verdriet te hebben.

'Nou?' wilde Marianne weten.

Een lange stilte en toen: 'Nee.'

Marianne glimlachte breed. Een overwinnaarslach.

'Nou dan. Het waren nietsnutten, erger dan nietsnutten. En ze hadden een veel erger lot verdiend. Ik ben nog mild voor hen geweest. Of ben je vergeten wat ze hebben gedaan?'

Ze trok de blonde pruik die ze droeg van haar hoofd en toonde haar schedel. Het haar was nooit teruggegroeid op de plek waar haar vader haar tegen de kachel had gehouden. Op haar kruin zat een vreemde, lelijke kale plek.

'Dit zijn nog maar de littekens die je kunt zien. Hij zou ons uiteindelijk vermoord hebben. Dus heb ik gedaan wat gedaan moest worden. Je zou me verdomme dankbaar moeten zijn.'

Helen sloeg haar zus gade – dezelfde uitdagendheid, dezelfde woede die ze tijdens het proces had getoond. Het was er al die jaren later nog steeds. Er zat een kern van waarheid in wat ze zei, maar toch klonk het als het geraaskal van een krankzinnige. Helen had opeens de sterke wens om te vertrekken uit deze vreselijke ruimte, weg van deze brandende haat.

'Hoe eindigt dit, Marianne?'

Marianne glimlachte, alsof ze hierop had gewacht, en zei: 'Het eindigt zoals het is begonnen. Met een keuze.'

En nu werd alles langzaam duidelijk.

'Jij hebt al die jaren geleden een keuze gemaakt,' ging Marianne verder. 'Je hebt ervoor gekozen je zus te verraden. De zus die jou had geholpen. Je hebt ervoor gekozen jezelf te behoeden en mij voor de wolven te gooien.'

'En al je slachtoffers werden ook voor een keuze gesteld,' concludeerde Helen, terwijl de gruwelijkheid van Mariannes plan haar glashelder werd.

'Jij denkt dat de mensen goed zijn, Jodie. Jij bent een van die optimisten. Maar dat zijn ze niet. Ze zijn gemeen en egoïstisch en wreed. Dat heb jij aangetoond. Net als ieder van die egoïstische sukkels die ik heb ontvoerd. Uiteindelijk komt het erop neer dat we allemaal niet meer dan beesten zijn die elkaar de ogen uitkrabben om te overleven.'

Marianne deed een stap dichterbij en Helen kromde intuïtief haar vinger om de trekker van haar pistool. Marianne bleef staan en glimlachte, en hief toen een Smith & Wesson op ooghoogte.

'En nu moet je weer een keuze maken, Helen. Ga je moorden of laat je je vermoorden?'

Dus dat was het. Helen en Marianne waren de laatste deelnemers in haar dodelijke spel.

115

Bridges liet Charlie liggen waar ze lag en sprintte naar het gebouw toe. Het arrestatieteam was in volledige gevechtsuitrusting onderweg en de ambulances snelden naar de plek des onheils, maar hij had geen tijd om te wachten. Helen was daarbinnen met de moordenaar – Suzanne, Marianne, hoe ze ook mocht heten – en hij achtte haar kansen om het te overleven niet groot. Dit was een plan dat bedoeld was om te eindigen in bloedvergieten.

Hij stormde de lobby in. De liften waren uitgeschakeld, maar de deur naar het souterrain stond op een kier. Daar rende hij heen, de trap af en de gang door. Hij was niet gewapend, maar goed, dat moest dan maar. Elke seconde was nu van levensbelang.

En daar was het. De gesloten metalen deur. Hij beukte erop en Helens stem was duidelijk hoorbaar door de deur heen. Ze zei dat hij moest opdonderen. Flikker op, dacht hij. Hij keek wanhopig om zich heen op zoek naar een stuk gereedschap.

De gang was leeg, maar de laatste deur op het eind was van een voorraadkast, vol met halfvolle flessen bleekmiddel en desinfecterende middelen. Op de vloer lag wel een afgedankte brandblusser. Zo'n ouderwetse uit de jaren zeventig, zwaar en log. Bridges hees hem van de vloer.

Hij sprintte de gang door en stond na een paar tellen weer voor de metalen deur. Hij wachtte even, beet op zijn tanden en beukte toen de brandblusser tegen het slot.

116

De deur schudde van de klap en een metalige galm echode door de gang, maar Marianne knipperde niet eens met haar ogen. Haar blik was gericht op haar zus, haar vinger streelde de trekker van het pistool.

Beng! Weer een zware klap op het slot. Degene die daarachter stond was kennelijk nogal vastbesloten. De deur begon het te begeven.

'Het is tijd om te beslissen, Jodie.' Marianne glimlachte terwijl ze sprak. 'Ik vuur zodra die deur opengaat.'

'Doe het niet, Marianne. Het hoeft niet zo te gaan.'

'Het is te laat om erop terug te komen. Hij komt eraan. Dus maak je keuze.'

De deur begon te kraken. Bridges boekte vooruitgang.

'Ik wil je niet doden, Marianne.'

'Dan is de keuze gemaakt. Jammer eigenlijk – ik dacht dat je gretig van de gelegenheid gebruik zou maken.'

De deur kraakte vervaarlijk – er waren nu nog maar een paar tellen te gaan.

'Ik wil je helpen. Leg dat pistool neer.'

'Je hebt je kans gehad, Jodie. En je hebt je handen van me af getrokken. Je hebt al die mensen gered. Al die wildvreemden, maar míj heb je in de steek gelaten.'

'En denk je dat ik me daar niet schuldig over voel? Kijk dan wat jij mij hebt aangedaan. Wat je me nog steeds aandoet.'

Helen had haar overhemd uitgerukt om de littekens op haar rug te laten zien. Even zweeg Marianne, geschokt door wat ze zag.

'Ik word elke minuut van de dag verscheurd door schuldgevoel. Natuurlijk. Maar ik was pas dertien. Jij had twee mensen vermoord. Mijn vader en moeder vermoord in hun eigen bed, godallemachtig. Je hebt onze ouders vermoord. Wat had ik anders moeten doen?'

'Je had me moeten beschermen. Je had blij moeten zijn.'

'Ik heb je nooit gevraagd ze te vermoorden. Ik heb nooit gewild dat je ze zou vermoorden. Ik wilde niets van dit alles. Snap je dat dan niet? Je hebt het jezélf allemaal aangedaan.'

'Geloof je dat echt? Geloof je dat wérkelijk?'

'Ja.'

'Dan valt er niks meer te zeggen. Vaarwel, Jodie.'

Op dat moment barstte Bridges door de deur heen en klonk er één enkel schot.

117

Door de stromende regen zag Charlie vaag twee gestalten opduiken. Een man die een vrouw wegleidde van de toren. Charlie was nooit gelovig geweest, maar de afgelopen tien minuten had ze gebeden, tegen beter weten in hopend op een wonder. En nu zou ze haar antwoord krijgen.

Ze duwde de ambulancebroeder bij zich vandaan en rende naar voren. Al na tien meter begaven haar benen het en viel ze op haar knieën op de doorweekte grond. Ze beschermde haar ogen tegen de regen en probeerde door de nevel te turen. Was Bridges die vrouw aan het helpen of hield hij haar in bedwang?

Plotseling brak de zon door en even zag alles er minder somber uit.

Het was Helen. Ze had het overleefd. De ambulancebroeders renden al op haar af, haar collega's omringden haar. Maar ze duwde hen weg. Charlie riep haar, maar Helen liep voorbij zonder iets te horen.

Inspecteur Helen Grace schudde Bridges van zich af en liep alleen door de regen. Het was voorbij. Ze leefde nog. Maar ze had niet gewonnen. Haar beproeving was nog maar net begonnen. Want, zoals Marianne maar al te goed wist, er is geen gemoedsrust voor hen die het bloed van hun naasten hebben vergoten. Het was nu Helens beurt om met die schandvlek te leren leven.

Lees ook van M.J. Arlidge

Piep zei de muis

een fragment

In een leegstaand huis wordt een vermoorde man gevonden. Niet veel later wordt zijn hart bij zijn vrouw en kinderen bezorgd. Inspecteur Helen Grace weet dat hij niet het laatste slachtoffer zal zijn. Maar waarom is een gelukkig getrouwde man midden in de nacht zo ver van huis?

De media hebben het over de omgekeerde Jack de Ripper: een seriemoordenaar die aast op vaders met dubbele agenda's. Helen ziet de woede die uit de moorden spreekt. Wat ze niet voorziet is hoe labiel de dader is – of wat haar tijdens het werk aan deze zaak allemaal nog te wachten staat.

1

De mist sloop langzaam en verstikkend vanaf de zee de stad in, oprukkend als een invasieleger, oriëntatiepunten opslokkend en het maanlicht smorend, zodat Southampton een vreemd, griezelig oord werd.

In Empress Road, een bedrijventerrein, was het zo stil als het graf. De garages waren gesloten, de monteurs en het groothandelspersoneel waren vertrokken en nu namen de tippelaarsters het gebied over. Gekleed in korte rokjes en bustiers inhaleerden ze de rook van hun sigaretten diep om nog een beetje warmte bij elkaar te sprokkelen tegen de ijzige kou. Ze liepen heen en weer, zich inspannend om hun lichaam te verkopen, maar in het schemerduister leken ze meer op uitgemergelde geestverschijningen dan op lustobjecten.

De man reed langzaam en tastte met zijn ogen de rij halfnaakte heroïnehoertjes af. Hij taxeerde ze – hier en daar een schok van herkenning – en verwierp ze. Zij waren niet wat hij zocht. Deze avond wilde hij iets speciaals.

Zijn hoop vocht tegen angst en frustratie. Hij kon al dagen aan niets anders meer denken. Hij was er nu heel dichtbij, maar stel dat het een grote leugen was? Een broodje aap? Hij sloeg hard tegen het stuur. Ze móést er zijn.

Niets. Niets. Nie...

Daar was ze. Ze stond in haar eentje tegen een muur vol graffiti geleund. Hij werd opeens overspoeld door opwinding. Deze was écht anders. Ze inspecteerde haar nagels niet, rookte niet, roddelde niet. Ze wachtte alleen maar. Ze wachtte tot er iets zou gebeuren.

Hij reed van de weg af en parkeerde uit het zicht bij een afrastering. Hij moest voorzichtig zijn, mocht niets aan het toeval overlaten. Hij tuurde de weg af, zoekend naar een teken van leven, maar de mist had hen beiden volledig geïsoleerd, alsof ze de laatste twee mensen op aarde waren.

Hij beende de straat over, naar haar toe, maar riep zichzelf tot de orde en ging langzamer lopen. Hij moest dit niet afraffelen – het was iets om langzaam en ten volle van te genieten. De voorpret was soms leuker dan de daad zelf, had de ervaring hem geleerd. Voor deze moest hij de tijd nemen. De komende dagen zou hij de herinneringen zo waarheidsgetrouw mogelijk aan zich voorbij willen laten trekken.

Ze werd omlijst door een rij verlaten huizen. Niemand wilde hier nog wonen en de huizen waren leeg en smerig. Er werd crack gebruikt en er werden klanten afgewerkt; de vloeren lagen bezaaid met vuile naalden en nog vuilere matrassen. Toen hij dichterbij kwam, keek het meisje op en tuurde door haar dikke pony naar hem. Ze maakte zich los van de muur, knikte zonder iets te zeggen naar de dichtstbijzijnde huls van een huis en stapte naar binnen. Geen onderhandelingen, geen inleiding. Het was alsof ze in haar lot berustte. Alsof ze het wíst.

Hij haastte zich om haar in te halen, haar rug, benen en hoge hakken indrinkend, met stijgende opwinding. Toen ze in het duister verdween, versnelde hij zijn pas. Hij kon niet meer wachten.

De planken kraakten onder zijn voeten toen hij over de drempel stapte. Het vervallen huis zag er precies zo uit als in zijn fantasieën. Een overweldigende geur van bederf vulde zijn neusgaten – alles hier rotte weg door het vocht. Hij haastte zich de vroegere woonkamer in, een vergaarbak van afgedankte strings en condooms. Ze was nergens te bekennen. Gingen ze nu verstoppertje spelen?

Naar de keuken. Niets. Hij maakte rechtsomkeert en nam de trap naar boven. Bij elke tree flitsten zijn ogen heen en weer, zoekend naar de prooi.

Hij liep de eerste slaapkamer in. Een beschimmeld bed, een gebroken ruit en een dode duif, maar geen spoor van het meisje.

Woede begon zijn begeerte te overstemmen. Wat verbeeldde ze zich? Hoe durfde ze zo met hem te sollen? Ze was maar een stoephoer. Een hondendrol onder zijn schoen. Hij zou haar laten lijden voor de manier waarop ze hem behandelde.

Hij duwde de deur van de badkamer open – niets – en liep naar de volgende slaapkamer. Hij zou haar stomme kop in elkaar...

Opeens klapte zijn hoofd achterover. De pijn raasde door zijn hele lijf, zo hard werd hij aan zijn haar getrokken, achteruit, achteruit. Nu kreeg hij geen lucht meer – er werd een lap tegen zijn mond en neus gedrukt. Een scherpe, bijtende geur drong zijn neusgaten in en zijn instinct kwam te laat in actie. Hij vocht voor zijn leven, maar hij zakte al weg. Toen werd alles zwart.

2

Ze volgden al haar bewegingen. Hingen aan haar lippen.

'Het gaat om het lichaam van een blanke vrouw van twintig à vijfentwintig jaar. Ze is gisterochtend door een buurtwerker gevonden in de kofferbak van een afgedankte auto in Greenwood Lane.'

Inspecteur Helen Grace sprak met heldere, krachtige stem, al had ze maagkramp van de spanning. Ze instrueerde het team Zware Misdrijven op de zevende verdieping van het hoofdbureau van politie in Southampton.

'Zoals jullie op de foto's kunnen zien, zijn haar tanden haar mond in geslagen, vermoedelijk met een hamer, en zijn haar beide handen afgehakt. Ze zit vol tatoeages, wat zou kunnen helpen bij de identificatie, en jullie moeten het in eerste instantie in de richting van drugs en prostitutie zoeken. Dit lijkt meer op een liquidatie door een bende dan op een gewone huis-tuin-en-keukenmoord. Brigadier Bridges coördineert het onderzoek en hij zal jullie meer vertellen over mogelijke verdachten. Tony?'

'Dank je, chef. Om te beginnen wil ik nagaan of er gelijksoortige zaken zijn geweest...'

Bridges kwam op dreef en Helen glipte weg. Ze trok het nog steeds niet om in het middelpunt van de aandacht, de roddels en intriges te staan. Het was al bijna een jaar geleden dat Helen een eind had gemaakt aan Mariannes gruwelijke moordpartij, maar de belangstelling was niet afgenomen. Een seriemoordenaar een halt toeroepen was al indrukwekkend genoeg, maar je eigen zus doodschieten om dat te bereiken oversteeg dat nog. In de directe nasleep hadden vrienden, collega's, journalisten en onbekenden elkaar verdrongen om haar medeleven en steun te bieden, maar dat was grotendeels nep – wat ze eigenlijk wilden, waren detáíls. Ze wilden Helen blootleggen en in haar wroeten: hoe is het om je eigen zus dood te schieten? Heeft je vader je misbruikt? Voel je je schuldig aan al die doden? Voel je je verantwoordelijk?

Helen was haar hele volwassen leven bezig geweest een hoge muur rond haar persoon op te trekken – zelfs de naam Helen Grace was niet echt – maar door toedoen van Marianne was die muur definitief gesloopt. Helen was in de verleiding gekomen te vluchten – ze hadden haar verlof aangeboden, overplaatsing en zelfs een gouden handdruk – maar op de een of andere manier had ze zich weten te herpakken en was ze zodra ze toestemming kreeg weer aan het werk gegaan. Ze wist dat alle ogen op haar gericht zouden blijven, waar ze ook was, en dat ze zich dus maar beter kon laten ontleden op haar eigen terrein, waar het leven jaren goed voor haar was geweest.

In theorie was het waar, maar de praktijk was verre van makkelijk gebleken. Er waren hier zo veel herinneringen – aan Mark, aan Charlie – en zo veel mensen die maar al te graag in haar verleden wilden peuren, die speculeerden of zelfs grappen maakten over haar beproeving. Nog steeds, maanden nadat ze weer aan het werk was gegaan, werd het haar soms te veel.

'Goedenavond, chef.'

Helen, die zonder het te merken langs de balie was gelopen, schrok op. 'Goedenavond, Harry. Ik hoop voor je dat de Saints vanavond winnen.'

Haar toon was opgewekt, maar de woorden kwamen er vreemd uit, alsof het haar te veel moeite kostte om vrolijk te doen. Ze haastte zich naar buiten, stapte op haar Kawasaki, gaf gas, scheurde weg over de West Quay Road en ging op in de mist die eerder vanaf zee was komen aanrollen en in de stad was blijven hangen.

Ze zoefde in een constant, stevig tempo langs het verkeer dat in een slakkengangetje op weg was naar het St. Mary's Stadium en reed de snelweg op. Gewoontegetrouw keek ze in haar spiegels, maar ze werd niet gevolgd. Toen het minder druk werd, voerde ze haar snelheid op. Toen ze de 175 had bereikt, wachtte ze een seconde en klom toen op naar 200 kilometer per uur. Ze voelde zich nooit vrijer dan wanneer ze over de weg snelde.

De bebouwing flitste voorbij. Eerst Winchester, toen Farnborough, en uiteindelijk doemde Aldershot op. Nog een snelle blik in de spiegels en op naar het centrum. Helen zette de motor op een parkeerplaats, ontweek een groepje dronken soldaten en liep gehaast door, de schaduw opzoekend. Geen mens kende haar hier, maar ze mocht geen risico nemen.

Ze liep langs het station en een kwartiertje later was ze in Cole Avenue, midden in een buitenwijk van Aldershot. Ze wist niet of ze er goed aan deed, maar ze voelde de drang hier terug te komen. Ze dook tussen de struiken langs de kant van de weg, haar vaste uitkijkpost.

De tijd kroop. Helens maag knorde en het drong tot haar door dat ze sinds het ontbijt niet meer had gegeten. Stom, eigenlijk. Ze werd met de dag dunner. Wat wilde ze zichzelf bewijzen? Er waren betere manieren om boete te doen dan je doodhongeren.

Opeens zag ze beweging. Er werd 'Doei' geroepen en de deur van nummer 14 sloeg dicht. Helen maakte zich klein. Haar ogen volgden de jonge man die nu door de straat liep, opgaand in zijn mobiele telefoon. Hij liep rakelings langs Helen, zonder haar op te merken, en verdween toen om de hoek. Helen telde tot vijftien, kwam uit haar schuilplaats en zette de achtervolging in.

De man – vijfentwintig, jongensachtig – was aantrekkelijk om te zien, met dik zwart haar en een rond gezicht. Met zijn laag om zijn achterste hangende spijkerbroek zag hij eruit zoals zo veel jongens die wanhopig hun best doen om cool en onverschillig over te komen. De geforceerde achteloosheid ontlokte Helen een glimlachje.

Er werd een stelletje rumoerige jongens zichtbaar voor de Railway Tavern, een mekka voor wie jong, blut of louche was: twee pond voor een pint, een halve pond voor een shotje en gratis biljarten. De eigenaar, een man op leeftijd, bediende probleemloos iedereen die de puberteit had bereikt, dus het zat er altijd zo bomvol dat de klanten naar buiten moesten uitwijken. Helen, die er blij om was, glipte tussen de mensen door om ongezien te kunnen observeren. De jongen wuifde met een biljet van twintig pond naar het groepje, dat hem met gejuich begroette. Ze gingen allemaal naar binnen, gevolgd door Helen. Ze wachtte geduldig op haar beurt bij de bar, onzichtbaar voor de jongens – in hun wereld was geen plaats voor mensen van boven de dertig.

Na een paar glazen ontvluchtte de groep de nieuwsgierige blikken in het café en ging naar een speelterrein in een park aan de rand van de stad. Het verslonsde park was verlaten en Helen moest de jongens voorzichtig volgen. Een vrouw die 's avonds in haar eentje door een park doolt valt op, dus hield ze afstand. Ze posteerde zich in de schaduw van een oude eik die ernstig was verminkt met tientallen ingekraste hartjes, zodat ze ongezien naar de bende kon kijken, die vrolijk zat te blowen, in weerwil van de kou.

Helen stond continu in de belangstelling, maar nu was ze onzichtbaar. Na Mariannes dood was haar leven uitgeplozen, blootgelegd voor wie het maar wilde zien, met als gevolg dat de mensen dachten haar door en door te kennen.

Toch was er iets wat ze niet wisten. Eén geheim dat ze voor zichzelf had gehouden.

En dat stond nu op nog geen vijftien meter bij haar vandaan, zich totaal niet bewust van haar aanwezigheid.